타오르는 강

완결판
타오르는 강 8

초판 1쇄 발행　2012년 2월 25일
초판 2쇄 발행　2014년 9월 15일
초판 3쇄 발행　2024년 7월 31일

지은이　　문순태

펴낸이　박성모
펴낸곳　소명출판
출판등록　제1998-000017호
주소　06641 서울시 서초구 사임당로14길 15 서광빌딩 2층
전화　02-585-7840
팩스　02-585-7848
이메일　somyungbooks@daum.net
홈페이지　www.somyong.co.kr

ISBN　978-89-5626-672-5 04810
ISBN　978-89-5626-664-0 (전9권)
정가　22,000원

ⓒ 문순태, 2012

문·순·태·장·편·소·설
완결판

타오르는 강

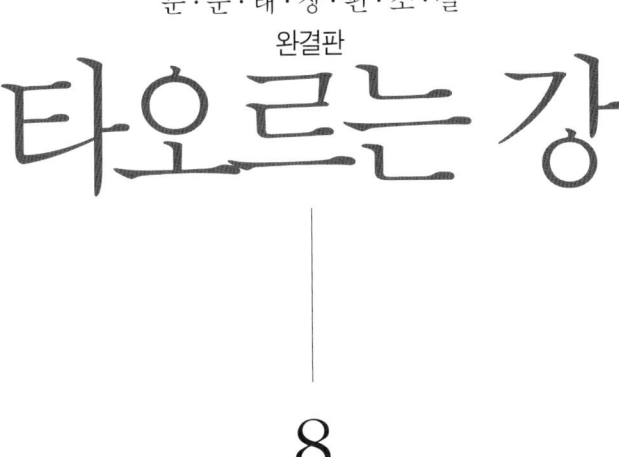

8

30년 만에 완간된 恨의 민중사

강은 저절로 길을 찾아 흐른다. 높은 곳에서 세상의 가장 낮은 곳으로, 인간의 삶과 역사와 함께 흐른다. 사람의 간섭을 거부하며 저절로 흐르는 강은 건강하게 살아있다. 생명과 역사와 문화가 공존하는 강의 세상. 강은 물속과 물 밖의 존재들과 조화롭게 어울리며 흐른다. 강과 사람, 강과 땅, 강과 생명 있는 존재들과 끊임없이 교섭하고 어울리면서 건강한 공생관계를 유지한다. 강은 본디 모습 그대로 인간이 살아가는 터전이 되고 또 다른 생명과 교섭하면서 힘의 원천이 된다.

전라도 사람들 마음속에는 영산강이 흐른다. 전라도 사람들의 핏줄과도 같은 영산강은 한과 희망을 안고 흐른다. 슬픔과 기쁨, 절망과 희망, 빛과 그림자를 안고 흘렀고 지금도 그렇게 흐른다. 그래서 영산강은 꺾일 줄 모르는 전라도의 힘이 되었다. 영산강과 함께 흘러온 전라도 사람들의 한은 좌절과 체념의 한숨이나 패자의 넋두리가 아닌, 삶의 의지력이고 생명력이며 빛나는 희망인 것이다.

영산강은 이 강을 끼고 살아온 사람들에게 소중한 삶의 터전이 되었다. 그러나 영산강을 삶의 터전으로 가꾸고 지켜온 사람들은 오랫동안 지배세력의 핍탈에 시달려왔다. 특히 일제 강점기에 영산강은 개화의 통로이자 수탈의 통로가 되었다. 1897년 목포 개항 이후 모든 개화문물이 영산강을 통해 들어왔다. 그런가 하면 일제는 호남평야에서 생산된 쌀, 면화 등 농산물을 영산강을 통해 대량으로 본토로 실어갔다. 이 과정에서 목포항에서는 부두근로자들의 쟁의가 그치지 않았다. 뿐만 아니라 일제는 영산강 유역의 기름진 농토를 무제한으로 차지하였고 농민들은 일본인들의 소작인으로 전락하였다. 일제 강점기에 일어난 궁삼면(宮三面) 농민운동 사건은 소작인으로 전락한 농민들이 자기 땅을 찾기 위해 투쟁한 대표적인 농민운동이다.

1886년부터 3년 동안에 걸친 큰 가뭄에 폐농을 한 3개면 농민들은 굶어죽지 않으려고 대처로 흘러 다니며 유랑걸식을 했다. 고향에 돌아와 보니 3년치 세금을 내지 않았다는 이유로 그들의 농토가 모두 엄상궁의 궁토가 되어버린 사실을 알게 되었다.

1886년 노비세습제가 폐지되자 종문서를 받아들고 형식상 자유의 몸이 된 수많은 노비들은 살 길이 막막했다. 이들은 홍수 때문에 버려진 땅을 찾아 영산강으로 몰려들었다. 그들은 영산강변에 집단으로 모여 살면서 물과 싸우며 삶의 터전을 일구려고 했다. 그러나 그들은 생활의 바탕이 마련되지 않은 데다가, 지방 관속들과 힘 있는 양반들의 핍탈이 그치지 않아, 실질적으로 노비의 상태는 계속된 것이나 마찬가지였다. 이들이 수마와 싸우며 일군 강변의 토지는 과거 상전들한테 다시 빼앗기거나 일제에 의해 수탈당하고 말았다.

굶주리면서도 제방을 쌓고 홍수로 버려진 땅을 일구어 비로소 삶의 터전을 만들었으나 이 땅이 궁토에서 다시 동양척식회사 소유가 되자, 이들은 일제에 항거하여 투쟁을 계속했다.

피와 땀과 눈물로 일구어, 난생 처음 가져 본 생명과도 같은 땅을 지키기 위해 죽음을 두려워하지 않고 싸웠다. 이들은 하나하나 떼어놓으면 무지렁이 종들에 지나지 않지만 , 여럿이 모여 한덩어리가 되었을 때 큰 힘을 발휘했다. 민중의 한은 역사를 바꾸었다. 영산강 유역의 농민들이 식민지 수탈에 항거해온 민족정신은 의병전쟁과 광주학생독립운동의 씨앗이 되었다.

나는 이 소설에서 강의 흐름을 통해 한의 민중사를 추적해보고 싶었다. 노비출신인 이들은 하나하나 떼어놓으면 무력한 무지렁이에 지나지 않지만 하나로 뭉뚱그려질 때 큰 힘을 발휘했다. 이 소설은 노비세습제가 풀린 1886년부터 동학농민전쟁, 개항, 1905년 을사늑약, 1910년 치욕적인 강제 한일병합조약, 3.1만세운동을 거쳐 1929년 광주학생독립운동까지의 우리민족의 수난사를 중심으로 펼쳐지고 있다. 그러면서도 역사 속에 드러난 인물을 주인공으로 내세우지 않았다. 모든 민초가 주인공인 셈이다. 또한 나는 이 소설에서 사장되어버린 순수 우리말을 최대한으로 살려보려고 했다. 작가는 언어의 채굴자이고 특히 죽어있는 언어의 활용도를 높여 다시 살려내는 작업을 해야 한다고 생각한다. 특히 전라도 토박이말을 원형대로 살려보려고 노력했다. 그리고 가급적 당시 서민들의 삶의 풍속을 그대로 되살리려고 했다. 영산강변을 터전으로 살아온 민초들의 본디 생활사를 민속적 관점에서 보여주고 싶었다.

『타오르는 강』은 1981년 『월간중앙』에 연재를 시작하였고 1987년 '창작과비평사'에서 7권으로 발간되었었다. 7권까지는 노비세습제가 풀린 1886년부터 1911년까지의 이야기이다. 나는 당초에 1929년에 일어난 광주학생독립운동까지를 포함하여 10권 분량으로 완간하려고 했었다. 그러나 그때까지만 해도 광주학생운동의 객관적 서술이 자유롭지가 못했다. 장재성 등 광주학생독립운동 주동자가 사회주의자라는 이유로 6.25직전에 처형되어, 오랜 세월 역사의 그늘 속에 가려져 있었다. 일제 강점기 독립운동을 주도했던 대부분 사람들이 그랬던 것처럼, 광주학생독립운동 중심인물 역시 민족주의·사회주의 노선이었다. 다행히 참여정부로부터 이들의 역사적 공적을 인정받게 되어 활발한 연구가 이루어지기 시작했으며 객관적 서술이 가능해졌다.

　87년 '창작과비평사'에서 7권이 발간된 지 25년, 1981년 『월간중앙』에 연재를 시작한 후 31년 만에, 『타오르는 강』이 비로소 광주학생독립운동을 포함하여 9권으로 다시 묶어져 나오게 되었다. 내 오랜 문학적 숙원이었던 『타오르는 강』이 9권으로 완간을 한 것이다. 나는 2권으로 추가된 8, 9권에서 광주학생독립운동은 한일 간 학생들 사이에 우발적으로 일어난 단순사건이 아니라는 것을 밝히고자 했다. 1920년대 초 동경유학생들에 의해 광주지역에 사회주의가 유입되면서, '광주 홍학관'의 광주청년학원과 광주고보를 비롯한 학생들이 '성진회', '독서회' 등을 조직하여 사회과학교육을 통해 오랫동안 치밀하고 조직적으로 준비해온 사건임을 밝히고 싶었다.

이번 완간하는 과정에서, 1권에서 7권까지의 소설적 흐름은 손을 대지 않았으나 잘못 표현된 부분이나 역사적 오류나 모순된 내용을 부분적으로 바로잡았다. 시대적 사건을 자연스럽게 연결시켰고 개정된 우리말 바로쓰기에 맞췄으며 새로 찾아낸 전라도 토박이말들을 추가했다. 특히 광주학생독립운동 부분에서는 자료조사에서 밝혀낸 실명을 그대로 사용했다.

30년 만에 완간이 되고 보니 참으로 오랫동안 버겁게 지고 있던 큰 짐을 땅에 내려놓은 것처럼 홀가분한 심정이다. 돌이켜보니 나는 1974년 작가가 된 후 지금까지 40년 가까이 오로지 『타오르는 강』을 붙들고 씨름하듯 낑낑대온 것 같은 기분이다. 『타오르는 강』의 완간을 계기로 영산강을 중심으로 살아왔던 우리나라 노비들의 삶에 대해 관심을 가져주었으면 싶다. 그리고 일제강점기 빼앗긴 땅을 되찾기 위해 얼마나 많은 민초들이 죽어갔는가를 상기해주었으면 한다. 역사 속에서 영산강이 되살아나기를 바란다. 진정으로 강의 세상이 오기를 기다린다. 강은 자생력이 있기 때문에 내버려두어도 스스로 살아나지만, 강과 함께 만든 삶의 역사는 누구인가 붙잡아 건져주지 않으면 그대로 흘러가버린다.

이 책을 내주신 소명출판 박성모 사장님과 책이 나올 수 있도록 애써주신 국민대 정선태 교수께 가슴 깊이 고마움을 간직한다.

2012년 정초에
문순태

9

아, 그리운 영산강

1

강물과 시간은 쉬지 않고 끝없이 흐르면서 세상과 사람을 변화시킨다. 강물은 흐르면서 물굽이와 물밑 세상을 바꾸고 시간은 쌓여서 삶의 역사를 만든다. 강이 세상을 바꿀 때마다 새로운 역사가 만들어진다. 강의 역사와 사람의 역사는 하나인지도 모른다. 그러기에 사람들은 강을 떠나지 못했다. 특히 농사꾼들은 강을 떠나면 죽을 것으로 생각했다. 아무리 강이 견딜 수 없는 고통과 시련을 줄지라도 강 사람들은 강을 떠나지 않고 묵묵히 참고 내일을 기약하며 산다. 강은 때때로 그들을 두려움에 떨게 하지만 고비를 넘기고 나면 따뜻하게 품어 주기 때문이다. 강은 사람을 위해 흐르고 사람은 강을 믿고 의지하며 살고 있다. 사람들은 강을 통해서 많은 것들을 배운다. 슬픔과 절망에 빠져 있다가도 힘차게 흐르는 강을 보고 용기와 희망을 찾고 다시 일어선다.

새끼내 사람들이 동척에 불을 지른 지도 11년이라는 세월이 흘렀다. 새끼내 사람들에게 11년은 100년만큼이나 답답하고 지루했다.

그만큼 삶이 고통스러웠기 때문이다. 그동안 많은 것들이 변했다. 새끼내를 떠난 사람들도 많았고 돌아온 사람도 있었다. 동척 습격에 가담했던 열다섯 명 새끼내 남자들 중에서 여섯 명이 죽고 아홉 명이 살아남았다. 그때 살아남은 사람들은 1년에서 2년 동안 감옥살이를 하고 나왔다. 살아남은 사람들 중에서 또삼이는 마을을 떠났고 칠복이 영감네 등 죽은 사람 가족들도 몇몇은 목포로 이사를 갔다. 홍바우도 가족과 함께 홀연히 마을에서 자취를 감추었다. 속량이 되어 종에서 풀려난 후 처음 새끼내에 터를 잡고 땅을 일구었던 사람들은 대부분 그대로 남았다. 그들은 언제고 그들이 일군 땅을 되찾을 것이라는 기대를 버리지 못해 견디고 있었다.

우암이는 2년간 감옥살이를 하고 나와 목포 염주근의 딸과 혼인을 하여 새끼내에 눌러 살고 있었다. 우암이는 여전히 독립군이 되었다는 아버지 장대불을 기다리고 있었다. 그는 아버지가 언젠가는 꼭 돌아올 것이라고 믿고 있었다. 아버지가 돌아오는 날 새끼내 사람들이 어깨 펴고 살 수 있는 새 세상이 될 것으로 생각하고 있었다. 새끼내 사람들 모두가 장대불이 언젠가는 살아서 돌아오리라고 기대하고 있었다. 창의병의 씨를 말렸던 의병 초토작전 때도 살아남았으니 결코 죽지 않으리라고 믿었다. 어쩌면 새끼내 사람들의 마지막 희망은 장대불이가 다시 돌아올 날을 기다리는 것인지도 모른다.

장개동은 영산포소학교에서 나주 보통학교로 자리를 옮겼다. 그가 나주 보통학교로 자리를 옮긴 것은 처가 도움이 컸다. 장개동은 새끼내에 와서 두 명의 아들과 한 명의 딸을 낳았다. 그의 생모 막음례는 목포에서 광주로 옮겨갔다. 목포에서 많은 돈을 번 막음례는 광주에서 여각과 요릿집을 같이 운영하고 있었다. 개항장 목포를 통해 개화문물이 영산강을 따라 광주로 흘러들어오면서 광주가 새롭게 번창하고 있다. 광주가 전라도의 중심도시로 떠오른 것이다.

어머니가 자결하여 세상을 떠난 후, 한동안 재산을 탕진하며 방탕 생활을 했던 양만석은 일본으로 떠났다. 들리는 소문으로는 일본에서 대학에 다닌다고도 했고 일본에서 다시 미국으로 갔다는 이야기도 있었다. 양만석의 처 박 씨가 아들을 데리고 나주 양 진사 댁에서 나와 친정인 부르뫼 박 초시 집에 들어가 살고 있는 것으로 보아, 그들 부부가 오래전에 갈라섰다고도 했다. 사람들은 양만석이 출세를 해서 돌아오면 새끼내 사람들이 더 들볶임을 당하게 될 것이라고 했다. 모두들 그가 돌아오는 것을 두려워하고 있었다. 전 포수는 여전히 거들먹거리며 소작인들을 괴롭혔다. 사람들은 전 포수를 볼 때마다 지난날의 양만석을 떠올리곤 했다. 양만석이 그랬던 것처럼 전 포수 역시 도리우찌 모자에 탱크바지를 입고 일본사람 행세를 했다. 동척을 습격했다가 되레 큰 고통을 겪은 새끼내와 부르뫼 개태 등 근동 사람들은 그 후 더욱 기를 펴지 못하고 죽은 듯이 살고 있었다. 다시는 일본사람들에 대항해서 싸울 생각을 하지 못했다. 죽었거니 하고 요구하는 대로 소작료를 바쳤다.

영산포 선창은 날로 번창했다. 영산포는 목사고을 나주보다 훨씬 더 흥청거렸다. 영산포에서 목포로 운항하는 영포환 승객들도 하루가 다르게 넘쳐났으며 고깃배들도 포구 앞에 그들먹하게 들어찼다.

선창거리에는 주막이며 음식점, 잡화점, 싸전, 생선가게, 젓갈가게들이 즐비했다. 선창거리에 들어서면 비릿한 생선냄새와 짭짜름한 젓갈 냄새가 훅 덮쳐왔다. 선창거리에는 오가는 사람들로 늘 벅신거렸다. 선창이 번창할수록 일본인들 수도 늘어났다. 어디를 가나 목소리 높은 일본사람들을 볼 수 있었고 일본 노래를 들을 수 있있다. 일본사람들 목소리가 커갈수록 조선사람들 목소리는 힘없이 잦아들었다.

조선사람들의 마지막 희망은 무럭무럭 자라는 아이들이었다. 신학문을 익히기 위해 학교에 다니는 아이들의 맑고 빛나는 눈망울 속에 그들의 희망이 자라고 있었다. 통학열차를 타기 위해 영산포역에 몰려드는 학동들을 볼 때 한숨 대신 오달진 웃음이 살아나곤 했다. 광주 목포 간 통학열차가 처음 개통되었을 때까지 만해도 영산포역에서 고작 두 서너 명의 조선 학생이 열차를 기다렸는데, 해마다 수가 불어 지금은 스무 명 남짓이 되었다. 조선 학생들은 일본 학생들보다 늠름하고 기상이 넘쳐보였다. 비록 그 학생들이 내 자식이 아닐지라도 그들을 보면 마음이 든든했다. 머지않아 그들이 어른이 되면 일본사람들을 이 땅에서 내쫓아줄 것으로 믿었다.

노루목 양 진사 댁 비자였던 장쇠의 증손자이며, 얼금뱅이 장웅보의 손자이고, 장개동의 아들인 장백년은 광주보통학교에 다녔다. 나주 보통학교에 다니고 있던 백년을 장개동의 생모인 막음례가 광주고보에 들어가기 위해서는 광주에서 보통학교를 다녀야한다면서 광주로 데려가 전학을 시켰다. 백년은 반공일에 새끼내 집에 왔다가 공일날이 되자 광주행 기차를 타기 위해 이른 점심을 먹고 있었다. 그는 매월 첫째 반공일마다 집에 왔다. 한 달 만에 손자를 만난 쌀분이는 백년의 밥상머리에 쪼그리고 앉아 이것저것 반찬을 집어 밥 위에 얹어주며 먹으라고 권했다.

"아가, 이 조개초무침 조깐 묵어봐라. 새콤달콤 영판 맛나야. 할미가 너 줄라고 강에서 잡아왔응께."

쌀분이는 비록 백년이가 자신이 배 아파 낳은 핏줄은 아니지만, 장차 죽은 다음에 제사 받아먹을 놈이라는 것을 아는지라 흠뻑 정을 쏟았다.

"아나, 게 볶음, 꼬숩드라."

백년은 할머니가 밥에 얹어주는 대로 널름널름 받아먹었다.

"새우 호박 쫄인 것도 좀 묵어봐라. 칼칼허고 영판 맛나야."

"오지게도 맛나네."

백년은 할머니가 반찬그릇을 밥그릇 가까이 옮겨놓을 때마다 맛을 보았다.

"광주 부자 할매 집에서 호강허고 맛난 것 많이 묵응께로 새끼내 핼미는 통 생각도 안 나지야?"

"아니랑께, 백년이헌티는 첫째가 새끼내 울 할머니고 둘째가 광주 할머니랑께."

"어이쿠 그려, 내 갱아지. 참말이여?"

"그랑께 아프지 말고 후담에 나 장개 갈 때꺼정 살아야 해."

"그려 그려. 이 금쪽같은 내 새깽이."

금세 얼굴에 혈색이 돈 쌀분이는 백년의 엉덩이를 토닥거리며 함빡 웃었다.

백년이가 밥을 먹고 있는 동안 밖에서는 장개동이가 그의 처 최월순이와 같이 백년의 편에 그의 생모에게 보낼 짐을 꾸리느라 바쁘다. 둘째 백석이와 백금이는 아버지가 홍어를 짚으로 싸는 것을 구경하고 서 있다. 장개동은 전날 영산포 선창에 나가 흑산홍어 대자 두 마리에 민어며 돔배젓(전어창자젓)과 고노와다(해삼창자젓)를 사왔다. 장개동은 생모가 고노와다를 좋아한다는 것을 잘 알고 있었다. 목포에서 함께 살 때 끼니마다 고노와다가 밥상에 오르지 않은 때가 없었다. 생모 영향을 받았는지 장개동도 고노와다만 있으면 밥에 넣고 비벼서 뚝딱 한 그릇을 먹어치운다. 약간 쌉싸름하고 짭쪼름하면서도 향긋한 맛이 아주 깊다.

장개동은 홍어와 젓갈 통을 짚으로 여러 번 싸고 가마니에 넣어 새끼로 친친 묵고 있다.

"야물딱지게 좀 쩸매씨오."

옆에 서 있는 개동의 처가 새끼줄을 건네주며 말했다.

"너무 무과서 금남관꺼정 들고 갈라면 백년이 욕보겄는데요."

"인력거 불러 타고 가면 되재."

"기차 속에서 냄새 난다고 난리겄구만."

"팍 삭은 홍어냄새가 바로 전라도 냄새여. 홍어 냄새 싫어하면 전라도 사람이 아니재."

"기차에 전라도 사람들만 탈랍뎌? 쪽바리도 타고 타관 사람들도 탈텐디……."

"코 맥힌 사람들 뻥 뚫리겠재."

장개동은 어물을 단단히 싸고 묶어 자전거 짐대에 올려놓고 나서 회중시계를 꺼내 보았다. 12시 기차를 타려면 서둘러야할 것 같아 턱짓으로 그의 처에게 방에 들어가보라는 시늉을 했다. 최월순이 방으로 들어가 백년의 밥그릇을 들여다보고 서 있다.

"깨작거리지 말고 싸게 묵어라."

어머니의 재촉에 백년의 숟가락질이 빨라졌다.

"아서라 언칠라. 물 마셔감시로 싸묵싸묵 묵어라."

쌀분이가 물그릇을 밥상 위에 올려놓으며 말했다. 그 사이 장개동이 자전거를 끌고 집 밖으로 나가자 백석이가 아버지 나가신다며 다급하게 형을 외쳐 불렀다. 이윽고 백년이와 그의 어머니가 방문을 열고 토방에 내려섰고 쌀분이도 앉은걸음으로 마루로 나왔다.

"언제 올겨?"

쌀분이가 백년의 손을 잡고 놓아주지 않았다.

"한 달 있다가."

"한 달간 지달리자면 보고자퍼서 눈 물캐지겄다."

쌀분이는 백년의 손을 놓으며 펑 젖은 눈으로 바라보았다. 백년이가 할머니를 향해 꾸벅 인사를 하고 밖으로 튀어나가자 백석이와 백금이가 후두두 따라나섰다. 돈대에서 기다리고 있던 장개동은 백년을 앞에 태우고 서둘러 페달을 밟기 시작했다. 백석이와 백금이가 자전거 뒤를 따라 뛰었다. 최월순은 돈단에 서서 아들을 태운 자전거가

물둑으로 접어들어 점으로 사라질 때까지 눈이 시리도록 바라보다가 돌아섰다.

자전거는 새끼냇다리에서 영산포 선창으로 이어지는 물둑을 타고 빠르게 달렸다. 물둑 오른편에는 크고 작은 논다랑이들이 멀리까지 펼쳐졌고 왼쪽으로는 영산강이 넘실대며 흘렀다. 강에는 고깃배들이 돛을 달고 오가는 것이 보였다. 강바람이 드센지 고깃배들의 흐름이 제법 빨랐다.

"아부지, 우리 선생님이 장차 어떤 사람이 될 건지, 왜 그런 사람이 되겠다는 건지 그 이유까지 써내라는 숙제를 내주었어요."

백년이가 강에 흐르는 돛배들을 보며 바람 때문인지 큰 소리로 말했다.

"그래? 아버지도 그런 숙제를 내준 적이 있다."

"친구들을 보니까 재판관이 되겠다는 아이가 많았고 도라꾸나 다꾸시 운전수가 되겠다는 아이, 장사꾼, 빵집 주인, 목장 주인이 되겠다는 아이도 있었어요."

"그래 너는 뭐라고 써 냈느냐?"

"되고 싶은 것이 너무 많거든요. 한 가지만 써내라고 했는데 저는 세 가지나 써냈어요. 첨에는 아부지처럼 훈도가 되고 싶었는데, 필요한 것들을 만들어내는 공장 주인이 되어야겠다고 생각했어요. 그런데 광주 할머니가 재판관이 되어서 억울한 사람들을 도와주라고 허시드만요. 그래서 세 가지 다 썼어요. 아직은 결정을 못하겠어요."

"그렇겠지. 아직은…….그리고 꿈은 또 변하니까."

"아부지는 제가 무엇이 되었으면 좋겠어요?"

"글쎄다. 아부지는 네가 무엇이 되는 것보다 어떻게 사는 것이 더 중요하다는 것을 알았으면 한다. 네 할아버지께서는 종에서 풀려나 농사꾼이 되었지만 평생 정직하고 바르게 살아오셨단다. 나는 네가 인생은 결과가 아니라 과정이라는 것을 깨달았으면 한다. 아무렇게나 살아도 결과만 좋으면 된다는 식은 옳지 않다."

아버지 말뜻을 알았는지 아니면 정확히 이해되지 않은 것인지 백년은 한동안 말이 없었다. 그는 머리가 아버지 시야를 가리지 않게 하기 위해 한껏 고개를 깊숙하게 숙이고 앞을 바라보았다.

"일차 목표는 먼저 광주고보에 들어가는 거다. 그리고 장래 문제는 유학을 갈 때 결정하면 된다."

"알겠어요."

아버지 말에 백년은 여전히 큰 목소리로 대답하며 고개까지 끄덕였다. 자전거는 어느새 선창거리를 지나 영산포 대교를 건넜다. 얼마 전까지 만해도 나주에 가려면 나룻배를 타야했는데 지금은 선창에서 영산포역 쪽 둔덕 사이에 목교가 세워져 강을 건너기가 수월해졌다. 다리를 건너면 바로 영산포역이 코앞이다. 장개동이 허벅지가 뻐근할 정도로 힘주어 페달을 밟아 다행히 기차가 도착하기 전에 영산포역에 당도했다.

"기차 오겄다. 서둘러라."

장개동이 자전거 짐대에서 어물 짐을 백년에게 건네주며 말했다. 백년은 한 손에 책보를, 또 한 손에는 어물 짐을 힘겹게 들고 아버지에게 허리를 굽혀 인사 한 다음 대합실 안으로 들어섰다. 장개동은 기차가 떠날 때까지 철길이 보이는 역 광장 모퉁이에 서 있다가 천천히 자전거에 올랐다. 그는 백년에게 무겁고 거추장스러운 어물 짐을 들려 보낸 것 때문에 조금은 마음이 무거웠다. 아내 말대로 백년이와 함께 갔다가 밤차로 돌아올 것을 그랬나 싶기도 했다.

그가 굳이 백년과 함께 가지 않은 것은 오늘은 꼭 영산포소학교 이상수 선생을 만나보기 위해서였다. 장개동은 퇴직처분을 당한데다가 헌병대에 끌려가서 곤욕을 치르고 나온 이상수 선생이 거동조차 못하고 집에 누워있다는 소식을 어제서야 알게 되었다. 이상수 선생과는 영산포 소학교에서 같이 근무할 때 유일하게 마음을 터놓고 지낸 사이였다. 영산포 소학교에 있을 때, 조금이라도 위험하다 싶을 때는 어김없이 그는 장개동을 사전에 제지시키곤 했다. 이상수 선생이 아니었다면 장개동은 생각하는 대로 항일 발언을 하고 행동했을 것이고 종당에는 사퇴 당했을 것이었다. 어제 장개동이 동료한테 듣기로 이상수 선생은 두 주일 전 수업시간에서 임진란 때 이순신장군이 해전에서 일본군을 크게 무찔렀다는 이야기를 했는데 같은 반 학생이 헌병대에 고자질하여 일이 커지게 된 것이라고 했다. 헌병대에 고자질 한 학생은 바로 전 포수 아들이라는 것도 밝혀졌다고 했다.

장개동은 급히 자전거를 타고 왔던 길을 되짚어 영산대교를 건넜다. 그는 선창거리를 비껴 소학교 쪽으로 향했다 마침 영산포 장날이라 학교 앞은 장꾼들로 북적거렸다. 영산포 장날이면 근동 사람들이 다 몰려들어 영산포 바닥은 어디나 사람들로 벅신거렸다. 장개동은 쇠전을 지나고 옹기전 옆으로 돌아 갱갱굴 쪽으로 가다가 가마터 입구에서 페달을 멈췄다. 이상수 선생 집은 가마터 들머리에 있는 낡은 초가삼간이다. 반쯤 열린 사립문을 밀치고 마당 안으로 들어서자 마루에서 혼자 공기놀이를 하고 있던 소학교 1학년짜리 이상수 선생 딸이 놀란 얼굴로 벌떡 일어나더니 쪼르르 방으로 들어가 버렸다. 헛기침을 토하며 마루에 올라 방문을 열어보니 두 아이와 부인은 보이지 않고 이상수 선생이 맨살 등짝을 드러내놓은 채 큰대자로 방바닥에 엎드려 있었다. 등짝이 상처투성이였다. 상처 위에 무슨 약을 발랐는지 온통 노랬다. 그제야 장개동은 이상수 선생이 바로 눕지 못하고 엎드려 있는 이유를 알 수 있었다.

"장 선생."

이상수 선생이 두 팔로 방바닥을 짚고 끙끙대며 힘겹게 일어나 앉으며 맥 풀린 눈빛으로 장개동을 보았다.

"세상에 이 지경을 만들어 놓다니. 천벌을 받을 놈들"

장개동이 이상수 선생 등 뒤로 바짝 다가앉아 피딱지가 덕지덕지한 등짝을 애잔한 눈빛으로 쓸어보았다. 겉이 이런데 속은 얼마나 상했을까 생각하니 마음이 너무 아팠다. 걸을 수조차 없다니 다리며 허리며 성한 데가 없을 것 같았다.

"첨에는 대나무 회초리 같은 것으로 후려치더니 나중에는 작대기로 때립디다. 그래도 약을 발라서 이만해."

"짐승 같은 놈들. 천하에 악머구리들."

장개동은 울먹이는 소리로 탄식을 삼켰다.

"우리나라 역사를 제대로 말할 수 있는 세상이 언제쯤 올까?"

이상수 선생은 끓어오르는 분을 참느라 어금니에 힘을 주고 온몸을 부르르 떨었다. 장개동한테 늘 자칫 잘못했다가는 미친개한테 물리게 되니 바짝 긴장하고 조심하라고 타이르던 이상수 선생이었는데, 그가 없는 사이에 결국 이렇게 되다니, 이 모든 것이 장개동 자신이 나주로 옮겨간 때문이라 싶어 심한 자책감을 느꼈다.

그날 장개동은 한 시간쯤 이상수 선생 옆에 있다가 바로 집으로 돌아가지 않고 장터 주막에서 비감에 젖어 혼자 술을 마셨다. 그는 흥건하게 취해 자전거를 끌고 물둑을 따라 새끼내로 돌아오면서 흐느끼듯 아리랑을 흥얼거렸다. '나를 버리고 가시는 님은 십리도 못가서 발병난다'는 대목에서는 끝내 자전거를 팽개치고 퍼질러 앉아 울먹이고 말았다.

2

끝없이 펼쳐져 하늘과 맞닿은 현해탄이 어느새 주황색으로 타오르기 시작했다. 바다가 하늘 같고 하늘이 바다 같다. 쇠잔한 하루의 해가 설핏하게 기울고 바람이 드세어지자 바다는 황금물결을 이루며 거칠게 온몸을 뒤척였다. 바다의 일몰은 엄숙하고 장엄하기까지 하다. 시작도 끝도 없는 망망대해를 바라보니, 사람들이 저마다 생각의 차이로 서로 다투고 네 것 내 것을 따진다는 것이 무의미하게 느껴졌다. 11시에 시모노세끼를 출발한 관부연락선은 6시간 동안 현해탄의 물살을 가르며 쉬지 않고 항해를 계속했다. 두 시간 후면 부산에 도착할 예정이다. 연락선이 대마도를 비껴 지나면서부터 수평선 외에는 티끌 한 점 보이지 않았다. 끝없이 펼쳐진 바다의 거센 물결 위에서 인간 존재의 미약함을 깨닫게 해주는 엄숙하고도 긴 여정이다. 양만석은 노을이 타오르는 바다를 바라보며 지나간 세월을 돌이켜본다. 일본 유학을 마치고 6년 만에 고향 나주로 돌아가는 길이다. 그는 고향에 돌아가기가 두렵다. 6년 만에 나타난 그를 보고 고향 사람들이 어떤 반응을 보일지 궁금하기도 하다.

그가 목포를 경유하지 않고 관부연락선을 탄 것은 잠시 진주(晉州)에 들러 강연을 하기 위해서다. 지나간 6년의 세월이 양만석에게는 까마득하기만 하다. 무엇보다 그는 자신의 변화에 놀라고 있다. 그가 생각해보아도 6년 전 고향을 떠나던 그와 지금의 자신은 전혀 다른 사람으로 변했다. 6년 동안의 유학생활이 그를 딴 사람으로 변모시킨 것이다. 외모부터 몰라보게 달라졌다. 고향을 떠날 때는 탱크바지에 도리우찌를 삐딱하게 눌러쓴, 영락없는 시골 건달이거나 성질 사나운 고등계 형사 같은 차림새였다. 그러나 지금은 감색 신사복 정장을 말쑥하게 차려입고 중절모에 금테 안경까지 썼다. 보통 키에 다부진 체격의 모습은 돈 많은 사업가나 은행 간부가 아니면 고급 관료쯤으로 보였다. 그러나 기실 변한 것은 외모보다는 그의 속마음이다. 이제 그는 일진회 주요 멤버가 아니고 동양척식회사의 앞잡이가 되어 소작인들을 못살게 들볶던 나주 양 진사의 삼대독자 양만석도 아니다.

와세다 대학 영문학과를 졸업, 최고 지성을 갖추고 사회주의 사상으로 무장되어 있는 피 끓는 애국청년이다. 그는 이제 조국의 독립을 위해 자신을 희생시킬 각오가 되어 있다. 양만석은 6년 전의 자신에 대해 더없이 부끄러움을 느끼고 있다. 어쩌면 그의 귀국은 치욕의 허물을 말끔하게 벗겨내기 위한 것인지도 모른다. 그는 속죄양이 되어 고향으로 가고 있다.

양만석과 함께 귀국하는 일행은 세 사람이다. 고향이 전라북도 정읍인 김준형과 경기도 수원이 고향인 안광철. 이들의 공통점은 부호의 아들이며 모두 와세다 대학 출신이라는 것과 조국의 독립을 위해 일신을 바치기 위해 각기 고향으로 돌아가고 있다는 점이다. 그들은 도쿄를 떠나 도오까이 도오혼센(北海道 本線), 산요오센(山陽線)을 달려 시모노세키에서 관부연락선에 오르기까지, 일본경찰의 감시 때문에 잔뜩 긴장해 있었다. 여름방학을 이용하여 일본 유학생들이 고국에 돌아가 민족을 일깨우기 위한 순회강연을 막으려고 검문이 심하다는 소문을 들었기 때문이다. 다행히 배에 오르기까지 한 번도 검문이 없었다. 그들은 배가 출항을 해서야 비로소 안도의 숨을 쉬었다.

"만석이 자네 혼자 무슨 생각을 그렇게 골똘히 하고 있나?"

체격이 우람하고 서글서글한 눈을 가진 안광철이 갑판으로 올라왔다. 안광철은 양만석보다는 다섯 살이나 아래지만 양만석이 실제 나이를 25세라고 속여 서로 말을 트고 지내는 사이다. 안광철은 간밤에 밤늦도록 벌어진 환송연 때문에 잠을 못 잤다면서 선실에서 낮잠을 퍼질러 자고 이제야 일어난 것이다.

"저기, 준형이 아닌가."

안광철이 갑판 이물 쪽 구석에 있는 김준형을 발견하고 속삭였다. 점심을 먹은 후 양만석과 함께 줄곧 갑판에서 바닷바람을 쏘이고 있었던 김준형은 어느새 여자를 사귀었는지 젊은 여자와 나란히 서서 이야기꽃을 피우고 있었다. 김준형은 큰 키에 얼굴이 해맑은 미남형의 귀공자 타입으로 여자를 사귀는데 남다른 재주가 있었다. 그들 일행이 배에 오를 때 한 여자가 유독 그들의 눈에 띄어 시선을 모은 적이 있었는데 지금 김준형이 그 여자와 함께 있는 것이다.

바닷바람이 드세게 불자 여자의 종아리가 드러나도록 깡똥하게 올라간 검정색 통치마 끝자락이 깃발처럼 펄럭인다. 짧은 파마머리도 함께 나풀거렸다. 여자는 바람이 신경 쓰이는지 오른손을 허벅지 아래 치맛자락에 찰싹 붙이고 서 있다. 치마저고리 차림의 여자는 적당한 키에 오동포동한 체격이다. 성숙하면서도 포근해 보인다. 겉으로 얼핏 보아서는 결혼한 여자 같지만 얼굴이 앳된 것으로 보면 아직 학생인 듯하다. 두 사람이 무슨 이야기를 그렇게 재미있게 하는지 이물 쪽에 여자와 함께 있던 김준형이 큰소리로 웃어대는 소리가 고물 쪽의 일행들에게까지 들렸다. 그때마다 여자가 힐끔힐끔 양만석 쪽을 곁눈질하며 살폈다. 점점 더 짙은 색깔로 타오르는 노을빛이 가까이 마주보고 선 두 사람의 얼굴을 발그레하게 물들였다. 드넓은 바다를 배경으로 뱃전에 서 있는 두 사람의 모습이 가슴 시리도록 아름답다. 그때 김준형이 친구들을 발견하고 손을 흔들더니 여자와 함께 일행 쪽으로 가까이 다가왔다. 여자도 함께.

"인사들 하게, 도쿄대학 음악과를 졸업한 조선애 씨네."

김준형이 일행에게 여자를 소개시켰다. 가까이서 본 여자의 얼굴은 접시꽃처럼 도톰하고 지성미와 귀염성이 알맞게 조화를 이루었다. 조선애는 세 남자에게 따로따로 목례를 하면서 자신의 이름을 밝혔다. 남자들도 각기 자신의 이름을 말하며 반겼다. 평소에 뚱한 성격인 안광철 만이 건성으로 가볍게 눈인사를 했을 뿐 자신의 이름을 밝히지 않았다.

"조선애 씨 고향이 진주라는 구만."

김준형이 버릇처럼 연신 실실 웃으면서 말했다. 조선애의 고향이 진주라는 말에 여자에 대해 무관심한 척 해보이던 양만석의 눈이 얼핏 빛났다. 양만석은 어쩐지 조선애가 낯설지 않게 느껴졌다. 어디선가 만난 적이 있는 듯했지만 기억이 가물가물했다. 조선애도 양만석을 눈여겨 훔쳐보는 것 같았다. 어느덧 붉게 타오르던 노을빛이 어슴푸레 사그라지면서 칙칙한 어둠의 점액질들이 거뭇거뭇 바다를 덮어오기 시작했다. 바람도 한결 드세어졌다. 어둠이 내려앉고 있는 바다 위에 뱃고동소리가 멀리 퍼졌다. 그들은 하선 준비를 하기 위해 선실로 내려왔다. 어느덧 부산항이 가까워지자 배 안이 술렁이기 시작했다. 양만석이 짐을 챙겨 선실 입구로 나가다가 옆에 서서 자신을 물끄러미 바라보고 있는 조선애를 발견하고 주춤했다.

"오늘밤은 부산에서 묵으시겠습니까?"

조선애가 먼저 말을 걸어왔다. 목소리가 부드럽고 나긋나긋하다.

"그래야겠네요. 조선애 씨는요?"

"이모님 댁으로 갈 겁니다."

"아, 그러세요?"

양만석은 어디선가 서로 만난 적이 있지 않느냐고 넌지시 물어보려다가 참았다.

"진주 강연회에 저도 꼭 가겠습니다."

"그래요? 그럼 그때 다시 만날 수 있겠군요."

김준형이 진주 강연회에 대해서 조선애에게 이야기 한 것 같았다. 그들은 다음날 진주에서 형평사 주최로 열리는 강연회에 연사로 초대되어 가는 길이다. 1923년 4월, 진주에서는 강상호와 신현도 등이 주축이 되어 형평사(衡平社)를 조직하고 천민계급으로 비인도적인 대우를 받아온 백정들에 대한 해방운동을 시작했다. 두 사람이 진주에서 형평사를 조직한 것은 그곳 백정인 이학찬이라는 사람이 아들을 학교에 입학시키려다가 거부당한 것이 계기가 되었다고 했다. 진주에서 형평사가 조직되자 경상도 다른 지역에서도 지부를 설치하는 등 차츰 세력이 커지기 시작했다. 그러나 이를 반대하는 평민들과 백정들 사이에 충돌이 잦아졌다. 진주 형평사 강연회에 다리를 놓은 사람은 양만석이다. 그는 이번 강연회를 기회삼아 형평사를 사회주의 조직으로 포섭하기 위한 계산이 깔려 있었다. 천민계급을 사회주의 울타리 안으로 끌어들일 수만 있다면 앞으로 조직을 확장하는데 큰 도움이 될 수 있다고 판단했기 때문이다. 그때 뱃고동소리가 어둠을 흔들었고 배가 멎었다.

시모노세키를 출항한 연락선 도꾸주 마루 호는 8시간 만에 부산항에 도착했다. 풍랑 때문에 예정 시간보다 30분쯤 연착했다. 처음 1,680 톤급 미키마루가 취항했을 당시만 해도 11시간이나 소요되었다. 지금은 7,000톤급의 곤고마루와 3,000톤급 도꾸주 마루 등 두 연락선이 시모노세키와 부산을 운항하고 있는데 정상 소요시간은 7시간 반이 걸린다. 부산에서 경부선을 타고 서울 가는 것보다 훨씬 수월하다. 연락선에서 내리는 승객들은 대부분 일본사람들이다. 그들은 가족단위의 이주민들이다. 조선에 오면 부자가 될 것이라는 무지개 빛깔 기대를 걸고 몰려오는 이들을 가리켜, 조선사람들은 반은 상인이오 반은 도적(半商半賊)의 무리들이라고 비아냥거렸다. 부산에는 날마다 관부연락선을 타고 들어오는 일본인 이주민으로 넘쳐나고 있었다.

부두와 부산역은 맞붙어 있었다. 배에서 내려 조금 걸어 나오자 바로 역이 나왔다. 얼마 전까지만 해도 관부연락선에서 내리면 잔교를 건너야 했는데 지금은 통로로 연결되었다. 잔교는 1918년에 철거됐다. 관부연락선은 이제 항만시설이 아니라 철도시설이나 다름없었다. 관부연락선 계류장인 제1부두가 부산역 곁에 바짝 붙어 있어 바다와 육지의 교통을 연계시키고 있다. 이미 1911년에 압록강에 철교가 놓여 부산역은 일본과 만주를 연결하는 교두보 역할을 하고 있었다. 관부연락선을 통해 들어온 일본의 공산품을 만주까지 실어 보내는가 하면 만주와 조선의 식량을 일본으로 실어가기가 한결 수월해졌다. 그때문에, 경상도 일대에서 생산되는 많은 쌀을 일본으로 실어가기 위해 부산항 주변에는 대규모 도정공장들이 성업 중이다. 부산에 큰 도정공장이 18개나 된다. 일본 상인들 중에 조선 쌀을 일본에 수출하여 부자가 된 사람들이 많다. 부산은 이제 조선침략의 전초기지가 되고 있었다. 이 무렵 부산은 빠른 속도로 일본화 되어갔다. 중심지 거리 모습은 도쿄와 비슷했다. 인구 8만 명 중에서 조선인이 4만 5,000 명이고 일본인이 3만 5,000명이다. 이대로라면 몇 년 안돼 일본인이 조선사람보다 많아질 것이 분명하다. 1914년에는 일본인 거주지가 부산진에서 초량까지 확장되었다. 1876년에 개항한 부산은 하루가 다르게 변모하고 있었다. 1902년 개펄을 매립하여 부산역을 세우고 3년 후인 1905년에는 경부선이 개통되었다. 1915년에는 부산과 동래 사이에 전차가 개통되어 동래온천은 일본인들의 휴양처로 변했다. 1916년에는 부산역에서 대청동을 거쳐 토성동까지 전차가 연결되었으며 다음해인 1917년에는 부산 우편국에서 광복동을 연결하는 전차도 개통되었다. 그런가 하면 영도에는 조선공업을 필두로 군수산업체들이 들어섰다. 그 무렵 부산에는 크고 작은 공장이 176개나 있었고 216개 회사 가운데서 일본인 회사가 180개나 되었다. 부산역 앞에는 화려한 르네상스식과 일본식 건축양식을 절충하여 지은 국제관 건물이 한껏 위용을 뽐내고 있다. 화려한 이 건물은 일본인 기노시와 시게도미가 자본금 2만원을 공동출자하여 세운 것이다. 부산역 건너편에는 붉은 벽돌로 지은 초량 명태고방이 있었다.

일행은 부산역 앞에서 조선애와 헤어져 택시를 타고 숙소인 봉래관으로 향했다. 역 근처에 부산 철도호텔이 있었으나 세 사람이 한 방에 들 만큼 큰 방이 없었고 한 사람당 숙박비가 5원이나 되어 봉래장으로 정하게 되었다. 부산에는 규모 있는 여관으로 봉래관과 동래온

천장, 광원루가 있다. 일본인이 지은 봉래관은 객실이 35개 되는 규모가 큰 여관이다. 2,000평이 넘은 정원에는 양어지를 만들어 배를 띄우고 낚시질을 할 정도로 잘 꾸며져 있다. 당구장 등 오락실도 갖추어져 주로 일본인들이 이용했다. 그들은 일본 경찰의 감시를 피하자면 일본인이 경영하는 여관에 드는 것이 좋다면서 굳이 이곳을 택한 것이다. 그들은 봉래관에 큰 방을 얻어 세 사람이 같이 쓰기로 했다. 하룻밤을 그곳에서 묵은 다음 안광철은 경부선 열차를 타고 올라가기로 했고 양만석과 김준형은 진주로 갈 계획이다.

봉래관에 들어 한갓지고 조용한 별채에 숙소를 정한 그들은 밤 9시가 넘어서야 어렵사리 탁주를 사다가 반주삼아 저녁식사를 하였다. 초행인 양만석은 조선 제일의 항구인 부산의 밤 구경도 할 겸 시가지로 나가서 근사한 데서 저녁을 먹고 술도 한잔 하자고 했지만 두 친구들이 반대했다. 김준형과 안광철은 일본 유학 중에 매년 여름방학 때마다 관부연락선을 타고 집에 오갔기에, 부산에 대해 잘 알고 있는 터였다. 양만석은 친구들과는 달리 6년 동안 한 번도 고향에 나오지 않았었다. 그는 방학 때면 고향에 나오는 대신 일본 전역을 구석구석 돌아다녔다. 고향에 나와 봤자 그를 반겨줄 사람이 없었다. 고향을 떠나올 때 친정으로 보낸 아내에게도 편지 한 통 보내지 않았다. 일행은 양만석의 그런 속사정에 대해서는 전혀 모르고 있었다.

봉래관 주위는 술 취한 사람들 때문에 밤늦도록까지 소란스러웠다. 큰 소리로 싸우는 욕지거리며 취객들의 악다구니와 이따금씩 목청껏 불러대는 일본 노래가 뒤섞여 들려오기도 했다. 목소리 큰 것은 모두 일본사람들이다. 조용한 아침의 나라를 일본사람들이 온통 차지하고 들어앉아 밤늦게까지 소란을 피우고 있다. 주인은 불을 끄고 어둠 속에 숨을 죽이고 있는데 불청객들이 주인행세를 하며 마음대로 떠들어대고 있는 것이다.

저녁을 먹고 난 일행은 탁주 한 사발로 여독을 달래고 다음날 새벽에 진주로 떠나기 위해 불을 끄고 이내 잠자리에 들었으나 주변이 소란스러워 잠을 이룰 수가 없었다. 8시간 동안 바다 위에서 시달리고 나니 심신이 지칠 대로 지쳐있었는데도 신경이 날카로워 잠이 오지 않았다. 미닫이 가까이에 누워 있던 김준형은 벽에 등을 기대고 앉아 있었고 안광철도 몇 번인가 일어났다 앉았다를 되풀이하더니 두 손바닥으로 귀를 틀어막은 채 눈을 감았다. 양만석 만이 아무렇지도 않은 듯 반듯하게 등을 붙이고 누워서 어두운 천장을 바라보았다. 주위의 소란스러움에 반응이 제각각이듯 그들의 생각이나 마음의 색깔, 저마다 추구하는 이상에도 차이가 있었다. 양만석과 김준형은 철저한 사회주의자고 안광철은 민족주의에 가깝다. 양만석과 김준형은 오직 사회주의만이 조국을 해방시킬 수 있다고 믿고 있고 안광철은 조선이 독립하기 위해서는 민족이 하나로 뭉쳐야한다고 주장했다. 양만석과 김준형은 비록 같은 사회주의자라고 해도 그 입장은 약간 다르다. 양만석이 진보적이라면 김준형은 다소 중도적이다. 이렇듯 생각과 색깔이 다르다고 해서 지금까지 그들은 서로를 비난하거나 따지려들지 않았다. 오히려 서로의 생각을 존중해주었다. 그들은 학교 안팎에서 시간 나는 대로 자연스럽게 어울렸고 자신의 생각을 거침없이 토로했다. 가끔은 의견충돌이 있기도 하지만 그때마다 서로의 생각을 이해하려고 애썼다. 이들 세 사람의 목적은 같다. 오로지 조선독립이다. 조선독립이라는 목적지는 같은데 방법에 있어서 각기다른 길을 선택하고 있을 뿐이다. 이번에 세 사람이 함께 도꾸주 마루를 타고 귀국한 것도 같은 목적을 위해서다. 진주 형평사 강연은 잠시 들러 가는 것일 뿐, 보다 더 중요한 것은 조선의 학생운동을 지도하기 위해서다. 3·1만세운동이 실패하자 동경 유학생을 비롯한 많은 지식인들은 앞으로 젊은 학생들이 독립투쟁의 구심점이 되어야 한다는 것을 깨달았다. 독립운동은 젊은 학생들을 중심으로 이루어져야 투쟁이 가능하다는 것을 알았다. 비록 3·1만세사건은 실패하고 말았지만 그 후 많은 변화를 가져왔다.

일행은 잠자리에 들었지만 쉽게 잠을 이루지 못했다. 밖의 소란스러움 때문만은 아니다. 어쩌면 가슴 벅찬 귀국의 감회 때문인지도 모른다. 그들은 눈을 감고 누워서도 저마다 다른 생각에 빠져들었다. 그들은 저마다 자신의 놀라운 변화에 대해 생각했다. 일본 유학길에 올랐을 때까지만 해도 그들은 입신을 위한 푸른 꿈을 간직했었다. 그 꿈은 오직 자신의 행복을 위한 것이었다. 유학을 끝내고 고국에 돌아와 입신출세하여 부귀영화를 누리겠다는 꿈에 부풀어 있었다. 그리고 폐쇄적 삶이 아니라 보다 넓은 세상에서 개화된 신세계를 호흡하고 20세기의 선진 문물을 익혀, 보다 신사적으로 살아가고 싶었다.

수원 지주로 아버지가 큰 포목점을 하고 있는 안광철은 법조인이 되겠다는 꿈을 안고 동경 유학길에 올랐다. 정읍 부호 김준형은 영문학자가 되고 싶었다. 와세다대학 영문과에 들어간 양만석은 입신의 꿈을 안고 일본으로 건너간 것은 아니었다. 학자가 되거나 출세를 하기 위한 것도 아니었다. 일종의 도피였다. 지겹도록 고향이 싫고 주변 사람들이 보기 싫어 낯선 땅으로 도망친 것이었다. 자신이 양 진사의 아들로 알고 나주지방에서 으스대고 살아왔는데, 그가 괴롭혀왔던 노비 장웅보의 핏줄임을 알았을 때, 그 분노와 수치심과 슬픔을 감당할 수가 없었다. 특히 동양척식회사 직원이 되어 농민들을 못살게 들볶았던 일이 부끄러웠다. 그는 날마다 인사불성이 되도록 술에 취해 아무에게나 미친 사람처럼 행패를 부렸다. 끝내는 출생의 비밀을 숨겨온 어머니한테까지 대들고 심하게 닦달하였다. 집을 나와 2년 가까이 집과는 발을 끊고 방황하며 살았다. 동척으로 아들을 찾아온 어머니를 만나주지 않고 매정하게 돌려보냈다. 어머니는 끝내 자결을 하였다. 그는 더 이상 나주 땅에 발을 붙이고 살아갈 수가 없었다. 아무도 그를 알아보는 사람이 없는 넓은 세상에서, 바람처럼 구름처럼 유유자적하며 살고 싶어 일본으로 도망쳐오다시피 하였다. 영어를 공부해서 장차 미국으로 건너가기 위해 와세다대학 영문과에 입학했다. 그는 일본에 건너가 입학을 하고도 2년 가까이 마음의 안정을 찾지 못하고 방황했다. 술과 여자를 가까이 하면서 방탕한 생활을 즐겼다. 그러던 양만석이 같은 영문과에 다니는 김준형을 알게 되면서부터 차츰 달라지기 시작했다. 김준형을 따라 도서관에 들락거리면서 독서에 빠져들었다. 그는 책속에 또 다른 삶의 길이 있다는 것을 깨닫게 된 것이다. 그를 새로운 삶으로 안내한 것은 책이었다.

일행은 자정이 넘어서 겨우 잠이 든 탓으로 문틈으로 날카로운 햇살이 벌겋게 찔러댈 무렵에야 눈을 떴다. 대충 세수를 끝내고 떠날 준비를 하고 있는데 여관 종업원이 밖에 손님이 찾아왔다고 전했다. 양장을 한 젊은 여자가 어제 연락선을 타고 온 와세다대 학생들을 찾는다고 했다. 부스스한 얼굴로 양치질을 하고 있던 김준형이 자기가 나가보겠으니 잠깐 기다려달라고 전하라면서 칫솔을 입에 문 채 머리에 빗질하기에 바빴다. 김준형은 그들을 찾아온 여자가 누구인지 짐작 가는 데가 있는 듯싶었다. 먼저 옷을 입고 있던 양만석이 김준형을 밀치고 밖으로 나갔다. 뜻밖에 조선애가 검정색 승용차 옆에 서 있었다. 그녀를 본 양만석이 놀란 얼굴로 가까이 다가갔다. 그들이 봉래관에 묵고 있는 사실을 어떻게 알고 그곳까지 찾아왔을까 궁금했다. 치마저고리 대신 분홍빛 원피스를 입은 조선애가 양만석을 보더니 활짝 웃었다. 일본을 떠나올 때는 한복 차림이었던 그녀가 부산에 도착하자 원피스로 갈아입은 의도를 읽을 수 있을 것 같았다. 눈부신 햇살속에서 그녀의 희고 가지런한 치아가 빛나보였다.

"다행이네요. 떠나시지나 않았을까 걱정했는데."

"아침 일찍이 여기까지는 어쩐 일입니까?"

"지금 진주로 가실 거죠?"

"그래야죠."

"함께 제 차에 타시죠. 즈이 이모부님께서 차를 내주셨거든요."

"고맙긴 한데 폐가 안 될지"

"그런 건 걱정은 안 하셔도 됩니다. 제가 일본에서 나와 진주 집에 갈 때마다 이모부님께서는 차를 내주시거든요. 서두르셔야겠네요."

그 사이에 김준형이 다급하게 구두 뒤꿈치를 밟아 찍찍 끌고 튀어나오더니 조선애를 발견하고 호쾌한 목소리로 거듭 원더풀을 외쳐대며 아이들처럼 반가워했다.

"아, 와 주셨군요."

"약속은 지켜야죠."

그러고 보니 김준형은 조선애가 차를 가지고 올 것을 미리 알고 있었단 말인가. 양만석은 기분이 머쓱해져서 한 발짝 물러섰다. 이렇게 해서 양만석과 김준형은 조선애와 함께 진주까지 동행을 하게 되었다. 김준형은 조선애와 동행을 한 것이 못내 즐거운 듯 채신머리없이 시종 희희낙락하였으나 양만석의 입장에서는 어쩐지 마음이 가볍지가 않았다. 우선 도정공장을 한다는 조선애 이모부의 차를 얻어 탄 것부터가 부담스러웠다. 부산에서 규모가 큰 도정공장을 한다면 필시 친일하는 장사꾼이 아니겠는가 싶었다. 더욱이 이 사람 저 사람 눈치를 살살 보는 자동차 운전수가 마음에 들지 않았다. 그런 운전수 옆에서는 함부로 이야기를 할 수도 없을 것 같았다. 양만석과 김준형이 조선애와 함께 진주로 떠나자 수원이 집인 안광철은 경부선을 탔다. 양만석이 안광철에게 진주에 들렀다가 같이 서울로 가자고 했지만 다음날 종로에 있는 형사변호사공동연구회 사무실에서 김병로 변호사와 만나기로 약속이 되어 있다면서, 상경을 서둘렀다. 양만석과 안광철은 서울에서 다시 만나기로 하고 헤어졌다.

자동차가 부산을 빠져나가자 예나 지금이나 조금도 달라진 것 없는 시골풍경이 한눈에 들어왔다. 초여름의 쨍쨍한 햇살은 송곳처럼 푸른 산과 들에 빽빽하게 쏟아져 내렸고 바람조차 숨을 죽여 숨이 막힐 정도로 후텁지근했다. 차창을 모두 내렸지만 바람 한 점 들어오지 않았다. 산자락 밑에 꼬막껍질 같은 초가들이 궁색한 모습으로 옹기종기 엎드려 있는 마을 앞 들판에는 띄엄띄엄 논을 매는 농부들의 모습이 보였다. 양만석은 눈앞에 펼쳐진 고국산천이 아름답다는 생각이 전혀 들지 않았다. 그는 6년 만에 다시 본 고국의 모습이 너무 초라해 명치끝이 아리고 눈물이 나오려고 했다. 예전에 고향에 머물러 있을 때는 느끼지 못했던 감정이었다. 그때는 굶주리는 농민들을 보거나 동척에 땅을 빼앗긴 고향 사람들을 보고도 아무런 느낌이 없었다. 굶주리는 것도 땅을 빼앗기는 것도 모두 농민들의 잘못이라고만 생각했었다. 그러나 지금은 달랐다. 조국이 예나 지금이나 이렇듯 궁색해 보이는 것은 모두 일본 탓이라는 생각이 강하게 뻗질러 올랐다. 자동차는 가로수도 없는 비포장 황톳길을 흙먼지를 부옇게 날리며 달렸다. 차창 밖을 바라보는 양만석의 시야에 그의 영산강이 아련한 모습으로 펼쳐졌다. 나주와 영산포가 얼마나 변했는지 궁금했다.

강연 장소는 남강이 내려다보이는 언덕배기 교회당이었다. 양만석과 김준형은 진주에 도착하여 강상호 회장 등 진주 형평사 간부들과 차 한 잔을 마시고 강연장에 도착했다. 두 사람이 교회 안으로 들어서자 마당 한가운데 두 줄로 늘어선 농악대가 징, 꽹과리, 북, 장고를 두들기며 환영했다. 강연장에도 발 딛을 틈도 없이 가득 들어찬 청중들이 일제히 일어서서 뜨거운 박수로 맞아주었다. 강상호 회장의 말로 이날 강연장에 모인 사람들은 진주뿐만 아니라 마산, 고성, 하동, 산청, 의령 등 인근 여러 지방에서 온 백정과 점한이(도공), 단골들이라고 했다. 그들은 대부분 노비 출신이라고 귀띔해주기도 했다. 강연장의 열기는 그들이 그동안 얼마나 사회로부터 천대를 받아왔는가를 짐작케 해주었다. 이날 양만석의 강연 주제는 '평등세상과 평등인간'이었다. 연단에 올라선 그는 두 번째 줄 중간에 조선애가 고개를 바짝 쳐들고 앉아 있는 것을 발견했다. 양만석은 간단하게 인사말을 하고 나서 차분하면서도 절도 있는 어조로 강연을 시작했다.

"저는 오늘 여러분들에게 평등세상이 어떤 것이고 왜 인간은 평등해야 하는가에 대해서 이론적으로 저저하게 설명하기 위해 이 자리에 선 것이 아닙니다. 다만 제가 지금까지 어떤 삶을 살아왔고 지금무슨 생각으로 살아가고 있는지에 대해서 이야기하고자 합니다. 저는 오랫동안 제 마음 속에 응어리져 있는 것을 숨김없이 토로하기 위해 이 자리에 섰습니다. 저는 과거 특권의식에 사로잡혀 불평등한 사회를 조장하며 살아왔습니다. 그리고 지금은 자신을 속죄하고 앞으로 평등사회를 만들기 위해 최선을 다할 각오로 살고 있습니다. 저는 전라도 나주 고을에서 천석꾼 부잣집 양 진사 댁 3대 독자로 호의호식하며 자랐습니다. 우리 집에는 대를 이은 노비들이 있었지요. 우리집 노비 중에는 도망치다가 붙잡혀 이마에 불도장을 찍힌 사람도 있었습니다. 그런데 우리 어머니가 시집 온 지 5년이 지나도록 자식을 생산하지 못하시자 양 진사는 가문의 대를 잇기 위해 씨받이를 얻었답니다. 씨받이를 얻어도 자식을 얻지 못하자 씨받이 여자한테 수태하는 데 문제가 있는 것이 아닌가를 실험하기 위해 노비를 씨받이 방에 넣었답니다. 세상에, 이런 짓을 금수도 아닌 사람이 할 수 있는 일입니까. 지금도 이런 경우가 있다는 것을 여러분들은 잘 아실 것입니다. 일 년 후에 씨받이는 아들을 낳았습니다. 우리 어머니께서는 남편한테 문제가 있다는 것을 알고 남편이 타관으로 출타한 틈을 타서 노비를 방으로 불러들여 잠자리를 같이 하셨지요. 그렇게 해서 제가 태어난 것입니다. 그러니까 저는 양반집 3대 독자가 아니라 노비의 핏줄인 것이지요.”

그때 장내가 술렁거렸다. 여기저기서 한숨과 탄식이 흘러나왔다. 양만석은 순간 눈앞에 앉아 있는 조선애를 보았다. 조선애는 아득하게 깊은 눈빛으로 양만석을 바라보고 있었다. “여러분, 헌데 부끄럽게도 저는 동경에 유학을 떠나기 전까지 제가 노비의 자식이라는 사실을 모르고 살았습니다. 양반집 3대 독자로만 알고 응석받이 안하무인으로 자란 저는 동양척식회사 사원이 되어 소작인들의 땅을 빼앗기 위해 온갖 행패를 부리며 농민들을 못살게 굴었습니다. 유별나게도 핏줄을 준 노비와 그 아들을 구박했습니다. 그랬던 제가 바로 그 노비의 자식이라는 사실을 알았을 때, 저는 살고 싶지가 않았습니다. 절망과 고통보다는 우선 수치심 때문에 고개를 바로 들 수조차 없었습니다. 속죄할 마음도 없었습니다. 그냥 분하고 억울하고 부끄럽기만 했습니다. 저는 모든 것을 포기하기로 했습니다. 가족과 명예를 팽개치고 도망치듯 일본으로 건너갔습니다. 아마 일본으로 가지 않았더라면 저는 삶마저도 포기했을지도 모릅니다. 일본에 가서 다행스럽게 새로운 세상을 만날 수가 있었습니다. 그것은 평등세상입니다. 평등세상에서는 신분의 높고 낮음이 없다는 것을 알았습니다. 귀한 사람과 천민의 구별이 없습니다. 백정이나 노비나 양반이나 장사꾼이나 똑같이 평등한 것입니다. 여러분 저 앞에 남강물이 수평으로 흐르고 있지 않습니까. 세상도 저 강물처럼 높고 낮음이 없습니다. 평등은 수평과도 같습니다. 물은 높은 곳에서 낮은 곳으로 흐릅니다. 평등세상에서는 지위가 높고 재산이 많은 사람들이 갖고 있는 것들이 지위가 낮고 가난한 사람들에게로 고르게 분배됩니다. 제가 꿈꾸는 이상세계는 바로 평등세상입니다. 한 때 사람을 차별했던 나 자신을 속죄하기 위해서라도 제 꿈을 꼭 실현하고야 말 것입니다. 평등세상에서는 백정도 왕이 될 수가 있습니다. 그런 세상이 기필코 오고야 말 것입니다."

강연이 끝나자 장내가 떠나갈 듯 박수가 터져 나왔다. 양만석은 조선애가 눈물을 훔치는 것을 얼핏 보았다. 그는 울고 싶었다. 처음으로 여러 사람들 앞에서 출생의 비밀을 털어놓고 나자 막혔던 숨구멍이 뻥 뚫린 듯 후련했다. 누구보다 김준형이 놀라는 기색이었다. 그는 김준형의 눈길을 애써 피했다.

청중이 모두 돌아가고 교회당 안에는 형평사 간부 몇 사람만 남게 되었다. 조선애도 자리에서 일어나지 않고 처음 그 자리에 앉아 있었다. 회중시계를 꺼내 보니 4시가 조금 넘었다. 서울로 올라가자면 서둘러 부산으로 되돌아가 경부선 막차를 타야할 것 같았다. 그런데 강상호 회장이 진주에서 하룻밤 묵고 가라며 한사코 붙잡았다. 그때 조선애가 가까이 다가와서는 밖에 자동차를 대기시켜 놓았으니 자기 집으로 가자고 했다.

그들을 태운 자동차는 조선애의 집으로 향했다. 조선애의 아버지는 규모가 큰 양조장을 경영하고 있었다. 자동차에서 내려 집 안으로 들어서자 널따란 정원에 소나무며 향나무 금목서 동백 등 잘 가꾸어진 나무들이 가득 들어차 있었다. 5칸짜리 기와집 토방 앞에 작은 연못에는 노란 어리연꽃들이 가득했고 연못 가장자리에 백 년 쯤 되어 보이는 배롱나무가 뭉얼뭉얼 분홍빛 꽃을 피워 올리고 있었다. 곱상한 얼굴에 옥색 모시 치마저고리를 단아하게 차려입은 조선애의 어머니가 그들을 반갑게 맞아주었다. 아담한 체격이며 흰 얼굴에 다소곳한 모습을 보니 조선애가 어머니를 많이 닮았구나 싶었다. 아버지는 마산에 조문을 갔다가 다음날에나 돌아올 것이라고 했다. 그들은 사랑채로 안내되었다.

저녁상이 들어올 무렵, 조선애의 육촌 오라비가 된다는 조선청년연합회 삼가 지회장 조기순이라는 젊은이가 들어왔다. 자동차에서 조선애가 그를 초대했노라고 미리 알려주었었다.

"진주까지 와주셔서 고맙습니다."

밥상을 사이에 두고 마주 앉은 조기순이 날카로운 눈빛으로 양만석과 김준형을 번갈아보며 말했다. 눈빛이 타오르듯 강열했다.

"솔직하게 말씀 드려서 오늘 선생님의 강연을 듣고 크게 실망했습니다. 선생님의 강연은 기대와는 달리 고해성사 같은 사적인 이야기가 아니었습니꺼. 지는 우리 민족의 진로와 효과적인 독립투쟁을 위한 연합전선 전략 같은 것을 기대했습니더. 사실 지금 우리에게는 신분해방도 중요하지만도 급선무는 독립 쟁취가 아니겠능교. 오늘 강연회에는 형평사 회원들 외에도 삼가, 초계, 합천 세 곳의 조선청년연합회 회원들과 진주 조선노동공제회 회원들이 거의 참석했지요. 노동공제회 강달영 회장도 왔드만요. 헌데 모두 실망한 눈치였습니데이.”

조기순은 말을 하다 말고 잠시 양만석의 표정을 살폈다. 양만석은 뜨끔했다. 그리고 조기순의 비판을 달게 받아들였다. 사실 양만석은 강연회 후 내내 마음이 무거워 있었다. 출생의 비밀을 털어놓은 것이 후회스럽기도 했다. 솔직히 나주에서라면 자신의 비밀을 말할 수 있었겠는가 싶었다. 나주나 광주에서, 나는 양반집 마님과 노비의 사이에서 태어난 종의 자식입니다 라고 떳떳하게 말할 수 있겠는가. 그것은 어머니를 욕되게 하는 것이며 양 진사 어른에 대한 모독이 아니겠는가 싶었다. 그렇지만 고향에서 멀리 떨어진 진주를 택한 것부터가 떳떳하지 못하며 계산적이라는 생각이 들어 부끄러웠다. 특히 친구 김준형이 아무런 반응도 보여주지 않은 것이 더욱 마음을 무겁게 하였다. 양만석은 강연이 끝나고 나서 김준형이 자신을 어떻게 대할지가 마음 조리도록 궁금했다. 그런데 김준형은 아무런 내색도 하지 않았다. 그래서 더욱 불안했다.

“지방 구석에 사는 사람들은 신사상에 목이 말라 있다 아닙니꺼. 세상이 어떻게 변하는지 알고 싶은기라예. 허지만도 우리 같은 처지에서 새로운 사상에 관한 책을 읽을 수가 있겠능교 아니면 지대로 된 신문이 있습니꺼. 그래서 강연회가 있다카믄 다 쫓아댕깁니더. 몇 해 전에 동경유학생들이 부산에서 했던 강연회에서는 공부 많이 했심더. 특히 김준연의 '20세기 청년의 포부'라든지 김송은의 '개조와 우리 청년' 강연이 좋았심더. 그래서 오늘 강연회도 기대를 잔뜩 걸고 갔었지예. 지 생각에는 이 김준형 선생님의 '우리 역사 바로 알자'라는 강연에서 많은 것을 알게 되었심더. 옛 고구려의 기상에 대한 이야기도 그렇고 삼국통일에 대한 반성도 그렇고예."

양만석은 아무 말도 못하고 앉아 있었다. 그때 밖이 소란스러웠다. 조선애의 아버지가 돌아온 듯싶었다. 조선애가 급히 밖으로 나가자 조기순이 검지를 입술에 대며 말조심하라는 눈치를 주었다.

"조 사장은 교풍회 핵심 멤바입니더."

조기순이 속삭이듯 말했다. 이어 사랑채 앞뜰 쪽에서 큰 기침소리가 들리자 조기순이 벌떡 일어서서 문 밖으로 나갔다. 김준형과 양만석도 뒤따라 나가 토방 아래로 내려섰다.

"우리 집에 동경 유학생들이 왔다꼬?"

파나마모자에 모시한복을 시원스레 입은 조선애의 아버지가 연못 모퉁이를 돌아오며 큰 소리로 말했다. 작은 키에 배가 부풀어 오른 것처럼 퉁퉁 살이 쪄서 걸음걸이가 사뭇 뒤뚱거렸다. 숨을 헐떡거리며 다가온 조선애의 아버지는 두 사람에게 차례로 악수를 청하며 이름과 나이, 고향, 전공학과, 가업, 가산정도, 장래 희망 등을 시시콜콜 캐물었다. 양만석과 김준형은 사실대로 대답했다. 양만석의 대답에는 매우 어둡고 무거운 반응을 보였고 김준형의 대답에는 다소 흡족해

하는 것 같았다. 그는 조기순을 힐끔 쳐다보더니 마뜩찮은 듯 노골적으로 눈빛을 흘겼다. 사랑방에 들어가 그들과 마주앉은 조선애 아버지는 양만석의 형평사 강연 사실을 알고 왔는지 신분해방 문제에 대해서 부정적인 말을 했다.

"형평사라는 데서 신분차별을 없애는 운동을 한담서?"

조선애 아버지의 물음에 아무도 입을 열지 않았다.

"내 생각에 사람의 귀천은 운명적으로 타고 난 것이든가 아니면 스스로 택한 것이 아닌가 싶다카이. 자신이 택한 신분이께 스스로 전력투구 노력해서 해결을 해야지, 다른 사람 도움을 받는다는 거는 이치에 맞지 않는 기라. 신분 차별은 민주주의를 잘 하는 선진국에도 있다드만. 특히 인도에는 손을 대서도 안 되고 눈을 뜨고 봐서도 안 되는 불가촉천민 불가시천민이 있는데 그 수가 기천만이나 된다드만 그려."

모두들 조선애 아버지의 말을 잠자코 듣고만 있었다. 아무도 대꾸를 하지 않았다. 조선애 아버지 같은 사람들에게는 어떤 말도 통하지 않는다는 것을 알고 있었기 때문이다. 양만석은 조선애의 집에 온 것이 조금은 후회되었다. 조선애의 체면만 아니라면 당장 일어서고 싶었지만 참았다. 민망해하는 것은 조선애였다. 그녀는 여러 차례 아버지에게 눈짓을 했지만 막무가내로 이야기를 계속했다.

"형평사와 공제회는 말할 것 엄고, 여기 조기순이가 하는 청년회도 자유 평등세상 만들겠다 카는 사회주의자들 단체가 아닌가? 계급이 없는 평등세상을 만들다니 말이 되는가 말이다."

조선애 아버지의 목소리가 다소 격해졌다. 참다못해 조선애가 아버지를 붙들고 일으켜 세우려고 했다. 그는 딸의 팔을 거칠게 뿌리쳤다. 그때 마침 밥상이 들어왔기 망정이지 자칫 이상한 분위기가 될 듯했다. 조선애 아버지가 딸의 손에 이끌려 밖으로 나간 후에도 밥상 앞에 앉은 세 사람은 한동안 쓰렁한 마음에 잠겨 있었다.

"선애를 봐서 이해합시더. 친일하는 지역 유지들 모임인 교풍회의 열성 멤바 중 한 사람이라꼬 아까 말씀드렸지 안았능교."

조기순이 밥상 앞으로 바짝 다가앉아 억지웃음까지 피우며 말했다. 그러나 그들은 잠시 후 조선애가 방에 들어왔을 때까지도 수저를 들 생각도 하지 않고 빈총 맞은 사람처럼 앉아있기만 했다.

"두 분들 죄송해서 어쩝니까. 부끄럽고 미안하고. 뭐라 사과를 해야 좋을지 모르겠십니다. 아버지께서 마산에 가셨다기에 오늘은 안 돌아오실 줄 알고 집으로 모신 건데"

잠시 후 사랑방으로 돌아온 조선애는 민망해서 어찌할 줄 몰라 했다. 안절부절 못하는 모습이 안타까울 정도였다.

"자 저녁이나 듭시다. 아니, 웬 밥상이 이렇게 호사스럽습니까."

김준형이 어색한 분위기를 바꾸려고 그답지 않게 너스레를 떨었다.

"선애 씨, 우리는 괜찮습니다. 이해해야지요."

양만석도 조선애의 마음을 풀어주기 위해 웃는 얼굴로 한 마디 하고 밥상 앞으로 바짝 다가앉았다. 그도 그때서야 진수성찬을 보고 적이 놀랐다. 그의 생애에서 이렇듯 호사스러우면서도 정갈한 밥상을 몇 번이나 받아보았는지 별로 기억에 없었다. 그도 한때는 나주 고을에서 행세깨나 한다는 집에서 살았지만 이렇듯 호사스러운 밥상은 처음인 것 같았다.

"우리 아짐이 오늘 큰 맘 먹고 진주 교방상을 차리셨네예. 혹시 두 분들 중에서 사윗감을 고르실 생각이 아닌가 모르겠고마. 암턴 옛부터 음식하면 북 평양 남 진주라 카지 않았능교. 자 드십시더."

조기순도 긴장을 풀고 말했다. 양만석은 젓가락을 든 채 상차림을 한 번 주욱 훑어보았다. 주연상을 곁들인, 다채롭고 정교하며 화려하면서도 정갈하여 더없이 맛깔스러워 보이는 교방 상차림이었다. 얼추 보아도 반찬이 스무 가지가 훨씬 넘어보였다. 흑임자죽, 삼색전, 생선회와 찜, 명태찜과 조기구이, 갈비구이와 갈비찜, 신선로, 홍시죽순채, 정과, 다식, 닭고기와 인삼으로 버무린 계삼채, 대하냉채, 오색화양적, 배추로 만두피를 만든 숭채, 밤으로 만든 율란, 생강란, 떡, 수정과, 식혜, 건구절판, 진구절판 등 여러 가지가 함께 먹음직스럽게 어우러졌다. 특히 양만석의 눈길을 끈 것은 건구절판과 진구절판이었다. 꾸덕꾸덕 말린 육포를 잘라 한 쪽 끝에 조청을 묻혀 기름을 빼고 잣가루를 곱게 다져 동그랗게 말려진 것하며, 호두 정과를 데치고 졸이고 튀기고 땅콩에 조청 발라 대추에 굴려놓고 한치 말린 것 살짝 얹은 다음 마지막에 예쁘게 꽃 장식을 해 놓은 것이 너무 정교하고 아름다워 차마 젓가락을 댈 수가 없을 정도였다. 진구절판 또한 여러 가지 색깔의 꽃으로 동그라니 수를 놓은 것 같았다. 쇠고기를 얇게 포를 뜨고 결대로 곱게 채를 썰어 고기양념 넣어 볶아 놓고, 부드럽게 물에 담가 불린 표고버섯 물기 짜낸 다음 채 썰어 양념으로 볶고, 생오이

당근 새끼손가락만큼 갈쭉하게 껍질 쪽으로 벗겨 채를 썬 다음 소금에 절였다가 물기 짜서 새파랗고 빨갛게 볶고, 머리와 꼬리 다듬은 숙주를 찜통에 쪄서 식힌 후, 물기 말려서 돌돌 말아 채 썰어서 소금 참기름에 양념해 볶고, 달걀은 지단을 얇게 부쳐서 식힌 후 곱게 채 썰어 놓았다. 또한 쓴 맛을 뺀 후 가늘게 찢은 도라지 볶음과 돌돌 말아 가늘게 채 썬 석이버섯 볶음, 둥그스름한 밀전병 등 구절판에 갖가지 볶음 재료들을 색깔에 맞춰 놓고 한가운데에 밀전병을 담은 다음 겨자와 초장과 초고추장 종지기를 곁들였다.

"자, 진주에 오셨으니 진주 쇠주를 한 잔씩 드십시더."

조기순이 먼저 양만석 앞에 놓인 빈 잔을 채웠다. 양만석은 한사코 사양하는 조선애한테도 잔을 권했다. 그녀는 못 이기는 척 술잔을 받았다. 김준형이 조선애를 향해 성찬에 초대해주어서 고맙다는 말을 하고 나자 저마다 술잔을 입술에 댔다. 양만석은 잔을 반쯤 비우고 나서 영양 간식으로 임금님이 즐겼다는 율란을 젓가락으로 집었다. 밤에 꿀을 바르고 계피 향을 곁들여, 입에 넣자 사르르 녹는 듯하였다. 두 번째는 잣가루 묻힌 삼각뿔 모양의 생강란을 집어 먹었다. 달콤하면서도 생강특유의 쌉싸름한 맛과 향이 입 안에 가득 배어들었다.

"이건 뭐지요? 죽순채인 것 같은 데 맛이 특이하네요."

김준형이 홍시죽순채를 한 젓가락 집어 먹으면서 조선애에게 물었다.

"죽순과 쇠고기 우둔살, 표고버섯, 미나리, 숙주, 달걀, 홍시에 간장, 설탕, 참기름, 후춧가루를 넣고 양념으로 볶아서 무친 것입니다."

"죽순 무침에 홍시를 넣었어요?"

양만석도 술잔을 비우고 나서 홍시죽순채를 집어 입에 넣고 천천히 맛을 음미하면서 씹었다. 달콤 쌉쌀하면서도 쫄깃한 것이 씹어 삼킨 후에도 담백하고 향긋한 맛이 오래 입안에 머물렀다.

양만석과 김준형은 다음날 새벽 진주를 떠났다. 헤어지면서 조선애는 자신의 주소를 적은 쪽지를 건네주면서 두 사람도 연락처를 알려달라고 했다. 김준형은 정읍 자기 집 주소를 적어주었으나 양만석은 잠시 미적거렸다. 어디에 있게 될지 아직은 막연했기 때문이다. 나주 집으로 돌아가고 싶지는 않았다. 그렇다고 전라도를 떠나기도 싫었다. 지금 계획으로는 얼마 동안 광주에 머물 생각이다. 그러나 광주에는 아무런 연고도 없다. 양만석은 차후에 확실한 거처가 정해지면 알려주겠다고 적당히 얼버무리고 말았다. 조선애는 그런 양만석에 대해 약간 서운해 하는 표정을 지어보였다.

두 친구는 부산역에서 경부선을 탔다. 그리고 양만석은 대전에서 내려 서너 시간을 기다렸다가 해질녘에야 호남선 열차를 갈아탔다. 3등 열차표를 사서 객차에 오르자 차장이 그를 위 아래로 훑어보더니 1등 칸으로 옮겨 타라고 했다. 1등 칸은 일본인들만 타게 되어 있는데 양복 차림의 덕을 톡톡히 본 셈이다. 1등 칸에는 여기저기 빈 자리가 많이 눈에 띠었다. 자리를 잡고 가방을 시렁에 얹은 양만석은 객차 안을 천천히 휘둘러보았다. 모두 일본사람들뿐이다. 그는 차림새만으로 일본사람과 조선사람을 쉽게 구별할 수가 있다. 똑같은 양복을 입었어도 일본사람은 자신에 차 있는 태도였지만 조선사람은 잔뜩 긴장해 있는데다 어수룩하게 주눅까지 든 표정이다. 1등 칸인데도 경부선 열차에 비해 객실이 낡고 지저분했다. 호남선은 경부선에 비해 운행 횟수도 적고 속도가 떨어지며 청소도 제대로 안 하고 승무원들이 불친절하다는 말을 들었는데 그게 사실인 모양이다. 차창 문을 열자 강바람이 무섭게 덮쳐왔다. 양만석은 하이칼라 머리가 날리도록 바람을 쏘였다. 조금은 머릿속이 개운해 진 듯싶었다. 금세 시야에서 인가가 사라지자 열차는 숨을 몰아쉬며 푸른 들판을 가로질러 달렸다.

양만석은 구릉과 들판이 끝없이 이어지는 지평선 멀리 시선을 던진 채 생각에 잠겼다. 대전에서 헤어진 친구에 대한 고마운 정으로 자꾸만 코끝이 후끈 달아올랐다. 그의 인생에서 그처럼 돈후한 친구를 가졌다는 것이 얼마나 다행인가 싶었다. 20년 이상을 살아온 나주에서는 그런 친구를 단 한 명도 갖지 못했었다. 나주에서의 강팔랐던 삶이 참으로 후회스럽고 부질없었음을 뼈저리게 느꼈다. 6년 동안 일본에 있으면서도 문득문득 고향 소식이 궁금했지만 속내를 털어놓고 편지를 쓸만한 친구 하나 없었지 않았던가. 오직 그리운 것은 고향산천 뿐이었다. 서서히 어둠이 깔리기 시작하는 들판을 바라보는 양만석의 눈에 나주평야가 희미하게 떠오르면서 시울이 촉촉하게 젖었다. 나주와 영산포를 휘어 돌아 흐르는 영산강 물과 나주를 등 뒤에서 힘차게 받치고 우뚝 선 금성산도 머릿속에 뚜렷하게 그려졌다. 그의 주변에 있었던 여러 사람들의 얼굴도 함께 떠올랐다. 그 중에서도 그가 핏줄을 받은 웅보와, 웅보 아들 개동이의 얼굴이 가장 선명했다.

웅보가 노비였을 때 등에 올라타서 발길로 허구리를 차고 손으로 엉덩이를 치며 네 발로 기어 다니게 했던 일이 생각났다. 웅보는 한껏 고개를 쳐들고 말 우는 소리를 내며 땅바닥을 기었다. 조금도 싫어하는 기색이 없었다. 웅보는 양만석이 장가들던 날 나무 기러기를 안고 따라오기도 했다. 그가 의병들한테 납치되었을 때는 테메산까지 뒤쫓아 와서 구해주기까지 했다. 그것을 알고도 고맙다는 말 한마디 해주지 않았다. 오히려 앞장서서 웅보 논에 동척 말뚝을 박았고 동척에 땅을 내놓지 않은 새끼내 사람들을 잡아다 족치지 않았던가. 웅보가 죽었을 때 그의 어머니가 문상을 가라고 신신당부했으나 주막에서 술에 취해 계집을 안고 잠들었었다. 지금 생각해보니 어머니가 왜 그렇듯 애걸하듯 문상을 가라고 당부를 했었는지 헤아릴 수 있을 것 같다. 웅보의 아들 장개동에게는 또 얼마나 못되게 굴었던가. 장개동이가 영산포소학교(영산학숙) 훈도로 영산포에 돌아왔을 때는 눈에 가시가 돋기라도 한 것처럼 눈알이 껄끄럽고 배알이 뒤틀려서 참을 수가 없었다. 천한 노비의 자식이 훈도가 되었다는 사실을 도저히 받아들일 수가 없었던 것이다. 어떻게 해서라도 그를 훈도자리에서 밀어내기 위해 뒷조사까지 하지 않았던가. 그가 잘 되는 꼴을 보고만 있을 수가 없었던 것이다. 의병이 되었다는 웅보 동생 대불이와 장개동이 집에 얹혀사는 대불이 아들 우암이 얼굴도 가물가물 떠올랐다. 이상하게도 장 씨네 사람들만 머릿속을 부지런히 들락거렸다. 한 때 양 진사의 씨받이였고 장개동의 생모인 막음례가 자신이 웅보의 핏줄이라는 말을 했을 때 양만석은 그녀를 죽이고 싶었었다. 양만석의 출생 비밀을 털어놓는 막음례의 태도는 너무 당당했다. 그녀는 양만석에게 오해하지 말라는 말을 여러 차례 되풀이했다. 추호도 저의가 있는 것이 아니라고 강조했다. 양 진사한테 당했던 수모에 대한 복수심이 아니라, 그녀의 소생인 장개동과 양만석이가 의좋게 살기를 바라는 마음 뿐이라고 했다. 그러나 막음례의 그 같은 말들은 한 마디도 귀에 들어오지 않았었다. 오장육부가 뒤집히고 눈앞의 세상이 뒤죽박죽 되어버린 기분이었다. 술에 취해 집에 돌아온 그는 소리소리 지르며 어머니를 심하게 다그쳤다. 사색이 된 어머니는 방바닥에 얼굴을 처박은 채 몸부림치며 통곡했다. 어머니의 입에서 자신이 노비 웅보의 자식이라는 말을 들은 양만석은 그길로 집을 뛰쳐나오고 말았다. 어머니는 아들을 만나기 위해 그가 묵고 있던 영산포 선창가 여관으로 찾아왔으나 얼굴조차 보여주지 않았다. 그리고 얼마 후 한밤중에 술에 취해 곯아떨어져 있을 때 어머니의 자결 소식을 들었다. 그는 술에 취한 채 어둠 속을 비틀거리며 영산강으로 뛰쳐나갔다. 어머니를 외쳐 부르며 물속으로 뛰어들었을 때, 어두운 허공 속에 웅보의 얼굴이 선명하게 나타났다. 그는 "애비도 몰라보는 불효막심한 놈아" 하고 큰소리로 양만석의 이름을 부르며 꾸짖었다. 양만석은 "나는 종의 자식이 아니다. 당장 사라져라"고 욕을 해대며 물속을 뛰어다니다가 지쳐 쓰러졌다. 그가 다시 정신을 차린 것은 물가 모래밭이었다. 어둠이 두껍게 내려앉은 열차의 유리창에 울고 있는 어머니 얼굴이 희미하게 그려졌다.

3

　열차는 다음날 새벽, 동이 틀 무렵에야 광주역에 도착했다. 일 년 전에 세워졌다는 광주역의 역사는 인가도 없는 황량한 들판에 판자를 덧댄 목조 단층으로 고즈넉하게 엎드리고 있었다. 정삼각형 모양의 뾰쪽한 지붕이 인상적이었다. 이른 아침이라 역 주위가 황량할 정도로 한산했다. 양만석은 무거운 가방을 들고 끙끙대며 높고 긴 구름다리를 건넜다. 구름다리 층계를 내려서자 전봇대가 세워진 역 앞 공터에 인력거 몇 대만이 한가롭게 손님을 기다리고 있는 것이 보였다. 그는 고개를 들어 시가지 쪽을 보았다. 아, 무등산. 끙끙대며 큰 가방을 챙겨 들고 구름다리를 내려온 양만석의 눈에 무등산이 손에 잡힐 듯 성큼 다가왔다. 그는 한참 동안 서서 부연 아침 안개에 휘감겨 있는 무등산을 바라보았다. 무등산은 나주에서도 잘 보였다. 나주에서 바라본 무등산은 언제나 짙은 회색빛으로 부옇게 출렁였다. 일본에 있으면서도 문득문득 둥그스름하고 풍만한 아낙의 둔부 같은 무등산이 떠오르곤 했다. 양만석은 한참 동안 무등산을 바라보다가 인력거에 올랐다.

　"신사양반, 워디로 뫼실끄라우."

　깡마른 몸피에 늙수그레한 인력거꾼이 서너 차례나 거듭 물었지만 그는 한동안 미적거리며 방향을 잡지 못했다. 막상 광주에 오긴 했지만 갈 곳이 없었다.

　"우선 여관으로 갑시다."

"여관이라면 어느 여관을 말씀하시는그라우."

"아무데나 깨끗하고 조용한 여관으로."

"조선여관으로 뫼실까요 일본여관으로 뫼실까요."

"조선여관이라면 주인이 조선사람이라는 거지요? 조선여관으로 갑시다."

"아, 네. 깨끗하고 조용한 여관이 있지라우. 황금정에 있는 금성관으로 뫼시겄구만이라우."

머리에 수건을 질끈 동여맨 인력거꾼은 역 앞으로 곧게 뻗은 길을 뛰었다. 인력거꾼한테서 나주의 옛 이름인 금성이라는 말만 들어도 가슴이 설렜다. 시가지에 가까울수록 규모 있는 새 건물들이 눈에 띄기 시작했다. 늙은 인력거꾼의 말로, 일본인들이 주로 모여 사는 불로정과 황금정에는 여관이며 요정, 요리집들이 많이 들어서 있다고 했다. 특히 황금정의 기타무라로(北村樓)에서는 밤늦도록 일본 기생 게이샤의 노래 소리가 거리까지 흘러나온다고 했다. 금성여관은 사직공원이 건너다보이는 광주천변 대로변에 자리 잡고 있었다. 돌담이 에둘러 있는 대문 옆에 오래된 은행나무 두 그루가 파랗게 서 있었다. 열려있는 대문으로 얼핏 마당 안을 들여다보니 지은 지 얼마 안 되는 기와집과 잘 다듬어진 정원이 한눈에 들어왔다. 인력거꾼이 가방을 들고 먼저 안으로 들어가더니 스무 살 안팎의 잘생기고 하이칼라 머리에 자르르하게 기름을 바른 종업원이 대문까지 나와서 절을 하며 손님을 맞았다.

"장기간 숙박을 할 것이니 조용한 방으로 주게."

"얼마 동안이나 기실 건디요?"

"한 달? 아니 더 오래 있을 수도 있네."

"그러시다면 마침 특별한 손님만 뫼시는 별채에 특실이 비었구만요."

양만석은 본채 옆을 돌아 조선 소나무가 누운 듯 어슷하게 서 있는 화단 한쪽의 아담한 방으로 안내되었다. 방이 깨끗하고 조용해서 마음에 들었다. 미닫이 문 맞은편에 손바닥만한 유리창문이 붙어있었다. 숙박비는 1박 2식에 1원50전이라고 했다. 양만석이 한 달 숙박비를 선금으로 지불하고 팁까지 주자 종업원은 고맙다면서 세 번씩이나 거듭 넙죽거리며 인사를 했다. 양만석은 너무 고단하여 저고리만 벗어서 벽에 걸어놓고 아침도 먹지 않은 채 잠이 들었다. 밖이 소란해서야 눈을 뜬 그는 회중시계를 꺼내보았다. 오후 두 시가 조금 넘었다. 그때서야 그는 세면도구를 챙겨들고 밖으로 나왔다. 그는 뒷마당 한쪽에 작두 샘이 있는 것을 보고 놀랐다. 세수를 하면서 집 안을 자세히 살펴보니 꽤 규모가 큰 여관이다. 작두 샘 가까운 곳에 옆집으로 터진 작은 덧문이 달려있다. 덧문으로 연결된 옆집도 금성여관 못지않게 덩그런 한옥의 기와지붕이 죽담 위로 한껏 위용을 자랑했다. 옆집 마당에도 손질이 잘 된 수목이 꽉 들어차 있었다. 양만석은 그가 밖에 나온 것을 알고 주위를 맴돌고 있는 종업원 조 군을 불러 옆집도 여관이냐고 물어보았다.

"영산원이구만이라."

"영산원이라?"

"요정이지라."

"헌데 어찌해서 요정하고 여관 사이에 덧문이 있는가?"

"아, 예. 그거는 주인이 같기 땜시 그러지라. 이 샛문은 주로 우리 주인마님만 출입을 하시는구만이라. 손님들 출입문은 다르구만요. 영산원은 저쪽 뒷길로 들어가는구만이라. 가끔은 영산원 손님들 중에 특별히 샛문을 이용하기도 허제라우."

조 군은 큰 비밀이라도 알려주는 것처럼 입에 손을 가리고 소곤거리듯 말했다.

느지거니 점심을 먹은 양만석은 산책이나 할 요량으로 와이셔츠만 걸치고 금성관을 나왔다. 조 군이 여관 문 밖까지 따라 나와 배웅을 해주며 대충 주변 설명을 해주었다. 3시가 넘었으나 한 여름이라 습윤한 바람까지도 뜨겁게 느껴졌다. 굽이굽이 용틀임하듯 물이 굽어 돌아 흐르는 널따란 광주천에는 여기저기서 하동들이 물장구를 치며 멱을 감고 있었다. 투망질로 물고기를 잡는 사람들도 있었고 상류 쪽 팽나무 그늘 밑에서 한가롭게 낚시질을 하는 사람도 띄엄띄엄 보였다. 둑도 없는 천변에는 팽나무며 미루나무 실버들나무들이 숲을 이루었고 물 가까이에는 모래사장이 넓게 펼쳐져 있었다. 한때 이곳에서는 의병들을 처형하기도 했는데 지금은 닷새 만에 광주의 작은 장 부동방장이 선다고 했다. 광주천 가까이 가자 물줄기를 막은 보가 있고 보 아래쪽에 작은 쪽배가 한가롭게 떠 있는 큰 웅덩이가 있었다. 주변에 팽나무와 버드나무가 우거져 있는 웅덩이 가장자리에 수상 누각을 지어 놓고 술을 마시는 모습이 보였다. 규모가 큰 집이 들어서 있는 것을 보니 요리집인 듯했다. 부동교 나무다리 근처 휘휘 늘어진 수양버들 밑에는 쇠코잠방이 차림의 어른들 너댓 명이 팔덕선을 부쳐가며 장기를 두느라 떠들썩했다. 광주천 건너편 사직공원의 야트막한 산자락 끝 마루턱에 세워진 양파정이 헌걸스러워 보였다. 양만석은 다리를 건너 휘적휘적 사직공원 쪽으로 올라갔다. 꽃바심 모퉁이를 지나 언덕배기 초입에서부터 오래된 참나무며 떡갈나무, 소나무, 벚나무들이 하늘을 찌를 듯 우거져 시원한 그늘을 드리웠다. 사직공원에서 남쪽으로 조금 더 가면 진다리 건너 서양 선교사촌이 있고 그 길을 따라가면 남평에 이른다. 광주에서 남평을 거쳐 나주까지 가는 데는 반나절 길도 안 된다. 양만석은 예전에 걸어서 나주에서 남평을 거쳐 광주까지 왔다 간 적이 있었다. 어머니가 자결을 한 후 일본유학을 떠나기까지 2년 가까운 세월 그는 수 없이 나주와 광주를 오가며 방탕생활로 시간을 죽이며 살았다.

지금은 광주에서 나주까지 객마차가 정기적으로 운행된다고 하니 두어 시간이면 갈 수가 있겠다 싶었다. 사직공원 마루턱에 올라서자 무등산 아래 부채꼴로 펼쳐진 광주시가지가 한눈에 파고들어왔다. 광주천이 발부리 밑을 간질이듯 휘감아 흐르는 것도 보였다. 광주천은 무등산 중머리재의 중심사 계곡과 세인봉 약사계곡을 비롯, 서쪽의 여러 골짜기 물이 합쳐지고 다시 원지교 쪽에서 흘러내린 물과 만나서 사직공원 산자락을 느슨하게 감고 조이다 다시 풀며 시가지 동쪽에서 서쪽으로 흐른다. 양만석은 벚나무 밑에 한 시간쯤 무료하게 앉아 있다가 천천히 내려왔다. 다시 부동교 다리를 건너 시가지 쪽으로 향했다. 큰 길에 나오자 이따금씩 자동차가 흙먼지를 푸옇게 일으키며 지나다닐 뿐, 거리가 한가했다. 광주천에서 가까운 본정통은 길이 넓게 뚫리고 일본인 점포들이 질서 있게 죽 늘어서 있었다. 본정통 복판에 호남은행 건물이 유난히 돋보였다. 본정통을 중심으로 비교적 도로정비가 잘된 것 같았다. 일제는 시가지를 정비한다는 명목으로 이미 10여 년 전에 광주성곽과 누문을 허물고 동헌과 광산관 등 옛 관아건물까지도 없애버렸다.

양만석은 하릴없이 상점 안을 기웃거리기도 하고 지나가는 사람들의 모습을 바라보기도 하면서 여유롭게 본정통을 거닐었다. 처음 걸어본 거리였으나 어쩐지 낯설지가 않았다. 부산이나 서울에서 느꼈던 기분과는 달랐다. 아마 고향땅이라 그런 것 같았다. 고향이란 어머니처럼 사람의 마음을 포근하게 감싸 안아주는 힘을 가지고 있는 것인지도 모른다는 생각이 들었다. 울컥 어머니 생각이 가슴을 적셨다. 그는 문득문득 어머니가 세상을 포기한 그 순간 얼마나 마음이 아프고 고통스러웠을까 하는 생각에 가슴이 저며 올 때가 있었다. 어쩌면 어머니의 그 고통이 그 낯선 이국땅에서 그를 강하게 만들었을지도 몰랐다.

양만석이 찾아간 곳은 흥학관(興學館)이다. 본정에서 나와 부동교 방향으로 큰 길을 따라 오다가 모퉁이를 꺾어 돌자, 마치 학교 건물처럼 벽에 유리창들이 여러 개 달린 집이 나왔다. 흥학관은 본정에서 가까운 곳에 있었다. 그러고 보니 그가 묵고 있는 금성관과는 지척지간이다. 양만석은 한참이나 흥학관 앞에 서서 건물을 쳐다보았다. 중앙에 위치한 삼각 조각지붕 아래 '흥학관(興學館)'이라는 간판이 눈에 들

어왔다. 입구 양쪽에는 광주청년회, 노동공제회 광주지회, 광주청년
학원 등 간판들이 다닥다닥 붙어있다. 흥학관은 1912년에 광주 유지
최명귀가 사비 1만원을 기부하고 광주보통학교 동창회가 주동이 되
어 세운 건물이다. 이 곳에서는 연극공연과 영화상영, 강연회 외에 여
러 사회단체의 집회가 열리고 야학도 개설되어 있었다.

양만석은 잠시 주저하다가 흥학관 안으로 들어갔다. 흥학관은 간
판이 붙은 사무실과 체육관 겸 공연장으로 쓸 수 있는 강당, 교실, 화
장실을 갖춘 단층건물이었다. 한 곳을 들여다보았더니 널찍한 공간
에 책상과 걸상이 가득 들어있고 교탁과 흑판도 보였다. 학생들이 공
부하는 교실이 분명했다. 그는 광주청년회 라는 간판이 붙은 사무실
문을 열고 안으로 들어갔다. 스물 안팎의 젊은이들 네다섯 명이 둘러
앉아서 부채질을 해가며 그날 먹은 점심에 대해 한가하게 잡담을 하
고 있었다. 낯선 사람이 들어오자 대화를 중단하고 약간 경계하는 눈
빛으로 양만석을 쑤석어보았다.

"누구를 찾아오셨소?"

목에 땟국이 묻고 덥수룩한 머리에 눈이 큰 청년이 양만석을 멀뚱
멀뚱 처다보며 물었다.

"혹시 최흥종 목사님 여기에 안 나오십니까?"

양만석은 굳이 누구를 찾아온 것이 아니었기 때문에 한참 동안 망
설이다가, 일본에서 광주 출신 유학생들한테 얼핏 들었던 최흥종의 이
름을 말하고 말았다. 최흥종은 당시 노동공제회 광주지회장이었다.

"그분을 만나시려면 공제회 사무실로 가셔야지요."

"요즘에는 공제회에도 잘 안 나오시는 것 같은데, 와이엠씨에이나 제중원으로 가보십시오."

"아, 예, 그렇군요."

"예배당이나 선교사촌에 가서도 만날 수 있을 게요."

몸피가 왜소한 청년에 이어 덩치 큰 젊은이가 친절하게 말했다.

"참, 여기서 야학을 한다는데 어떤 것을 가르칩니까?"

양만석이 빈 나무의자에 차분히 앉으며 물었다

"야학에 댕기실라고요?"

눈이 큰 젊은이가 희미하게 미소는 띄었으나 긴장을 풀지 않은 얼굴로 물었다.

"영어도 가르칩니까?"

양만석은 어색하게 웃으며 다시 물었다.

"영어는 아직 배우려는 사람이 없어서요. 가르칠 선생도 없고요."

"아, 그래요."

양만석은 자신이 영어를 가르치고 싶다는 말을 차마 할 수가 없었다.

"실은 나는 사흘 전에 동경 유학을 마치고 귀국을 했소. 와세다대학에서 영문학을 공부했지요."

양만석은 망설이던 끝에 자신을 소개했다. 그때서야 젊은이들이 다소 긴장을 풀고 호기심어린 시선을 그에게로 집중했다.

"아, 그래요?. 반갑습니다. 저는 장석천이라고 합니다."

덩치가 큰 젊은이가 갑자기 벌떡 일어서더니 양만석을 향해 꾸벅 허리를 굽혔다. 양만석이 먼저 손을 내밀어 악수를 청했다. 이윽고 다른 젊은이들도 예의를 갖추어 돌아가면서 양만석과 인사를 나누었다.

"댁이 광주십니까요?"

"고향은 나주지만 광주에 머물 생각입니다."

"그러시다면 광주에 계시는 동안 우리 야학에서 학생들을 좀 가르쳐 주시겠습니까? 아무 과목이나 상관이 없습니다요."

"생각할 시간을 좀 주실 수 있겠소?"

장석천의 부탁을 받은 양만석이 반문했다. 그의 인상이 웅숭깊고 착해보였다.

"그렇게 해주십쇼. 그렇지 않아도 학생들을 가르칠 만한 분이 없어서 고심 중이었는데 잘 되었습니다. 당분간이라도 좋으니 우리를 좀 도와주십시오."

눈이 크고 협수룩한 젊은이가 간절하게 부탁을 했다. 장석천은 양만석 옆에 바짝 다가앉아서는 자기는 보성고등보통학교와 수원고등농림학교를 나왔는데 유학을 준비 중에 있다고 했다. 유학을 간다면 상과대학으로 진학하고 싶다면서 입학절차며 학비 등 유학에 관한 것들을 이것저것 자세하게 물었다. 양만석이 다음에 다시 들리겠다고 말하고 일어서서 흥학관을 나왔다. 장석천이 문밖 큰 길까지 따라나오며 한사코 숙소라도 알려달라고 해서 금성관을 말해주었다. 짧은 만남이었지만 장석천의 인상이 양만석의 뇌리에 깊숙이 박혔다.

신시가지를 한 바퀴 돌고 오후 늦게야 여관으로 돌아온 양만석은 가방을 열어 옷가지를 꺼내 옷걸이에 걸고 책도 방 한쪽 구석에 가지런히 쌓아 놓았다. 가방 속의 짐은 거의 책이다. 그것도 사회주의 이론 서적이 대부분이다. 그 속에는 고토쿠 슈스이와 카타야마센의 저서들도 들어있다. 영어로 된 원서도 서너 권 가져왔다. 그는 가방 속에 처넣어 둔 헌 양말을 꺼내놓고 큰 대자로 벌렁 누웠다. 앞으로 이 여관에서 혼자 살아야 할 일이 막막하기만 했다. 일본에서는 친구들이 있어 그렇게 적적한 줄을 몰랐다. 친구들과 어울려 술도 마시고 토론도 하고 도서관에 가서 책도 읽으며 바쁘게 살아왔다. 김준형이 워낙 여자를 좋아한 탓으로 더러는 그를 따라가 여학생들과 어울리기도 했다. 학교 옆에 2층 방을 얻어 김준형과 자취를 하며 살아왔기 때문에 밥 짓는 것하며 빨래하는 일은 이골이 나 있었다. 김준형은 부잣집 아들이라 돈을 펑펑 썼으나 양만석은 혼자 힘으로 학비와 생활비를 해결해야 했기에 김준형한테 얹혀살다시피 했다. 김준형이 하숙을 그만두고 방을 얻어 자취를 하게 된 것도 양만석을 돕기 위해서였다. 김준형의 하숙비로 두 사람이 먹고 살아갈 수가 있었기 때문이었다. 그 대신 끼니 준비며 청소, 두 사람의 빨래는 양만석이가 도맡았다. 김준형은 걸핏하면 외식을 하자고 했는데 그 또한 친구를 돕기 위해서라는 것을 그는 잘 알고 있었다.

방바닥에 누워 이런 저런 생각을 하고 있는데 노크소리가 들려 문을 열어봤더니 조군이 버릇처럼 뱁새눈을 끔적거리며 허리를 굽적거렸다.

"우리 주인마님께서 신사 분을 저녁 식사에 초대하셨습니다요."

"자네 주인께서 나를? 무슨 일로?"

"장기 숙박에다 한꺼번에 선금꺼정 몽당 내셨으니께요. 학생들 말고 그런 손님들은 벨로 없거든이라."

"그래? 이 집에 하숙을 하는 학생들도 있는가?"

"고보생들이 세 명이나 있지라."

"하숙비가 만만치 않을 텐데."

"그렁께로 시골 부잣집 자식들이나 여관에서 하숙을 허지라. 냉큼 나오셔서 안채로 가십시다요."

"주인은 어떤 분이신가?"

양만석이 벗어 놓은 양말을 다시 신고 와이셔츠를 꿰며 물었다.

"돈이 겁나게 많고 혼자 사시는 할머니지라우. 참 시방은 손자를 데리꼬 와서 함꾸네 사시는 구만이라우."

"가족은 없고?"

"훈도질 허는 아들이 있는듸 여그는 잘 안 오데요."

양만석은 손가락으로 갈퀴질하듯 머리를 긁어 올리며 조군을 따라 안채로 들어섰다. 안채는 여관 뒤쪽에 한갓지게 자리 잡고 있었다. 자갈이 깔린 조붓한 화단 옆길을 따라가자 우듬지를 가지런하게 자른 오죽 울타리 안 쪽 뜰에 채송화며, 접시꽃, 분꽃, 맨드라미, 봉선화, 백일홍 등 여름에 피는 갖가지 색깔의 화초들이 무더기로 피어있었다.

"쪼금 앙거 기시면 나오실 것입니다요."

그는 주렴이 드리워진 대청마루로 안내되었다. 마루에 깔아놓은 죽피방석에 앉으니 영산원과 금성관 지붕의 위용이 산처럼 한 눈에 들어왔다. 양만석은 금성관 주인이 어떤 사람일까 궁금했다. 광주에서 이만큼 규모가 큰 여관과 요정을 같이 경영하는 사람이라면 꽤 재력가일 것이라고 생각했다. 이윽고 밖에서 나막신 소리가 들리는가 싶더니 흰 모시 치마저고리에 몸집이 중후해 보이면서도 품격을 갖춘 초로 여인이 뜰을 가로질러 대청마루 쪽으로 걸어오는 것이 보였다. 비가 오는 것도 아닌데, 치마저고리에 나막신을 끌다니, 어울리지 않은 모습에 실소했다. 여인은 희끗한 반백의 낭자머리에 나비모양 옥비녀를 꽂았다. 양만석은 고개를 똑바로 들고 대청을 향해 걸어오고 있는 여인을 바라보았다. 짐작에 금성관 주인인가 싶었다. 잠시 후 여인이 토방 위로 올라섰을 때 양만석은 소스라치듯 놀라 벌떡 일어섰다. 주렴을 걷고 대청 안으로 들어선 여인도 양만석을 보고 펄쩍 놀라며 벌린 입을 다물지 못했다.

"아니? 되련님이 아닌그라우?"

"……?"

양만석은 너무 놀라 아무 말도 못한 채 한동안 우두커니 서 있기만 했다.

"되련님 일본에 기신 줄 알았는디 언제 나오셨남요?"

"귀국한 지 며칠 됩니다."

"허면, 나주에는 댕겨 오셨는감요?"

"아직…… 헌데 아주머니는?"

"예, 목포 살림 몽땅 정리해서 광주로 나온 지 한 오 년 되네요. 시방 목포는 지는 해고 앞으로는 광주가 호남의 중심지로 떠오르게 될 것이로구만이라."

그때 간단한 주안상을 곁들인 저녁상이 들어와 두 사람은 어색하게 마주 앉았다. 양만석은 놀란 마음을 진정시키기 위해 숨을 가다듬었다. 한 때 양 진사의 씨받이였고 웅보 아들 장개동의 생모인 막음례가 금성관과 영산원의 주인이라니. 목포에서 돈을 벌었다는 소문은 들었지만 이렇듯 크게 성공한 줄은 몰랐다.

"자, 되련님, 술 한 잔 받으서요."

막음례가 얼굴에 희미하게 미소를 흘리며 술 주전자를 들었다. 그녀는 당당하면서도 혼연스럽게 양만석을 대했다. 이상하게도 오히려 주눅이 든 것은 양만석 쪽이다. 8년 전, 막음례가 그를 찾아와 자신의 출생 비밀을 까발렸던 때가 생각났다. 그때 그녀는 전혀 두려워하는 기색이 없이 턱 끝을 바짝 쳐들고는 자신의 말이 사실이라는 것을 하늘이 안다고 말했다.

"광주에는 워쩐 일이다요. 나주는 언제 가실라는그라우."

양만석의 잔에 술을 부으며 막음례가 물었다. 희끔해진 머리에 눈꺼풀이 처지고 잔주름이 보이기는 하였으나 6년 전보다 더 당당하고 중후해진 것 같았다. 이런 것을 돈의 위력이 만들어준 성공한 여자의 세련된 품위라고 하는 것일까.

"당분간 광주에 있을 생각입니다."

양만석은 그때까지도 술잔을 비우지 않았다. 여전히 위축된 마음이 풀리지 않은 채 놀라움과 긴장감으로 심신이 굳어져 있었다.

"나주 되련님 댁은 외삼촌이 맡아서 착실허게 돌보고 있다는 소식을 들었구만이라. 해마다 곡수 들어온 것 한 톨도 손 안 대고 다 모아 두었다드만이라. 육 년 치 곡수만 해도 솔찬헐 것이라고들 헙디다요."

"나주와 영산포는 많이 변했지요?

"변해도 텀턱스럽게 변했지요."

"나주 사람들, 내 흉 많이 보지요?"

"아니구만이라. 일본에서 공부 마치고 돌아오시면 판검사 나리가 될 것이라고들 기대가 크던디요. 그라고 우리 장개동이허고 관계는 시방꺼지 지가 입 딱 봉허고 사니께 걱정 마시어요. 나주 영산포 사람덜 암도 몰라라우."

막음례는 양만석의 출생에 대한 비밀을 지키겠다고 거듭 다짐했다. 양만석은 그녀의 말이 거짓이 아님을 알고 있다. 그렇다고 해서 나주로 돌아가 양 진사 외아들 행세를 하며 살고 싶은 생각은 털 끝만큼도 없었다.

"이야기는 차차 허기로 허고 저녁부텀 드셔요."

막음례는 그렇게 말하고 일어서서 나가더니 막걸리 주전자와 홍어 삼합을 소반에 받쳐들고 들어왔다.

"일본에서 흑산도 홍어 생각나서 그동안 어치게 참었소. 이 고장 사람들은 오랫동안 홍어 안 묵으면 입 안에 곰팡이가 슨 것 같당께라우. 자, 홍어 삼합에 탁배기 한 사발 드셔요."

막음례는 사발에 탁주를 가득 부으며 말했다.

"아, 홍탁 생각 간절했지요. 다른 건 다 잊고 참을 수 있었는데 이 홍탁 맛만은 잊을 수가 없드만요."

"홍어는 흑산 것이 최고여라우. 비릿허면서도 들큼허고, 알싸하면서 톡 쏘고, 부드러우면서도 쫄깃쫄깃한 맛, 좋은 홍어는 칼로 저밀

때부텀 다르당께요. 칼이 미끌어지지 않고 찰떡 써는 것 맹키로 착착 달라붙어라우. 자, 날개 한 점 드셔보씨요. 홍어는 일 코, 이 애, 삼 날개 헙디다만, 내는 날개가 제일 맛있습디다. 톡 쏘면서 오돌오돌 씹히는 맛이 최고랑께요."

막음례는 묵은 김치 위에 삶은 돼지고기와 홍어 날개 한 점을 올린 다음 젓가락으로 집어 양만석의 입 가까이 가져가며 말했다. 양만석이 잠시 망설이다가 입을 크게 벌리고 삼합을 받아먹었다. 그는 볼이 미어지도록 입 안 가득한 홍어삼합을 우적우적 씹었다. 그리고 잘게 씹은 홍어를 목구멍 안으로 삼킨 후에 꿀떡꿀떡 소리를 내며 탁주 사발을 단숨에 쫙 비웠다.

"어이구, 이 맛입니다요. 이 맛 때문에 고향을 잊을 수 가 없었습니다요."

"속이 뻥 뚫린 것 같지라우."

"예, 그동안 제 몸과 마음속에 맺힌 것들 한꺼번에 씻겨 내려간 것 같네요."

"인제 지난 날 다 잊으씨요."

"그래야겠네요."

"그나저나 되련님이 우리 집에를 다 오시고 참말로 놀랍구만이라."

막음례가 다시 빈 잔에 탁주를 채우며 말했다. 양만석은 익숙한 솜씨로 삼합을 만들어 입에 넣더니 반쯤 눈을 감고 씹으며 맛을 음미했다.

"참, 장개동 선생은 잘 있지요?"

양만석은 무엇보다 장개동의 근황이 궁금했다. 그가 나주에 갈 일이 있다면 그것은 순전히 장개동을 만나기 위해서일 것이었다.

"하먼이라우. 영산포소학교에서 나주 보통학교로 옮겨서 훈도질 잘 허고 있지라우. 모다덜 개동이를 장 시인이라고들 헌답디다. 시를 쓰면 가난해진다고 해도 쇠용 없습디다. 지지리도 욕심이 없는 놈이어라우. 다른 일을 허고 자프면 내가 얼매든지 물적으로다가 도와줄 수 있다는디도 펄쩍 뜀시로 내 도움을 거절 허드란께요. 저번참에 여그 왔을 적에 허는 말이 내년에는 시집을 낸다드만요. 허기사 지 팔자에 훈도면 잘 된거지요."

"시인이라…… 시인이라…… 장 선생이 제일 보람있게 살고 있네요."

양만석은 장개동이 부러웠다. 하루 빨리 그를 만나고 싶었다. 양만석은 개동이의 숙부 대불이와 그 아들 우암이에 대한 소식도 궁금했다.

"참, 대불이…… 아니 장 선생 숙부와 사촌 소식은 있습니까?"

그는 망설이지 않고 막음례한테 대불이의 소식을 물었다. 막음례는 그가 대불이 부자에 대한 소식을 묻자 금세 얼굴빛이 화들짝 밝아졌다. 개동이의 가족에 관심을 갖고 있는 양만석의 속마음을 헤아릴 수 있을 것 같았기 때문이다. 막음례가 보기에 양만석이 딴 사람으로 변한 것 같았다. 입성이며 하고 다니는 모습은 하이칼라 신사로 보였고 말하는 품이며 생각이 부드럽고 교양이 질질 흘렀다. 사람이 진중하고 미더워 보이기까지 했다. 옛날의 모질고 행티 사나운 양만석이 아니었다.

막음례는 장대불이 3년 전쯤 간도에 가서 독립군이 되었다는 소식만 얼핏 들었을 뿐이라고 했다. 우암이는 장가를 들어 개동이 옆에서 잘 살고 있고 개동이의 배 다른 누이 오동례는 목포에서 살고 있다는 말도 덧붙였다.

"장 선생 숙부님께서 독립군이 되셨군요."

양만석은 오래 전 혼인 첫날 밤 창의병들한테 테메산으로 붙들려갔던 때를 상기하며 혼잣말처럼 중얼거렸다. 그때 보았던 장대불이라는 사람은 성격이 드세어 보이긴 했으나 잔악스러운 사람 같지는 않았다. 노비 출신답지 않게 도량이 넓고 생각이 깊은 사람 같아 보였다.

"대불이 그 사람 독립군 두령감이지라. 세상이 좋아지면 큰 일 한 번 헐 것이요."

"그동안 새끼내에는 오지 않았구만요?"

"왔다가 붙잽히면 죽을 텐디 오겄어요?"

잠시 후 막음례는 일어서서 토방으로 내려서더니 큰 소리로 누구인가의 이름을 불렀다. 잠시 후에 검정색 반바지에 민소매 흰색 티셔츠를 깔끔하게 차려입은 열 살 안팎의 야무지게 생긴 아이가 댓돌 아래로 쪼르르 달려왔다. 막음례는 그 아이의 손을 잡고 데리고 들어오더니 양만석에게 인사를 하라고 일렀다.

"이 아이가 장개동 선생 큰 아들입니다요."

아이는 양만석 앞에 엎드려 큰 절을 했다. 아이의 눈이 뙤록뙤록 빛났다. 넓은 이마며 오뚝한 코, 야무진 입 등 이목구비가 또렷했다. 아이가 개동이의 아들이니, 혈육으로 따지자면 양만석에게는 조카가 된 셈이다.

"그래 이름이 뭐이냐?"

"예, 일백백자 해년자 장백년입니다요."

아이의 목소리가 차분하면서도 또렷또렷했다. 제 아버지를 그대로 빼닮은 것 같았다.

"몇 살이냐?"

"열한 살입니다요."

"시방 지랑 함께 살고 있답니다. 작년에 지가 데려다가 광주 보통학교에 입학시켰지요."

막음례가 자랑스럽게 말했다. 그러면서 그녀는 두 팔로 백년을 끌어당겨 무릎 위에 앉히고 오달진 웃음을 얼굴에 담뿍 흘리며 머리를 쓰다듬어주었다. 막음례의 해맑은 표정에서 할머니의 손주에 대한 찐덕진 사랑이 흠뻑 묻어나는 것을 볼 수가 있었다.

"아이 아버지가 나주에서 훈도를 하는데 왜 광주로 데려왔지요?"

양만석이 백년의 얼굴을 짯짯이 들여다보며 물었다. 문득 아내가 처가로 데려간 아들 순식이가 생각났다. 지금쯤 이만큼 컸으리라.

"워디 시골하고 대처하고 공부하는 것이 같남요? 이 아이는 앞으로 내가 끼고 유학꺼정 보낼 생각이로구만이라. 앞으로 모든 꿈을 우리 백년이한테 걸기로 했어라우."

막음례가 스스로에게 다짐하듯 큰 소리로 결연하게 말했다. 자신의 꿈을 어린 손자한테 걸겠다고 말한 그 표정에서 노년의 의욕이 넘치고 있음을 읽을 수 있을 것 같았다.

"그동안 아등바등 고생험시로 살아온 것이 다 이 아이 때문이 아

닌가 허는 생각이 든당께요. 지가 늙발에도 눈에 불 쓰고 돈을 벌라고
허는 이유도 이 놈 때문이지라."

막음례는 얼굴을 활짝 펴며 마냥 행복해하였다. 그 모습이 참 좋아
보였다.

"새끼내 장개동 선생 모친은 잘 계시는지요?"

양만석은 웅보의 본처 쌀분이의 소식을 묻고 있었다. 쌀분이 역시
한 때 그의 노비였다.

"개동이가 생모인 나보담도 더 극진허게 잘 모시고 산다요. 지난
봄, 요 앞 사직공원 화전놀이 때 개동이가 모시고 왔드만이라."

양만석의 눈에 잘 살고 있는 개동이의 가족이 눈앞에 다 보이는 것
같았다. 개동이 아버지 웅보의 빈자리를 새 식구들이 채우고 있는 것
도 보였다. 그는 언제인가 한 번은 새끼내에 가서 그 분의 묘소 앞에
엎드리고 용서를 빌 때가 있을 것이라 생각했다. 그렇게 해야 마음속
에 켜켜이 가라앉은 해묵은 앙금이 풀릴 것만 같았다. 그러기 전에는
마음이 편할 것 같지 않았다. 양만석은 광주에 자리를 잡고 나서 새끼
내에 찾아갈 생각이다. 그는 그에게 생명을 준 웅보의 무덤 앞에 엎드
려 그동안 하고 싶었던 말을 모두 쏟아내고 싶었다. 그 분이 눈앞에
살아있다고 생각하고 가슴에 품어왔던 속죄의 말을 하고 싶었다. 막
음례는 백년이를 돌려보내고 양만석이가 밥을 다 먹을 때까지 밥상
옆에 한쪽 무릎을 세우고 앉아 있었다.

"우리 개동이 한 번 만나주셔요. 나주에 못 가시겠으면 지가 개동
이를 불러 올께라우."

양만석이가 수저를 놓을 때까지 잠자코 앉아있던 막음례가 무거운 목소리로 말했다.

"만나야지요. 기회를 봐서 장 선생한테는 제가 연락을 하겠습니다."

"워따, 그러실라요. 되련님 참말로 감사허구만이라 서로 의좋게 지내면 을매나 좋겠소 잉."

"부탁인데요. 제발 도련님이라고 부르지 마십시오. 듣기 껄쩍지근 헙니다."

"그래라우. 그라면 어치게 부르끄라우."

"제 이름을 불러주십시오."

"어치게 그런당가요."

"그냥 양 선생이라고 부르세요."

"그래도 암시랑 안 허겄는그라우?"

"그렇게 불러주십시오."

"허면…… 양 선생, 양 선생 부르기도 좋구만이라."

막음례는 얼굴 가득 오달진 미소를 함박꽃처럼 담뿍 피워 올리며 일어섰다.

그날 밤 양만석은 밤이 늦도록 잠을 이루지 못했다. 뜻밖에 성공한 막음례를 만난 일이며 장개동의 아들한테 큰 절을 받은 것 때문인지 흥분이 쉽게 가라앉지가 않았다. 이상한 것은 막음례가 전혀 껄끄럽게 느껴지지 않은 것이었다. 8년 전만 해도 죽이고 싶도록 증오의 대상이었던 그녀에게서 조금도 미운 정을 느낄 수가 없었다. 막음례 쪽에서 그를 시스러움 없이 흔연스럽게 대해준 것이 오히려 고맙게 생각되었다. 양만석은 불을 끄고 잠자리에 반듯하게 누워 있다가 이내 몸을 뒤집어 배를 깔고 엎드려보았다. 다시 팔베개를 하고 모로 눕는 등 몸부림치듯 계속 뒤척이기만 했다. 몸은 고단한테 머릿속에서 여러 가지 생각들이 자꾸만 부스럭거렸다. 어렸을 때부터 나주를 떠날 때 까지의 여러 가지 일들이 순서도 없이 뒤죽박죽 되살아났다가 사라졌다. 모든 일들이 부끄럽고 후회스럽기만 했다. 잠이 오지 않아 다시 전등불을 켜고 앉았다. 그는 개동이에게 편지를 쓸 생각으로 종이와 만년필을 꺼냈다. 아무래도 그를 만나기 전에 편지를 쓰는 것이 무거운 마음을 조금은 덜어줄 수 있다고 생각했기 때문이다.

그는 첫 머리에 '장개동에게'라고 썼다가 그어버리고 다시 '장개동 선생 보소'라고 썼다. 그리고 한참 있다가 다시 긋고 '장개동 형님께'라고 고쳐 썼다. 그 다음에 '나 양만석이네'라고 썼다가 긋고 '저 만석입니다'라고 다시 고쳤다.

장개동 형님께. 저 만석입니다. 이제야 형님이라고 부르게 된 것을 용서하시기 바랍니다. 형님이라고 부르는 저의 지금 심정은 부끄러움과 감격스러움, 그리고 자신에 대한 뼈저린 반성과 다짐으로 새로 태어난 기분입니다. 그러나 제 성씨를 굳이 밝히지 못하는 이 못난 아우를 꾸짖어주십시오. 저는 호적법상으로 양가지만 생물학적으로는 분명 장가입니다. 그러나 아직 제 스스로 이 문제를 해결하지는 못하였습니다. 그러나 앞으로 형님과의 관계를 통해서 모든 것들이 잘 풀리게 되리라고 생각합니다. 제 입으로 자유와 평등을 말하면서도 사회적 제도와 인습의 틀을 벗지 못하는 제가 부끄러울 뿐입니다. 분명한 것은 뒤늦게나마 제 자신의 존재감을 깊이 인식했다는 사실입니다. 저의 출생과 존재를 운명으로 받아들이기로 한 것입니다. 저의 깨달음은 저를 이 땅에 태어나게 하신 분에 대한 감사의 마음을 갖게 한 것입니다. 그리고 저는 그 분에 대한 은혜에 보답하기 위해서 속죄양이 되어 귀국한 것입니다. 우선 형님께 용서를 빕니다. 저는 며칠 전에 귀국해서 지금은 광주 금성관에 묵고 있습니다. 백년이 조모를 통해서 형님의 근황은 잘 들었습니다. 가내가 평안하고 모두 무탈하시다니 다행입니다. 형님의 아들 장백년이도 만났습니다. 형님을 닮아 영민하고 야무져 보였습니다. 제가 갑작스럽게 서신을 띄우는 것은 이렇게라도 해서 형님께 제 마음을 열어 보이고 일보라도 더 가까이 다가가기 위해서입니다. 그래야 차후에 우리가 상봉했을 때 조금은 덜 어색할 것 같아서입니다. 이러는 제 마음 해량하여 주시기 바랍니다. 형님께서도 마음의 빗장을 내리고 저를 받아들일 준비를 해주셨으면 합니다. 그동안 제가 그 분과 형님께 저지른 패악이 결코 가볍지 않은데 어찌 쉽게 저를 받아들일 수 있겠습니까마는, 이 불쌍한 아우를 위해서 널리 해량하여 주시기 바랍니다. 그렇게만 해주신다면 이 아우 앞으로 용기를 갖고 배사 노력하여 사람답게 살도록 하겠습니다. 그럼 형님 하시는 시 창작이 크게 성취하기에 육력하시기를 빕니다. 죄 많은 아우 만석 올림.

양만석은 편지를 다 쓰고 나자 속이 후련해졌다. 회중시계를 꺼내 보니 새벽 3시 25분이었다. 양만석은 늦잠을 자고 일어나 안광철과 김준형 두 친구에게도 편지를 썼다. 거처하는 주소와 전화번호를 알려주기 위해서다. 내친김에 조선애한테까지 간단하게 안부 편지를 썼다. 사연은 간단했지만 세 통의 편지를 쓰고 나자 정오가 훌쩍 기울었다. 세수를 하러 밖으로 나갔더니 조군이 놋쇠 세숫대야에 물을 떠 놓고 기다리고 있었다.

"선생님, 아까부터 소세 물 떠다 놓고 기다렸구만이라우."

"왜 이러는가?"

"마님 분부시구만요."

"번거롭게 그럴 것 없네. 나는 샘가에 가서 세수를 하겠으니 세숫대야 치우게."

양만석은 막음례가 그에게 특별한 배려를 하고 있다는 것은 알겠으나 오히려 신경이 쓰이고 부담스러워 싫었다. 그냥 여관주인과 손님의 관계가 마음 편할 듯싶었다.

"어서 소세하고 식사 하셔야지요."

그때 막음례가 안채 쪽에서 나막신을 끌고 가까이 다가오며 큰 소리로 말했다. 그는 나막신 끄는 소리가 신경을 갉아대는 것만 같아 싫었다. 조군한테 나막신을 신은 이유를 알아보고 싶었다.

"오늘부텀 식사는 안채에서 저랑 같이 허십시다요."

"이러지 마십시오. 그냥 마음 편하게 있고 싶습니다."

"우리가 어디 남남인그라우? 한 식구 모양으로 편히 기세요. 조군아 뭣허냐, 싸게 선상님 수건 갖다드리지 않고."

양만석은 하는 수 없이 별채 쪽마루에서 세수를 하고 한사코 막음 례가 이끄는 대로 안채 안방으로 따라 들어갔다. 막음례의 안방은 넓 고 깨끗했다. 자개장롱에 삼층 반닫이며 등신 거울이 붙은 경대가 가 지런히 놓여 있고 아랫목에 진홍빛 보료가 깔려있었다. 여관과 요정 을 운영하고 있는 막음례한테는 격에 맞게 잘 어울리는 방안등물이 었다. 양만석은 막음례가 보료에 앉기를 한사코 권했으나 그는 윗목 쪽에 자리를 잡았다. 곧 점심상이 나왔다. 점심으로는 너무 호사스러 울 정도로 성찬이다. 양만석은 막음례와 겸상으로 점심을 먹었다.

"되련님, 아니 양 선생과 요로코롬 한 상에 얼굴 맞보고 앙거서 식 사를 허다니, 참말로 꿈만 같구만이라우. 시상 엄청 좋아졌지라."

그는 막음례의 그 말을 어떻게 받아들여야 좋을지 몰라 가볍게 미 소만 날렸다. 듣기에 따라서는 옛날 씨받이 시절을 빗대어 은근히 두 사람의 처지를 말하는 것 같기도 했지만, 적어도 지금 그를 대하는 그 녀의 마음은 말 그대로 진솔한 것이 분명한 듯싶었다. 그녀 말마따나 그와 장개동이가 서로 의좋게 살기를 바라는 마음 외에 다른 사심이 있는 것 같지는 않았다. 막음례는 밥을 먹는 동안에도, 어머니가 자식 에게 하듯 젓가락으로 반찬을 이것저것 집어서 밥 위에 놓아주고 먹 어보라면서 따뜻하고 살갑게 대해주었다.

"요로코롬 겸상을 허니께 지는 오지게 좋은디, 솔직허게 말해서 양 선생은 쪼까 불편허지라우. 그래도 차차 시간이 가면 이무럽게 될 것 잉께 쪼깐 참으시씨오. 아침저녁 때는 우리 백년이랑 같이 묵을텐게."

막음례가 실실 웃으면서 말했다.

"참 그리고, 여관비 돌려줄 것인께 그리 아시어라우. 내가 양 선생 헌테 여관비 받을 처지가 아니지라우. 그 대신 우리 백년이 공부나 좀 봐 주씨요. 나는 요로코롬 양 선생을 만나게 되야서 을매나 좋은지 모르겠당께요. 내 맘 아시겠지라우. 만약에 내가 부담시러워서 딴 여관으로 옮기신다면 우리 개동이랑 절연허자는 것으로 알고 참말로 다시는 양 선생 안 볼 것이니께 그리 아시어라우."

양만석은 참으로 난처해졌다. 그렇다고 막음례의 호의를 거절할 수도 없을 것 같았다.

"지난날을 생각하면 제가 밉지 않습니까?"

밥상을 물리고 나서 양만석이 조심스럽게 입을 열었다.

"밉기는요. 되려 내가 못 헐 짓을 했지라."

"장개동 선생도 그렇고 우암이나 새끼내 사람들 저를 많이 원망하리라는 것 알고 있습니다. 돌이켜 보면 후회막급입니다. 그때 제가 왜 그랬는지 모르겠어요."

"그런 말씀 마셔요. 그 시절에는 어쩔 수가 없었겠지라. 양 선생 타고 난 천성이 악허지 않은께, 다 본바탕 자리로 돌아오게 되어 있어라우."

막음례가 따뜻한 눈길로 양만석을 보며 말했다.

점심을 먹은 양만석은 편지도 부칠 겸 여관을 나와 본정 쪽으로 향했다. 하릴없이 시내를 한 바퀴 돌다가 본정 큰 길 건너 쪽 메이지(明星)라는 작은 간판이 붙은 깃싸텐(喫茶店)에 들러 커피를 마셨다. 오후 늦게 여관에 돌아오니 뜻밖에 전날 흥학관에서 만났던 광주청년회의 장석천이 같은 또래 청년 두 사람과 같이 와서 그를 기다리고 있었다. 장석천의 손에 는 광주주조장에서 만든 정종 기꾸닛꼬(菊日光)병이 들려 있었다.

"이렇게 불시에 찾아오게 되어 죄송합니다. 선생님 이야기를 했더니 꼭 만나 뵙고 싶다기에, 염치불구하고 이렇게 왔습니다."

장석천이 정중하게 인사를 하자 다른 두 젊은이도 허리를 굽히며 각기 이름을 말했다. 셋 중에서 가장 나이가 지긋해 보이는 쪽이 강석봉이고 장석천과 같은 또래로 보이는 쪽이 지용수였다. 흰 와이셔츠 차림의 강석봉은 키는 작달막했으나 각진 턱에 눈썹이 유난히 짙어 강한 인상을 주었고 민소매 모시 잠방이를 입은 지용수는 호리호리한 체격에 근육질 얼굴이며 눈빛이 날카로워 성질이 깐깐하고 까다로워 보였다. 양만석은 강석봉 지용수와 차례로 악수를 나누고 방으로 들어갔다. 세 사람은 한동안 서서 방 안을 둘러보더니 구석에 쌓아놓은 책 가까이 가서 앉았다. 그들은 양만석보다 그가 가져온 책들에 대해서 관심이 더 많은 것 같았다.

"선생님이 읽으신 책인가 봅니다."

강석봉이 '사회주의 신체'를 집어 들고 물었다.

"2학년 때 읽은 책입니다. 다시 한 번 꼼꼼하게 읽고 싶어서 가져왔소."

"영어판 원서도 있네요?"

지용수가 물었다.

"아, 마르크스의 '자본론'입니다. 자본론은 모두 네 권인데, 카우

츠키에 의해 '잉여가치학설사'라는 제목으로 마지막 4권이 나온 건 얼마 안 되었지요."

"그럼 이 책이 마지막 넷째 권입니까?"

"그래요. 최근에 읽었습니다."

"선생님은 마르크시스트이신가요?"

"아니 뭐, 그냥 의무감으로 마르크스를 읽었어요."

지용수가 묻고 양만석이 대답했다.

"저는 겨우 일본어로 된 '공산당 선언'을 읽었을 뿐입니다."

강석봉이 진지한 표정으로 영어판 '자본론' 네 권을 한 권씩 손에 들고 표지를 만져보고 책장을 넘겨보기도 하면서 혼잣말 처럼 나직하게 말했다. 그 사이에 장석천이 밖으로 나갔고 잠시 후에 조군과 함께 개다리소반에 술잔 네 개와 콩자반을 접시를 들고 들어왔다.

"선생님과 한잔 하고 싶어 광주에서 만든 정종 한 병 들고 왔습니다."

장석천이 술상을 놓자 모두 둘러앉았다. 지용수가 빈 잔을 채웠고 저마다 술잔을 들었다.

"선생님을 만나게 된 것을 영광으로 생각합니다. 앞으로 많은 가르침 부탁드립니다."

세 친구들 중에서 연장자인 강석봉이 술잔을 들고 말했다. 네 사람은 각기 술잔을 한데 모아 쨍 소리가 나게 가볍게 부딪쳤다.

"가르침을 받다니 언어도단이오. 나도 아직 젊으니 친구처럼 지냅시다."

양만석이 먼저 잔을 비우고 나서 말했다. 그는 빈 잔을 강석봉에게 건네주고 잔을 채웠다. 이렇게 네 사람이 권커니 잣거니 하며 술잔을 돌리다 보니 금세 술병이 바닥나고 말았다. 양만석이 조군을 불러 술을 좀 사오라고 부탁하자 젊은 친구들이 한사코 말렸다.

"오늘은 선생님한테 인사를 하기 위해 찾아온 것이니 술은 그만 하십시다."

강석봉이 말하자 나머지 세 사람들도 모두 그렇게 하는 게 좋겠다고 했다. 그들은 양만석에게 나주에는 언제 갈 것이며 광주에는 얼마나 머물 것인지, 그리고 장차 계획이 무엇인지를 물었다. 양만석은 그들이 갑작스럽게 찾아온 뜻을 짐작하고 있었다. 먼저 그들은 양만석 자신의 사상을 은연중에 탐색하기 위해서 일부러 술병을 들고 찾아온 것이 분명했다. 그리고 그가 가져온 서적들을 보고 나서야 나름대로 그를 어느 정도 판단한 것으로 짐작했다.

"실은 선생님께 부탁이 있어서 찾아왔습니다."

강석봉이 진지한 얼굴로 말했다.

"청년학원에서 학생들을 가르치는 일 말인가요? 그 일이라면 시간을 두고 생각해봅시다."

"그 일은 그 일이고, 우선 선생님의 강연을 듣고 싶습니다. 청년회 주최로 마르크스에 대한 강연을 부탁드립니다."

강석봉의 부탁을 받은 양만석은 대답을 못하고 잠시 생각을 해보았다.

양만석이 강석봉의 제의를 선뜻 받아들이지 못한 것은 광주에서 마르크스에 대해 공개적으로 이야기한다는 것이 내심 걱정되었기 때문이다. 경찰의 감시를 의식하지 않을 수 없었던 것이다. 그런 내용이라면 몇몇이 은밀하게 모여서 이야기하는 토론형식이 좋을 것 같았다.

"마르크스를 강연을 통해 공개적으로 이야기한다는 것이……."

양만석이 좌중을 보며 말끝을 흐렸다.

"안 되지요. 의심받지 않을 주제를 내걸어야지요."

지용수였다. 그러면서 그는 겉으로는 아주 평범한 주제를 내걸고 안으로 은밀하게 마르크스에 대한 강연이라는 입소문을 내는 게 좋겠다고 했다. 특히 학생들 사이에 마르크스에 대한 강연 소문을 내야 한다고 했다. 모두들 지용수의 말에 찬성했다.

"선생님 그렇게 해주시겠습니까?"

강석봉의 제의에 양만석은 고개를 끄덕였다. 그렇게 해서 2주일 쯤 후에 홍학관에서 양만석의 강연회를 열기로 했다. 겉으로 내걸 강연 주제에 대해서는 차후에 양만석 자신이 정하기로 했다.

"선생님 고맙습니다."

강석봉이 양만석의 손을 덥석 붙잡고 기뻐했다. 지용수와 장석천도 앉은 채 머리를 주억거리며 강석봉이 맞잡은 양만석의 손등위에 자신들의 손을 포개 얹었다. 의기투합한 네 사람이 밝고 의미 있게 웃었다. 이윽고 장석천이 일어서며 이럴 때 축배를 들어야하지 않겠느냐고 했고 모두들 고개를 끄덕였다. 장석천이 곧 술을 사오겠다며 밖으로 나갔다.

"우리가 해결해야 할 가장 큰 과제는 광주청년회 체질을 개선하는 일입니다요. 그러자면 사상적으로 무장이 된 신입회원들을 대거 참여시켜야 합니다. 그리고 교육을 통해 사상이 건실한 신입회원 양성이 필요하다고 생각합니다. 특히 중등교육을 받은 젊은이들을 많이 받아들여야 합니다. 그런 점에서 선생님의 강연이 사상교육에 많은 도움이 될 것입니다."

강석봉이 진지하게 말했다. 그는 광주청년회가 안고 있는 문제점에 대해서도 이야기했다. 1920년 6월에 결성된 광주청년회는 광주보통학교 졸업생들이 중심이 되어 발족했다. 초대회장에 최종섭, 부회장에 정인준, 의사장에 장경두를 선출하고 지·덕·체를 함양하고 친선을 도모하는 한편 사회의 잘못된 풍속을 개량하는 데 역점을 두고 활동하기로 했다. 지역사회 유지들도 광주청년회 찬성부를 조직하고 광주청년회를 정신적 재정적으로 지원하기로 했다. 창립 당시 회원수만도 200명이나 되었다. 근대교육을 받은 이들은 대부분 광주에서는 경제적으로 유복한 집안의 자제들이었다. 창립당시 광주청년회는 부르주아 청년들이 중심이 된 것이다. 창립 당시 간부진 중에 경리부장 최선진은 6,000여 석을 추수하는 대지주이자 호남은행·호남산업주식회사·광영자동차부 중역·최선진 자동차부를 직접 경영하고 있었다. 총무인 최준기는 광주금융조합 중역에 호남물산주식회사 지배인이었다. 또한 회장 최종섭, 부회장 정인준, 서기 전순협은 최선진과 더불어 광주상업조합을 발기했으며 지주들이 주도한 조선소작인상조회 전남지회의 최고 간부였다. 이밖에도 교풍부장 전용기는 상업조합 발기인이었고 의사장 장경두는 광주면협의원(光州面協議員)이었으며 지육부장 양원모와 체육부장 최남립은 숭일학교 교사였다.

사교부장 최영욱은 의사였고 편집부장 설병호는 동아일보 광주지국 지국장, 회계 최연석은 통신주임이었다. 이처럼 광주청년회 창립 멤버들은 대개 실업가와, 상업 금융업 종사자, 지주, 전문직업인이 중심을 이루었다. 창립 이듬해인 21년의 임시총회와 22년에 있었던 정기총회에서 개편된 간부들의 면모도 창립당시와 크게 달라지지 않았다. 21년과 22년에 집행위원장에 선출된 이기호는 대지주였고 의사원 백남순은 광주금융조합과 호남산업주식회사의 중역이었다. 또한 강태규는 광주금융조합, 장봉익은 호남물산주식회사 중역이었다. 집행위원 문천구는 문천구 상점, 김유성과 문태곤은 대동상회, 유상원은 광문인쇄소를 경영했다. 한용수, 장인영. 최장전도 상업에 종사했고 차정순은 의사 최영운은 도 학무과에 근무하고 있었다. 창립당시 3 · 1운동에 관련했던 회원으로는 북문안교회 목사 최흥종과 김종삼 두 사람뿐이었다. 3 · 1운동에 참여하여 징역형을 받았던 사람들은 거의가 광주청년회보다 한 달 쯤 후에 발족된 광주기독교청년회 회원들이었다. 기독교계가 광주 3 · 1운동을 주도했기 때문이다.

"광주청년회가 중심이 되어 광주사회를 변혁시키자면 당장 임시총회를 열어 간부진부터 대폭 교체해야 합니다."

"부서개편도 필수적이지. 풍속개량을 한다는 교풍부와 부르주아 청년들의 사교장으로 전락한 사교부도 없애야 하고."

"사회부를 신설해서 다른 단체와 연대활동을 강화해야 할 필요가 있어요."

양만석은 강석봉과 지용수가 주고받는 이야기를 잠자코 듣고만 있었다. 그는 광주청년회가 자체적으로 해결해야 할 문제점이 무엇인가를 대충 가늠할 수 있을 것 같았다. 그가 생각하기에 아마 이 같은 문제는 다른 지역의 단체들도 비슷한 상황이 아닌가 싶었다. 진주의 청년회와 공제회도 똑같은 처지가 아니던가. 무엇보다 청년회 중심세력이 부르주아 청년들로 구성되어 있다는 것이 문제인 것 같았다. 이들은 지역사회에서 경제적으로나 사회적으로 지위가 높은 계층에 속해 있었다. 그렇다고 해서 그들한테 민족애가 없는 것은 아니다. 신교육을 받아 세상을 보는 안목이 열린 그들은 식민지 민족의 고통과 불만을 절실하게 느끼고 독립을 강력하게 지지했다. 그때문에 청년운동에 가담한 것이기도 했다. 또 회원들 중에는 상당수가 조선노동공제회 광주지회를 비롯하여, 노동자 농민 단체에서 활동하고 있는 젊은이가 많았다. 광주청년회 회원 중에서 김기석 · 김복수 · 김용환 · 김유성 · 김인주 · 김종삼 · 김태열 · 설병호 · 문태곤 · 문천구 · 유상원 · 장봉익 · 장인영 · 전도 · 전순협 · 전용기 · 정인준 · 조창준 · 차순정 · 최남립 · 최영균 · 최장전 · 최종윤 · 한용수 등은 공제회 멤버이기도 했다. 그러나 부르주아 청년들은 기본적으로 노동자 농민의 희생에 의존하고 있는 계층이다. 이와 같은 계급적 한계 때문에 그들은 적극적으로 노동 농민운동에 동참하기가 어려웠다. 결국 이들로는 일제와 치열하게 대립하기 어려웠기 때문에 청년회 활동도 개량적인 성격을 띨 수밖에 없었다. 간부들 중에는 일제에 적극 협조하는 사람도 있었다. 장경두 · 이기호 · 최준기 등은 면협의원(面協議員)으로 일제통치에 적극 가담했다. 일제는 1920년 지방제도의 일환으로 도평의회 · 부협의회 · 면협의회 등 지방자문기관을 두었다. 일제는 지방의 자본가들 중에서 통치에 충실한 협조자 노릇을 할 수 있는 자들로 협의회를 구성한 것이다. 그러나 이들은 언제든지 해임, 또는 발언정지와 퇴장을 당하게 되어있었다. 이처럼 개량적인 색채를 띠고 있는 간부들 중에서 일제통치에 협조하는 사람이 늘어난 후, 광주청년회가 주최하는 각종 행사에는 일제 행정관료 및 경찰간부가 참석해서 축사를 하는 경우까지 생겼다. 한편 22년 11월, 조선노동공제회 광주지회가 광주노동공제회로 바뀐 후 소작인 운동을 투쟁적으로 지도해 나가자, 광주청년회와 기독청년회 간부들 대부부분이 발길을 끊고 말았다. 결국 문태곤 · 전용기 · 설병호 · 최종섭 · 김유성 · 장인영 등만 남게 되었다.

"이번 임시회에서는 우리가 전면에 나서야겠어."

강석봉이 결의에 찬 목소리로 말했다.

"당연하지요. 이대로 가다가는 청년회가 어디로 갈지 모르겠다니까요."

"그러자면 사상적으로 우리와 뜻이 같은 신입회원들을 많이 가입시켜야해."

양만석은 여전히 두 사람의 대화를 듣고만 있었다. 그의 짐작에 광주청년회가 큰 변화를 맞게 될 것 같았다. 그때 장석천이 술병을 들고 들어와 다시 술판이 벌어졌다. 그들은 술을 마실 때마다 가득 채운 술잔을 부딪치고 눈빛으로 말하며 무언의 다짐을 했다.

"그래, 일본 유학은 언제쯤 갈 거요?"

양만석이가 옆에 앉은 장석천의 술잔을 채우며 물었다.

"선생님 제발 말씀 낮추십쇼. 저 이제 스무 살 밖에 안 됩니다."

"그러시죠. 제게도 말씀 낮추세요."

장석천보다 네다섯 쯤 위로 보이는 강석봉이 말했다. 양만석이 보기에 지용수도 장석천보다는 서너 살 쯤 많은 듯했다. 그런데도 지용수는 강석봉한테 깍듯하게 존칭을 썼다.

"그렇게 하세요."

지용수가 양만석에게 빈 술잔을 건네며 말했다.

"그래도 될까?"

"되다마다요."

넷은 다시 술잔을 채워 쨍 소리가 나게 부딪친 다음 단숨에 목구멍에 털어 넣었다. 이날 그들은 날이 어둘 때까지 술을 마셨다.

4

처서가 지났는데도 날씨는 여전히 더웠다. 게다가 사흘째 주룩주룩 장대같은 비가 내리고 있었다. 비가 내리는데도 더위는 좀처럼 물러가지 않고 더욱 기승을 부린다. 새끼내 사람들은 영산강이 범람해 올해도 논농사를 망칠세라 밤잠을 설쳤다. 마을 앞 새끼내에 붉덩물이 그들먹하게 흐르는 것을 바라보며 제발 비가 멈추기만을 빌었다. 물둑 너머 논에는 한창 벼꽃이 피어 있다. 이럴 때 바람이라도 몰아치면 꽃들이 떨어져 쭉정이만 남게 될 것이다. 농사꾼들에게는 이 무렵이면 홍수가 나지나 않을까 태풍이 불지나 않을까 간이 바싹바싹 탄다. 그래서 처서 무렵에 머리 센다는 말이 생긴 것 같다. 장개동은 아들 백석에게 우장을 입히고 자신도 도롱이를 걸쳤다. 오늘이 2학기 개학날이다. 그는 백석이를 뒷자리에 앉히고 따릉따릉 자전거 종을 울리며 출발을 알렸다. 아내가 셋째 아이 백금이의 손을 잡고 마루 밑 토방으로 내려섰다.

"하필 개학날 큰 비가 온다요."

장개동 아내 최월순이 손을 흔들며 걱정을 했다.

"어머니 저 댕겨오겠습니다."

장개동이가 안방에 대고 큰 소리로 말하자 10년 넘게 해소를 앓고 있는 어머니가 앉은 채로 방문을 열고 얼굴을 내밀더니 손짓과 기침으로 대답을 대신했다. 아들을 태운 장개동의 자전거는 빗속을 뚫고 돌다리를 건너 푸른 들판을 가로지른다. 빗줄기는 여전히 굵고 바람마저 드세어지기 시작했다. 이른 아침인데도 들에는 도롱이를 걸친 농사꾼들이 여기저기서 물꼬를 트느라 덤벙댔다. 선창거리에서 일본식 건물들이 즐비한 원정통을 지나서야 빗줄기가 조금 가늘어지는가 싶더니 강바람이 휙휙 몰아쳐왔다. 사흘 동안 쉬지 않고 내린 비로 영산강은 황토 빛이 되어 온몸을 무섭게 뒤척이고 있었다. 등대도 반쯤이나 물에 잠겼다. 이대로 비가 몇 시간만 더 내린다면 강물이 둑을 넘을 것만 같았다. 영산교 주변에 많은 사람들이 나와서 물 구경을 하고 있었다. 잔잔하고 파랗던 강물이 붉은 바윗덩이로 변해 우레 소리를 내며 무서운 속도로 굴러오는 것 같았다. 다리를 건너기조차 아찔했다. 거친 물살 때문인지 나무다리가 삐걱거리며 흔들리는 것 같았다.

"백석아, 아부지 허리 꽉 붙들어라."

장개동은 자전거 패달을 밟고 천천히 다리를 건너면서 소리쳤다. 강물이 사납게 용트림하며 으르렁거리는 소리 때문에 잘 들리지 않는지 백석은 아무 대답도 없다.

"백석아."

장개동은 더 큰 소리로 아들의 이름을 다시 불렀다.

"왜요?"

"무서우니께 강물 내려다보지 말고 눈 딱 감고 있그라."

"알았어라우."

"아부지랑 자정거 타고 학교 가니께 기분 좋지야?"

"야."

백석의 대답이 시원치 않았다. 봄에 나주 보통학교에 입학한 백석은 아직 학교생활이 익숙하지 않은 탓인지 등교 때마다 심드렁해 있다. 아내는 백석의 나이가 어리니 가까운 영산포 소학교에 보내자고 했으나 장개동이 한사코 우겨서 나주 보통학교에 입학을 시켰다. 장개동은 양만석이가 일본으로 떠나던 이듬해에 영산포에 있는 사립영산학숙에서 나주공립보통학교로 자리를 옮겼다. 영산학숙은 학생수가 30명 안팎이었으나 나주 보통학교는 열 배가 더 많은 3백명이나 되었다.

"오늘도 방과 후에 교실에 남아서 아부지 기다려야 한다."

학교에 도착한 장개동은 교실 앞에서 백석이를 내려주면서 단단히 다짐을 하고 비에 쫄딱 젖은 바짓가랑이를 털며 교무실로 향했다. 아직 한 사람도 출근을 하지 않은 교무실은 휑하니 비어있었다. 장개동은 창가에 서서 쏟아지는 빗줄기를 바라보고 있었다. 모래가 깔린 운동장에 떨어지는 빗소리가 요란했다. 그렇게 한참을 서 있는 사이에 비를 맞으며 등교하는 학동들이 하나 둘 운동장으로 들어서는 모습이 보였다. 대부분 우장을 입거나 삿갓을 썼고 지우산을 쓴 학동은 드물었다. 어떤 학동은 어른용 우장이 온몸을 가려 마치 짚단이 굴러오는 것처럼 보였다.

"오늘도 장 선생님한테 또 졌네요. 자전거로 출근을 허시니까 역시 빠르십니다요."

장개동이가 등교하는 학동들한테 시선을 빼앗기고 있는 사이, 소사 박 군이 흠씬 젖은 머리의 빗물을 털며 교무실로 들어섰다.

잠시 후 장개동은 박 군이 가져다 준 편지 한 통을 받았다. 겉봉에 쓰여있는 발신인 이름을 보는 순간 그는 소스라치듯 놀랐다. 양만석이가 보낸 편지였다. 양만석이 그에게 편지를 보내다니, 상상할 수 없는 일이었다. 더욱이 발신인 주소가 금성관임을 발견하고 다시 놀라지 않을 수 없었다. 그는 가슴이 떨려 한동안 편지를 개봉하지 못한 채 우두커니 앉아 있기만 했다. 아침조회를 끝내고 교무실에 돌아와서야 마음을 진정시키며 편지를 뜯었다. 그는 편지 첫머리에 '장개동 형님께, 저 만석입니다'까지 읽고 나서, 한참 동안 눈을 들고 창 밖을 바라보다가 천천히 시선을 회수하여 다시 읽었다. 분명 자신을 형님이라고 부르고 있었다. 그는 마음을 가다듬고 다음을 읽었다. '이제야 형님이라 부르게 된 것을 용서하시기 바랍니다'까지 읽고 나서 다시 창 밖을 바라보며 호흡을 조절했다. 도저히 믿어지지가 않았다. 양만석은 편지에서 자신은 생물학적으로 장씨임을 밝히고 있지 않은가. 더욱이 놀라운 것은 아버지를 '그분'이라고 말한 부분이었다. 분명 그는 그분께 지은 죄를 용서받기 위해 속죄양이 되어 귀국했다면서 자신을 아우로 받아들여달라고 했다. 편지를 다 읽고 난 장개동은 학급조회 시간이 된 것도 잊고 넋이 나간 얼굴로 앉아 있기만 했다. 박군이 채근을 하지 않았더라면 언제까지 그대로 앉아 있었을 것이었다. 그는 출석부를 들고 2학년 갑반 교실로 걸어가면서 다시 한 번 편지를 읽었다.

그날, 장개동은 넋 빠진 사람처럼 학급조회와 오전 수업을 마쳤다. 그리고 점심시간에 도시락을 먹는 것도 잊고 우편소로 달려가 광주 금성관의 생모한테 전화를 했다. 전화를 받은 그의 생모가 먼저 양만석의 말을 꺼냈다. 며칠 전 귀국을 하여 지금 금성관에 묵고 있는데 옛날의 양만석이 아닌, 생판 다른 사람으로 변했더라고 약간 흥분한 어조로 말했다. 그러면서 생모는 머지않아 양만석이가 개동이를 찾아가게 될 것이니, 옛날 일은 다 잊고 서로 의좋게 지내라는 말을 당부하기도 했다.

"편지가 왔다고? 그러니께 양만석이가 편지에서 장개동이 너를 형님이라고 했다고야. 아니, 그것이 사실이냐?"

장개동으로부터 편지 이야기를 들은 생모도 믿기지 않는 듯 놀라는 어조로 되물었다.

"잘 되었구나. 참말로 잘 되었어. 역시 핏줄은 찔긴 것인께."

"그래서, 근간에 제가 올라가서 만석이를 만나야겠네요."

"잘 생각했다. 하면, 그래야제."

"그 사람한테는 내가 찾아간다는 말 미리 하지 마서요."

"알았으니께 냉큼 올라오기나 혀."

생모와 전화를 하고 학교로 돌아오는 장개동의 발걸음이 한결 가벼웠다. 어느새 비가 그치고 바람도 잠들기 시작했다. 그는 벌써부터 양만석을 만나는 장면을 머릿속에 그려보았다. 그를 만나면 무슨 말부터 할까 생각을 굴려보기도 했다. 만석이 동생, 하고 큰 소리로 부르고 싶었다. 그러면서도 한편으로는 지난날 양만석이 그의 부자에게 지악스럽게 행동했던 일들이 하나씩 떠올랐다. 편지 내용을 그대로 믿어야 할지 의아스러운 생각이 들기도 했다. 무슨 연유인지는 모르겠으나 사람이 그렇게 쉽게 변할 수 있을까 싶었다. 그렇긴 하지만 생모도 전화에서 옛날의 양만석이 아니더라고 하지 않았는가.

학교로 돌아온 장개동은 그의 2학년 갑반 학급 아이 중에 양순식이라는 학동을 교무실로 따로 불렀다. 그는 양순식이가 양만석의 아들이라는 사실을 최근에야 알았다. 부르뫼 마을로 가정방문을 갔을 때, 양순식이가 바로 새끼내 사람들을 못살게 굴었던, 악명 높은 박초시의 외손자임을 알았다. 양순식은 양만석이가 일본으로 떠나기 전부터 어머니와 함께 외가에 와서 살고 있다고 했다. 장개동과 양만석의 관계에 대해서 알 턱이 없는 양순식 어머니는 아들의 담임선생을 극진하게 대접해주었었다. 물론 그때는 장개동이도 순식이가 양만석의 아들이라는 것을 모르고 있었다. 그날 집에 와서 저녁을 먹으면서 박 초시 집에 가정방문을 갔었다는 이야기 끝에 그 집 외손자가 자기 학급 아이라는 것을 말하자, 어머니가 풀쩍 놀라며 그 아이가 바로 양만석의 자식이라는 사실을 알려준 것이었다.

장개동은 부름을 받아 그 앞에 경직된 얼굴에 차렷 자세를 하고 서 있는 양순식을 찬찬히 뜯어보았다. 아이는 표정이 없는 얼굴에 그늘이 짙게 드리워져 있었다. 학업마저 부진한데다가 걸핏하면 싸움질이어서 친구들과 잘 섞여 놀지를 못하고 늘 외톨이라는 것을 알고 있었다.

"학교가 멀어서 힘들지는 않느냐?"

장개동이 측은한 눈빛으로 양순식을 보며 그답지 않게 약간 더듬거리며 물었다.

"행랑아범이 업고 왔구만이라."

"참, 그렇구나."

양순식이가 등하교 때는 언제나 박 초시네 머슴이 따라다니고 비가 오거나 눈이 오는 날에는 머슴의 등에 업혀서 오가는 것을 장개동은 이미 여러 차례 보아서 알고 있는 터였다. 그것 또한 양순식이 아이들한테 따돌림 당하는 이유가 될 수 있다고 생각했다.

"그래, 학업은 열심히 하고?"

"예."

장개동은 무슨 말을 해야 좋을지 몰라 잠시 우두커니 양순식의 얼굴만 바라보았다.

"아버님 소식은?"

"없어요."

"요사이 아버님한테서 통 소식이 없었어?"

"예."

양순식은 아버지가 귀국했다는 것을 모르고 있는 것 같았다. 광주에 와 있으면서, 더욱이 장개동 자신한테는 편지까지 보내면서 왜 집에는 소식을 전하지 않은 것일까. 장개동은 그런 양만석을 이해할 수가 없었다.

"근일 간에 네 집에 가정방문을 갈 테니, 어머님한테 그리 말씀 올리거라. 그럼 가 봐."

"예."

양순식이 꾸벅 절을 하고 돌아섰다. 아이의 뒷모습이 너무 처량해보여 마음이 무거웠다. 그는 양순식 어머니한테 양만석이가 광주에 와 있다는 것을 알려주어야 할지, 그대로 모른척하는 것이 좋을지 생각해보았다. 아무래도 모르는 척할 수밖에 없을 것 같았다. 그는 집에 와서도 어머니와 아내한테 양만석이가 편지를 보낸 사실을 말하지 않았다. 양만석이 편지를 보내고 자신을 형님이라고 부른 사실을 숨기고 있자니 입이 간지럽고 가슴이 답답해서 참을 수가 없었다. 그는 말 한마디 하지 않고 저녁을 먹고 앉아 있자니 흥분을 잠재울 수가 없어 백석이를 시켜 주막에서 탁주를 받아오게 하여 거푸 두 대접을 마셨다. 평소에 술을 좋아하지도 않은 터라, 수상히 여긴 아내가 학교에서 무슨 일이 있었느냐고 다그쳐 물었다. 그는 연신 고개만 흔들어댔다. 아내한테라도 사실을 말할까 싶었으나 입을 꾹 다물었다. 그래도 참을 수가 없어 비틀거리며 마을 초입에 있는 사촌동생 우암이 집으로 갔다.

"성님이 밤에 무신 일이당가요?"

이웃에 살면서도 장개동이가 우암이 집을 찾아가는 것은 좀처럼 드문 일이라 사촌은 한껏 놀라워했다. 우암이 처는 칭얼대는 두 살배기 쌍둥이 아들을 방바닥에 뉘이고 토닥거리다가 벌떡 일어섰다. 우암이는 5년 전에 장개동의 아버지 웅보와 절친한 친구 염주근의 딸과 혼인을 했다. 결혼한 지 3년이 지나도록 아이가 없다가 지난 해 봄에 아들 쌍둥이를 낳았다.

"우암아, 나 좀 보자."

장개동은 우암이를 밖으로 불러내 사립문 밖으로 나갔다. 제수한테는 비밀로 하고 싶었기 때문이다. 새끼내 물소리가 촉촉한 여름밤을 훼흔들었다. 날씨는 여전히 후텁지근했으나 비가 온 뒤끝이라 물비린내 대신 상큼한 강바람이 목덜미를 파고들었다.

"성님, 술 마셨소? 별일이네. 성님이 술을 다 마시고 좌우당간에 무신 일이남요?"

"너, 양만석이 알지야?"

"그 자식 일본에 있담서라우. 왜, 그 놈이 검사 판사라도 되야서 돌아왔는감요?"

"돌아오기는 했는디."

그러면서 장개동은 우암이한테 편지를 받은 일이며 광주 생모와 전화를 한 사실을 모두 이야기했다. 그러고 나서 깊은 한숨을 길게 내뿜었다. 그때서야 바늘귀만큼 가슴이 뚫리면서 답답증이 조금은 사라진 것 같았다.

"그래서 성님은 그놈 말을 곧이곧대로 믿는단 말이요? 암만해도 그 자석이 또 무신 수작을 부릴라고 그런 것 같은디."

우암이는 양만석의 돌변한 태도를 믿지 않았다. 우암이가 양만석을 믿지 못하는 것은 지난날 그의 잔악스러운 행패 때문임을 장개동은 잘 알고 있었다. 그 역시 양만석의 성격을 알고 있는 터라, 편지를 받고도 이렇듯 의아심을 품고 있지 않은가. 집으로 돌아온 장개동은 밤늦도록 잠을 이루지 못했다. 자리에 누워있다가도 벌떡 일어나 소피를 보는 척하고 밖으로 나갔다가 한참 동안 마당을 서성이다가 들어왔다. 그러는 그를 보고 아내가 자꾸만 무슨 걱정거리가 생겼느냐고 캐물었다. 그는 여전히 입을 다물었다. 장개동이가 가장 의아해하는 것은 양만석이 광주에 머물러 있으면서 왜 나주에는 오지 않느냐하는 것이었다. 순식이 말로는 아버지한테서는 아무 소식이 없다고 하지 않던가. 그는 필시 양만석이가 그의 처한테만은 귀국한 사실을 알렸을 것이라고 생각했다. 그리고 광주에서 볼 일을 보고 차분하게 집으로 돌아오게 될 것이라고 생각했다. 순식이가 아버지 소식을 모른다고 한 것은 그의 어머니가 자세한 내용을 아이한테 이야기하지 않았기 때문일 것이라고 믿고 싶었다. 토요일이 되자 오전 수업을 마친 장개동은 일단 집으로 퇴근을 했다가 서둘러 부르뫼로 향했다. 며칠 전 순식이를 교무실로 불러 가정방문을 하겠다고 기별을 해두었기에 미적거릴 수가 없었던 것이다. 박 초시네 대문 밖에서 순식이의 이름을 부르자 이내 행랑어멈이 달려 나와 문을 열어주었다. 뒤이어 양만석의 처가 순식이의 손을 잡고 달려 나와 사랑채로 안내했다. 옥색모시 치마에 치자 물들인 저고리를 받쳐 입고 가지런한 낭자머리에 은비녀를 꽂은 자태가 곱고 단정했다. 자태는 고우나 얼굴에 수심이 깊어보였다. 한사코 방으로 들어가자는 것을 마다하고 그는 사랑채 마루 기둥에 등을 기대고 걸터앉았다. 죽담 위로 높이 솟은 감나무에서 매미가 자지러지듯 낭자하게 울었다. 생의 마지막을 고하듯 매미 울음소리에 힘이 빠져 있었다.

"우리 아이한테 무신 일이 있는가요?"

양만석의 처가 멀찍이 서서 한사코 기둥 뒤로 몸을 사린 채 나지막이 물었다.

"아닙니다. 순식이는 잘 하고 있습니다. 또래 학동들과 잘 어울리지 못한 것만 빼고는……."

"아이가 집에서도 통 말이 없어요. 왜 그러는지 모르겠네요."

그녀는 아들의 폐쇄적인 성격에 대해 잘 알고 있는 듯 걱정스러운 얼굴로 말했다.

"제 생각입니다만, 등하교 때 사람을 딸려 보내는 것이 다른 학동들과 어울릴 수 없게 만드는 것 같습니다."

"워낙 통학길이 먼데다가 아직 어려서…… 금년 겨울까지만 딸려 보내고 새 학년부텀은 혼자 댕기도록 할 생각입니다."

"나주 댁에서 다니게 되면 좋을 텐데요."

장개동의 말에 양만석 처는 반응이 없었다. 장개동 생각에는 양순식 모자가 나주 집을 마다하고 이렇듯 오래도록 부르뫼에 와 있는 것도 이해가 되지 않았다. 그 사이에 잠시 전에 대문을 열어준 행랑어멈이 식혜와 다식, 복숭아가 담긴 소반을 들고 와서 마루에 놓고 갔다. 양만석 처는 내외를 하느라 마루에 앉지 않고 여전히 네다섯 걸음 떨어진 기둥 옆에 서 있었다. 장개동은 오래 머물러 있기가 불편했다. 그는 식혜가 담긴 사발을 들어 한 모금 들이켰다.

"순식이 아버님이 돌아오시면 나주 댁으로 가셔야죠? 그래야 순식이 학교 다니기도 좋을 것이고……."

장개동은 넌지시 속내를 떠보았다. 그러나 양만석의 처는 여전히 아무 반응이 없었다. 얼핏 얼굴을 훔쳐보았으나 눈빛 하나 변하지 않았다. 그렇다면 양만석이가 귀국하여 광주에 와 있다는 사실을 아직 모르고 있다는 말인가. 양만석이가 일본에 유학을 가 있는 동안에만 순식이 모자가 부르뫼에 와 있는 것으로 알고 있는 장개동으로서는 모든 것이 석연치가 않았다. 더욱 이해할 수 없는 것은 양만석이 유학을 떠난 지가 6년이나 되었는데 그동안 그의 처자가 여태까지 처가에 머물러 있다는 사실이었다. 광주 생모한테서 듣기로 죽은 유 씨 부인의 동생이 나주 양만석의 집에 살면서 감농을 한다고 하지 않던가.

"실은 오늘 제가 온 것은 순식이 일 때문이 아닙니다."

장개동은 마침내 그가 부르뫼에 찾아온 연유를 말하려고 했다. 광주 생모의 이야기로는 양만석의 처도 남편이 노비의 핏줄이라는 사실을 알고 있다고 했다. 그렇다면 장개동 자신이 바로 양 진사 댁 노비였던 장웅보의 아들이라는 사실을 양만석의 처한테도 알려야 하지 않겠는가 싶었다. 그렇게 하는 것이 서로 마음 편할 것 같았다.

양만석은 막상 운을 떼어놓고도 다음 말을 잇지 못하고 한참을 망설였다. 어떻게 말을 해야 양만석의 처에게 충격을 덜 줄 수 있을까 하고 거듭 생각을 되작거려보았다. 어쩌면 양만석이가 일본으로 가기 전에 모든 사실을 그의 처에게 털어놓았을지도 모른다 싶기도 했다. 제발 그렇게 했기를 바랐다. 장개동은 고개를 앞으로 꺾고 양만석의 처를 찬찬히 바라보았다. 자세히 보니 콧대가 작은 얼굴에 비해 실하고 눈이 약간 위로 매달려 있었다. 눈이 매달리면 팔자가 사납다던 어머니 말이 떠올랐다.

"순식이 어머님, 제가 새끼내에 살고 있다는 것은 아시고 계시는지요?"

장개동은 자신이 생각해도 생뚱맞은 질문이라서 실소하듯 어색하게 웃었다.

"아, 그래요? 우리 아이가 그런 말을 안 해주어서 몰랐구만요."

양만석의 처는 가지런한 치아를 깨끗만큼이나 살짝 드러내 보이며 엷은 미소를 지었다. 장개동은 자신이 새끼내에 산다는 사실을 양만석의 처가 모르고 있다면 그와 양만석의 관계에 대해서도 알지 못하리라 짐작했다. 생각이 거기에 미치자 더욱 말하기가 저어되었다. 그러면서도 한편으로는 설사 양만석이가 출생의 비밀을 털어놓았다 치더라도 어디에 사는 어떤 노비의 핏줄이라는 것까지는 모를 수 있지 않겠느냐 싶기도 했다. 그러면도 장개동은 말을 못하고 계속 눈치만 살폈다.

"새끼내에 살다가 오래 전에 돌아가신 장웅보라는 분이 제 아버지가 되십니다."

장개동은 용기를 내어 기어이 그 말을 뱉고 말았다. 그 말을 들은 양만석의 처는 조금도 얼굴빛이 달라지지 않았다. 되레 그래서 어쨌다는 거냐고 반문하듯 뜨악한 표정으로 그를 바라보았다. 장개동은 반응이 없자 답답했다. 아버지의 이름을 모르고 있기 때문일 것이라고 생각했다. 장개동은 반쯤 남은 식혜 사발을 들고 천천히 입술을 축이며 마셨다. 입에 침이 마르면서 속이 바싹바싹 탔다.

"제 조부님과 아버님께서는 양 진사네 노비였습니다. 그러니까 따지고 보면 순식이와 저는 남이 아니지요."

마침내 그는 더듬거리면서 말하고 말았다. 오랫동안 입 안에 머물고 있던 모래를 뱉은 것처럼 후련했다. 그러면서도 불안한 마음은 더했다. 그 말을 듣는 순간 양만석 처의 표정이 흙빛으로 어둡게 굳어졌다. 장개동은 아뿔싸 하고 난감한 처지가 되었으나 이미 수습할 길이 없었다. 그는 담담하게 양만석 처의 다음 행동을 기다릴 뿐이었다. 양만석의 처는 고개를 들어 잠시 먼 산을 바라보는가 싶더니 천천히 토방으로 내려섰다.

"아니? 그러니께 시방……? 그래서 어쩌자는 것이지요? 지한테 시숙님 대접이라도 받기를 원하시남요?"

양만석의 처가 눈심지를 빳빳하게 세워 파르르 성깔을 내고 장개동을 찔러보며 사금파리 깨지는 목소리로 거듭 다그치듯 했다.

"저는 알고 계시는 줄 알았습니다."

그는 양만석 처의 갑작스런 태도에 당황했다. 그녀가 이렇게까지 강팔지게 나올 줄은 상상하지 못했기 때문이다.

"알려주어서 이 은혜 참말로 백골난망이네요. 허나 지하고는 아무 상관도 없는 일이라서 어쩌지요?"

양만석의 처가 비아냥거리는 투로 입을 비쭉이며 냉갈령을 부리고 안채로 발걸음을 돌렸다. 장개동의 입장이 참으로 난처해졌다. 그는 똥물을 뒤집어쓴 기분으로 우두커니 감나무 우듬지만을 바라보고 앉아 있었다. 아무래도 잘 못 왔구나 싶어 천천히 일어섰다. 사랑채를 나와 대문을 나오면서 안마당 쪽을 얼핏 돌아보았으나 사람의 그림자 하나 눈에 띄지 않았다. 그는 뒤통수에 따가움을 느끼며 박 초시네 집을 나왔다. 마을 앞 들길을 달리다가 산모퉁이 느티나무 그늘 밑에 자전거를 받쳐두고 앉았다. 그는 머릿속이 복잡했다. 하루 전까지만 해도 양만석의 편지를 받고 천하를 얻은 듯 기뻐했는데 지금은 참담한 심정으로 자신의 섣부른 행동에 대해 부끄러워하고 있는 자신이 더 없이 개탄스러웠다. 그는 언제까지나 그렇게 앉아 있었다. 갑자기 탈진이라도 한 듯 다시 일어설 기력도 없었다. 양만석을 만나게 될 기대감도 흥분도 싸늘하게 얼어붙어버린 듯했다. 한참 후에야 자전거를 타고 새끼내로 향했다. 마을에 어귀에 들어서자 또래 아이들과 냇가에서 놀고 있던 백석이가 아버지를 외쳐 부르며 뛰어왔다.

일요일에 장개동은 사촌 우암이를 자전거에 싣고 금성산 골자기에 가서 조부모 산소 벌초를 했다. 장개동은 조부모 얼굴은 본 적이 없지만 아버지 어머니한테 자주 들어서 머릿속에 그 모습을 확연하게 그릴 수가 있을 것 같았다. 아버지 말로는 할아버지가 기골이 장대하여 힘이 장사인데다 젓대를 잘 불었다고 했다.

"느그 아부지가 꼭 조부님을 빼닮았다고 허시드라."

벌초를 끝내고 떡갈나무 그늘에 앉아 땀을 식히며 장개동이가 말했다.

"나도 큰 어머니헌테 들었구만."

우암이는 그렇게 말하며 깊고 아련한 한숨을 토해냈다. 갑자기 아버지 생각이 난 것이다.

"그나저나 살아 계시기나 한 것인지……."

우암이가 개동이를 보면서 혼잣말처럼 중얼거렸다.

"홍범도 장군 밑에 계신다고 안 허드냐."

"그때가 언젠디."

우암이의 목소리에 힘이 빠져 있다. 그가 아버지의 소식을 들은 지도 벌써 3년이나 지났다. 3년 전 여름이었다. 10년 가까이 생사조차 알 수 없었던 우암이 아버지 장대불이의 소식을 전해온 사람이 있었다. 군자금을 모금하러 나왔다는 사람이 일부러 새끼내까지 찾아와서, 장대불의 소식을 전해주었다. 그때 들은 이야기로는 장대불은 홍범도 장군 휘하에 있으면서 봉오동전투에 참가하여 큰 전과를 세웠다고 했다. 그 후, 3년이 지나도록 아직 소식이 없었다.

"숙부님께서는 꼭 살아계실 테니 염려 말아라."

장개동은 그렇게 말하고 맑은 하늘을 향해 기지개를 켜며 일어섰다. 그들은 자전거를 타고 영산교를 건너 다시 개산으로 향했다. 장개동의 아버지와 우암이 어머니 묘소에 벌초를 하기 위해서다. 우암이 어머니 묘소는 개산 초입 잔솔밭에 있고 개동이 아버지는 암앙바위 뒤 꼭지에 있다. 둘은 먼저 우암이 어머니 묘소로 올라갔다. 청미래 덩굴이며 칡덩굴이 얼크러진 가파른 비탈길을 한참 추어 오르자, 길옆에 풀에 우북하게 덮인 작고 초라한 묘가 나왔다. 우암이가 "엄니" 하면서 무덤 앞에 넙죽 엎드렸다. 개동이도 우암이 옆에 무릎을 꿇었다. 우암이는 대풍창병에 걸려 차마 집에는 들어오지도 못하고 개산을 배회하던 어머니를 생각하면 울컥 울음이 복받치면서 그리움이 뼛속까지 파고들었다.

"불쌍한 울 엄니."

우암이는 자꾸만 눈물이 쏟아지려고 했다. 장개동이가 우암이의 심정을 알고 여러 차례 등을 쓸어주었다.

"작은 어머니는 좋은 데로 가셨을 것이다."

"아부지만 계셨더라도 엄니가 그렇게는 안 되셨을 것인디."

"작은 아버지 잘못이 아니다."

장개동은 두 팔로 우암이의 어깨를 감싸 안아 일으켰다.

우암이 어머니 묘에 벌초를 끝낸 두 사람은 다시 개산 암앙바위 뒤편으로 올라갔다. 아버지 무덤으로 다가가다 말고 장개동은 걸음을 멈추고 서서 한참 동안 영산강을 바라보았다. 나주 쪽에서 토계리 산모퉁이를 휘돌아 선창을 지나서 암앙바위 밑으로 몸을 비틀며 구물 구물 흐르는 거대한 물줄기가 한 눈에 들어왔다. 기다랗게 뻗은 강은 번뜩이는 햇볕에 빛나 살아 움직이는 것 같았다. 물비늘에 햇볕이 되쏘여 용이 꿈틀거리는 것처럼 보였다.

"영산강이 제일 잘 보이는 곳이 여기다. 우암아, 여기서 영산강을 한 눈으로 바라보니 가슴이 뻥 뚫리는 것 같지 않느냐?"

장개동이가 뒤따라온 우암이를 돌아보며 물었다.

"여그서 영산강을 내려다본께 영판 잘 보이네요. 오금쟁이가 갠질갠질 험시로, 성님 말대로 그동안 홀맺혔던 오기가 한꺼본에 걍허게 풀린 것 같구만이라."

우암이도 목을 길게 늘이고 장개동 옆에 서서 한눈에 들어오는 영산강을 바라보며 말했다.

장개동이 바라본 영산강은 예전과는 또 다른 느낌으로 다가왔다. 목포에서 새끼내에 돌아와 처음 영산강에 섰을 때는 그냥 물이 흐르는 강으로만 보였었는데 시간이 흐를수록 영산강은 단순한 자연현상에서 비롯된 형체가 아니라, 거대한 생명체로 받아들여졌다. 그리고 그 거대한 생명체 앞에서 원초적인 신비감이나 경외감 같은 것을 느꼈다. 깊은 강물 속에는 자신의 운명의 밧줄을 쥐고 당겼다 놓았다 하는 정령이 살고 있는 것 같았다. 장개동은 목포에 살고 있는 그를 새끼내로 돌아오게 한 것, 강한 영산강 사람이 되게 하기 위해 시련을 준 것, 배 다른 동생 만석을 좋은 마음으로 다시 만나게 해준 것은 영산강 정령의 힘이라고 믿고 싶었다. 아니 영산강의 정령은 장개동 자신의 운명뿐만 아니라 영산강변에 사는 모든 사람들의 운명을 단단히 거머쥐고 있는 것인지도 몰랐다. 영산강 정령은 강변 사람들에게 재앙과 고통을 주기도 하지만 그것은 내일의 행복을 안겨주기 위한 시련이라 믿고 싶었다. 그러기에 영산강은 절망이 아닌 희망의 강인 것이다. 어쩌면 영산강은 저 세상으로 떠난 조상들의 뜨거운 숨결과 같은 것일지도 모른다는 생각이 들었다. 그는 아버지로부터 노비들은 이승에서 너무 고통스럽게 살아, 죽어서는 하늘의 별이 된다는 말을 들었었다. 그런데 지금 보니, 영산강은 죽은 노비들의 눈물과 고통이 모여 흐르는 것일지도 모른다는 생각이 든 것이다.

"큰아부지께서 진짜 영산강 사람이 될라면 영산강 우는 소리를 들을 수 있어야 헌다고 말씀 하셨는디, 어치코롬 해야 강이 우는 소리를 들을 수 있을끄라우?"

우암이의 물음에 장개동은 고개를 갸웃거리고 나서 강이 우는 소리를 듣고 싶은지 두 손바닥을 펴 양쪽 귓가에 귀 바퀴를 만들어 한참 동안 꿈을 꾸듯 영산강을 내려다보았다. 햇살을 토렴하듯 강을 훑고 오는 바람소리만이 웅웅거렸다.

"냉큼 끝내고 가세. 백중잔치에 가 봐야제."

우암이가 재촉하는 바람에 장개동은 강에서 시선을 거두고 아버지 묘 가까이 갔다. 그는 아버지 앞에 무릎을 꿇었다. 아버지, 만석이가 일본에서 돌아왔답니다. 저한테 편지를 했는데 앞으로는 저를 형으로 부르고 싶다고 하네요. 허지만 만석이의 진심을 아직은 모르겠습니다. 아버지께 속죄하기 위해 돌아왔다고 했습니다만 인성이 어디 그렇게 쉽게 변하겠습니까. 편지를 받고 흥분을 참지 못해 부르꾀에 찾아가서 만석이 처한테 제가 아버지의 아들이라는 말을 했더니, 냉갈령을 부렸습니다. 제가 만석이네를 어찌 대해야 좋을지 모르겠어요. 만석이를 다시 만난다는 것이 반갑기도 하지만 한편으로는 두렵기도 하답니다. 제가 어찌 처신을 해야 할지 아버지께서 가르쳐주십시오. 만석이한테 우리 백석이만한 아들이 있는데 아이 성격이 밝지 않아 마음에 걸립니다. 생모께서는 만석이와 제가 의좋게 지내라고 하시지만 어디 그것이 제 뜻대로만 이루어질 수가 있겠어요. 장개동은 아버지에게 속마음을 털어놓았다. 아버지가 현몽하여 좋은 길을 인도해주실 것만 같았다. 그 사이 우암이는 낫질을 하기 시작했다. 장개동이도 낫을 들고 일어났다. 두 사람은 햇빛 속에서 땀을 뻘뻘 흘리며 벌초를 했다. 벌초가 거의 끝나갈 무렵, 적갈색 송장메뚜기 한 마리가 파드득 날더니 봉분 중앙에 피어있는 홍자색 새며느리밥풀 꽃잎 위에 앉았다. 장개동은 송장메뚜기가 앉아 있는 새며느리밥풀 꽃을 가까이 들여다보았다. 아버지는 유난히 붉은 꽃을 좋아했다. 그래서 새끼내 마당에도 배롱나무와 홍매화를 여러 그루 심었다. 봉선화도 흰 꽃이 피면 모두 뽑아버리고 붉은 꽃만 남겨두곤 했다. 언젠가 아버지는 왜 붉은 꽃만 좋아하느냐고 물었더니, 노비의 피는 양반들 피보다 더 붉기 때문이라고 했다.

"올 가을에는 아버지 산소에 홍매화를 심어야겠구나."

"뜽금없이 못등에다 무신 홍매화를 심어. 백일홍을 심제."

장개동의 말에 우암이가 피식 웃으며 말했다.

"어머니께서는 홍매화를 기생꽃이라고 싫어하셨지만 아버지는 꽃

빛깔이 너무 곱다면서 유독 좋아하셨다."

"기생꽃이라?"

"꽃 색깔은 곱지만 열매가 열리지 않는다고 해서 기생꽃이라고 한다는 구나."

"그렇다면 큰 아부지는 왜 하필이면 기생꽃을 좋아허셨제? 혹시 큰 아부지가 기생을 좋아허셨는가?"

우암이의 그 말에 장개동은 문득 광주의 생모가 떠올랐다. 그의 생모는 기생 출신은 아니지만 기생을 둔 요리집을 하고 있기 때문이다. 그때문에 그는 광주로 생모를 만나러 가는 것을 꺼려했다. 생모가 아들 백년이를 데리고 있겠다고 했을 때도 장개동은 요리집에서 자라게 하고 싶지 않다면서 반대를 했었다. 결국 새끼내 어머니가 한사코 통사정을 하는 바람에 백년이를 생모한테 보내기는 했어도 마음 한구석은 늘 꺼림해 있었다.

5

양만석의 강연회가 있는 날이다. 홍학관 앞에 '와세다 대학 졸업생 양만석 선생 귀국 강연회' 플래카드가 바람에 펄럭이고 있다. 이날 강연 주제는 '젊은이여 미래를 보라'다. 양만석은 강연시간 1시간 전인 오후 2시에 정장을 하고 금성관을 나왔다. 9월의 끝자락이라 아직 한낮의 햇살은 따끔거렸으나 바람이 살랑거려 그렇게 덥게 느껴지지는 않았다. 양만석은 진주 강연회 때와는 달리 어쩐지 마음이 떨렸다. 마치 시험을 치르러가는 학생처럼 불안하기까지 했다. 흥학관 앞에 학생복 차림의 젊은이들이 삼삼오오 모여 잡담을 하고 있는 것이 보였다. 흥학관 청년회 사무실에는 회원들 여남은 명이 미리 나와 강연회 준비를 하고 있었다. 강석봉과 지용수 등 낯익은 얼굴도 보였다.

"대성황을 이룰 것 같습니다."

강석봉이 자리에서 일어서서 양만석을 맞으며 말했다.

"광주고보 학생들이 대거 참석할 것이라고 합니다."

지용수도 양만석이 의자에 앉기를 기다리고 서 있으면서 말했다. 이날 사회를 보기로 한 지용수는 머리에 기름을 자르르하게 바르고 회색 양복에 붉은 넥타이까지 맸다. 정장차림을 한 그가 평소보다 한껏 돋보였다. 잠시 후에 청년회 집행위원장 이기호와 집행위원 설병호, 최연석이 들어와서 인사를 나눴다. 양만석은 동아일보 광주 지국장인 설병호에게 장덕수 주필의 안부를 물었다. 그는 만약 동아일보 광주지국에서 일하기로 마음을 굳히게 된다면 설병호지국장을 한 번 만날 생각이다.

"벌써 강당이 반이나 찼어요."

장석천이 사무실로 들어오며 흥분한 목소리로 말했다. 양만석은 장석천이 끓여준 따끈한 녹차를 마시며 초조하게 앉아 시간을 기다렸다. 금성관을 나오면서 분명 소피를 보았는데도 한 시간도 안 되어 방광이 무지근했다. 회중시계를 꺼내보았더니 시작하려면 아직 20분이나 남았다. 왜 그리 시간이 더디 가는지 가슴이 답답하고 이마에 땀이 송송 맺혔다. 정확하게 2시 55분에 양만석은 이기호 등 청년회 간부들과 함께 강연장으로 들어섰다. 강당 마루바닥에는 청중이 꽉 들어차 있었다. 이기호 집행위원장의 간단한 인사말에 이어 등단한 양만석은 정중하게 인사를 한 다음 한참 동안 청중들을 둘러보았다. 연단 앞자리 정면에 장개동과 그의 아들 장백년, 그리고 금성관 주인 막음례의 얼굴이 보였다. 양만석은 장개동을 향해 미소를 흘리며 가볍게 목례를 했다. 장개동도 고개를 끄덕해보였다. 그는 장개동이 강연장에 나타나리라고 생각치도 못했다.

"양만석입니다. 영광스럽게도 저를 이 자리에 서게 해주신 광주청년회에 감사드립니다."

양만석은 의례적인 인사와 함께, 얼마 전 진주 형평사 주최의 강연회에서 이야기했던 '인간 평등과 평등세상'에 대한 이야기로 서두를 꺼냈다.

"사람은 첫째 사유하는 동물입니다. 정의와 불의, 진실과 거짓, 선과 악, 도덕과 부도덕, 양심과 비 양심, 자유와 속박, 아름다움과 추함, 화평과 싸움 등, 이 모든 것을 사유하고 판단할 줄 아는 것이 인간입니다. 정의, 진실, 선, 도덕, 양심, 자유, 미, 화평을 생각하는 것이야말로 인간이 추구하는 최고의 가치입니다. 그리고 둘째 인간은 멀리 보는 존재입니다. 사람의 눈은 다른 동물에 비해 그렇게 크지는 않지만 멀리 볼 수가 있습니다. 돼지는 눈이 커도 눈앞의 먹을 것만 보고, 눈이 큰 소는 뜯어먹을 풀만 보며 개는 물어뜯을 것이 있는가를 봅니다. 그러나 사람은 당장 눈앞의 먹을 것만을 보지 않습니다. 사람은 먼 곳을 봅니다. 멀리 본다는 것은 내일, 곧 미래를 보는 것과 같습니다. 미래는 희망이며 이상입니다. 그래서 인간은 이상을 꿈꾸는 존재인 것입니다. 오늘 제가 여러분한테 이야기하고자 하는 요체는 바로 인간이 꿈꾸는 이상세계에 대한 것입니다. 우리의 현실은 각박합니다. 오늘의 현실에 만족한 사람은 그리 많지 않습니다. 대부분은 오늘보다 더 나은 내일을 꿈꾸고자 하는 것입니다. 우리가 꿈을 갖고 노력한다면 분명 우리 앞에는 오늘보다 더 나은 내일이 기다리고 있을 것입니다. 그래서 인간이 살아가는 목적이 바로 이상세계를 건설하는 것입니다. 그러므로 이상을 꿈꾸지 않는 사람은 살아가는 데 아무런 의미도 없는 것과 같습니다. 각박한 현실 속에서 살고 있는 우리에게 사회주의를 통해 이상세계의 길을 안내하고 있는 사람이 바로 칼 마르크스입니다."

양만석은 이제 마르크스에 대한 본격적인 이야기를 하려고 했다. 강연장은 심해의 밑바닥처럼 조용했다. 청중들은 호흡을 가다듬고 연사의 다음 말을 기다렸다. 양만석은 물 한 모금으로 목을 축인 다음 청중을 둘러보았다. 장개동도 긴장된 얼굴로 연단을 주시하고 있었다.

"저는 모두에서 인간은 평등한 존재라고 했습니다. 그러나 계급과 소유와 소외로 인해서 불평등이 발생하게 되었습니다. 즉 생산수단을 소유한 상류층인 자본가와 생산수단을 소유하지 못한 하류층인 노동자 사이에 지배와 피지배의 관계가 성립된 것이지요. 생산수단은 경제력을 의미하기 때문에 결국 경제적으로 부유한 상류층과 부유하지 못한 하류층으로 구분됩니다. 따라서 마르크스의 계급론은 .

생산수단에서 비롯된 것입니다. 생산수단을 갖는 계급은 부르주아요 갖지 못한 계급은 프롤레타리아라고 칭했지요. 부르주아와 프롤레타리아 두 계급은 역사적으로 대립과 갈등을 빚어왔습니다. 자본가에 의한 노동력 착취가 나타나 노동자들이 단결, 혁명을 통해서 계급을 없애야한다는 것이 사회주의의 주요 이념입니다. 이 같은 마르크스의 사상은 헤겔 철학에서 영향을 받았습니다. 당시 환경이 마르크스로 하여금 사회주의 사상을 만들게 했다고 볼 수 있습니다. 마르크스는 독일 유태인 집안에서 태어났는데 아버지는 자유사상과 계몽주의파에 속한 변호사였고 어머니는 네델란드 귀족출신이었습니다. 이 같은 배경에서 자란 마르크스가 자본주의를 비판하고 사회주의를 창시하게 된 것입니다. 과학혁명·시민혁명·산업혁명이라는 3대 혁명을 통해 근대에 진입한 유럽사회는 엄청난 변화 앞에서 사회가 어떤 원리를 통해 작동 하는가가 문제였지요. 이때 마르크스가 나타난 것입니다. 20대 청년기 마르크스 철학의 주제는 인간주의 측면에서 강조한 '소외'라고 하는 것이었습니다. 소외는 자본주의 체제 속에서 인간이 완전히 존재할 수 없다고 본 것입니다. 소외는 노동에서 온다고 생각한 것이지요. 노동자는 자신의 일부인 힘과 노력과 기술과 시간을 팔아서 생명을 유지하므로, 소유에서 소외되고 타인과의 관계에서 소외된다고 본 것입니다."

양만석은 잠시 이야기를 멈추고 숨을 돌린 후 청중들의 반응을 살폈다. 모두들 진지한 얼굴로 그의 다음 이야기를 기다리고 있는 눈치였다. 그는 이야기를 하면서도 가끔 장개동의 반응을 훔쳐보곤 했다.

"혁명을 통해 계급을 타파하고 완전한 사회주의 국가를 수립한다면 이 세상은 어떻게 변할까요. 마르크스주의의 이상인 공산주의 특징을 살펴보기로 하겠습니다. 공산사회가 이루어진다면 먼저 수행된 노동에 따른 소득분배는 더 이상 없고 필요에 따라 소득이 분배된다고 했습니다. 계급이 없어지며 국가가 소멸되고 높은 생산성으로 모두가 풍요로운 삶을 살 수 있게 된다는 것입니다. 또한 고도의 사회주의 의식으로 사람들은 장려금 없이도 노동을 하게 된다고 했습니다. 더욱 평등하게 되지만 절대적 평등은 아니고 돈이 필요 없게 된답니다. 계획경제가 실시되고 경제는 생산자들의 자유롭고 평등한 결사에 의해 관리된다고 했습니다. 또한 직업차별이 제거되어, 도시와 농촌간의 사회적 구별이 없어지고, 모든 사람은 지적인 노동만큼의 육체적 노동을 하게 된다는 것입니다. 이러한 체제는 세계적인 것이 된다고 믿고 있습니다."

양만석의 강연은 당초 계획 1시간보다 20분이나 초과되었다. 그는 강연을 마치고 질문을 받았다.

"저는 광주고보 1학년에 다니는 장재성입니다. 선생님의 강연 감명 깊게 잘 들었습니다. 그런데 사회주의와 공산주의는 어떤 차이가 있습니까."

키가 훤칠하게 크고 잘생긴 얼굴에 눈빛이 날카로운 교복차림의 학생이 손을 들고 일어서서 우렁우렁한 목소리로 물었다. 1학년 학생치고 질문이 야무졌다.

"마르크스 이전에도 사회주의자가 많았습니다. 그러나 그들의 주장은 비과학적이고 비현실적이라는 평을 받았습니다. 그러나 마르크스는 먼저 자본주의에 대해 과학적이며 체계적인 비판을 했고 이를 바탕으로 사회에 내재한 모순을 척결하여 이상적인 사회를 추구하자는 사상체계를 확립했지요. 마르크스는 지금까지의 사회주의와 자신의 사회주의를 차별화하여 공산주의라는 말을 만들어낸 것입니다. 그러나 '공산당선언'에서도 그 개념은 모호하고 다른 저서에서는 공산주의가 사회주의 이후에 오는 단계로 보기도 했습니다."

양만석은 비교적 간단하게 설명하고 한동안 그 학생의 얼굴을 바라보았다.

"저는 광주청년학원생 강석원입니다. 마르크스의 사회주의는 자본주의 비판에서 비롯되었다고 했는데, 자본주의에서 어떤 점을 주로 비판했습니까? 그리고 마르크스를 공부하려면 어떤 책들을 읽어야 하는지 말씀해주십시오."

광주청년회에서 주관하는 야학 학생의 질문이다. 첫 번째 질문자 장재성 학생보다는 네다섯 살 정도 많아 보이는 청년이다. 보통 키에 호리호리한 체격이었지만 다부지고 실해보였다.

"아까 이야기했듯이 자본주의의 맹점은 필연적으로 부르주아와 프롤레타리아의 계급적 갈등을 가져오게 된다는 것이었습니다. 그리고 그 대립과 갈등은 부익부 빈익빈 현상을 심화시켜, 가난한 사람은 부자들의 지배를 받을 수밖에 없다는 것이지요. 결국 그렇게 되면 이 세계는 부자들의 세상이 되고 만다는 것입니다. 따라서 국가는 부르주아의 지배도구이며 경찰·군대·관료 등과 같이 노동자를 탄압하는 도구일뿐이라는 것이지요. 국가뿐만 아니라, 종교도 지배적 계급이 프롤레타리아나 계급의 현실적 불만을 무마하기 위한 도구라고 했습니다. 이뿐만 아니라, 마르크스는 자본주의에서의 가족관계도 결국 계급대립의 축소판이라고 규정했습니다. 남편은 부르주아를 아내는 프롤레타리아를 상징하고 있다고 한 것입니다. 자본주의 체제에서 가족체계는 간통과 매춘으로 보완되는 일부일처제일뿐으로, 남자의 재산이 아들에게 상속되어지는 것을 보증하기 위해 발전한 것이라고 주장합니다. 그러니까 진정한 의미에서 남녀평등은 사회주의 체제에서만이 가능하다고 한 것입니다. 그리고 두 번째 질문에 대해서 간단히 답하지요. 솔직히 말해서 조선에서는 마르크스의 저서를 구해 읽기가 쉽지 않습니다. 널리 알려진 마르크스의 저서로 '자본론', '공산당 선언' 외에, '경제철학요강', '정치 경제학비판', '프랑스 혁명사', '철학의 빈곤' 등이 있습니다. 그리고 대부분 저서는 네 권으로 된 '마르크스 전집' 안에 들어있습니다. 제 생각에는 기본적으로 '공산당 선언'을 읽고 나서 '자본론'을 읽는 것이 좋을 것 같습니다."

"저는 광주고보 2학년생인 왕재일입니다. 사회주의 이상사회를 실현하기 위해서는 혁명을 해야 한다고 했는데, 무슨 혁명을 어떻게 해야 하는지 좀 더 자세하게 말씀해주십시오."

2학년 학생치고 덩치가 큰 학생의 질문을 받은 양만석은 선뜻 대답을 못하고 잠시 망설였다. 청중들 앞에서 구체적으로 이야기할 수 없었기 때문이다.

"아주 대답하기 어려운 질문입니다. 마르크스가 사회주의 건설을 위해 가장 중요하게 생각하는 것은 계급투쟁입니다. 그게 바로 혁명인 것이지요. 부르주아와 프롤레타리아 간의 대립과 갈등은 계급투쟁을 통해서만 해결이 가능하다고 했습니다. 이와 연관해서 노동해방도 매우 중요시했습니다. 물론 계급투쟁과 노동해방을 위한 첫 단계로 노동조합을 들 수가 있습니다. 이 문제는 차후에 개인적으로 토론을 통해서 이야기할 수 있는 기회가 있기를 기대하겠습니다."

양만석의 대답이 끝나자 사회를 맡은 지용수가 시간이 너무 지체되었다면서 더 이상의 질문을 받지 않겠다고 했다. 양만석도 답변하기 곤란한 질문이 나올까봐 은근히 걱정을 하고 있던 터에 안도했다. 강연회가 끝나자, 질문을 했던 학생들과 그들의 친구들인 듯싶은 젊은이들 여남은 명이 우르르 연단 위로 올라와서 꾸벅거리며 인사를 했다. 양만석은 한동안 학생들한테 둘러싸여 있었다. 양만석은 학생들과 일일이 악수를 했다. 그들이 연단을 내려간 후에 보니 장개동과 막음례가 보이지 않았다. 양만석은 서둘러 강당 밖으로 나와 주변을 살피며 장개동을 찾아보았으나 사라지고 없었다. 그때 지용수가 가까이 와서는 학생회 간부들과 저녁식사를 같이 하자고 했다.

"이기호 집행위원장 일행은 먼저 식당에서 기다리고 계십니다."

지용수는 그러면서 자기가 식당으로 안내하겠다고 했다.

"이를 어쩌지? 강연장에 고향 사람들이 와서 지금은 그 사람들을 만나야겠는데…… 위원장님께는 자네가 대신 잘 좀 말씀을 드려주게."

"그러시다면 어쩔 수 없지요. 그럼 어서 가보시지요. 내일 연락드리겠습니다."

지용수는 양만석의 사정을 듣자 곧 이해해주었다. 양만석은 그 길로 홍학관을 나와 금성관으로 뛰어갔다. 장개동은 필시 막음례와 같이 금성관으로 가 있을 것이라고 짐작했기 때문이다.

양만석이 헐근거리며 금성관으로 들어서자, 문간에 서 있던 조군이 쪼르르 안채로 달려갔고 뒤이어 장개동이 신발을 끌며 다급하게 모습을 나타냈다. 양만석의 생각에 그가 돌아오면 즉시 안채로 기별을 하라고 조군에게 당부를 해 둔 것 같았다. 장개동이 양만석을 향해 웃는 얼굴로 다가오더니 손을 내밀고 악수를 청했다. 양만석이 덥석 장개동의 손을 잡고 한동안 흔들어댔다. 그들은 좀처럼 손을 놓지 않았다.

"오셨구만요."

양만석이 먼저 입을 열었다. 6년 전까지만 해도 눈을 치뜨고 깔보며 동네 똥개 대하듯 하던 그의 입에서 존댓말이 나오자 장개동은 당혹감을 감추지 못했다. 장개동은 양만석을 어떻게 대해야 좋을지 몰라 한동안 입을 열지 못하고 망설였다.

"오랜만이오."

장개동은 어색하게 웃으며 말끝을 흐리고 말았다.

"형님, 말씀을 낮추셔야지요."

"어? 글쎄…… 암튼 들어가지."

장개동은 양만석의 손을 잡은 채 안채로 걸음을 옮겼다. 안채 뜰 안으로 들어섰을 때 안방 문이 열리면서 막음례가 백년이와 함께 웃는 얼굴로 마루로 나왔다.

"어서들 들어와."

마루 끝에 선 막음례가 손을 까불어대며 재촉하자 양만석은 주저하지 않고 토방으로 올라섰다. 넷은 안방으로 들어가 앉았다. 막음례가 먼저 아랫목에 깔린 보료 위에 앉자 장개동이 한사코 양만석을 그의 생모 옆에 앉게 했다. 아랫목 보료위에 막음례와 양만석이 나란히 앉고 장개동이 부자가 윗목에 앉았다. 장개동은 양만석의 앉을 자리까지 세심하게 신경을 썼고 양만석은 그런 장개동의 웅숭깊은 마음을 헤아리고 있었다. 자리에 앉은 막음례 얼굴에는 오달진 미소가 넘쳤고 장개동과 양만석은 다소 어색하면서도 흔연스러운 표정으로 말없이 서로의 얼굴을 번갈아 보았다.

"편지 받고 놀랬구만. 너무 뜻밖이라."

"형님이 저를 받아주셔서 감사합니다."

"강연 듣고 놀랬어. 사상이 사람을 개조한다는 말을 오늘 실감했구만."

"와 주실 줄 몰랐습니다. 앞으로 많이 도와주십시오."

"오늘 강연을 들으니께 순식이 아버지 마음속에는 우리가 생각하지도 못했던 새로운 세상이 들어 있다는 것을 알았구만."

장개동의 입에서 순식이라는 이름이 나오자 양만석의 얼굴에 엷은 그림자가 얼핏 스쳤다.

"지나간 세월이 부끄러울 뿐입니다. 어떻게 속죄를 해야 좋을지 모르겠어요."

"속죄라니, 세상이 사람을 그렇게 만들었는데."

"아닙니다. 제가 너무 큰 죄를 졌습니다. 앞으로는 사람답게 살아보려고 합니다."

"그나저나 귀국한 지가 오래 되셨다는디 나주에는 왜 여태 안 가시고…… 순식이 어머님은 귀국하신지도 모르고 계시던디……."

장개동은 여전히 말끝을 흐렸다. 말을 내리기가 쉽지 않은 듯싶었다.

"부인을 만났다냐?"

두 사람의 이야기를 잠자코 듣고만 있던 막음례가 끼어들었다.

"예. 며칠 전에 부르뫼로 찾아갔었구만요."

"부르뫼꺼정?"

"우리 학교에 다니는 순식이가 전학을 가겠다고 해서."

"참 그라제. 느그 학교 다닌다고 했제. 광주로 전학시킬라고 그러는가?"

"광주가 아니고 봉황으로."

"어째서?"

"이유는 잘 모르겠어요."

장개동은 순식이 외할머니가 노비의 자식한테서 글을 배우게 하고 싶지 않아서 전학을 시키겠다고 했던 이야기는 하지 않았다.

"그래서? 애기 아부지가 광주에 와 있다고 말했냐?"

"예. 실은 오늘 순식이를 강연장에 데리고 오고 싶어서 찾아갔었어요."

그때까지도 양만석은 나주 가족들 소식은 한 마디도 묻지 않았다. 장개동은 양만석이가 나주 식구들에 대한 소식을 한 마디도 묻지 않은 것에 적이 놀랐다. 그렇다고 그 연유를 따져 물어볼 수도 없는 일이다. 장개동은 필시 양만석의 부부 사이에 문제가 있는 것으로만 짐작했다. 그렇지만 아들 순식이에 대해서까지 관심을 보이지 않는 다는 것은 이해할 수 없었다. 6년 만에 귀국해서 아직까지도 자식을 만나지 않고 있다니, 양만석이 그렇듯 매몰스러운 사람이란 말인가. 그 자신은 아들 백년이를 광주 생모한테 보낸 후로 늘 마음이 허전한데다가 울컥울컥 보고 싶은 정이 사무쳐서 달려오고 싶은 것을 억지로 참을 때가 어디 한두 번이던가.

"그래 나주에는 언제나 내려올 거여?"

장개동이 용기를 내어 반말로 조심스럽게 물었다.

"언젠가는 가봐야겠지요."

양만석의 대답은 여전히 애매했다. 당분간은 나주에 오지 않겠다는 말이나 다름없지 않은가. 도대체 그 이유가 무엇 때문인지 궁금했다.

"참, 시를 쓰신다면서요? 시집 출판 준비는 잘 됩니까?"

양만석이 일부러 말 머리를 돌렸다. 나주 식구들에 대한 이야기를 더 듣고 싶지 않다는 뜻으로 받아들인 장개동은 희미하게 웃음을 날리며 얼핏 생모를 보았다. 생모가 양만석에게 이야기 했을 것이라 짐작하면서. 그는 시를 쓴다는 것을 자랑스럽게 생각하지 않고 있던 터라, 양만석이 그것을 알고 있다는 것마저도 부끄러웠다. 그때 반주를 곁들인 저녁 밥상이 들어왔다. 정성을 다한 성찬이었다.

"자, 한 잔 받소."

장개동이 먼저 술 주전자를 들고 양만석 쪽에서 잔을 들기를 기다렸다.

"형님이 먼저."

"아닐세. 오늘은 내가 먼저 권하고 싶네."

장개동이가 주전자를 든 채 재촉하자 양만석은 하는 수 없이 두 손으로 잔을 들었다.

"이런 날이 오리라고는 상상도 못했구만."

장개동이가 양만석의 잔에 술을 따르며 감회어린 목소리로 말했다.

"앞으로 잘 하겠습니다."

이번에는 양만석이가 장개동의 잔에 술을 가득 채우며 말했다. 두 사람은 술잔을 들고 마주 보았다. 그들의 눈빛에는 지난날의 회한이 찐득하게 엉켜있었다.

"귀국을 진심으로 환영하네. 그리고 나를 형이라 불러준 것 고맙네."

"형님이 저를 용서하시고 아우로 받아주신 것 감사합니다."

두 사람은 밝게 웃으며 가볍게 잔을 부딪치고 나서 한동안 서로의 눈을 마주보았다. 회한과 기쁨으로 뒤엉킨 눈빛으로 짧은 순간에 많은 이야기를 주고받았다. 그때 막음례가 시울이 젖은 얼굴을 돌리고 천천히 일어나 밖으로 나갔다. 두 사람에게 눈물을 보이고 싶지가 않아서였다. 안방에는 두 사람만 남았다. 그들은 술잔을 계속 주고받았다. 주량이 약한 장개동이 청주를 거푸 석 잔이나 마시고는 얼굴이 불콰해졌다. 양만석은 끄떡없이 따라주는 대로 날름날름 받아마셨다.

"오늘 강연을 듣고 나서, 자네 몸속에 뜨거운 피가 흐르고 있다는 것을 알았네."

"노비 핏줄을 받았는데 당연하지요. 허나 지금은 그런 자신이 조금도 부끄럽지 않습니다. 부끄러운 것은 지난날 저의 삶이지요."

"앞으로 무슨 일을 할 텐가."

장개동은 양만석의 앞으로 계획이 궁금했다. 그의 짐작에 당장 나주 집으로 돌아올 것 같지도 않고 그렇다고 일본 유학까지 마치고 귀국한 몸으로 하는 일 없이 금성관에 처박혀 지낼 것 같지도 않았다.

"아직은 막연합니다. 당분간 광주에 머물면서 생각을 좀 해봐야겠습니다."

"조심하게. 오늘 자네 강연을 들으면서도 마음이 위태위태한 것을 느꼈다네. 지금이 어디 우리가 기를 펴고 살 땐가."

장개동은 진심으로 양만석을 걱정하는 마음에서 그렇게 말했다. 그는 양만석이 가슴에 품고 있는 새로운 세상에 대해 얼추 짐작하고 있었다.

밥숟갈을 들기도 전에 두 사람은 권커니 잣거니 술 한 주전자를 금세 비우고 말았다. 장개동이 한 잔 마시는 사이에 양만석은 두 잔을 마셨다. 술이 떨어지자 장개동이 주전자를 들고 밖으로 나가더니, 찬물로 세수를 하고 한참 후에야 들어왔다. 뒤이어 주방에서 일하는 젊은 아주머니 봉황댁이 술 주전자를 방안에 넣어주고 갔다. 두 사람은 밥 먹을 생각은 하지 않고 계속 술잔을 비웠다.

"일본에 있는 동안 형님 생각 많이 했습니다. 지난 날 형님 가족한테 행패 부렸던 것 때문에 정말 괴로웠습니다. 그동안 형님이나 아버님이 저를 얼마나 원망하셨을까 생각하면 고개를 들 수가 없습니다."

양만석은 아직도 통회의 깊은 수렁에서 헤어나지 못한 듯 두 손으로 머리칼을 쥐어뜯으면서 괴로운 표정을 지어보였다.

"이 사람아, 지난날은 다 잊어버리세. 우리가 이렇게 만나서 손을 잡았으니 되었네. 우리 아버님도 자네를 다 이해하셨을 거네. 부탁이네만 당장 내일이라도 나와 함께 나주로 가세. 나주에 가서 집안도 살펴보고, 처가에 가 있는 순식이 모자도 본가로 데려와야지."

장개동이 양만석의 빈 잔을 채우며 사정하듯 말했다. 그는 양만석이가 혼자 광주에 머물고 있는 것이 불안했다.

"가야지요. 가긴 가는데, 지금은 싫습니다. 순식이 에미와 저는 육년 전에 이미 갈라섰습니다. 노비의 핏줄인 저와는 같이 살 수 없다는데 어쩔 수가 없지 않습니까. 천한 노비의 자식과는 살지 않겠다면서 스스로 보따리를 싸서 친정으로 가버렸습니다. 그런 여자를 제가 어떻게 다시 데려오겠어요."

양만석이 술잔을 거푸 비우며 탄식하듯 말했다. 장개동은 할 말을 잊은 채 놀라움을 금치 못한 얼굴로 한동안 양만석을 바라보았다. 그리고 숨이 막힐 것 같은 답답함에 깊은 한숨을 내쉬었다. 그때서야 그는 양만석이 귀국을 한 후 아직까지도 나주에 내려오지 않은 이유를 알 수 있을 것 같았다. 그리고 그가 부르뫼로 찾아가서 자신의 출신을 밝히자 갑작스럽게 순식이를 전학시키겠다고 한 까닭도 헤아릴 수 있었다.

"그런 일이 있었는지 몰랐구만. 그렇다고 이럴 수는 없네. 순식이가 있지 않은가. 자네가 순식이 모친과 외가 어른들을 만나서 용서를 빌고 통사정을 해보는 것이 좋을 것 같네."

"그렇게 할 수는 없습니다. 노비의 핏줄로 태어난 것이 무슨 죄가 됩니까. 저는 지금 평등세상을 부르짖는 사람입니다. 그런 제가 어떻게 그들 앞에 무릎을 꿇고 용서를 빕니까. 그런 일은 있을 수 없습니다."

양만석은 단호한 의지를 보였다. 어떤 경우에도 스스로 순식이 모친을 찾아가서 손을 내밀 것 같지가 않았다. 장개동의 생각에 그들 부부의 재회는 불가능한 것 같아 보였다. 그렇다고 장개동의 입장에서 그대로 방관할 수도 없는 일이라고 생각했다.

"이제야 아들을 전학시키려고 한 이유를 알 수 있을 것 같네."

"무슨 이야깁니까?"

"내가 바로 장웅보의 아들이라는 것을 알았기 때문일세."

"예?"

"노비의 자식인 내가 있는 학교에 순식이를 보내지 않겠다는 것이지. 더군다나 내가 자네와 한 핏줄이라는 것을 알았으니"

"그렇군요. 바로 그런 여자입니다."

"그래도 순식이가 있지 않은가. 그 아이가 무슨 잘못이란 말인가."

장개동의 말에 양만석은 괴로운 듯 스스로 잔을 채워 거푸 들이켰다. 장개동은 어딘가 불안정해 보이는 순식이의 최근 성품에 대해 말해주려다가 참기로 했다.

"스스로 깨닫게 되도록 둘 수밖에 없습니다. 제가 그랬던 것처럼 말입니다. 언젠가는 깨닫게 되겠지요."

"그러다 비뚜러지기라도 한다면……."

"그것도 타고난 운명이지요."

"참 답답하구만."

장개동은 순식이가 집으로 찾아와서 다른 학교로 가달라고 말하며 날카롭게 찔러보던 당돌한 모습을 떠올리며 탄식했다.

장개동을 만난 후 양만석은 한동안 착잡한 심사에 사로잡혔다. 장개동을 만나 화해를 하고 해묵은 마음의 침전물을 걷어낸 것은 매우 흡족한 일이나, 외가에 가 있는 순식이를 생각하면 너무 괴로웠다. 더욱이 장개동이 양만석 자신과 한 핏줄이라는 사실을 알게 된 그의 처가 아들을 다른 학교로 전학시키겠다고까지 하지 않았다던가. 자신이 노비의 핏줄이라는 사실이 그의 처에게 그토록 사무치는 마음의 상처가 되었단 말인가. 개명시대에 아직도 유교적 인습의 굴레에 단단히 묶여 있는 그녀가 안타깝고 불쌍하게 여겨졌다. 그나저나 근간에 한 번쯤 나주에 다녀와야 할 것 같았다. 순식이를 만나고 싶었다. 할 수만 있다면 순식이한테 신분과 평등에 대한 이야기를 해주고 싶었다. 순식이 나이라면 애비의 뜻을 이해할 수 있으리라 생각했다. 그리고 그의 처를 만나서 이제 세상이 변했음을 말하고 이해시켜볼 생각이다. 어쩌면 자신이 노비의 핏줄이라는 사실이 밝혀지지 않았더라면 두 사람은 끝까지 해로하는 사이가 되었을지도 모를 일이 아닌가.

여느 때와 같이 새벽에 일찍 일어난 양만석은 광주천변 산책을 끝내고 돌아와 아침을 먹었다. 막음례는 양만석과 백년이 등 셋이 한 상에서 밥을 먹도록 했다. 막음례는 한 집에서 같이 살고 얼굴 마주보며 끼니를 함께 하는 식구가 되어야 서로 정이 깊어진다고 했다. 양만석은 처음에는 다소 부담스러웠으나 막음례의 진심을 알고 있는 터라 거절하지 않았다. 어떻게 해서라도 양만석과 백년이 사이를 가까이 해주고 싶어 하는 막음례의 마음을 알고 있기 때문이다. 다행히 백년이도 양만석을 아저씨 아저씨 하면서 찐덥게 대해주었다. 백년이는 예의가 바르고 나이답지 않게 슬거운 데가 있었다. 부모 교육을 잘 받은 티가 났다. 양만석은 백년이를 볼 때마다 아들 순식이 생각이 더욱 간절했다.

"아저씨 학교에 다녀오겠습니다."

아침을 먹은 백년이가 등교 준비를 끝내고 토방으로 내려서다가 양만석을 보더니 꾸벅 절을 했다.

"백년아, 인자부텀 숙부님이라고 불러라. 느그 아부지헌테 성님이라고 부르시는 것 들었제? 아부지 동생이니께 당연히 숙부님이시제. 자, 냉큼 숙부님하고 불러봐라."

막음례가 안방에서 벌컥 방문을 열고 나오더니 백년이를 불러 세워 놓고 일렀다. 마당에 있던 양만석과 백년이는 어색해진 표정으로 서로의 얼굴만 바라보았다.

"뭣혀. 냉큼 숙부님 댕겨오겠습니다 혀야제."

막음례가 당황해하는 백년이를 다그쳤다. 입장이 난처해진 양만석이 그 자리를 피하고 싶어 슬그머니 몸을 돌려세웠다. 솔직히 그는 백년으로부터 숙부 소리를 듣기가 민망했다.

"숙부님 다녀오겠습니다."

백년이가 양만석을 향해 허리를 굽히며 기어들어가는 소리로 말하고는 도망치듯 반달음으로 마당을 가로질러갔다.

별채 그의 방으로 돌아온 양만석은 한 시간 쯤 독서를 하다가 외출 준비를 했다. 10시에 홍학관에서 청년회 사람들을 만나기로 약속했기 때문이다. 그는 약속시간 20분 전에 금성관을 나섰다. 홍학관 청년회 사무실에는 그가 아는 강석봉, 장석천, 지용수 외에 여남은 명이나 모여 북적거렸다. 강석봉이 낯선 젊은이들을 그에게 일일이 소개시켜주었다. 인상이 각인된 인물로 김재명, 강해석, 강석원 등 세 사람이었다. 김재명과 강해석은 지용수와 비슷한 또래로 보였으나 강석원은 열대여섯 살 정도의 앳된 소년이었다. 그들은 양만석의 강연을 감명 깊게 들었다는 말을 잊지 않았다.

"자네도 청년회 멤버인가?"

양만석이 의아심을 나타내며 어려보이는 강석원에게 물었다.

"청년학원 학생입니다요. 모임이 있을 때 나와서 잔심부름을 하고 있구만요. 마르크스 저서를 읽고 싶은데 선생님께서 책을 좀 빌려주실 수 있습니까요?"

강석원이 투명하고 날카로운 눈빛으로 양만석을 보며 말했다. 인중에 거무스름하게 솜털이 나 있는 그는 아직 완전히 소년티를 벗지 못했지만 다부진 체격에 말하는 태도가 명쾌하여 마음에 들었다. 그러고 보니 이 소년은 그의 강연 때 질문을 한 학생이 아닌가. 양만석은 웃는 얼굴로 고개를 끄덕였다. 시간이 흐를수록 청년회 사무실을 찾아오는 사람들이 점점 늘더니 이내 발 딛을 틈도 없이 북적거렸다. 광주청년회 임시총회가 하루 앞으로 다가왔기 때문이다. 강석봉 등 진보적 인물들은 이번 임시총회에서 청년회 체질개선을 위해 전략적인 대책을 세우고 있는 중이었다.

"선생님, 나가시죠."

청년회 사무실이 붐비자 장석천이 양만석에게 다가와서 말했다. 양만석은 그렇지 않아도 기회를 보아서 자리를 뜨려고 생각했던 터라, 장석천의 말이 끝나기가 무섭게 의자에서 일어서서 사무실 문밖으로 나갔다.

"깃싸덴으로 가십시다."

장석천이 곧장 뒤따라 나왔다. 두 사람은 홍학관을 나와 본정통 쪽으로 걸었다. 우편국까지 걸어오는 동안 장석천은 대여섯 사람이나 아는 사람을 만나 악수를 하였다. 나이가 많은 어른들에게는 정중하게 인사를 했고 또래의 젊은이들과는 일일이 악수를 나누었다. 양만석은 장석천이 아는 사람을 만나는 동안 멀찌막이 서서 그의 행동을 눈여겨 살펴보았다. 모든 사람들에게 친절하고 예의바른 행동에 믿음이 갔다. 그들은 우편국을 지나 한참을 걸어서 '明治'라는 작은 간판이 붙은 일본식 건물 안으로 들어갔다. 축음기에서 오페라 나비부인의 아리아가 잔잔하게 흐르는 스무 남은 평 남짓한 깃싸덴 메이지(明治)에는 오전인데도 대여섯 명의 손님들이 앉아서 차를 마시며 담소를 즐기고 있었다. 두 사람은 한갓진 구석 자리에 앉았다. 카운터에 앉아 있던 양장차림의 곱상한 젊은 마담이 슬리퍼를 끌고 다가오더니 무슨 차를 마시겠느냐고 물었다. 양만석은 커피를 장석천은 홍차를 각각 시켰다. 깃싸덴에서는 커피와 우유, 코코아, 홍차 외에 생과자도 팔았다. 이곳에서는 10원짜리 차 한 잔 시키면 종일 앉아서 음악을 들을 수 있었다.

"마담, 나마가시도 좀 주시죠."

양만석이 장석천을 위해 마담에게 생과자를 주문했다. 그는 일본 유학시절에 깃싸덴에서 홍차를 마실 때는 꼭 일본 양과자를 먹곤 했다.

"내일 일은 계획대로 잘 진행되는가?"

양만석이 커피를 천천히 마시며 물었다.

"잘 될 것 같습니다. 우리 쪽에서 생각이 같은 신입회원들을 상당수 확보했거든요. 선생님의 강연을 듣고 입회한 청년들이 많습니다. 이번에 최소한 강석봉 선배 한 사람이라도 집행위원이 되도록 할 것입니다."

"강석봉 한 사람만으로 체질개선이 될 수 있을까?"

"우선은 입성한 것만으로 만족해야지요. 아직은 부르주아청년들의 힘이 막강하기 때문에 일시에 개선하기는 어렵습니다."

"그렇겠지."

"그리고 참, 다음 달부터 청년학원에서 조선역사를 맡아주셨으면 하던데요. 영어수업을 신설할까 했으나 아직 영어는 수강생이 적을 것 같아서 조선역사를 신설하기로 했답니다. 승낙해 주십시오."

"내가?"

"강 선배님 이야기로는 표면적인 과목명은 조선역사지만 내용은 사상교육에 비중을 두었으면 하던데요. 사실 우리에게는 영어교육보다는 사상교육이 더 시급하거든요."

양만석도 사상교육이 더 시급하다는 장석천의 생각과 같았다. 광주에 머물면서 젊은이들에게 새로운 이상세계에 대해 눈을 뜨게 해주는 것도 의미 있는 일이 아닌가 싶었다. 그는 세상을 바꾸기 위해서는 교육이 앞서야한다는 생각을 하고 있었다. 그들은 정오가 다 되어서야 일어섰다. 양만석이 찻값을 계산하자 장석천은 점심은 자기가 사겠다면서 앞장섰다. 메이지에서 나온 두 사람은 점심을 먹으러 루문동 다리 가까이에 있는 유일관까지 갔다. 메이지에서 설렁탕집까지 걸어가는 데 20여분이나 걸렸다.

"이집 설렁탕 맛이 광주에서 최곱니다."

길가에 있는 허름한 기와집으로 들어서며 장석천이 말했다. 그는 유일관이 광주에서 맨 처음 생긴 설렁탕집이라는 것도 알려주었다. 신문지로 도배를 한 꽤 널따란 방으로 들어가자 손님들이 가득 들어차 있어 겨우 구석지에 자리를 잡고 앉았다. 가족사진이 다닥다닥 붙어 있는 벽의 중앙에 '설렁탕 한 그릇 값 15전'이라고 쓴 붓글씨가 유난히 눈에 띠었다. 한참을 기다린 후에야 깍두기 접시를 곁들여 뚝배기에 담긴 설렁탕 두 그릇이 상 위에 놓여졌다. 뚝배기에서 김이 몽글몽글 피어오르면서 구수한 냄새가 콧속으로 스몄다. 양만석은 숟가락을 들고 한동안 쌀뜨물처럼 뽀얗게 우러난 설렁탕 국물을 들여다보았다. 기실 그는 설렁탕을 처음 먹어보게 된 것이다.

양만석은 숨을 가다듬고 나서 설렁탕 국물을 한 숟갈 떠서 입에 넣었다. 맛이 담백하고 고소했다. 옛날 나주 집이나 음식점에서 사먹었던 고깃국과는 그 맛이 달랐다. 기름기가 없어서인지 느끼하지 않았다. 숟가락으로 뚝배기 안을 저어보았더니 밥알과 얇게 저민 쇠고기

수육이 떠올랐다. 그는 밥알과 수육을 한 숟갈 떠서 입에 넣고 오물거렸다. 씹히는 맛이 부드럽고 깊었다.

"설렁탕에는 깍두기를 넣어 먹어야 제 격입니다요."

장석천이 깍두기를 한 숟갈 떠서 뚝배기에 넣고 휘휘 저으며 말했다. 양만석도 장석천이 하는 대로 따라했다. 무 조각들이 동동 떠오르면서 뽀얗던 국물이 이내 발그레해졌다. 깍두기를 넣은 국물 맛은 고소하면서도 알큰했다. 양만석은 어려서부터 무를 넣은 쇠고기 국에 밥을 말아먹는 것을 좋아해 어머니가 자주 끓여주곤 했었다. 쇠고기 국만 있으면 다른 반찬이 필요 없었다. 그가 어른이 되어 술을 마신 다음날에는 어머니가 어김없이 무를 넣은 쇠고기 맑은 탕을 끓여주었다. 쇠고기 국물을 마시고 나면 쓰린 속이 시원스레 가라앉았다. 그는 어머니 생각에 갑자기 가슴이 메어오면서 울컥한 기분이 들어 숟가락질을 멈추었다. 그 자신이 어머니를 죽음의 구렁텅이 속으로 떠밀어 넣었다는 죄책감 때문에 앙가슴을 칼로 저미듯 고통스러웠다. 그는 이제 어머니를 부도덕한 여자라고 생각하지 않았다. 오히려 자신을 태어나게 해주신 것에 감사하고 싶었다. 노비의 씨를 받아서라도 여자의 도리를 다하고 양 씨 집안을 지키고자 한 애절한 소망을 이해하고 싶어 했다. 그는 지금 어머니가 너무 그리웠다. 그러나 그리움은 다시 돌아오지 않는다는 것을 그는 너무도 잘 알고 있다. 그때문에 설렁탕을 먹으면서도 씻을 수 없는 죄책감 때문에 괴로워하고 있는 것이다.

"참, 설렁탕에는 탁배기를 빼놓을 수가 없는데 한 잔 하시지요."

장석천은 그렇게 말하고는 양만석의 의사는 물어보지도 않고 덧문을 열고 큰 소리로 탁주 두 사발을 시켰다. 그러고 보니 방 안의 다른 손님들 상마다 탁주 사발이 놓여 있지 않은가. 장석천의 말마따나 탁주를 곁들여 먹는 설렁탕은 또 다른 맛이 있었다. 양만석은 수육을 안주삼아 탁주를 서너 차례로 조금씩 나눠 마셨다. 양만석이 두 손으로 뚝배기를 받쳐 들고 마지막 남은 한 방울의 국물까지 후루룩 둘러 마시고 나자 이마에 땀방울이 맺혔다. 뱃속까지 훈훈해진 것 같았다. 한사코 자기가 셈을 하겠다는 장석천을 제치고 양만석이 설렁탕 값을 계산했다. 그는 청년회 사람들의 신세를 지고 싶지가 않았다. 더욱이 장석천은 완도 출신으로 광주에서 혼자 방을 얻어 자취를 하고 있는 형편이다. 집이 부자라고는 하지만 부모한테서 매달 생활비를 타서 쓰는 터라 경제적으로 여유가 없었다. 양만석과 장석천은 유일관을 나와 다시 본정통 쪽으로 걸었다. 본정통으로 이어지는 큰길 양쪽으로 다닥다닥 인가가 잇대어 늘어섰을 뿐 군데군데 보이는 밭에는 가을 채소가 파랗게 자라고 있었다.

다음날 광주청년회 임시총회에서 강석봉은 집행위원에 피선되었다. 지용수도 의사원이 되었다. 강석봉과 지용수의 부상은 광주청년회의 변화를 예고해주었다. 진보적 그룹의 계획대로 된 셈이다. 비록 아직까지는 사회주의 쪽에서 청년회 간부에 겨우 두 사람이 진출하였으나 이들은 앞으로 변혁의 새바람을 일으킬 것이 분명했다. 이는 곧 부르주아 회원의 퇴조를 의미했다. 이날 임시총회에서 선출된 간부진을 보면 집행위원에 최한영, 재무부 전도 최춘열, 지육부 장영규,

최장전, 사회부 문태곤, 전용기, 강석봉, 체육부 김종수, 조창준 등이고 의사원에 지용수 외 10명이다. 1년 전인 22년 7월에 열린 정기총회에서 선출된 간부들 중에서 집행위원장 이기호의 유임과 의사원이었던 문태곤이 집행위원으로 자리를 바꾼 것을 제외하고 전원이 교체된 셈이다. 또한 이날 임시총회에서는 8개부서 중에서 사교부, 산업부, 교풍부 편집부가 없어지는 대신에 사회부를 신설했다. 신설된 사회부에 3명의 집행위원을 배치한 것도 큰 의미가 있다. 앞으로 사회부를 통해 다른 단체와의 연대활동을 강화하기 위해서였다. 특히 사회부에 배치된 3명의 집행위원들 중에서 문태곤과 정용기는 광주노동공제회와 광주소작인연합회 간부들로, 광주지역의 노동운동 농민운동을 선두에서 이끌고 있었다. 청년회 지도부의 대폭적인 물갈이는 곧 세대교체를 의미하기도 했다. 초창기 광주청년회 간부진이 광주를 대표하는 실업인과 전문 직업인들로 구성되었고 20대 후반에서 30대 연령층이 중심을 이루었다. 30대 청년들이 초창기의 광주청년회를 이끌어온 것이다. 그러던 것이 23년 임시총회 이후부터는 20대가 주축이 되었다. 임시총회가 열린 지 얼마 안 되어 광주청년회는 지도부 구성과 정치적 성향, 청년운동의 활동방향에서 변화의 조짐들이 나타나기 시작했다. 이를 상징적으로 보여준 사건이 이기호 집행위원장의 사임파동이다. 21년 9월부터 광주청년회 집행위원장을 맡았던 이기호가 23년 11월 광주면협의원으로 선출되자 격렬한 비판을 받았다. 이기호가 광주면협의원으로 선출되었다는 소식이 전해지자 청년회 사무실에 수십 명의 회원들이 몰려와 당장 집행위원장직을 사퇴할 것을 요구했다. 애국운동을 주도해야할 청년회 선도자가 어떻게 일제에 충성하는 면협의원이 될 수 있느냐는 것이었다. 강석봉과 지용수, 문태곤, 전용기 등 진보적 색채를 띤 청년회 간부들은 즉각 비상대책회의를 소집했다. 비상대책회의에서는 당사자인 이기호 집행위원장을 참석시켰다. 결국 이기호는 회원들의 요구를 받아들여 사퇴할 뜻을 밝혔다. 이기호의 사퇴는 광주청년회가 짧은 기간에 눈에 띄게 변화하고 있음을 말해주고 있다. 3년 전만해도 광주청년회는 창립총회에서 면협의원이었던 장경두를 의사장으로 선출하지 않았던가. 이제는 일제와 타협적인 인물은 간부진에서 배제할 정도로 광주청년회의 정치적 성향이 크게 달라진 것이다. 이는 강석봉과 지용수의 간부진 진출이 없었더라면 불가능한 일이었다. 이기호의 사퇴가 결정되던 날 저녁, 강석봉을 비롯 지용수, 장석천, 김재명 등 4명이 금성관으로 양만석을 찾아왔다. 양만석은 이날 김재명을 처음 만났다. 지용수와 동갑인 김재명은 해맑은 얼굴에 미소를 잃지 않은 밝은 표정으로 누구에게나 호감을 주는 인상이었다. 이날 다섯 사람은 금성관 양만석의 방에서 밤늦도록 탁주를 마셨다. 이기호를 사퇴시킨 것을 자축하는 자리가 되었다.

　광주청년회 임시총회 이후 양만석은 청년학원 수업을 시작했다. 교과목은 '역사'로 1주일에 3시간이 할당되었다. 그는 조선의 역사를 중점적으로 가르치기로 했다. 그는 학생들에게 민족의 자주성을 길러주기 위해서는 무엇보다 우리 역사를 바르게 인식하는 것부터 시작해야 한다고 믿었다. 그는 첫째 시간에 '왜 역사를 알아야 하는가'

하는 내용의 이야기를 해주고 싶었다. 내일의 새로운 역사를 창조하기 위해서는 우선 지난날 우리가 어떤 경로를 거쳐 오늘에 이르렀는가를 샅샅이 살펴볼 필요가 있음을 강조할 생각이었다. 역사는 과거의 무덤이 아니라 더 나은 미래로 가기 위한 길 찾기라는 것을 이야기하고 싶었다. 인간마다 조상으로부터 자신에 이르기까지 혈통의 흐름이 있는 것과 같이 한 민족도 흥망성쇠의 역사가 있으며, 역사를 공부하는 것은 바로 민족의 뿌리 찾기라는 것을 말해주고 싶었다. 양만석은 강당이 넘칠 정도로 가득 들어찬 학생들을 보고 깜짝 놀랐다. 모두들 배우고자 하는 열망으로 눈빛들이 반짝거렸다. 단 한 명도 시선의 흐트러짐도 없이, 새벽 별빛 같은 눈동자들이 그에게로 집중되었다. 첫 수업은 강연하듯 큰 목소리로 진행되었다. 학생수에 압도당해 시종일관 흥분을 억제하지 못한 채 역사의 중요성을 역설했다. 수업이 끝나자 박수가 터져 나왔다. 양만석은 첫 수업을 끝내고 나서야 청년학원의 실태를 대충 파악했다. 광주청년회가 22년 4월에 개설한 청년학원은 준학교의 시설을 갖추고 보통과와 고등과로 나누어 체계적인 교육을 하고 있었다. 보통과는 보통학교 1년생 이상의 수준으로, 한글과 한문을 습득한 청소년들을 대상으로 한 보통학교 수준의 교과과정이었고, 고등과는 보통학교 4학년을 수료했거나 중등학교 입학시험을 준비하는 학생들을 대상으로 가르쳤다. 고등과 학생들은 주로 상급학교에 진학하기 위한 청소년들이 많았다. 개설한 지 1년만에 청년학원 졸업생 중에서 광주고등보통학교에 8명, 광주농업학교에 6명 등 20명이 상급학교에 진학했다. 보통과 정원은 150명이고 고등과는 100명이었는데 정원을 훨씬 초과해, 홍학관에 이들을 수용하기에는 턱없이 좁았다. 청년학원생들의 연령도 차이가 많았다. 여학생 경우 최연소가 13세였고 가장 나이 많은 학생은 46세였으며 남학생은 12세부터 36세까지였다. 이들은 모두 생활고로 학교에 다니지 못하고 있다가 학령을 초과하여 보통학교에 입학할 수 없는 경우가 많았다. 당시에는 학교가 절대부족하여 청소년들은 체계적인 교육을 받기가 매우 어려웠다. 23년도에 광주군에는 광주사범·광주농업·광주고보·숭일학교·수피아 등의 중등학교와 공립보통학교 9개소 사립보통학교 3개교가 있었다. 이는 조선인 1430호당 1개교의 비율에 불과, 학령기의 청소년에 비해 학교 수가 턱없이 부족했다. 입학난이 사회문제가 되고 있었다. 이 때문에 광주에는 많은 야학이 개설되었다. 광주청년회에서 여자야학과 청년학원을, 송정청년회의 송정리 사립중학원, ㄱ청년회의 야학강습소, 우치청년회의 우치노동학원, 광주기독청년회의 노동야학과 서북여자야학 등이 그것이다. 광주청년회에서는 20년 9월에 가정부인들에게 신지식을 보급하기 위해 여자야학을 개설하고 한글, 한문, 산술, 가정학을 가르쳤는데 수백명씩 몰려들었다. 이보다 2년 후에 개설한 청년학원에도 300명 가까운 청소년들이 교육을 받았다. 이처럼 야학과 강습소는 정규교육에서 소외된 청소년과 여성을 대상으로 주로 한글과 한문, 산술을 가르쳤고 학원에서는 상급학교 진학을 위해 체계적이고 장기적인 교육을 실시했다.

한편 23년 이후, 광주청년회의 중심세력이 교체되면서 청년회의 교육사업에도 변화의 바람이 일기 시작했다. 청년운동 중심세력들은 조선인 중심의 교육, 민중본위의 교육을 강조했다. 이 무렵, 광주청년회와 송정청년회 등이 가맹한 조선청년동맹에서는 교육사업에 대해 "교육은 민중을 본위로 하며, 조선의 현실을 고려하여 보통학교를 증설할 것, 보통학교에서 우리말을 사용할 것, 노동자 교육과 의무교육을 실시할 것 등을 일제당국에 요구할 것"을 결의했다.

이와 때를 같이하여 광주청년회의 전도 강석봉 등이 중심이 되어 개최한 전남청년대회에서는 조선인 본위의 교육을 실현하기 위해 노력하자는 결의를 채택하기도 했다. 청년회의 교육 방향이 조선인 본위의 민족교육, 노동자 농민의 민중본위 교육으로 가닥이 잡혀진 것이다. 일제 하에서 청년회의 뜻대로 교육제도를 전면적으로 개혁하는 일은 쉽지 않았다. 그러나 그들은 청년학원 같은 자신들의 교육 공간을 통해서 그들의 교육 방침을 실현할 수 있었다.

양만석한테 같은 날 두 통의 편지가 배달되어 왔다. 하나는 진주 조선애로부터 왔고 다른 한 통은 수원 안광철이 부친 편지였다. 안광철로부터는 답장이 올 줄 알고 있었지만 조선애한테는 단순히 주소지를 알려주었을 뿐인데, 편지를 보낼 것이라고는 상상하지도 않았다. 그는 조선애의 편지를 먼저 뜯어보았다. 여자한테서 편지를 받아 본 적이 별로 없는 터라 기분이 야릇했다. 가슴이 설레는 것 같으면서 갑자기 조갈증이 일었다.

양 선생님께서 광주에 거처를 정하셨다는 소식 받았습니다. 저는 아직 정처를 정하지 못한 채 고향에 머물러 있습니다. 고향집에 안존하고 있으려니 답답증이 일기도 하고 내 청춘이 하루하루 퇴조하는 것만 같습니다. 기회를 보아 경성이나 한 번 다녀올까 합니다. 그리고 내려오는 길에 광주도 구경하고 싶네요. 저는 아직 호남 쪽에는 한 번도 가보지 않았답니다. 이제 호남에도 제가 아는 분이 살고 계시다고 생각하니 세 삼 관심이 가지 뭡니까. 제가 광주로 찾아가면 반갑게 맞아주시겠는지요 . 저는 양 선생님을 잠깐 일별했을 뿐인데도 뇌리에 큰 부피로 자리하고 있답니다. 아마 진주에서의 선생님 강연 때문인지도 모르겠습니다. 용기 있는 신상고백에 감동을 받아서일까요? 선생님이 지금까지 걸어온 기구한 삶의 궤적이 영화의 한 장면처럼 자꾸만 눈앞에 어른거립니다. 그리고 앞으로 선생님의 행로에 마음이 쏠리는 것은 또 무슨 연유인지 모르겠습니다. 지금 광주에서 선생님이 무슨 일을 하고 계시는지 궁금합니다. 그럼 오늘은 이만 줄이겠습니다. 진주에서 조선애 올림.

조선애의 편지를 읽고 난 양만석은 생각의 갈피를 잡지 못하고 잠시 우두커니 앉아 있었다. 단순한 안부편지 같으면서도 무언가 여운을 풍기고 있는 듯싶었기 때문이다. 양만석 자신의 신상고백이 그녀에게 무슨 감동을 주었다는 것인지 이해할 수가 없었다. 그렇지만 조선애의 그 같은 편지 내용이 싫지는 않았다. 그녀의 말마따나 잠깐 만났을 뿐인데도 편지를 받고나자 별로 생소한 느낌이 들지 않았다. 어쩌면 두 사람의 우정이 오래 지속될 것 같은 예감이 들기도 했다. 그녀와의 관계를 일부러 피할 생각은 없었다. 광주에 온다면 반갑게 맞아줄 생각이다. 양만석은 다시 안광철의 편지를 개봉했다. 편지에서 안광철은 그동안 서울에 머물러 있다가 사흘 전에 수원 집으로 내려왔다고 했다.

'세상에 이런 천인공노할 일이 또 어디에 있다는 말인가. 생각 같아서는 당장 일본으로 건너가서 민족의 이름으로 복수를 하고 싶은 심정일세. 지난 9월 1일 관동대지진이 일어나자 일본 정부는 국민의 불만을 딴 곳으로 돌리기 위해 재일본 조선인들이 우물과 수도에 독약을 넣어 일본인을 죽이고 석유로 방화를 하려한다는 날조된 유언비어를 퍼뜨렸고 이에 동요된 일본인들이 재일본 조선인 8,000여 명을 학살한 만행이 일어났다네.'

양만석은 경악했다. 편지 내용을 믿을 수가 없었다. 9월에 일어난 사건인데도 아직까지 까맣게 모르고 있었던 것이다. 일본인들의 조선인 학살 만행은 국내 신문에는 단 한 줄도 보도되지 않았다. 동아일보가 일본에 특파원을 파견하여 조선인의 피해상황을 조사하였으나 일제는 이를 보도 하지 못하게 통제했으며 12일자 사설과 이를 알리는 만화까지도 삭제당하고 말았다. 오직 상해의 '독립신문'만이 이 학살사건을 규탄했을 뿐이다. 안광철이 어떻게 입수를 했는지 '독립신문'에 보도된 내용을 별지에 펜으로 베껴서 동봉했다.

'적의 만행에 대하여 경찰은 민중에게 무기를 특허하여 우리 동포를 박살케 하며, 軍隊災民保護라는 請託하에 우리 동포 만천백인을 山谷에 모아 엄밀하게 防守하며 감옥의 죄수처럼 坐臥起居를 임의로 못하게 하고 그 중에 골라내어 宇田川 강변에서 기관총으로 쏘아 죽였도다. 그러고도 구원의 길을 끊으며 조사와 보도를 금지하여 처절한 도살을 행함이 6,000~7,000명에 不下하니 이 어찌 天道가 무심할까. 우리는 우리의 국가를 광복하여 우리의 자유를 얻지 못하면 오늘, 내일에 생명은 죽고, 민족은 멸망할 뿐이라. '자유가 아니면 죽음을 주소서'라는 말이 더욱 우리의 깊이 맛보고 감각하는 것이 아닌가. 이리해도 죽고 저리해도 죽을진대 더욱이 쾌하게 사내답게 빛나게 최하로 고기 값이라도 하고 죽는 것이 어찌 떳떳하지 아니한가. 어찌 하늘이 무심하리오. 죄악에 싸인 자는 반드시 그 벌을 면치 못하나니 금일 그의 당한 바를 다만 과학상으로만 窮究하지 말라. 슬프고 아프도다. 우리 동포에 일치하게 生路를 개척 할지어다. 우리들이 우선 학살을 당한 동포의 사정을 아는 대로 기록하여 동포 앞에 바치노니 눈물과 恨과 아픔과 쓰라림을 용맹과 결단과 일치와 희생으로 쓸어버리고 고유한 광영과 행복을 이 때로써 찾아 누려 볼지어다.'

다음날 양만석은 안광철이 보낸 편지를 가지고 청년회 사무실로 갔다. '독립신문'의 내용을 읽어본 청년회 사람들이 저마다 주먹으로 책상을 치고 울부짖으며 분노했다. 기십 명도 아니고 7,000명의 조선 사람들을 산골짜기에 몰아넣고 기관총을 쏘아 학살하다니, 천인공노할 일제의 만행에 치를 떨었다.

"도대체 조선의 신문들은 뭣들 하는 게야."

"어디 신문 탓인가. 보도를 통제한 일제가 벼락 맞을 놈들이지."

"고기 값이라도 하고 떳떳하게 죽자는 말이 백 번 천 번 옳아."

청년회 젊은이들은 흥분을 참지 못하고 한마디씩 토해냈다. 그들은 관동대지진 조선인 학살 사건을 널리 알리기로 하고 그 대책을 이야기했다. 우선 '독립신문' 기사 내용을 베껴서 청년회 회원들과 노동공제회 등 여러 단체에 은밀하게 전달하고 청년학원이나 야학 학생들에게 이 사실을 알리기로 했다.

양만석은 청년학원 역사 시간에 비장한 목소리로 '독립신문' 기사를 읽어주었다. 순간 교실 안의 분위기가 깊은 바다 밑처럼 침잠했다. 무거운 정적이 계속되더니 어디선가 훌쩍이는 소리가 들렸다. 그 소리는 여기저기로 번져 점점 커졌고 잠시 후 교실 안은 흐느낌으로 넘쳤다. 충격적인 비보에 학생들이 슬픔을 참지 못하고 울음을 터뜨리고 만 것이다. 양만석은 너무 놀라 이 상황을 어떻게 수습해야 좋을지 몰라 당황했다. 차마 학생들에게 울음을 그치라는 말을 할 수가 없었다. 그도 통곡하고 싶었다. 그는 아무 말도 못하고 오랫동안 우두커니 서 있기만 했다. 학생들에게 괜히 신문 내용을 읽어준 것은 아닐까 하는 생각이 들기도 했다.

"자, 자, 여러분, 내 이야기를 들어보세요. 우리 민족이 이 같은 비극을 겪는 것은 식민지 백성이기 때문입니다. 저들이 우리를 얕보기 때문에 이런 만행을 저지른 것입니다. 이 고통과 슬픔에서 벗어나기 위해서는 하루빨리 광복하여 자유를 찾아야 합니다. 그러자면 우리

스스로 힘을 길러야 합니다. 역사를 바로 인식하고 자주정신을 함양하는 것이야 말로 우리가 힘을 기르는 일입니다. 우리 힘으로 광복하자면 저들을 이겨낼 힘이 필요합니다."

양만석의 목소리는 울먹임으로 시작하여 비장하게 끝났다.

"선생님 역사를 안다고 해서 힘이 생깁니까? 역사가 힘은 아니지 않습니까. 우리가 아무리 역사를 바로 안들 어떻게 지식만으로 일제를 타도할 수가 있겠습니까. 당장 우리 눈앞에 보이는 저들을 한 놈이라도 무찔러 없애는 것만이 진정한 힘의 승리라고 생각합니다. 강우규 선생처럼 사이토 총독에게 폭탄 투척을 하든가, 독립군이 되어 싸우는 것이 국가 광복을 실현할 수 있지 않겠습니까. 선생님도 그것을 원하지 않습니까."

교탁 바로 앞자리의 곱슬머리 학생이 쉿소리 나는 목소리로 말했다. 양만석은 학생의 과격한 표현에 놀라지 않을 수가 없었다. 수업 중에 학생의 입에서 폭탄투척이나 독립군이 되어 싸우자는 말이 나왔다는 것이 밖으로 드러난다면 큰 문제가 될 수 있기 때문이다.

"이름이 뭐지?"

양만석은 턱 끝으로 곱슬머리 학생을 가리키며 부드럽게 물었다.

"정도환입니다요."

이름을 말할 때 학생의 목소리는 나지막하게 잦아들어 있었다.

"정도환 학생의 말대로라면 당장 사생결판을 하고 싸우자는 건데, 지금 우리는 공부하는 학생입니다. 물리적인 폭력은 재고할 문제입니다."

양만석은 그렇게 말을 하고 나서도 기분이 찜찜했다. 무엇이 재고할 문제라는 것인지 그 자신도 알 수 없는 말을 한 것이다.

"선생님, 독립신문에서 이래도 죽고 저래도 죽을 바엔 쾌하게 사내답게, 최하로 고기 값이라도 하고 죽는 것이 떳떳하다고 했습니다. 목숨 걸고 싸워서 광복을 찾자는 것이 무엇이 잘못입니까?"

정도환 학생이 다시 따지듯 말했다. 양만석은 학생의 말이 옳다고 생각하고 있는 터라, 기실은 더 할 말이 없었다. 그렇다고 수업시간에 학생의 말을 지지하고 나설 수도 없는 일이 아닌가 싶었다.

"이 문제는 차후에 다시 토론을 하기로 하고 오늘은 여기서 끝내기로 합시다."

양만석은 일단락을 짓고 수업을 진행하기로 했다.

그날 양만석은 수업이 끝나고 홍학관을 나와 큰 길로 들어서는데 누구인가 뒤에서 선생님 하고 부르는 소리가 들렸다. 걸음을 멈추고 돌아다보았더니 청년학원 학생 강석원과 김기권이었다. 수업을 하기 전부터 장석천을 통해 그들을 알고 있는 터였다. 그는 학생들이 가까이 올 때까지 기다리고 서 있었다.

"선생님 오늘 잘 하셨습니다."

뛰어오느라 숨이 차는지 헐근거리며 강석원이 말했다.

"잘하다니? 무슨 말인가?"

"정도환의 질문에 선생님께서 답변을 잘 하셨다는 것입니다요."

김기권이 약간 느릿느릿 어눌하게 말했다.

"그게 무슨 말인가?"

양만석이 물었으나 그들은 선뜻 대답을 못하고 서로의 눈치만 살피며 미적거리고 있었다. 양만석은 그들이 무엇인가를 숨기고 있다는 것을 눈치 채고 주변을 두리번거리다가, 가까운 곳에 빵집 다루마야(오뚜기)의 간판을 발견했다. 양만석은 두 학생을 앞세우고 다루야마로 들어가 구석지에 자리를 잡고 앉았다. 앙꼬빵과 크림빵. 젠사이(단팥죽). 우동 따위를 파는 다루마야는 학생복 차림의 청소년 대여섯 명이 앉아 젠사이를 먹고 있었다. 자리에 앉은 양만석은 마침 허출한 터라, 학생들 의사는 물어보지도 않고 가께우동 세 그릇을 주문했다. 한참을 기다려도 두 학생은 좀처럼 입을 열지 않았다. 서로 먼저 말하기를 기다리고 있는 눈치였다. 그 사이에 주문한 우동이 나왔다. 그들은 우동을 먹으면서도 한마디도 말을 꺼내지 않았다.

"내가 정도환의 질문에 답변을 잘 했다고 했는데 그건 무슨 뜻인가?"

우동을 다 먹고 난 양만석이 한껏 목소리를 낮추고 물었다.

"정도환을 조심하셔야합니다."

강석원이 상반신을 앞으로 꺾어 고개를 숙이며 속삭이듯 말했다.

"무슨 말인가?"

"프락치입니다."

"프락치? 정도환이 프락치란 말인가? 확증이 있어?"

양만석이 다그치듯 거듭 물었다.

"정도환이 수업 중에 강성 발언을 한 것은 다분히 의도적이라고 봅니다."

"의도적?"

"선생님을 떠보자는 것이겠지요. 아니면 선생님을 유도하려는 수법일 수도 있고요."

"자네들 말을 이해할 수가 없구만."

"정도환 큰 형이 경찰부에 있습니다."

"그래? 그렇지만 형이 경찰부에 있다고 해서 그 동생을 프락치라고 단정할 수는 없지. 확증도 없는데 괜히 의심을 하면 안 되네."

"암튼 조심하셔야합니다."

"자네들이 나를 걱정해준 것은 고맙게 생각하네. 그렇지만 증거도 없이 친구를 의심하는 것은 옳지 않네. 형이 경찰부에 있으니 자격지심으로 오히려 우리 일에 적극적으로 나설 수도 있어. 그리고 활용할 수도 있고 말이야. 앞으로는 그 친구를 애써 멀리하지 말고 가까이 대하게. 내 말뜻을 알겠는가."

양만석은 좋은 말로 두 학생을 타일렀다. 그들도 양만석의 속마음을 헤아리고 거듭 고개를 끄덕여 수긍하는 태도를 보였다. 양만석은 모찌(단팥이 든 일본식 찹쌀떡) 열 개를 더 시켜 먹었다. 강석원과 김기권은 처음 먹어본다면서 한 입에 게 눈 감추듯 꿀꺽꿀꺽 먹어치웠다. 어찌나 맛나게 먹는지 그들의 입을 한참이나 바라보았다. 양만석이 두 개를 먹는 사이 두 사람은 네 개씩이나 먹었다. 특히 강석원은 가정형편이 어려워서 진학을 못하고 무등산에서 나무를 해다 팔면서 청년학원에 다니고 있다는 것을 그는 알고 있었다. 양만석은 40전을 주고 모찌 스무 개를 더 사서 열 개씩 봉지에 싸달라고 하여 두 사람한테 주었다. 모찌를 선물로 받은 두 사람은 너무 좋아했다. 양만석은 다루마야 앞에서 그들과 헤어졌다. 혼자 금성관으로 돌아오는 양만석의 머릿속에서 자꾸만 정도환의 모습이 부스럭거렸다.

양만석은 숙소로 돌아와서도 한동안 기분이 찜부럭하여 책을 읽으려고 해도 머릿속이 혼란스러워 이내 덮어버리고 말았다. 어쩐지 예감이 좋지 않았다. 강석원과 김기권의 말대로 정도환이 프락치가 틀림없다면 앞으로 수업 시간이 자유롭지가 못 할 것 같았다. 그러나 그는 정도환을 의심하고 싶지는 않았다. 그가 선생을 모함할 빌미를 만들기 위해 일부러 강성 발언을 한 것이라고 믿고 싶지가 않았다. 순수하게 젊은이의 피 끓는 의분에서 나온 말일 수도 있기 때문이다. 정도환의 일로 마음이 개운치가 않은 그는 안광철과 조선애한테 답장을 쓰려다가 그만 두었다. 그는 조군을 시켜 탁주를 사오게 하여 마시고는 옷을 갈아입지도 않은 채 자리에 누웠다.

양만석이 잠에서 깨어나 눈을 뜬 것은 다음날 아침이다. 소세 물을 떠 놓았다는 조 군의 목소리에 얼핏 눈을 떠보니 방 안에 햇살이 가득했다. 부랴부랴 일어나 세수를 하고 아침을 먹기 위해 안채로 들어갔다. 막음례와 백년이가 밥상 앞에 앉아서 양만석을 기다리고 있었다. 막음례는 끼니 때마다 양만석이가 밥상 앞에 앉아야만 숟갈을 들었다. 그것이 부담스러운 그는 식사준비가 끝났다는 조군의 기별을 듣기가 바쁘게 총알처럼 안방으로 향하곤 했다. 그가 들어서자 할머니 옆에 앉아 있던 백년이가 벌떡 일어서서 꾸벅 인사를 하고 나서 다시 자리에 앉았다. 막음례가 그렇게 하도록 백년에게 단단히 이른 것이리라.

"간밤에는 혼자 약주를 과허게 드셨다는데 무슨 속상한 일이라도 있었남?"

막음례가 그의 안색을 짯짯이 살피며 물었다.

"아닙니다. 그냥."

양만석은 그녀가 자신의 일거수일투족을 속속들이 알고 있다는 게 조금은 껄끄럽고 거북스러웠지만 피할 생각은 없었다.

"요즈막 홍학관에 있는 청년학원에 나가신담서? 유학꺼정 하시고 와서 그런 일을 허시다니 다른 일자리를 알아봐 드리까? 학생들을 가르치는 일을 허고 자프시면 학교 훈도가 되시든가……."

막음례는 그가 청년학원에 나가는 것을 안타깝게 생각하는 것 같았다. 그녀가 생각하기에 그가 판검사는 못되어도 고등보통학교 훈도나 금융조합 직원이라도 할 줄 알았던 것 같았다. 그런데 기껏 야학 선생이라니 실망을 했을지도 모를 일이다.

"아닙니다. 당분간은 이대로가 좋습니다."

"그래도 체면이 있는디."

"가난해서 학교에 다니지 못하는 아이들을 가르치는 일이 얼마나 보람된 일인데요."

"암튼 조심혀. 어저께 밤에 경찰부 사람들이 영산원에 와서 허는 이야기를 살째기 들었는디, 이상헌 소리를 허드만."

"이상한 소리라니오?"

"청년회에 불온청년들이 있다고 ……."

"경찰부 사람들이 그랬어요?"

"살짝 들었어. 노주봉 경부보가 고등계에 있는 일본 형사들헌테 한 턱 내는 자리였구만."

"노주봉이라면 조선사람이 아닙니까?"

"경찰부에 노주봉 경부보허고 보안과 구자경허면 광주에서는 모르는 사람이 없제. 아주 독종이랑께. 불량선인들 잡는 디는 귀신이라고들허제. 그 사람들헌테 한 번 걸려들면 무사허지 못한당께."

양만석은 고등계 형사들 입에서 청년회 이야기가 나왔다는 것부터가 매우 신경이 쓰였다. 어쩐지 조짐이 좋지 않게 느껴졌다. 청년회의 체질개선 이후로 경찰부에서 촉각을 세우고 있으리라고는 짐작한 일이었다. 저들은 그의 강연 내용도 이미 파악하고 있을지도 몰랐다. 이 사실을 강석봉과 지용수에게 미리 알려주는 것이 좋을 듯싶었다. 그런데 이날 아침 양만석이 밥숟갈을 놓기도 전에 금성관에 순사들이 들이닥쳤다. 그들은 다짜고짜 안채로 들어와서 밥상머리에 앉아 있는 양만석에게 수갑을 채워 끌고 나갔다. 순간 그는 정도환을 떠올렸다. 막음례가 순사들을 붙들고 무슨 일이냐고 애걸하며 물었지만 이유를 말해주지 않았다.

경찰부에 끌려간 양만석은 수갑이 채워진 채 오랫동안 썰렁한 취조실에 혼자 앉아 있었다. 한나절이 지나도록 취조를 하지 않고 그대로 방치해두었다. 오히려 그게 더 불안했다. 무엇 때문에 붙들려온 것인지 그 이유라도 알고 싶었다. 그는 긴장한 탓인지 소피가 마려워 큰소리로 사람을 불러보았으나 아무런 반응도 없었다. 밖에서 문이 잠겨있어 취조실에서 나갈 수도 없었다. 양팔을 뒤로 젖혀 수갑을 채웠기 때문에 양어깨가 떨어져나갈 것처럼 아팠다. 점심때가 지나 취조실 문이 벌컥 열리더니 뜻밖에 강석원이 수갑을 찬 채 두 명의 정복차림 순사들에 끌려와 안으로 떠밀려 들어왔다.

"석원이 자네도?"

"선생님."

취조실에서 마주친 두 사람은 망연자실 서로의 얼굴만 바라보았다. 양만석은 강석원까지 붙들려 들어오자 더욱 궁금하고 불안해졌다. 강석원은 청년학원생에 불과하고 어제의 수업시간에 독립신문 기사에 대해서 한 마디도 입을 열지 않았지 않은가.

"선생님, 정도환 그 새끼가……."

강석원이 얼굴을 일그러뜨리며 어금니를 앙다물었다.

"아니야. 어제 수업 내용 때문이라면 아무 잘못이 없는 자네를 왜 붙잡아 왔겠는가."

양만석은 고개를 저었다. 그는 방광이 터질 것만 같아 눈을 질끈 감고 허리를 비틀었다. 한참 후에 사복 차림의 형사 두 명이 들어오더니 턱 끝이 뾰족한 한 명이 강석원을 데리고 나가고 보통 키에 눈이 크고 얼굴이 넓대대한 한 명은 찌그러진 책상 앞에 거만스럽게 고개를 비틀고 몸을 옆으로 꺾고 앉았다.

"광주에는 왜 왔어?"

형사가 갑자기 상반신을 앞으로 기울이고 양만석을 무섭게 찔러보며 내뱉었다. 그가 조선사람이라는 것을 알 수 있었다. 밑도 끝도 없는 질문에 그는 대답을 못하고 눈만 말똥거렸다.

"너를 광주로 보낸 놈이 누구냐?"

형사가 버럭 고함을 쳤다. 양만석은 대답하지 않았다. 광주에 온 특별한 이유도 그를 광주로 보낸 사람도 없었기 때문이다. 그래도 형사는 귀국한 이후 어디에 갔고 누구를 만나 무슨 이야기를 했는지에 대해 계속 추궁했다. 그때 옆방에서 타작마당 도리깨질하는 소리와 함께 다급한 비명이 터졌다.

"저게 누구 비명소리인지 알아?"

형사가 말하지 않았더라도 그는 강석원이가 고통을 견디지 못하고 비명을 지르고 있다는 것을 알았다. 강석원의 비명이 무섭게 뼛속을 파고들었으며 그때마다 진저리쳤다.

"도대체 내가 무슨 잘못을 했다는 거지요? 그리고 강군은 왜 고문을 하는 겁니까?"

"이유를 몰라서 물어?"

형사는 그러면서 호주머니에서 편지를 꺼내 책상 위에 놓았다. 그것은 순사들이 아침에 그의 방을 수색하여 가져온 안광철의 편지였다. 형사는 다시 윗도리 호주머니에서 철필로 또박또박 베껴 쓴 독립신문 기사 내용 한 뭉치를 꺼내 양만석 앞에 던졌다.

"이걸 복사해서 살포하라고 시킨 것이 네놈 짓이지? 안광철이가 네놈한테 보낸 편지 내용을 복사해서 청년회에 뿌리라고 한 것이 네놈 맞지?"

그때서야 양만석은 자신이 붙들려온 연유를 짐작할 수 있었다. 문제는 강연이나 수업 내용이 아니라, 안광철의 편지 내용 때문인 거였다. 그렇다면 그것을 여러 장 복사한 것이 강석원이란 말인가. 강석원이 어떻게 편지 내용을 입수하여 복사했다는 말인가.

"전말을 이야기할 테니 학생은 돌려보내주십시오. 그리고 소피 좀 보게 해주십시오."

"실토를 하겠다고? 제자의 석방 여부는 네놈 하는 것을 봐서 결정할 테니, 숨김없이 자백을 해봐."

형사는 양만석을 화장실에 데리고 갔다 와서 종이와 철필을 책상 위에 놓았다.

"귀국해서부터 오늘까지의 행적과 어디서 누구와 접촉해서 무슨 비밀수작을 했으며 안광철로부터 무슨 지시를 받아 강석원한테 전달했는지 하나도 숨김없이 사실대로 자술서를 써봐. 강석원 문제는 자술서 내용을 검토한 연후에 결정할 테니까 그리 알고. 우리가 이미 증거를 확보하고 있으니까, 사실대로 진술하지 않으면 여기서 죽어나갈 줄 알아."

형사는 한바탕 으름장을 놓고 밖으로 나갔다. 옆방에서는 더 이상 비명이 들리지 않았다.

손가락 사이에 철필을 낀 양만석은 먹물을 찍은 채 한참 동안 눈을 감고 앉아 있었다. 그는 강석원과의 관계를 어떻게 진술할 것인가 잠시 생각해보았다. 양만석 자신이 복사를 지시했다고 한다면 강석원은 선생이 시키는 대로 따라했을 따름이니 풀려날 수도 있을 것이다. 그러나 그가 지시하지 않았다고 한다면 강석원은 풀려나지 못하고 사실을 말할 때까지 고문을 당할 것이 뻔하다. 그런데 강석원은 도대체 어떻게 그 내용을 입수해서 복사를 했단 말인가. 만약에 강석원이가 독단으로 복사를 했다면 간단한 문제가 아니지 않은가. 양만석은 일본에서 김준형, 안광철 등과 함께 부산에 도착, 봉래관에서 하룻밤을 자고 김준형과 같이 진주에 가서 형평사 주최로 신분차별 철폐에 대한 강연을 한 것까지 썼다. 그리고 광주에 와서는 인력거꾼이 안내해준 대로 금성관에 머물게 되었으며, 어느 날 우연히 산보를 하다가 흥학관 간판을 보고 들어가, 청년회 간부로부터 청년학원 이야기를 듣고 자진해서 역사를 가르치겠다고 하였다고 썼다. 막음례와의 관계며 강석봉, 지용수, 장석천에 대해서는 언급하지 않았다. 이틀 전에 수원의 안광철로부터 편지를 받고 나서 비로소 관동대지진의 참사를 알게 되었노라고 썼다.

양만석은 일단 자술서 쓰는 것을 멈췄다. 역시 강석원과의 관계를 어떻게 쓸 것인가 생각하기 위해서다. 그가 생각하기에 청년회 간부들이 독립신문 기사 내용을 복사하여 노동공제회나 기타 단체에 살포하기로 한 것까지는 아직 경찰에서 확인하지 못 한 것 같았다. 그러므로 만약 강석원의 복사 사실에 대해 자신은 모르는 일이라고 한다면 예기치 않게 사건이 확대될 수도 있을 듯싶었다. 청년회와 청년학원이 발칵 뒤집힐 수 있을지도 모른다는 생각이 들었다. 그는 청년학원에서 강석원을 만나 기사 내용을 주며 10여장 정도 복사해 오라고 지시했다고 썼다. 그리고 강석원이 복사해 오면 그것을 광주의 각 언론기관에 보낼 계획이었다고 했다. 청년회와 청년학원과는 무관한 것으로 매듭짓고 싶었다.

두 시간쯤 후에 눈이 큰 형사가 취조실로 들어왔다.

"일본을 떠나기 직전에 만난 사람들 하나도 빼놓지 말고 써. 진주에서 만난 사람들은 왜 뺐나? 형평사 강연 내용도 더 자세히 써. 지금까지 누구를 만나 무슨 공작을 했는지 자세히 쓰란 말이야. 그리고 독립신문 기사 내용을 누구누구가 읽었는지 모두 밝히고 조선에 와서는 누구누구가 읽었는지 낱낱이 진술해."

형사는 양만석이 쓴 자술서를 그의 얼굴에 홱 뿌리고 나가버렸다. 양만석은 자술서를 처음부터 다시 쓰기 시작했다. 진주에 가서 형평사 대표 강상호를 만난 것과 인간평등에 대한 강연 내용을 추가했다. 기사 내용을 읽은 사람은 강석원 외에는 없을 것이라고 썼다. 자술서를 다시 쓰고 나자 한결 마음이 가벼워졌다. 그는 모든 것을 자신이 책임지고 싶었다. 이제 강석원은 풀려날 것이고 청년회 사람들이 곤욕을 치르지 않아도 될 것이라 생각했다. 그런데 양만석은 편지를 보낸 안광철이 걱정 되었다. 필시 안광철은 그에게 편지를 보낸 것 때문에 경찰에 붙잡혀 가게 되리라 싶었다. 자술서를 다 쓰고 앉아 있는데 양만석 또래로 보이는 사복 차림의 젊은 형사가 반찬도 없이 달랑 국밥 한 그릇을 나무쟁반에 받쳐 들고 들어왔다.

"어서 드시오. 나는, 청년학원에 댕기는 정도환의 형이오. 조금 전에 도환이가 나를 찾아와서 선생님을 신신부탁하고 갔습니다. 강석원이가 이미 자백을 했으니 편지 복사에 대해서는 모르는 일이라고 하시오."

탱크바지 차림의 젊은 형사가 국밥을 책상 위에 놓으며 속삭이듯 말했다. 양만석은 정도환의 형이라고 자신을 밝히는 형사의 말에 놀랐다. 그의 말대로 강석원이 자백을 했다면 그의 지시라고 한들 무슨 소용이 있겠느냐 싶었다.

몇 시쯤 되었을까. 취조실의 손바닥만한 창이 희끄무레해질 무렵 눈이 큰 형사가 다시 들어왔다. 그는 양만석이 두 번째 쓴 자술서를 대충 훑어보았다.

"빠가야로, 아직도 숨기는 것이 많구만. 광주에 와서 강석봉과 지용수와 자주 어울렸지 않은가. 흥, 강석원을 감싸려는 이유가 뭐야?"

형사가 칼날 같은 시선으로 양만석을 무섭게 꼬나보았다. 그의 눈에 서슬 퍼런 독기가 흘렀다. 혹시 이 사람이 악명 높은 조선인 출신 노주봉이나 구자경이 아닐까 싶었다. 그들에게 걸려들었다가는 무사하게 풀려날 수 없다고들 하지 않던가. 안광철도 이미 경찰부에 붙들려갔을까. 그가 강석봉, 지용수와 자주 만난 것까지 알고 있는 것을 보면 더 이상 아무것도 숨길 것이 없을 것 같았다. 무엇보다 양만석이 놀란 것은 그 자신이 강석원을 감싸려고 한다는 말이었다. 사식을 넣어준 정도환 형의 말대로 강석원 자신이 스스로 복사했다고 자백했다는 것이 사실인가. 양만석은 형사의 눈길을 피하지 않고 한동안 잠자코 있었다.

"나주로 조회를 해봤더니 일본 유학을 떠나기 전까지 만해도 일진회 회원으로 내선일치를 위해 적극적으로 봉공해왔다는 사실을 알았소. 헌데 지금 당신 행동을 보면 사상을 의심하지 않을 수가 없소. 당신이 광주에 머문 후부터 광주 청년회의 성향이 반일 쪽으로 급선회하고 있다는 것을 우리는 잘 알고 있소. 물리적인 힘으로 고통을 주어 단단히 영금을 보이고 싶지만 지난날 천황폐하에 대한 충성심을 참작하고 또 금성관의 고막례 여사의 부탁도 있어, 조건부로 석방을 하고 싶소."

갑자기 형사의 태도가 변했다. 말소리도 한껏 부드러워졌다. 막음례의 청탁이 있었다는 것을 알 수 있었다. 양만석은 막음례가 고 씨에 이름이 막례라는 것을 이 때 처음 알게 되었다. 그러나 그는 과거의 어긋난 행실을 형사가 알고 있다는 것이 부끄러웠다. 과거의 패악은 어떤 경우에도 선이 될 수 없다고 생각했다.

"나주로 돌아가시오. 그런다면 당장 석방해주겠소."

"안 됩니다. 나주로 돌아갈 수 없으니 내가 죄를 졌다면 그에 합당한 벌을 주시오."

양만석의 말에 형사가 놀란 얼굴로 허리를 꼿꼿하게 세웠다. 고향으로 돌아가지 않겠다는 그를 이해할 수 없다는 듯 묘한 표정을 지었다.

"선처를 무시하겠다고? 도대체 광주에 머물겠다는 이유가 뭐야? 광주에서 무슨 수작을 부리겠다는 게야?"

조금 전과는 달리 반말에 다시 언성이 높아졌다.

"죄가 있다면 벌을 받겠소."

양만석은 단호했다.

"안 되겠구만. 그렇다면 어디 한 번 당해볼 테야?"

형사가 손으로 책상을 치며 벌떡 일어섰다. 그리고 양만석의 등 뒤로 다가오더니 오른발로 양만석이 앉아있는 나무의자 다리를 힘껏 걷어찼다. 의자가 넘어지면서 양만석도 배그르르 옆으로 나동그라지고 말았다. 그 순간 형사는 발길로 그의 허구리를 계속 걷어찼다. 양만석은 비명을 지르며 새우처럼 몸을 웅크렸다. 형사의 발길질은 계속되었다. 헉하고 숨이 끊어지는 것 같더니 비명조차 나오지 않았다. 형사는 한바탕 씨근덕거리며 발길질을 해대고는 취조실에서 나갔다. 양만석은 손으로 허구리를 감싸 안은 채 바닥에 모로 누워 신음을 내뱉고 있었다. 그리고 잠시 후에 사복차림의 다른 형사 두 명이 들어오더니 아무 말 없이 익숙한 솜씨로 양만석의 다리를 묶어 거꾸로 천장에 매달았다. 그는 거꾸로 매달린 채 연신 가느다란 신음을 토했다. 허구리의 통증 때문에 숨을 제대로 쉴 수가 없었다. 아무래도 갈비뼈가 부러진 것만 같았다. 그때 섬뜩한 것이 코끝에 닿는가 싶더니 물이 쏟아졌다. 형사들이 주전자로 콧구멍에 물을 부었다. 콧구멍과 목구멍에 불이 붙는 듯 뜨거웠다. 양만석은 말로만 듣던 고춧가루 물고문을 당한 것이다. 허구리의 통증도 잊은 채 그는 온몸을 비틀며 비명을 질러댔다. 숨이 끊어질 것만 같았다. 입으로 꺽꺽대며 숨을 쉴 때마다 고춧가루물이 목구멍으로 흘러들어가면서 온몸이 불에 타는 듯했다.

고춧가루 물을 콧구멍에 뒤집어쓰고 얼마동안 꺽꺽대며 숨을 몰아쉬던 양만석은 끝내 정신을 놓고 말았다. 얼마나 지났을까, 가까스로 의식이 깨어난 그는 온몸이 흥건하게 젖은 채 싸늘한 취조실 바닥에 내동댕이쳐 있는 자신을 발견했다. 바닥에도 물이 질컥했다. 그는 정신이 돌아오기는 했으나 허리를 펴고 일어날 수가 없었다. 허구리에 통증이 몰려오면서 오한이 엄습해왔다. 달그락달그락 위 아래턱이 떨렸다. 그는 온몸을 떨며 어둠이 쌓이는 취조실 바닥에 젖은 걸레처럼 그대로 나자빠져 있었다. 컹컹 기침이 쏟아졌다. 기침을 할 때마다 송곳으로 허구리를 쿡쿡 찔러대는 것 같았다. 통증과 오한과 조갈증이 겹쳐 정신이 혼몽해졌다. 뜨거운 물 한 모금이 목숨처럼 간절했다. 몸을 녹여줄 따뜻한 불과 물의 소중함을 처음으로 절실하게 깨달았다. 참을 수 없는 고통 속에서도 그는 난생 처음으로 생명의 가치와 그 존엄에 대한 생각을 했다. 그리고 그가 지금 겪고 있는 것과 같은 고통을 겪었거나 겪고 있는 수많은 사람들을 생각해보았다. 지금 이 순간에도 이 땅의 많은 동포들이 자신과 같은 고통을 겪고 있으리라 싶었다. 갑자기 어머니 생각이 가슴 밑바닥에 꽉 차오르면서 자꾸만 눈물이 나오려고 했다. 그는 마음속으로 여러 차례 어머니를 외쳐 불렀다. 그 순간에도 강석원은 어찌 되었는지 궁금했다. 양만석은 연신 신음을 토해냈다. 그는 눈을 감은 채 어금니를 앙다물었으나 턱의 떨림은 더욱 심했다. 얼마나 시간이 지났을까, 양만석은 희미해진 의식으로 가까이 다가오는 발자국소리를 들을 수가 있었다. 취조실 문이 열리면서 불이 켜졌다. 누구인가 그의 양어깨죽지를 잡아 질질 끌더니 벽에 등을 기댈 수 있게 앉혀주었다. 그곳은 바닥에서 물기가 느껴지지 않았다.

"이대로 있다가는 체온이 떨어져서 죽을 수도 있어요."

담요로 그를 덮어주며 말했다. 귀에 익은 목소리였다. 눈을 떠보니 정도환의 형이었다. "저…… 저…… 따뜻한 물 한 잔만."

양만석이 가까스로 고개를 들어 정도환의 형을 보며 물었다. 그는 말없이 밖으로 나갔다. 그리고 잠시 후에 뜨거운 물 한 잔을 들고 들어왔다. 양만석은 등을 곧추세우고 앉으려다가 통증 때문에 헉 소리를 내며 허리를 꺾고 말았다. 정도환의 형이 그를 안아 일으키더니 물 잔을 입에 가져다대주었다. 양만석은 뜨거운 물을 후루루 들이켰다. 목구멍에 뜨거운 물이 들어가자 몸이 스르르 풀리는 것 같았다. 그는 두 손으로 물 잔을 움켜쥐고 뜨거운 물을 단숨에 들이켰다. 그리고 나서 긴 숨을 몰아쉬었다. 막힌 숨구멍이 바늘귀만큼 뚫리는 기분이었다.

"이대로 버티다가는 살아나갈 수가 없을 거요. 그러니 살고 싶으면 광주를 떠나겠다고 하세요. 일단 살고 봐야 할 것이 아닙니까."

정도환의 형이 낮은 목소리로 말했다.

"강 군…… 강 군은……?"

양만석이 눈에 힘을 주고 정도환의 형을 똑바로 쳐다보며 물었다.

"지금 다른 사람 걱정할 때가 아닙니다."

"강 군은……."

"모든 것을 자백했습니다."

"자백을?"

"선생님한테 갔다가 책상 위에 있는 독립신문 기사 내용을 보고 복사했답니다."

"우리 집에서요?"

그 말에 양만석은 다시 긴 숨을 내쉬었다. 최근에 강석원이 금성관으로 그를 찾아온 일은 없었다. 강석원 역시 청년회에 불똥이 튀지 않도록 하기 위해 최선을 다하고 있다는 것을 알 수 있었다. 필시 강석원은 청년회에서 복사된 것을 입수했을 터인데도 이를 숨기고 있는 것이리라. 뜨거운 물 한 잔으로 몸을 덥히고 담요를 뒤집어쓰니 조금은 오한이 점차 사그라지는 듯했다. 정도환 형의 따뜻한 마음이 그에게 큰 위안이 되어 주었다. 그러나 허구리의 통증은 더욱 심해졌다. 숨을 쉴 때마다 살이 찢어지는 듯 아팠다. 더욱이 기침을 할 때는 옆구리가 끊어지는 것 같아 비명이 저절로 새어나왔다. 양만석은 통증 때문에 잠을 이룰 수가 없었다. 밤이 깊어지자 다시 오한이 몰려오면서 몸이 쩔쩔 끓었다. 깊은 밤 그의 신음소리가 취조실 밖까지 흘러나갔다.

신음 속에 뜬 눈으로 밤을 지새운 양만석은 새벽녘에야 싸늘한 콘크리트 벽에 등을 기댄 채 얼핏 잠이 들었다. 밖의 소란스러움에 힘겹게 눈을 뜬 그는 상반신을 일으키고 앉으려다가 팔에 힘이 빠지는 바람에 맥없이 옆으로 허물어지고 말았다. 아침 햇살이 손바닥만한 창으로 파도치듯 밀려들어왔다. 그는 햇살에 눈이 부셔 고개를 숙였다. 그때 취조실 문이 열리더니 정복 차림의 순사 두 명이 다가와 그를 일으켜 세웠다. 다리에 힘이 빠져 혼자서 똑바로 설 수가 없었다. 그들은 몸을 가누지도 못하는 양만석을 부축하여 취조실 밖으로 나갔다. 양만석은 강석원의 비명이 들려왔던 옆방을 지나다가, 걸음을 멈추어 서려고 했으나 그를 양쪽에서 부축한 순사가 그대로 끌고 지나치는 바람에, 복도를 빠져나가는 동안 내내 뒤를 돌아다보았다. 두 명의 순사는 양만석을 부축한 채 경찰부 건물 밖으로 나왔다. 햇살은 눈이 부셨으나 바람이 쌀쌀했다.

"석방이오. 집으로 가시오."

두 명의 순사가 경찰부 정문 밖으로 거칠게 밀어내는 바람에 양만석은 땅바닥에 비척비척 쓰러지고 말았다. 그때 막음례와 조 군이 달려와 그를 부축해서 일으켰다. 그는 신음을 토하며 반사적으로 옆구리에 손이 갔다. 두 사람의 부축을 받고 경찰부 정문 앞에 대기시켜놓은 택시에 오른 후에도 그는 자신도 모르게 오른손으로 옆구리를 짚으며 신음을 삼켰다.

"시상에나, 시상에나, 생사람을 어찌했기에 요로코롬 초주검이 되었으까잉. 우선 병원으로 가야 씨겄네."

옆에 앉은 막음례가 언짢은 표정으로 찬찬히 들여다보며 탄식했다.

"괜찮습니다. 병원은 가지 않아도 됩니다."

양만석은 애써 목소리에 힘을 실어 말했다.

"아까참에 본께 옆구리를 다친 것 같던디 병원에 안 가도 되까?"

"따뜻한 방에 좀 누워있고 싶습니다."

"그러면 우선 집으로 가서 조리를 허드라고. 조군아, 집에 도착하는 대로 먼첨 선생님 방에 군불부텀 지피거라."

막음례는 그러면서 손수건으로 양만석의 얼굴을 구석구석 닦아주었다. 그녀는 입술이 터져 생긴 피딱지를 조심스럽게 문질렀다. 눈 큰 형사가 머리에 발길질을 할 때 피하려다 맞은 상처였다. 각별한 온정에 울컥해진 그는 고개를 돌리고 촉촉해진 눈으로 막음례를 보았다. 그는 눈빛으로 무언의 고마움을 표시했다. 석방할 수 있게 된 것이 막음례의 도움 때문이라는 것을 그는 알고 있었다. 그녀가 아니었다면 이렇게 풀려나올 수 없었으리라 싶었다.

금성관에 도착한 양만석은 옷부터 갈아입고 자리에 누운 채 깊은 잠에 빠졌다. 그는 날이 어두워서야 온몸이 땀벌창이 되어 눈을 떴다. 군불을 얼마나 지폈는지 방이 쩔쩔 끓었다. 그는 눈을 뜬 채 일어날 생각을 하지 않고 깜깜한 방에 누워 있었다. 취조실에서의 하루가 지옥처럼 느껴져 여러 차례 진저리를 쳤다. 아직 밤이 그렇게 깊지는 않았는지 영산원에서 북 장구 장단에 기생들의 자지러지는 듯한 노랫가락 소리가 들려왔다. 기생의 노래 소리가 아득히 먼 나라에서 들려오는 것만 같았다. 그때 문득 노랫가락 소리와 함께 강석원의 비명이 뇌리를 헤집고 들어왔다. 그는 벌떡 일어나 앉았다. 강석원이 어찌 되었는지 걱정되어 누워 있을 수가 없었다. 자의에 의해 신문기사 내용을 복사했다는 것을 자백했다면 쉽게 풀려날 수 없으리라 싶었다. 양만석은 비척거리며 문밖으로 나가 툇마루에 앉았다. 옆구리가 칼에 찔린 것처럼 뜨끔하더니 이내 가라앉았다. 차가운 밤바람이 땀에 젖은 몸을 식혀주었다. 땀이 식자 온몸이 선뜩거렸다. 그는 두 손으로 턱을 받치고 툇마루에 앉아 어두운 밤하늘을 하염없이 올려다보았다. 금성관 용마루 위의 별 하나가 유난히 반짝거렸다. 처음에는 그 별 하나만 보였던 것이 오랫동안 쳐다보니 깜깜한 하늘에 수 없이 많은 별들이 흩어져 저마다 희미하게나마 빛을 발하고 있는 것이 보였다. 그는 깜깜한 밤, 별들의 반짝거림에서 수많은 사람들의 소중한 생명들을 보았다. 그리고 그 별들이 그에게 무어라고 계시를 주고 있는 것처럼 느꼈다.

"일어나셨구만. 몸은 좀 어뗘."

어둠 속에서 막음례가 다가왔다. 그는 여전히 오른손으로 옆구리를 짚고 일어섰다. 막음례의 손에 소반이 들려 있었다.

"약 드시게 안으로 들어가드라고."

쟁반에 약사발을 받쳐 들고 별채 토마루로 다가온 막음례가 말했다. 아마도 약을 달여 놓고 그가 깨어나기를 기다리고 있었던 모양이다. 양만석은 막음례의 지극정성에 눈물겹도록 고마운 정을 느꼈다. 그는 막음례 앞에서 신음소리를 내지 않으려고 어금니를 앙다물고 일어서서 방으로 들어갔다.

"의원이 이 약 묵고 땀을 푹 빼면 좋아질 것이라고 허드만."

막음례가 두 손으로 약사발을 들어 양만석의 코앞으로 바짝 들이밀었다. 그는 약사발을 들고 단숨에 들이켰다. 너무 써서 자신도 모르게 얼굴이 일그러졌다.

"죄송합니다. 저 때문에……."

양만석이 얼굴을 펴고 막음례를 보며 진심으로 고마움을 표시했다.

"광주를 떠난다는 조건부로다가 석방시켜 준다고 허든디."

"그건 안 됩니다. 절대 광주를 떠날 수 없습니다."

"나주로 돌아가서 몸조리 헐 동안만이라도 쪼끔 있다가 다시 오면 안 될까?"

"나주에는 가지 않겠습니다."

양만석은 결연한 의지를 보이며 단호하게 말했다. 막음례는 그가 무엇 때문에 한사코 나주에 돌아가지 않겠다고 하는 것인지 그 연유를 알 수가 없었다. 나주 사람들 중에서 그의 처가 쪽 사람들을 제외하고는 양만석이 노비의 자식이라는 사실을 아는 사람은 단 한 명도 없다는 것을 절절이 말했는데도 왜 그 말을 믿지 못하는 것인지 답답했다. 아니면 막음례가 알지 못하는 또 다른 이유라도 있다는 말인가.

"허면, 광주에 있는 동안에는 당분간이라도 홍학관에는 나가지 말어. 내가 노 경부헌테 사정을 해볼텐께."

양만석은 막음례의 입에서 노 경부라는 말이 나오자 섬뜩한 느낌에 자신도 모르게 온몸에 소름이 돋았다. 노 경부라면 혹시 그를 고문하던 그 눈이 큰 조선 형사가 아닌가 싶어서다. 그녀가 말하는 노 경부는 바로 고등계 노주봉을 두고 하는 말이다. 노주봉은 경부보였으나 막음례는 그를 경부라고 불렀다.

"그 사람을 아서요?"

"노 경부? 알제. 그 양반이 양 선생 담당이여."

"허면 나를 고문했던 형사가 바로 노주봉이라는 그 악질 형사란 말입니까?"

양만석은 경악을 금치 못하는 반응을 보이며 물었다. 그는 막음례가 그 악질 형사를 그 양반이라고 호칭하는 것에 더욱 화가 나고 놀라웠다.

"그래도 그 양반이 양 선생을 석방시켜준 거여."

양만석은 앉은 채 눈을 질끈 감아버렸다. 아무 말도 하고 싶지가 않았다. 취조실에서 그에게 발길질을 하고 거꾸로 매달아 콧구멍으로 고춧가루 물을 들이붓던 야차 같은 형사의 얼굴이 자꾸만 머릿속에서 부스럭거렸다. 그리고 옆방에서 들려왔던 강석원의 비명소리가 생가슴을 후비는 듯했다.

"혹시 제자는 어찌 되었는지 노 경부한테서 못 들었어요?"

양만석은 강석원을 걱정하고 있었다. 막음례는 고개를 가로저었다.

"부탁 좀 하면 안 될까요? 강석원이라는 청년학원 학생 말입니다."

"양 선생 코가 석자여. 시방 딴 사람 걱정헐 처진감?"

막음례는 강석원의 말은 듣지도 않으려고 했다.

"부탁입니다. 한 번 알아봐 주세요."

양만석이 매달리듯 간청을 하자 막음례는 난감해하는 얼굴로 거푸 입맛을 쩝쩝 다셔댔다.

"내일 저녁에 노 경부가 영산원에 오기로 했응께 한 번 알아볼껴."

"고마워요. 정말 고맙습니다."

양만석은 그때서야 얼굴을 펴고 거듭 고개를 주억거렸다. 그 모양새가 이상하게 보였는지 막음례는 어깨를 들먹이며 쿡쿡 웃기까지 했다.

"그만 자리에 누워서 이불 덮고 땀을 푹 빼."

막음례는 손바닥으로 방을 짚어보고 나서 밖으로 나갔다.

양만석은 나흘만에야 홍학관 청년학원에 나가기 위해 양복을 갈아입었다. 전날 강석봉과 지용수가 금성관으로 찾아와서 몸조리를 더 하라고 당부하고 갔으나 그는 청년학원 일이 궁금해서 방구석에 죽치고 들어앉아 있을 수가 없었다. 마침 그날은 강석원이 풀려날 것 같다는 소식도 있고 해서 홍학관에 나가보고 싶었다. 강석원은 독립신문 기사 복사에 대해 끝까지 자기 독단으로 한 일이라고 주장하여, 그나마 다행스럽게도 불똥이 청년회로 튀지는 않게 되었다.

양만석이 청년학원에 나가 교실에 들어서자 학생들이 일제히 박수와 환호로 맞아주었다. 그는 한참이나 말없이 서서 교실 안의 학생들을 천천히 둘러보았다. 배움에 목마른 얼굴에 눈빛이 뙤록뙤록 살아있는 학생들을 다시 볼 수 있다는 것이 그에게는 얼마나 행복한 일인가를 깨닫게 해주었다. 비록 지금 이 학생들은 가난하고 무지하지만 언젠가는 광복의 횃불을 밝힐 민족의 기둥 역할을 하게 될 것이라고 생각했다. 학생들 중에서 강석원의 얼굴이 보이지 않은 것이 마음 아팠다. 그러고 보니 정도환의 얼굴도 보이지 않았다.

"정도환, 정도환 오늘 안 나왔어?"

양만석이 학생들을 둘러보며 정도환을 찾았으나 대답이 없었다. 그는 정도환이 학교에 나오지 않은 것이 행여 강석원과 관련이 있는 것은 아닐까 걱정되었다. 그는 오늘 청년학원에 나오면 정도환을 만나 형에 대한 고마움을 말해주고 싶었다.

"정도환은 이틀째 학원에 나오지 않았습니다."

강석원의 친구 김기권이 큰 소리로 말했다. 양만석은 정도환의 결석 이유에 대해서 묻지 않고 수업을 시작했다. 그날 수업은 고구려의 건국 배경에 대한 내용이었다. 수업이 끝나자 양만석은 김기권을 조용히 불러 정도환이 학교에 나오지 않은 이유를 물어보았다.

"학생들이 이번에 선생님이랑 석원이가 경찰부에 붙들려간 것은 정도환이가 고자질을 했기 때문이라고들 했습니다. 아마 그때문에……."

김기권은 말끝을 얼버무렸다. 김기권 역시 정도환을 의심하고 있는 듯했다.

"정도환은 잘못이 없네. 그 형이 나를 도와주었어."

양만석은 오해를 받은 정도환이 걱정 되었다. 그는 자신이 수업시간에 관동대지진에 대해 이야기한 것 때문에 경찰부에 붙들려 간 것이 아니라, 안광철의 편지 때문이라는 것을 확실하게 알았다. 그리고 그 발단은 강석원이 독립신문 기사 내용을 복사한 것 때문이라는 것도. 물론 강석원이 어떤 경로로 그것을 입수했고 그가 복사한 사실이 어떻게 드러나게 된 것인지에 대해서는 아직 모른다. 기사 내용 입수는 청년회를 통해 얼마든지 가능했을 것이다. 그렇지만 강석원이가 그것을 복사했다는 것은 누구인가 고자질 했을 가능성이 크다. 그리고 강석원 혼자 복사했다고는 믿어지지가 않았다. 이 같은 일은 필시 청년학원 학생들과 함께 도모했을 것이다.

"석원이 외에 몇 명이서 같이 한 건가?"

양만석이 김기권에게 뚜벅 물었다. 김기권은 당황해하는 빛이 역력했다.

"석원이는 단독으로 한 일이라고 끝까지 혼자 책임을 지려고 한다네. 누구누구야?"

양만석이 다그치듯 다시 물었다.

"실은 석원이가 열 장을 복사해서 열 명한테 나눠주면서, 자기처럼 각자 열 장을 복사해서 열 명한테 나눠주라고 했습니다."

김기권이 속삭이듯 낮은 목소리로 조심스럽게 말했다. 김기권의 말대로 강석원이 복사물을 10명에게 나누어주었다면 강석원이 경찰부에 붙잡혀 가게 된 것은 그들 중 한 명 때문일 수 있다고 생각했다. 그런데 강석원을 제외한 9명은 무사한테 왜 강석원 혼자만 붙들려가서 곤욕을 치르게 된 것일까. 그것을 어떻게 설명할 수 있을까. 양만석의 생각에는 그 10명 중에서 한 사람이 강석원만을 꼭 찍어서 고자질했을 수도 있겠다 싶었다. 그리고 그건 평소 강석원과 좋은 감정을 갖고 있지 않은 사람일 수도 있을 것이다. 정도환이 그 10명에 끼지 않았을 것이므로, 그는 더더욱 억울하지 않은가. 생각이 거기까지 미치자 강석원을 고자질한 그 한 명을 찾아내기란 별로 어렵지 않을 것 같았다. 어쩌면 강석원도 이를 잘 알고 있을 지도 모르기 때문에 그 한 사람을 찾아내는 일은 그리 중요할 것 같지가 않았다.

양만석은 다음날 낮에 정도환의 집을 찾아갈 생각으로, 김기권에게 아침을 먹고 홍학관으로 나와 달라고 이르고 금성관으로 돌아왔다. 다음날 양만석은 청년학원에서 정도환의 집 주소를 알아내어 김기권과 함께 찾아 나섰다. 정도환의 집은 중심사 입구 조금 못미처 나무다리 건너 왼편에 자리 잡은 숲실 마을에 있었다. 홍학관에서 숲실까지는 걸어서 한 시간 반이나 걸렸다. 밤에 먼 길을 걸어 학원에 오가는 것이 쉽지 않을 듯싶었다. 정도환의 집은 마을 들머리 큰 은행나무 옆이었다. 얼핏 보아도 수령이 백 년은 되었을 성싶었다. 어느덧 은행나무는 황금빛 잎을 모두 떨어뜨리고 앙상한 나목이 되어 쓸쓸하게 서 있었다. 정도환의 집은 찌그러져가는 삼 칸 홑집으로, 살림이 궁색해 보였다. 몇 년 전 그의 아버지는 돌림병으로 세상을 뜨고 형이 장가들어 경찰부에 들어간 후부터 정도환은 홀어머니와 같이 살고 있었다. 정도환은 나무를 하러 가고 없었다. 집에는 오십대 초반으로 보이는 그의 어머니가 쌀쌀한 날씨인데도 괴죄죄한 적삼 차림으로 마당에서 혼자 콩 타작을 하고 있었다. 학원에서 선생님이 찾아왔다는 말에 정도환의 어머니는 대접할 것이 아무것도 없다면서 칼과 함께 생고구마 몇 개를 바가지에 넣어 토방으로 내왔다. 김기권이 생고구마를 깎아 양만석에게 권했다.

"도환이가 이틀씩이나 학원에 나오지 않아서 걱정이 되어 찾아왔습니다. 집에 무슨 일이 있습니까?"

"클씨라우. 학원이라면 어매보담도 좋아허던 놈이 뜬금없이 지 형땀시 학원에도 못 댕기게 생겼담시로 방구석에 처백혀서 한숨만 푹푹 쉬어쌓더구만이라우."

"형님 때문이라고요?"

"당최 무신 말인지 모르것당께요."

그러면서 정도환의 어머니는 푸짐하게 큰 아들 자랑을 한바탕 늘어놓았다. 그의 어머니 말로, 본디 그들은 남평에서 살았는데, 큰 아들 정도식은 어려서부터 총명하여 마을 서당에서 한학을 공부하다가 남평보통학교를 졸업했단다. 일본말을 잘하여 남평에 있는 일본인 농장에 서무로 취직을 했는데 그 주인 눈에 들어 경찰부에 자리를 얻은 후에 식구들이 숲실로 이사를 왔다고 했다. 양만석이 토마루에 햇볕을 쪼이고 앉아 생고구마를 먹으며 도환이 어머니의 아들 자랑을 듣고 있는데 쭈뼛쭈뼛 나뭇짐이 사립짝 안으로 들어섰다. 정도환이 집안으로 들어서다가 양만석과 김기권을 보고는 깜짝 놀라며 마당 한가운데다 나뭇짐을 부리고 말았다.

"선생님, 무사하시네요?"

정도환은 어쩔 줄을 몰라 하며 버릇처럼 두 손바닥을 아랫배 쪽으로 내려 싹싹 비벼대고 있었다. 그런 정도환을 보자 양만석이 오히려 민망해졌다.

"자네 형님을 좀 만나러 왔는데."

"우리 형을요?"

"형님한테 고맙다는 말을 하려고."

"……?"

"경찰부에서 자네 형님의 도움을 많이 받았거든. 아마 강석원이도 자네 형님의 도움을 받았을 걸세."

양만석은 일부러 정도환의 형 이야기를 꺼냈다. 형 때문에 학원에도 못 다니게 되었다고 했다는 말을 그의 어머니한테서 들었기 때문이다. 양만석은 자책감에 묶여 있는 정도환의 마음을 풀어주고 싶었던 것이다. 양만석의 말에 정도환은 한동안 어리둥절해 하는 표정을 짓더니 만면에 엷은 미소가 흘렀다.

양만석과 같이 간 김기권도 힘을 주어 정도환의 손을 잡고 흔들며 밝게 웃었다.

"선생님 말씀 들었지? 오해를 해서 미안해. 강석원도 오늘 중으로 석방 될 거란다."

김기권의 말에 정도환의 미소가 한껏 환해졌다. 정도환은 양만석 선생이 무사해서 무엇보다 기뻤다. 석방되어 일부러 자기 집까지 찾아와 준 것에 감동했다. 그리고 형의 도움을 받았다고 하니 맺혔던 기분이 일시에 풀리는 것 같았다. 그는 경찰부에 다니는 형 때문에 늘 알 수 없는 죄책감에 빠져 있었다. 청년학원에 다니면서부터 그 죄책감은 더욱 커졌다. 청년학원에 다니면서 우리 민족이 국권을 빼앗기고 일제로부터 갖은 탄압을 받고 있다는 것을 알아갈수록 형이 부끄러웠던 것이다.

"형님 만나면 내가 고맙다는 말 전하기 위해 찾아왔었다는 말 꼭 전하게. 그리고 자네 내일부터는 학원에 나올 거지?"

"알겠습니다. 그리고 감사합니다."

"도환이가 형한테 내 이야기를 했다던데……."

"선생님이 붙들려 가셨다는 소식을 듣고 형한테 달려 갔었구만요."

"그랬었구만."

양만석은 정도환의 등을 가볍게 토닥거려주었다.

이날 양만석은 정도환을 데리고 나와 김기권과 셋이 우편국 후문 쪽에 있는 오뎅집 오이리(大入)식당에서 점심으로 오뎅밥을 먹었다. 오이리 식당은 한국인이 경영하는 오뎅집으로 일본식당 못지않게 음식 맛이 좋아 언제나 손님들로 북적거렸다. 양만석이 이곳에 와서 몇 번 먹어봤는데 스끼야끼(왜 전골)와 사시미. 스시(초밥) 맛도 괜찮았다. 오이리 외에도 본정에 일본인 부부가 하는 얏꼬(奴)라는 오뎅집이 있었다. 그곳은 오뎅맛보다는 덴뿌라(튀김)가 더 인기였다. 그가 아직 먹어보지는 않았지만 얏꼬의 깨끗 덴뿌라가 먹을 만하다는 이야기를 들었다. 양만석은 일본에 있을 때 길가 노점에서 오뎅국으로 끼니를 때울 때가 많았다. 눈 내리는 날 노점 오뎅집 딱딱한 나무의자에 앉아 따끈한 국물에 술잔을 기울이며 향수를 달랬던 기억이 살아났다.

오뎅에다 겨자를 듬뿍 발라 먹고 나면 불이 붙은 듯 콧속이 얼얼해지는데 그는 그 맛을 즐겼다. 오뎅을 먹던 양만석은 문득 정읍 친구 김준형 생각이 났다. 찬바람이 불기 시작하면 김준형과 함께 오뎅집 문턱이 닳도록 들락거렸었다. 김준형은 생선을 재료로 만든 교뎅(魚田)을 좋아했다. 김준형에게 편지를 보냈는데도 아직 답장이 없었다. 정읍 집에 와 있다면 진작 소식이 왔거나 직접 광주에 찾아왔을 터인데 아직 소식이 없는 걸 보니 서울에 그대로 머물고 있는 모양이다. 안광철의 소식도 궁금했다. 자신 때문에 큰 곤욕을 겪지 않았으면 좋으련만, 걱정이 되었다. 오뎅집에서 점심을 먹고 나서 김기권과 정도환을 돌려보낸 양만석은 금성관으로 가는 길에 홍학관에 들렀다. 그는 장석천으로부터 아침에 강석원이 풀려나왔다는 소식을 들었다. 양만석은 장석천과 함께 강석원의 집을 찾아가기로 했다. 강석원의 집은 경양방죽 옆에 있다고 했다. 홍학관에서 경양방죽까지는 숲실 가는 길보다 더 멀었다. 경양방죽은 끝이 아스라할 정도로 넓었다. 방죽 건너편 지평선을 이루는 들 한가운데에 태봉산이 젖무덤처럼 봉긋하게 솟아있는 것이 보였으며 느티나무와 미루나무, 팽나무들로 에둘러 있는 경양방죽 주변에는 게딱지같은 움막집들이 다닥다닥 붙어 있었다. 이곳에 사는 사람들은 대부분 경양방죽 주변의 논에서 날일을 하는 뜨내기 품팔이꾼들이라고 했다. 아름드리 팽나무가 들어찬 경양방죽 둑길을 따라가자 찰방(察訪) 송덕비가 줄지어 서 있었다. 옛날 경양방죽 근처에는 전주와 장흥을 연결하는 전라좌도의 관로를 담당하는 경양도찰방이 있었는데 이는 전라도 여섯 곳의 도찰방 가운데서 그 규모가 네 번째로 컸다고 했다. 경양역에는 역원과 경양방죽을 관리하는 찰방이 있었다. 양만석은 가난한 사람들이 몰려 사는 이곳에 찰방 송덕비가 많은 것을 보고 적이 놀랐다. 찰방은 품계가 6품관으로 화려한 직책은 아니었지만 덕망 높은 사람이 임명되어 민심을 샀던 것 같았다.

강석원의 집은 경양방죽 비각거리에서 가까운 들판에 있었다. 행랑채가 달린 사칸 겹집으로 규모가 꽤 커 보이는 농가였다. 겉으로 보아 그런대로 살림이 포실해보였다. 들판이라 바람이 거칠게 몰아쳤다. 그들이 찾아갔을 때 강석원은 열 살 안팎의 더벅머리 남동생들과 나란히 바람벽에 등을 기대고 앉아 해바라기를 하고 있었다. 초겨울 하루의 마지막 짧은 햇살이 강석원의 창백한 얼굴 위에 듬뿍 꽂혀 내렸다. 강석원이 그들을 보자 벌떡 일어섰다. 몸이 많이 상했을 것으로 걱정을 했는데 생각보다는 괜찮아 보여 일단 마음이 놓였다. 양만석이 강석원을 덥석 안은 채 말없이 한참을 서 있었다. 옆에 있던 장석천은 강석원의 시울이 촉촉하게 젖어있는 것을 보았다.

"몸은 어떤가? 이렇게 밖에 나와 있어도 괜찮아?"

양만석이 강석원의 얼굴을 짯짯이 들여다보며 물었다.

"저는 괜찮습니다. 선생님은요?"

"나야 자네가 본대로 아무렇지도 않네."

"자네 걱정 많이 했다네."

장석천도 강석원의 손을 잡고 가볍게 흔들고 나서 사골 꾸러미를 건네주었다.

"몸보신 하라고 선생님이 사골을 사 오셨다네."

"고맙습니다. 안으로 좀 들어가시죠."

"걱정 말게. 햇볕이 좋은데 우리 여기 앉세."

양만석이 바람벽 아래 판판한 돌 위에 앉으며 강석원의 손을 잡아 끌었다. 세 사람은 돌 위에 나란히 쪼그리고 앉았다. 사립짝 옆 잎이 떨어진 감나무에 벼슬이 붉은 수탉 한 마리가 묶여 있는 것이 보였다. 강석원의 부모가 아들 몸보신시키려고 사온 것인 듯싶었다.

"참, 부모님은?"

"외가에 혼사가 있어서 가셨구만요."

"상한 데가 있을지 모르니 지금 나랑 병원에 한 번 안 가볼텐가?"

양만석은 강석원이 겉으로는 말짱해 보이지만 골병이 들었을지 몰라 병원에 데리고 가서 진찰이라도 한 번 받아보게 하고 싶었다. 양만석 그 자신이 취조실에서 단 하룻밤을 넘기는데도 생과 사를 넘나들 듯 했는데 꼬박 나흘을 견뎠으니 그 고통이 얼마나 컸을까 싶었다.

"괜찮습니다."

"고문을 많이 당했지?"

양만석의 물음에 강석원은 씁쓸하게 웃었다. 그 웃음에 떠올리기 싫은 고통스러운 기억의 어두운 그림자가 드리워진 것을 볼 수가 있었다. 필시 강석원이 당한 고문은 고춧가루 물먹임 정도가 아니었을 것이다. 누구의 지시를 받고 어떤 의도에서 누구와 같이 얼마만큼 복사를 했으며 복사물을 누구에게 전해주었느냐고 추궁하며 고문을 했을 것이 뻔하다.

"저 때문에 선생님께서……."

"아니야. 모든 원인은 나한테 있었네. 헌데 왜 그랬는가. 끝까지 자네 단독으로 한 일이라고 버텼다니."

"열 명이 같이 한 일이었다는데."

장석천이 말끝을 흐리며 강석원의 오른쪽 눈두덩이의 멍을 가볍게 어루만져주었다. 그의 얼굴을 찬찬히 들여다보았더니 눈두덩뿐만 아니라, 이마와 턱 끝, 귀 밑 등에도 여기저기 푸르죽죽하게 멍이 들어있는 것을 발견할 수 있었다. 고춧가루 물고문만 아니라 매질도 많이 당한 것 같았다. 겉으로 보기에도 그러는데 속으로는 얼마나 골병이 들었을까 생각하니 안쓰러운 마음이 더했다.

"다른 사람들은 아무 일 없지요?"

강석원이 물었다. 함께 복사하기로 했던 청년학원의 나머지 아홉 사람이 걱정 되어서 하는 말이었다. 그의 입에서는 한 사람의 이름도 발설되지 않았지만 혹시나 해서 물었다.

"다들 무사하네. 헌데 석원이 자네 생각은 누구인 것 같은가?"

장석천이 다시 물었다.

"정도환은 아니네. 경찰부에서 나는 도환이 형한테 도움을 받았어."

"도환이 형님이 저한테도 왔드만요. 그 사람이 단독으로 한 일이라고 하라고 해서……."

강석원의 그 말에 양만석과 장석천이 함께 놀랐다. 두 사람은 강석원의 말에 대해 잠시 각기 생각을 굴려보았다. 무엇 때문에 정도환의 형이 강석원에게 단독으로 한 일이라고 끝까지 주장하라고 했는지 납

득이 가지 않았다. 설마 정도환의 형이 나머지 10명에 대해서도 알고 있다는 것은 아닐까. 그리고 호의적으로 생각해서, 다른 9명을 보호해 주기 위해서였을까. 그것이 아니라면 다른 이유가 또 있단 말인가.

"암튼, 정도환은 오해하지 말게. 이번 일로 괜히 도환이가 오해를 받아 이틀 동안 학원에도 나오지 않았다네. 해서 내가 기권이하고 도환이네 집을 찾아갔었네."

"저도 정도환을 의심하지 않습니다."

강석원은 자신의 생각을 분명히 밝히며 그렇게 말했다. 양만석은 그 말에 혹시 강석원은 자신을 밀고한 사람을 알고 있는 것은 아닐까 하는 생각이 들었다. 그러나 양만석은 강석원이 자신을 밀고한 사람을 찾아내는 일에 집착하지 않기를 바랐다. 믿었던 사람으로부터 배신을 당했다면 앞으로 그 사람과의 관계를 끊으면 될 일이지, 굳이 찾아내어 적을 살 필요는 없기 때문이다.

"이번에 많은 것을 깨달았습니다. 저는 경찰부에 끌려가서 완전히 개돼지 취급을 받았습니다. 나라를 잃은 백성은 사람 취급을 받지 않는다는 것을 알았어요. 우리가 사람답게 살려면 어떤 일이 있어도 광복을 하여 주권을 찾아야한다는 것을 깨달았습니다. 저는 그곳에서, 앞으로 조국 광복사업에 목숨 바칠 각오를 단단히 했습니다."

강석원의 목소리는 비장하리만큼 결의에 차 있었다. 그 말에 두 사람은 놀라는 얼굴로 서로를 바라보았다. 강석원은 나흘 동안의 고통을 통해 사람에게 목숨보다 소중한 것이 무엇인가를 분명히 깨달은 것 같았다. 양만석은 아직 어린 나이에 그 같은 결의를 다진 강석원

앞에 지절로 고개가 숙여졌다. 해가 설핏해지자 들바람이 차갑게 불어왔다. 양만석은 몸도 성치 않은 강석원이 찬바람을 쏘이면 안 될 것 같아 그만 일어섰다.

"당분간 학원에는 나오지 말고 몸조리나 잘 하게."

"되도록 빨리 나가도록 하겠습니다."

한사코 그만 들어가라는데도 강석원은 왼 손으로 허리를 짚고 한쪽 다리를 절뚝거리며 비각거리까지 따라 나왔다. 그의 걸음걸이만 봐도 몸 상태가 좋지 않다는 것을 한눈에 알 수 있었다. 양만석은 그런 강석원을 보자 마음이 더욱 아팠다. 그는 경양방죽 팽나무 밑을 지나면서 몇 번이고 뒤를 돌아다보았다. 뒤를 돌아볼 때마다 강석원이 손을 흔들어보였다. 양만석의 눈에 강석원은 비록 나이가 어리지만 어른보다 더 강한 사람으로 보였다. 양만석과 장석천은 시내를 향해 걷는 동안 말이 없었다. 강석원의 어른스러운 말이 두 사람의 마음에 뜨거운 불을 지펴주었기 때문이다. 고통을 통해 터득한 강석원의 깨달음이 부러울 만큼 소중하게 생각되었던 것이다.

"탁배기라도 한 잔 해야겠네."

양만석은 느티나무가 줄지어선 경양방죽 둑 밑 주막 앞을 지나다 말고 걸음을 멈추어 섰다. 주렴도 없는 허름한 주막에는 덩그렇게 좌판이 놓여있을 뿐 주모도 없었다. 한참 동안 주인을 찾는 소리를 내서야 괴괴쬐한 검정색 치마저고리 차림에 얼굴이 푸석푸석해 보이는 초로의 여인이 움막 같은 방에서 기침을 쏟으며 기어 나왔다. 곤고한 삶에 지친 듯 여인의 얼굴이 잔뜩 흐려있었다.

"앞으로 강석원을 잘 지켜보게."

양만석이 단숨에 탁배기 한잔을 주욱 들이키고 나서 말했다.

"무슨 의미입니까?"

"지금 강석원은 흥분상태인 것 같네. 자칫 선부른 행동을 할 수 있으니 각별한 관심을 갖고 잘 다독거려주어야지."

양만석은 강석원이 대견스러우면서도 한편으로는 걱정이 되기도 했다.

6

1924년 새해가 밝았다. 아침부터 날씨가 찜부럭하더니 정오가 가까워오면서 푸실푸실 눈이 내렸다. 일본인들은 설날이라고 집집마다 잔치를 하며 즐겼지만 조선사람들은 왜설이라고 하여 냉랭하기만 하다. 일본인들이 집단을 이루고 사는 극락촌과 본정통 거리는 거의 상점 문을 닫아 설 분위기가 넘쳤다. 집집마다 대문에 오카자리나 카도마쯔를 걸어놓고 무병장수와 복을 기원했다. 이날 아침 광주천변에서는 일본 아이들이 떼를 지어 타코아게라고 하는 낙지 모양의 연을 날렸다. 금성관에서도 낙지 모양의 연이 하늘로 솟아오르는 것을 볼 수가 있었다. 양만석도 소피를 보러 밖에 나갔다가 하늘에 떠 있는 낙지연을 보았다. 일본에 있을 때는 아무렇지도 않았는데 광주 하늘에 뜬 낙지연을 보니 별로 기분이 좋지 않았다.

양만석은 금성관 별채에서 새해를 맞았다. 그는 아침을 먹고 나서 무료하게 방 안에 앉아 있었다. 요즈막 그는 별로 하는 일이 없었다. 방학이라 청년학원에도 나가지 않았다. 양만석이 광주에 머무는 동안 광주 청년회는 많은 변화를 가져왔다. 특히 청년회의 지도부가 교체되면서 청년운동의 지향점이 급선회하였다. 체질을 개선한 광주청년회는 '계급적 단결로 해방운동의 전위가 되어 민중 본위의 신사회 건설을 목표로 삼는다'는 새로운 강령을 채택했다. 창립당시의 지, 덕, 체 수양을 표방했던 것과 비교해볼 때, 매우 급진적으로 바뀐 것이다. 새로운 강령을 채택한 광주 청년회는 '뼈고 피고 살이고 모두, 경제적 해방운동에 바치자'는 결의를 다졌다. 광주 청년회의 새로운 강령에서 '민중본위의 신사회'라는 대목은 '사회주의 사회'를 완곡하게 표현한 것이다. 또한 '경제적 해방운동'은 모든 정치적 억압으로부터의 해방을 목표로 삼는, 부르주아 민주주의적 권리를 쟁취하기 위한 운동과 식민지 억압상태로부터 벗어나기 위한 독립운동을 의미했다. 이들이 표방한 '경제적 해방운동'은 모든 경제적 착취관계를 분쇄하기 위한 운동, 곧 지주. 자본가의 착취에 저항하는 노동자 농민의 계급투쟁 · 계급해방운동을 뜻했다.

양만석이 요즘 하는 일은 사회주의를 신봉하는 청년들의 비밀조직인 사회주의 사상연구 학습서클 토론에 참가하는 일이다. 광주 청년회원들 중에서 사회주의를 신봉하는 청년 18명이 은밀하게 모임을 갖고 매주 한 번씩 모인다. 이들은 각자가 유물사관 등에 대해 학습을 한 다음, 1주일에 한 번씩 홍학관에 모여 연구 결과를 발표했다. 강석봉과 지용수도 들어있다. 양만석은 매주 모이는 비밀서클의 발표회에 참석하여 회원들의 이야기를 듣고 코멘트를 해주었다. 회원들 중에서 강석봉과 김재명, 지용수 등이 가장 진보적인 생각을 갖고 있었으며 그들 발언은 언제나 논리가 정연했다.

지난주 토론에서 김재명은 "소수의 유산계급이 다수인 무산자의 고혈을 착취하고 있다. 모든 인류가 살기 위해서는 모순된 계급을 타파하고 단결을 공고히 하여 먹을 것을 얻지 않으면 안 된다"면서 계급투쟁의 필요성에 대해 역설했다. 또한 강석봉은 이 자리에서 종교인들의 위선을 맹공격하기도 했다. 이날 토론에서 많은 청년들은 부르주아 계급과 자본주의 체제를 혐오하는 반면, 인간이 인간답게 살 수 있으려면 민중이 중심이 되는 사회가 되어야한다고 주장했다. 그들은 사회주의 이상이 실현되는 사회야 말로 우리 민족과 인류가 이루어내야 할 신사회라고 하였다. 이 같은 계급해방과 신사회 건설 운동은 송정노동청년회에서도 활발한 움직임을 보였다. 송정노동청년회는 송정청년회의 민족주의적 경향에 반발한 지식청년들이 계급해방을 부르짖으며 결성되었다. 송정노동청년회는 무산의식(無産意識)이 있는 자로 회원자격을 제한하였다. 이처럼 광주 지역의 청년운동을 주도한 지식청년들은 무엇보다 계급투쟁을 중요시했다. 이들은 착취관계를 해소하지 않는 한 진정한 해방을 달성할 수 없다고 주장했다.

양력설이 지난 지 열흘쯤 후, 뜻밖에 조선애가 찾아왔다. 정말 예기치 않은 일이었다. 양만석이 아침을 먹고 백년에게 산수를 가르치고 있는데 손님이 찾아왔다는 조군의 기별을 받고 밖으로 나가보니,

검정 오버에 청색 털실 목도리를 목에 두른 조선애가 푸른 소나무처럼 서 있지 않겠는가. 언젠가 편지 답장에서 서울에 갔다 오는 길에 광주에 한 번 들르겠다고 했던 것 같기는 하지만, 정말로 그녀가 찾아올 줄은 몰랐다.

"아니? 선애 씨? 조선애 씨가 어쩐 일입니까?"

"광주에 한 번 오겠다고 했지 않았어요. 서울에 달포쯤 있다가 진주로 내려가는 길에 들렀습니다."

"암턴 잘 오셨습니다. 들어가십시다."

두 사람은 진주에서 만나 하루를 같이 보냈을 뿐인데 오래된 지기처럼 스스럼없이 반가워했다. 양만석은 다소 당황스럽기는 했으나 그녀가 찾아와 준 것을 매우 기뻐하며 그가 묵고 있는 별채로 안내했다. 개화시대라고는 하지만 결혼도 하지 않은 처녀가 남자 혼자 묵고 있는 여관방에 발을 들여놓는다는 것이 쉽지 않을 터인데도, 조선애는 거리낌 없이 양만석의 방으로 성큼 따라 들어갔다. 양만석은 부랴부랴 어질러진 방 안을 치우고 나서 서 있는 조선애 앞에 방석을 내밀며 앉기를 권했다.

"별채라 그런지 여관방 같지가 않네요. 앞으로 계속 여기 이렇게 계실 건가요?"

외투를 입은 채 자리를 잡고 앉은 조선애가 방안을 휘둘러보며 물었다.

"고향 친지분의 여관이라 내 집처럼 마음이 편합니다. 나가고 있는 청년학원도 가깝고."

"학원이오? 교편을 잡으시려면 학교로 가시지 않고 왜 학원에 나가서요?"

"가난해서 학교에 다닐 수 없는 청년들을 가르치는 게 더 보람 있는 일이라고 생각합니다. 그들에게 우리 민족의 자주의식을 심어주고 싶습니다. 청년들이 각성하고 독립투쟁의 선봉에 서야 된다고 믿고 있기 때문이죠."

양만석은 흥분하여 연설조로 말하고 나서, 다소 민망했던지 조선애를 향해 어색하게 씨익 웃어보였다. 조선애도 희미하게 미소를 떠올렸다. 양만석의 마음을 헤아릴 수 있을 것 같으면서도 한편으로는 안타깝기도 했다.

"이번에 제가 광주에 온 것은 조선간호협회 회장 서서평 씨를 만날 일이 있어섭니다. 제 형부가 목사님이신데 서울에서 형부와 같이 서서평 여사를 만난 적이 있었거든요. 형부 부탁으로 교회에서 성가를 불렀는데 예배 참석했던 서서평 여사가 제 노래를 듣고 저를 광주에 초청했어요. 오원회관에서 독창회를 하면 어떻겠느냐고요."

조선애의 말을 듣고서야 양만석은 그녀가 자신을 만나기 위해 일부러 온 것이 아님을 알았다. 그렇다고 그녀가 뜨악하게 생각되어지지는 않았다.

"서서평 여사라면 아직 직접 만나보지는 않았습니다만 이야기를 많이 들었습니다. 미국에서 왔고 올해 마흔다섯 살이라는데 아직 처녀라면서요?"

양만석은 홍학관에 드나드는 사람들로부터 서서평에 대한 이야기를 많이 들었다. 엘리자베스 쉐핑으로 미국에서 광주에 온 지 10년이 넘도록 제중원에서 간호사를 하면서 선교활동을 하는 여자였다. 양만석은 그녀가 본정통 상가를 돌아다니며 금주 금연운동을 하는 것을 몇 번 본 적이 있었다. 길에서 나병환자나 거지를 보면 집에까지 데리고 가서 밥을 먹이고 옷을 입혀 보낸다는 이야기도 들었다. 그녀는 또한 광주에서 진다리 교회와 봉선리 교회를 세웠으며 금정교회에 부인조력회를 조직하여 신용사업을 벌이기도 했다. 지난해에는 조선간호협회를 결성하여 초대회장이 되었다는 신문기사를 읽은 적이 있다. 얼핏 거리에서 보았을 뿐인데도 옥양목 적삼에 검정 통치마에 검정 고무신을 신은 그녀의 인상이 강하게 남았다.

"광주에서 선애 씨 노래를 들을 수 있겠군요."

"아직은…… 서서평 여사를 만나보고 오원기념회관도 한 번 가봐야지요."

"꼭 광주에서 독창회를 열었으면 좋겠습니다."

"그래요? 실은 올봄에 부산에서 독창회를 가질까 했는데요."

"광주에서 먼저 하고 부산에서도 하면 되겠네요."

"글쎄요."

그때 밖에서 인기척이 들려 문을 열어보았더니 조 군이 찻상을 받쳐 들고 서 있었다.

양만석은 조 군으로부터 찻상을 받아 방에 놓고 조선애와 마주보고 앉았다. 홍차 두 잔과 작은 접시에 다식이 소담스레 담겨져 나왔다. 여자 손님이 찾아온 것을 알고 막음례가 차를 준비해서 보낸 모양이다. 양만석은 세심한 데까지 신경을 써주는 막음례에 대해 마음속으로 고마운 정을 느꼈다. 그런 그녀에게서 그는 문득문득 찐더운 모성애를 느끼곤 한다.

"자, 드시죠."

"여관에서 손님들한테 차 대접까지 해 주는교?"

"아, 아닙니다. 아마 조선애 씨가 오신 것을 알고 특별히 신경을 쓴 것 같습니다."

양만석이 웃는 얼굴로 가볍게 농말을 하며 먼저 찻잔을 들었다.

"그래요? 여자 손님이 올 때만 차를 내오는 모양이죠?"

조선애가 농을 받으며 따라 웃었다.

"저를 찾아온 여자 손님은 선애 씨가 처음입니다."

양만석은 고개까지 가볍게 흔들며 강하게 부인을 했다. 그런 자신의 태도에 대해 몹시 겸연쩍은 듯 그는 버릇처럼 어색하게 웃었다.

조선애는 입술을 적시듯 여러 차례 나누어 차를 마신 후에 다식을 입에 넣고 음미하듯 천천히 씹었다. 이따금씩 두 사람의 시선이 엉켰다. 그때마다 먼저 피하는 쪽은 양만석이었다. 침묵이 계속되자 분위기가 더욱 어색해졌다.

"서서평 여사가 살고 있는 선교사촌이 여기서 얼마나 머나요?"

"걸어서 이십 분?"

"같이 가주실래요?"

"그럽시다. 이 기회에 서서평 여사와 인사도 나누고."

두 사람은 동시에 일어섰다. 조선애가 먼저 나가고 양만석이 서둘러 옷을 바꿔 입었다. 밖에 나오니 갑자기 하늘이 무겁게 내려앉으며 바람이 거칠게 불어왔다. 눈이라도 한바탕 내릴 것만 같았다. 그들은 말없이 다리를 건너 양림촌 숲을 향해 걸었다. 광주천을 휩쓸고 달려온 바람이 매섭게 목덜미를 파고들었다. 조선애는 손이 시린지 입김을 쏘이며 걸었다. 부동교를 건너자 소나무와 참나무가 빼곡하게 들어찬 숲이 앞을 막았다. 산자락을 끼고 돌자 숭일학교가 나왔다. 그곳에서 바라본 양림촌의 서쪽 언덕 중턱에 벽돌 양옥들이 마을을 이루어 이국적 풍경을 자아냈다. 사람들은 이곳 양림동산을 선교사촌리라고 불렀다. 양림촌은 1904년 미국 남장로 선교사 유진벨(한국 이름 배유지·裵裕祉)에 이어 미국인 의료 선교사 클래맨트 오웬(한국이름 오원·吳元)을 비롯한 많은 선교사들이 들어오면서, 기독교 복음 전파의 터전이 되었다. 배유지 목사는 1904년 12월 양림촌에 처음으로 광주교회를 세웠다. 또한 배유지 목사와 함께 광주에서 선교활동을 하던 의사 출신인 오원 목사는 간호사인 부인과 함께 의료봉사를 통한 선교활동을 했다. 이들 양림촌 선교사들은 순수한 선교활동과 의료봉사 외에도 서양식 근대교육과 계몽운동에도 힘썼다.

오원은 1909년 과로로 세상을 뜨고 말았다. 오원이 죽자, 미국의 친구들이 그의 선교활동을 기념하기 위해 양림동산에 오원기념관을 세웠다. 숭일학교를 지나 조금 더 가자, 1905년 광주에서 최초로 세워진 제중병원이 한눈에 들어왔다. 제중병원은 1911년 미국인 그라함이, 죽은 딸 엘라 래빈 그라함을 추모하기 위해 보내 온 기부금으로 50개 병상 규모의 3층 벽돌 건물을 짓고 그라함 병원이라고 했다. 양만석과 조선애는 그라함 병원 앞에 서서 주변을 둘러보았다. 병원에서 조금 더 가면 오른쪽에 오원기념관이 있고 그 너머에 수피아여학교가 자리를 잡았다. 그곳에서 바라본 양림촌은 숲과 어우러져 신비롭도록 아름다웠다.

"전혀 다른 세상 같네요."

"그러고 보니 이곳이 바로 광주 개화의 관문입니다."

조선애의 말에 양만석도 숲속에 자리 잡은 벽돌 양옥집들을 보며 감탄했다. 그는 광주에 살고 있으면서도 이곳에는 처음 와보고 놀랐다. 현대식 건물의 병원과 학교며 교회. 기념관. 그리고 양옥집들이 한데 어울린 양림촌은 광주 본정통과는 전혀 다른 모습이었다.

"선교사들이 처음에는 저쪽 무등산자락에다 자리를 잡으려고 했었는데 호환이 무서워서 광주천 이쪽으로 정했다는 말을 들었습니다. 지금도 무등산에는 호랑이가 많거든요."

양만석이 해가 떠오르는 잣고개 쪽을 가리키며 말했다. 조선애는 호랑이가 많다는 말에 양어깨를 잔뜩 움츠리며 흠칫 놀라는 표정을 지었다. 양만석은 그런 그녀의 모습이 천진스러울 정도로 귀여워보였다.

두 사람은 숲속으로 조붓하게 이어진 산자락 길로 접어들었다. 소나무와 참나무가 가득 들어찬 숲정이 한가운데에 작은 벽돌 양옥집이 보였다. 집 안으로 들어서자 옥양목 흰 적삼과 검정 통치마에 검정 고무신을 신은 40대의 서서평 여사가 등에 아기를 업고 마당을 서성이고 있는 것이 보였다. 빳빳하게 허리를 편 채 아기를 업은 품새가 어딘가 부자연스러워보였다. 서울에서 한 번 만난 적이 있는지라 서서평 여사는 조선애를 반갑게 맞아주었다. 조선애가 양만석을 소개 시키면서, 일본에서 영문학을 전공하고 지금은 광주청년학원에서 학생들을 가르치고 있다고 부연설명을 해주었다.

"반가워요. 우리 자주 만납시다."

서서평 여사가 해맑게 웃으며 양만석에게 손을 내밀며 악수를 청했다. 45세 나이라기에는 믿어지지 않을 정도로 젊고 건강해보였다.

"그렇지 않아도 한 번 뵙고 싶었습니다. 헌데 이 아기는?"

양만석은 서서평이 업고 있는 돌쟁이 정도의 아기를 보며 물었다. 뭐가 못마땅한지 등에 업힌 아이는 계속 칭얼대고 있었다. 그는 서서평이 거리에 버려진 고아들을 양자와 양딸로 삼아서 키우고 교육시켜 시집 장가까지 보내주고 있다는 이야기를 들은 바가 있어, 이 아기도 필시 입양을 했겠구나 싶어 그렇게 물었다. "

이 아이요? 우리 아들입니다. 지난달에 입양했어요."

서서평은 아무렇지 않게 가지런한 흰 치아를 드러내 보일 정도로 활짝 웃으면서 말했다. 웃는 얼굴이 치자꽃처럼 맑고 깨끗했다.

"내 아들 딸들 아주 많아요."

서서평이 두 사람을 집 안으로 안내하며 농담처럼 말했다. 집 안에 들어서자 열 살 안팎의 그만그만한 여자 아이들이 세 명이나 있었다. 단발머리 여자아이들이 손님들에게 정중하게 인사를 했다. 그 아이들도 모두 서서평의 양녀들이라고 했다. 코가 납작한 여자 아이 하나가 서서평으로부터 계속 칭얼대는 아기를 받아 업었다. 양만석과 조선애는 거실의 낡은 소파에 앉았다. 집안의 가구들이 하나같이 소박하고 낡아 있었다. 소파와 탁자는 물론 피아노며 벽에 걸린 괘종시계까지도 고물이었다. 그러고 보니 그녀가 입고 있는 옷도 낡고 휘주근해보였다.

"양 선생님은 청년학원에서 영어를 가르치십니까?"

"아닙니다. 조선 역사를 가르칩니다."

"영문학을 공부하셨다면서 왜 영어를 가르치지 않고 역사를 가르쳐요?"

서서평은 다소 의아스러워하는 표정으로 물었다.

"영어보다는 우리 역사를 아는 게 더 중요하다고 생각하기 때문입니다. 조국의 역사를 바로 알아야 자주정신을 깨우칠 수가 있으니까요."

그 말에, 서서평은 다소 경직된 얼굴로 양만석을 한참 동안 말없이 바라보았다. 양만석은 서서평이 무슨 생각을 하고 있는지 궁금했다.

"조선은 오랜 역사와 찬란한 문화를 갖고 있습니다. 한 번도 다른 나라를 침범한 적도 없는 평화를 사랑하는 민족이라는 것을 자랑스럽게 생각해야 합니다. 지금 조선에서는 교육이 매우 필요해요. 교육을 통해서 민족을 각성시켜야합니다. 그래야 자주적인 힘을 기를 수가 있습니다. 양 선생님 아주 좋은 일 하고 계십니다. 대부분 사람들이 유학에서 돌아오면 일신의 출세만을 생각하는데 양 선생님은 가난한 젊은이들을 가르치고 있으니 얼마나 훌륭합니까. 나도 양 선생님한테서 조선역사 배우고 싶습니다."

양만석은 서서평이 그 자신을 매우 호의적으로 생각하고 있다는 것을 직감적으로 느꼈다.

"조선인의 한 사람으로 서서평 여사님에 대해 진심으로 고마워하고 있습니다. 가난한 사람들을 돌봐주시고 우리 국민들을 계몽하기 위해 애쓰시는 여사님을 존경합니다. 앞으로 자주 찾아뵙겠습니다."

양만석은 의례적인 인사를 했다. 그는 서서평 여사의 봉사활동도 이상사회를 만들기 위한 노력이라고 생각했다.

차를 마신 후, 두 사람은 오원기념관을 보기 위해 서서평을 따라나섰다. 서서평의 집에서 오원기념관까지는 가까운 거리에 호젓한 숲길로 구불구불 이어져 있었다. 숲길에 들어서자 박새며 까치, 참새들이 나뭇가지에서 낭자하게 우짖었다.

"봄부터 여름까지는 이 숲에 녹음이 우거져 하늘을 가리고 가을에는 단풍이 붉게 물들어 아름답습니다. 나는 매일 아침에 혼자 이 길을 산책하면서 그날 할 일과 만날 사람들을 생각한답니다."

앞서 가던 서서평이 뒤를 돌아보며 말했다.

"조금 호젓하기는 하지만 지금도 좋습니다."

조선애가 솔잎을 뜯어 코에 대고 냄새를 맡으면서 말했다. 그녀 뒤를 바짝 따라 걷고 있던 양만석이 그런 조선애를 보고 잔잔하게 미소를 떠올렸다. 어느덧 그의 눈에 비친 조선애의 행동 하나하나가 달콤하게 가슴으로 파고들었다. 전라도 말로 그녀는 귄이 넘쳤다. 그녀는 솔잎을 한 움큼 뜯어 양만석에게 주며 냄새를 맡아보라고 했다. 그는 솔잎을 코끝에 대고 깊게 숨을 들이켰다. 상큼한 냄새가 폐부 끝까지 베어드는 듯했다. 그는 문득 조선애가 솔잎 향 같은 여자라는 생각이 들었다. 바늘처럼 끝이 뾰쪽한 잎에 변함없이 푸름을 지탱하는 솔잎.

바늘처럼 끝이 뾰쪽한 것은 날카로운 이성을, 사철 푸른 색깔은 불변의 지조와 여성스러움을, 상큼한 향기는 청초함과 아름다움을 상징하는 것 같았다. 이런 여자 옆에 있으면 세속에 찌든 마음도, 세상을 향한 강파름도 정화되고 부드러워질 수 있을 것 같았다.그들은 숲속 한갓진 곳에 자리 잡은 오원기념관 앞에 당도했다. 벽돌로 지은 정사각형의 2층 건물은 웅장하지는 않지만 소박하면서도 단아했다. 지은 지 10년이 지났어도 깔끔해 보였다. 정면에 아치형 문과 네 개의 둥근 돌기둥, 격자무늬의 창문이 인상적이었다. 문을 열고 안으로 들어가 보니 밖에서 보았던 것보다 공간이 넓고 무대까지 마련되어 있었다. 독창회를 열기엔 부족함이 없어 보였다. 홍학관이 광주 주민들을 위한 시민·사회교육 운동의 요람이라면 오원기념관은 광주문화의 전당이라고 할 수 있었다. 광주에서 근대 연극운동이 시작된 것은 오원기념관이 세워지면서부터다. 오원기념관에서는 그동안 기독교 관계의 집회는 물론, 강연회, 음악회, 연극, 영화, 무용 등 크고 작은 문화 행사가 이루어졌다. 이곳에서 연극이 공연되고 음악회가 열리면 광주 사람들은 광주천을 건너 오원기념관으로 몰려들었다. 오원기념관에서는 광주 최초의 음악회가 열리기도 했다. 1920년 미국 유학을 마치고 시가인 광주에 와서 수피아여학교에서 음악교사로 있던 김필례(金弼禮)의 발표회가 그것이다. 무엇보다 광주 사람들에게 강한 인상을 남겨주었던 것은 1921년 5월 30일에 오원기념관에서 열린 블라디보스톡 거주 조선인 학생 음악단 공연이다. 남자 7명 여자 4명으로 구성된 이들 음악단은 서울을 비롯하여 전국순회공연을 하였는데, 광주청년회에서 이들을 광주에 초청하고 체제비와 일체의 경비를 부담했다. 광주 사람들은 이날 공연에서 처음으로 댄스라는 것을 관람하기도 했다. 가장 아름다운 여성 단원과 남자가 서로 손을 맞잡거나 껴안고 춤을 추는 모습을 본 관객들은 민망스러워하며 고개를 돌리기도 했다. 무대 중앙에 포장을 치고 서로 쳐다볼 수 없도록 남녀의 좌석을 따로 구분해 놓았을 뿐만 아니라, 남녀가 반대방향에서 드나들수 있게 출입문마저 따로 정해놓은 상황에서, 젊은 남녀가 껴안고 춤을 춘다는 것은 상상할 수도 없는 일이었다. 오원기념관에서는 준공이후 해마다 크리스마스 행사가 열렸고 광주 사람들은 이를 구경하기 위해 등불을 밝혀들고 광주천을 건너오곤 했다. 성탄절이 가까워지면 양림 오거리에서부터 기념관까지 길 양쪽 아카시아 나무에 촛불을 켠 청사초롱을 매달아, 등불의 거리를 만들었다. 양림 오거리에는 커다란 크리스마스트리를 세웠다. 또한 숭일학교 종각 꼭대기 끝에서부터 팔방으로 길게 줄을 치고 여기에도 청사초롱을 매달아 휘황찬란한 불빛으로 장관을 이루었다. 크리스머스 이브에 기념관까지찾아오는 사람들에게는 서양과자를 한 봉지씩 나눠주어 날이 어두워지면서부터 광주에 사는 아이들로 줄을 이었다.

　오원기념관을 둘러본 그들은 저녁을 먹기 위해 시내로 향했다. 양만석은 그냥 금성관으로 돌아가고 싶어 했지만 서서평이 한사코 같이 저녁을 먹자고 하여 거절할 수가 없었다. 더욱이 서서평은 최흥종목사와 저녁 약속을 했다기에 이 기회에 최 목사에게 인사를 드릴 수있겠다 싶어 동행하기로 했다.

"양 선생과 조선애 씨를 최 목사님께 꼭 소개시켜주고 싶어요. 최 목사님도 두 사람을 만나면 기뻐하실 것입니다."

서서평은 그러면서 최흥종 목사에 대한 간단한 프로필을 소개해 주었다. 한때 최 망치라는 별명을 갖고 광주의 왈패였던 최흥종은 25 세에 선교사 유진벨을 만나 기독교에 입교, 광주지역 조선인 최초의 목사가 되었으며, 3·1만세운동 때 연루되어 1년 4개월의 옥고를 치 렀다. 그는 상속받은 땅 1,000평에 나환자촌을 세웠으며 광주제중원 에서 환자를 돌보기도 했다. 광주 YMCA 창설을 주도했으며 21년에 노동공제회 전남지회를 결성하여 지회장에 추대되었고 이듬해에는 시베리아 선교사로 파견되었다가 1년 만에 돌아왔다. 지금은 금정교 회 목사로 노동운동을 전개하며 소작법 개정을 위해 노력하고 있다. 서서평과 최흥종은 남매처럼 가까운 사이였다.

서서평은 두 사람을 우편국 뒤쪽에 있는 기다무라로(北村樓)라는 일본 요릿집으로 데리고 갔다. 기다무라로는 200명의 손님들이 게이 샤와 어울려 술을 마시고 샤미센 연주에 맞춰 노래를 부르고 춤을 출 수 있는 대연회장까지 갖춘 일류 요릿집이었다. 양만석은 우편국 옆 을 지날 때마다 기다무라로에서 흘러나오는 노래 소리를 가끔 들었 다. 여름철에는 요릿집 2층 문을 열고 술을 마시고 노는 모습이 길에 서도 환히 보였다. 양만석은 이날 광주에 온 후 처음으로 기다무라로 를 구경하게 되었다.

"이 집 주인이 병원에 입원했을 때 내가 간호를 해준 적이 있는데, 오래전부터 나한테 저녁을 대접하겠다고 해서 오늘로 약속을 했습니다. 공짜니까 맘 놓고 먹읍시다."

서서평이 속삭이듯 말했다. 그때서야 양만석은 마음이 가벼워졌다. 소박한 삶을 살고 있는 서서평이 일류 요릿집에서 저녁을 먹는다는 것은 어울리지가 않는 것 같아 마음이 무거웠던 것이다. 소나무며 동백나무 등 사철 푸른 정원수가 잘 가꾸어진 마당 안으로 들어서자 기노모 차림의 중년 여자 주인이 반갑게 맞아주었다. 그들은 주인의 안내를 받아 길 쪽으로 창문이 난 2층 방으로 들어갔다. 먼저 온 최흥종 목사가 오젠(御膳)이라고 하는 자그마한 네모난 상을 앞에 두고 앉아 있었다. 서서평이 두 사람을 소개시켜주었다. 서서평은 최흥종 목사한테 오원기념관을 둘러본 것과 독창회 날짜 등을 이야기해주었다. 최 목사는 조선애한테 광주에서 독창회를 열어주어 고맙다는 말을 여러 차례 했다. 얼핏 보기에 최 목사는 체구는 작아도 오랜 세월 강물에 씻긴 강돌처럼 단단하고 강단이 있어 보였다. 한점 흐트러짐도 없어 보여 가까이 대하기가 어려울 것 같았다.

"양 선생 이야기는 풍문을 통해서 대충 들었소. 청년학원에서 아이들을 가르친다는 것이 쉽지 않을 텐데 어려운 결단을 해주어서 고맙소. 앞으로 잘 좀 도와주시오."

"진작 찾아뵈었어야 했는데 본의 아니게 늦어져서 죄송하게 되었습니다. 앞으로 많은 지도와 가르침 부탁드리겠습니다."

"무슨 그런 말을, 마땅히 내가 고마워해야 도리지. 안 그렇소?"

최 목사가 옆에 앉은 서서평을 보며 말했다. 그 사이 요릿집 여주인이 들어와서 술상을 준비하겠다고 말했다.

"양 선생 술 좀 하시는가?"

"아닙니다."

양만석은 최 목사 앞에서 술을 마실 수 없음을 알고 단호하게 사양했다.

"술은 필요 없으니 저녁이나 먹게 해주시오."

요릿집 주인은 곧 저녁상 준비를 하겠다면서 깊숙이 허리를 꺾어 인사를 하고 나갔다.

그들은 기다무라로에서 굴 요리와 게 초밥을 맛있게 먹었다. 굴 초무침으로부터 시작해서 생굴 회, 굴 후라이, 굴튀김, 굴 소금구이, 굴 스프, 굴 조림 등 굴로 만든 요리를 모두 맛보고 나서, 게 초밥을 먹었다. 양만석은 일본에 있는 동안 몇 차례 김준형을 따라 고급 요릿집에 가서 게 초밥과 게 만두 등 게 요리를 풀코스로 먹어본 적이 있었다. 그가 먹어본 게 요리 중에서는 게 만두가 가장 맛이 좋았다. 입에 넣자마자 씹을 것도 없이 사르르 녹았다. 부드럽고 담백한 맛이 일품이었다.

"왜식집에 와서 공짜로 왜요리를 먹고 나니 어쩐지 입맛이 찝찝하구만."

최 목사가 식사를 끝내고 기다무라로에서 나오며 말했다.

"나도 그래요. 꼭 한 번 찾아와달라고 어찌나 사정을 하기에 마지못해 왔습니다. 죄송해요 목사님. 혼자서는 올 수가 없어서"

서서평이 맞장구를 쳤다. 조선애와 양만석은 그냥 멋쩍게 웃고만 있었다.

"입맛이 찝찝할 때는 다이가구이모를 먹어야지."

최 목사는 그러면서 일행을 기다무라로에서 부동교 쪽으로 가는 길 오른편에 있는 우구이스(鶯)찻집으로 안내했다. 우구이스 찻집에서는 차와 우동 외에 이집 특유의 다이가꾸이모(대학 감자)를 팔았다. 최 목사는 이 집의 다이가꾸이모를 즐겨 먹었다. 고구마를 썰어서 튀긴 다음 엿에 버무려 살짝 깨를 뿌려놓은 다이가꾸이모는 일본에서 대학생들이 즐겨 먹는다고 하여 대학 감자라는 이름이 붙었다. 우구이스에는 손님이 없었다. 일행은 난로 가를 독차지하고 둘러앉아서 다이가꾸이모를 먹었다. 맛이 달콤하면서도 고소했다.

"어제 있었던 강연회는 잘 끝났지요? 환자 때문에 가보지 못했어요."

서서평이 최 목사에게 물었다.

"강연회라니오?"

"어제 오원기념관에서 최 목사님 강연회가 있었답니다."

양만석의 물음에 서서평이 대답했다.

"그랬었군요. 저는 몰랐습니다. 목사님, 어떤 강연이었습니까?"

양만석의 물음에 최 목사는 다이가꾸이모를 입에 문 채 한참을 오물거렸다.

"노동에 대한 내 단견을 이야기 했지. 노동이야말로 하나님께서 죄지은 인간을 용서하신다는 사랑의 표현이므로, 사람이 이마에 땀을 흘린다는 것은 하나님으로부터 죄를 용서받았다는 확인이야. 그러므로 노동자는 가장 신성한 사람이지. 그런데 지금 이 땅의 노동자들은 그 신성한 지위를 빼앗겨버렸어. 이제라도 우리 모두 힘을 합쳐 스스로 잘살 수 있는 길을 모색하자는 이야기를 했지."

최 목사는 나지막한 목소리로 속삭이듯 말했다. 노동에 대한 소박하고도 지극히 원론적인 이야기에 양만석은 다소 실망했다. 그가 만난 최 목사는 기독교적 민족주의 테두리를 벗어나지 못한 것 같았다.

"중요한 것은 노동의 신성함 이전에 노동의 대가라고 생각합니다. 가진 자들에 의해서 노동이 착취당하는 것부터 방지해야합니다. 고용주와 노동자 사이에 갈등을 해소하자면 노동해방이 필수적입니다. 노동해방이 없이는 평등세상이 이루어지지 않습니다. 저는 기독교에서 말하는 부활의 진정한 의미는 노동해방과 평등세상이라고 생각합니다."

양만석의 말에 최 목사는 약간 놀라는 표정으로 한참이나 바라보았다. 그는 양만석에게 무슨 말인가 할 듯하다가 그만두었다. 그리고 곧 일어섰다. 최 목사는 다이가꾸이모 두 봉지를 더 사서 한 봉지는 서서평에게 주고 또 한 봉지는 손수 들었다.

"나는 공자왈 선생한테 가져다줄테니 누이는 집에 있는 딸들한테 주시오."

최 목사가 대학감자 봉지를 눈높이로 들어 보이며 말했다.

"공자왈 선생이 누군지 궁금하지요? 목사님과 나를 아버지, 어머니라고 부르는 노인이 있답니다. 곧 만나게 될 거요."

서서평이 양만석에게 말해주었다. 양만석은 공자왈 노인이라는 사람에 대해 궁금증이 일었지만 말없이 최 목사를 따라 달빛이 희끄무레하게 내려앉은 광주천 쪽으로 걸었다. 앞서가던 최 목사와 서서평이 부동교에 이르자 걸음을 멈추더니 허리를 구부리고 다리 밑을 굽어보며 "공자왈 공자왈" 하고 큰 소리로 외쳐댔다. 한참 후에야 다리 밑에서 한 노인이 천천히 모습을 나타냈다. 희미한 달빛에 비쳐 보인 노인의 모습은 얼굴이 창백해 산신령처럼 보였다. 쑥대머리에 희고 탐스러운 수염이 가슴팍까지 내려온 노인은 누더기 적삼을 입고 있었다.

"잠도 못 자게시리 어떤 놈이 날 찾는 겨?"

긴 수염의 노인이 다리 쪽을 올려다보며 소리쳤다.

"나요, 나. 며칠이나 되었다고 그새 내 목소리도 잊었소?"

"아, 아버지. 아버지가 어쩐 일이십니껴?"

"나도 왔어요."

"어머니도 오셨군요."

긴 수염의 노인은 최 목사와 서서평을 향해 헤헤거리며 연신 허리를 굽적거렸다.

"이거, 맛이나 보시오."

최 목사가 허리를 구부려 대학감자 봉지를 내밀자 노인이 한달음에 다리 위로 올라왔다. 그는 서서평 옆에 서 있는 양만석과 조선애를 보자 버릇처럼 꾸벅 목을 꺾었다. 그때 광주천 하류 쪽에서 칼바람이 쌩하게 불어왔다. 그는 몹시 추운 듯 진저리를 치며 대학감자 봉지를 받아들고 서서 한참 동안 양만석을 바라보았다.

"나, 젊은 신사양반 알아요."

"나를 알아요?"

노인의 말에 양만석은 의아해하며 물었다.

"금성관 사회주의자."

"뭐라고요?"

"형사가 그럽디다."

"형사가?"

양만석은 소스라치듯 놀라며 달빛 사이로 노인을 뚫어지게 바라보았다. 노인은 입을 헤벌린 채 바보처럼 웃고만 있었다.

"날씨가 추운데 이거 목에 감아요."

그때 서서평이 자신의 목에 두르고 있던 털목도리를 풀어 노인의 목에 감아주었다. 그들은 곧 노인과 헤어져 다리를 건넜다.

"저 노인 누굽니까?"

다리 중간쯤에서 양만석이 물었다.

"아, 공자왈 선생. 말끝마다 공자왈 가라사대 라고 말하는 버릇이 있어서 그렇게들 부르지. 다리 밑에서 거지들과 같이 사는데 서평 누이하고 친하지."

최 목사의 말로, 공자왈은 화순의 산골마을에서 훈장노릇을 하고 살았는데, 몇 년 전에 돌림병으로 아내와 세 아이를 잃자, 하나 남은 막내아들을 데리고 고향을 떠나 떠돌음하며 구걸행각을 하고 있다가, 부동교 아래에 자리를 잡았다고 했다. 그는 사서삼경을 읽어 꽤 유식한 편인데 걸인들을 모아놓고 '삼국지'며 '수호지' 등을 걸쭉하게 늘어놓기도 한단다. 서서평이 지난해 늦가을, 다리 밑 걸인들에게 옷가지와 먹을 것을 가지고 갔을 때도 그는 '삼국지'를 이야기하고 있었다고 했다. 그 후 서서평은 최 목사와 함께 자주 그곳에 들러 걸인들을 돌봐주고 있는데, 언제부터서인가 공자왈 선생이 자신보다 나이가 어린 그녀를 어머니, 최 목사를 아버지라고 부르기 시작했단다. 그들은 다리 건너 산자락 꽃바심에서 헤어졌다. 최 목사가 서서평을 집까지 바래다주겠다고 하여 양만석은 조선애와 함께 뒤돌아서 다시 다리를 건너왔다. 양만석은 어쩐지 마음이 무거웠다. 최 목사가 일부러 무엇인가를 보여주기 위해 그를 데리고 공자왈 선생을 찾아간 것만 같았기 때문이다. 양만석이 부활의 진정한 의미는 노동해방과 평등세상이라고 말했던 것에 대한 무언의 항변을 한 것인지도 몰랐다. 노동해방 이전에 굶주리는 사람들을 구하는 것이 더 시급하다는 것을 보여준 것인지도. 양만석은 금성관으로 돌아오는 동안 내내 최 목사한테 질책을 당한 것만 같아 기분이 칙칙하게 가라앉아 한 마디도 입을 열지 않았다.

"광주에 오기를 참 잘했다는 생각이 드네요."

금성관 대문 앞에 당도했을 때 조선애가 말해서야 현실로 돌아왔다.

그들은 금성관에 당도하고도 약속이나 한 듯 안으로 들어가지 않고 대문 밖에 서 있었다.

"아직 여덟 시 밖에 안 되었네요."

조선애가 대문에 매달린 등불의 불빛에 손목시계를 들여다보며 말했다.

"잠자기에는 아직 이른 시간이죠?"

양만석도 서둘러 금성관에 들어가고 싶지는 않았다. 금성관으로 들어가면 그녀와 함께 있을 수 없었기 때문인지도 몰랐다.

"소화도 시킬 겸 좀 걷고 싶어요."

조선애는 양만석의 의사는 물어보지도 않고 몸을 돌려 천천히 걷기 시작했다. 양만석도 서둘러 그 뒤를 따랐다. 두 사람은 광주천을 따라 물 흐르는 쪽으로 내려가다가 황금정 큰길에서 본정 쪽으로 꺾었다. 어느덧 두꺼운 구름에 달빛이 가려, 거리가 깜깜했다. 본정 우편국 근처에 이르자 가로등이며 상점의 불빛으로 거리가 대낮처럼 밝았으며 오가는 행인들도 많았다. 그들은 어깨를 나란히 붙이고 본정의 불빛 속을 걸었다. 불빛이 거리를 밝힌 본정 1정목에서부터 3정목까지 걸어갔다가, 너무 어두워서 더는 못 걷고 되돌아왔다. 그러기를 두 차례나 반복했다.

"너무 춥지요? 따끈한 차 한 잔 합시다."

양만석은 조선애와 함께 찻집 메이지로 갔다. 찻집 중앙에 놓인 난로에서 화목이 활활 타오르고 있었다. 난로 주위에 너댓 명의 중년 신사들이 둘러앉아 잡담을 주고받다가 두 사람이 들어서자 일제히 시선을 모았다. 그들은 모두 신사복에 중절모를 쓰고 있었다. 두 사람은 등에 꽂히는 따가운 시선을 의식하며 창가에 자리를 잡고 앉아 커피를 주문했다. 축음기에서는 쇼팽의 즉흥환상곡이 낮게 흘렀다. 난로의 열기와 짙은 담배연기로 찻집 안은 탁하고 후끈거렸다.

"저녁 먹을 때 내가 최 목사님께 한 말이 지나쳤다고 생각하십니까?"

양만석은 갑자기 마음속 한구석에 자리 잡고 있는 칙칙한 앙금을 털어내기라도 하려는 듯 물었다. 최 목사가 깜깜한 밤에 그들을 데리고 다리 밑에 살고 있는 거지 노인을 찾아간 것이 한사코 마음에 걸렸기 때문이다.

"아닌데요?"

"최 목사님이 노동의 신성함에 대해 말씀하신 끝에 내가 노동해방을 강조한 것 말입니다."

"그게 왜 어때서요?"

"선애 씨는 한 사람의 굶주리는 사람을 돕는 것과 개혁을 통해서 굶주리는 사회를 근본적으로 바꾸는 것 중에서 어떤 것이 더 중요하다고 생각하십니까?"

양만석의 엉뚱한 물음에 조선애는 두 눈만 말똥거릴 뿐 대답을 하지 못했다. 그러나 그녀는 양만석이 어떤 의도에서 그 같은 질문을 하는지에 대해서는 이해할 수 있었다.

"둘 다 중요하지 않겠어요? 굶주리는 사람을 구하는 것도 잘못된 사회를 바꾸는 것도."

"물론 다 중요하지요. 그렇지만 모든 일에는 우선순위라는 것이 있습니다. 최 목사님은 굶주리는 사람을 돕는 일이 먼저 해야 할 일이라고 생각하시는 것 같아요. 그러나 굶주리는 사람을 구제하는 문제를 해결하는 데는 끝이 없어요. 문제는 굶주리는 사람이 없는 사회를 만드는 것이 근본적인 해결책입니다. 그 점이 최 목사님과 나의 차이라고 생각합니다."

"그렇지만 서서평 여사와 최 목사님께서는 훌륭한 일을 하고 있습니다. 행동으로 인간애를 실천하는 일이 어디 그리 쉬운 일인가요? 이상사회를 만들려고 노력하는 사람들과 인간애를 실천하는 사람들 모두가 우리 사회에 필요하다고 생각해요."

조선애의 말에 양만석은 커피 잔을 입에 댄 채 잠시 깊은 생각에 잠긴 듯 시선을 창밖의 어둠 속으로 던졌다.

"선애 씨는 한동안 진주에 계시겠군요."

양만석이 시선을 거두고 화제를 바꾸었다.

"가서 독창회 준비를 해야지요. 부활절 안에 광주에 다시 한 번 오고 싶어요. 양 선생님 계획은 어떠세요?"

"그냥 뭐…… 이대로……."

막연하게 대답을 한 양만석 자신도 어이가 없는지 피식 웃고 말았다.

"답답하면 진주에 한 번 오셔요."

그때 빠른 피아노곡으로 바뀌었고 난로가의 중절모 손님들이 두세 두세 자리를 떴다. 난로 가에 진을 치고 있던 신사들이 자리를 뜨자 찻집에는 두 사람만이 남았다. 양만석이 주인 여자한테 몇 시쯤에 문을 닫느냐고 물었더니 10시까지는 문을 연다고 했다. 그들은 한 시간쯤 더 있다가 찻집에서 나왔다. 어둠 속에 눈이 술술 내렸다. 눈 내리는 밤은 청결하고 고즈넉하게 가라앉았다. 조선애는 두 손바닥으로 눈을 받으며 소녀처럼 좋아했다. 찻집 메이지에서 우편국까지 오는 동안 머리와 어깨 위에 눈이 수북이 쌓였다. 그들은 금성관 대문 앞에 이르러서야 두 발로 땅바닥을 힘차게 차고 뛰면서 눈을 털었다.

"저는 새벽차로 내려가겠어요."

조선에는 조 군의 안내로 그녀가 하룻밤 묵게 될 방문 앞에 서서 말했다.

"내가 역까지 바래다 드리겠습니다."

양만석은 살짝 손을 들어 보이며 별채 그의 방으로 돌아왔다. 새벽에 일어나려면 미리 잠을 자야겠다 싶어 잠옷으로 갈아입고 자리에 누웠으나 잠이 오지 않았다. 그는 불을 켜고 조 군을 불러 술을 사오게 하여 혼자 술잔을 기울였다. 밤이 이슥한데도 담 너머 영산원에서는 기생의 간드러지는 노랫가락 소리가 가야금소리에 실려 들려왔다. 기생의 목소리가 그의 가슴을 쥐어뜯었다. 잠을 못 이루고 밤늦게 혼자 술을 마시고 있는 자신이 너무 처량했다. 예전에는 그렇지 않았는데 조선애를 만나고 나니, 가슴에 구멍이 뚫린 듯 휑한 느낌과 함께, 심신이 깊은 바다 속으로 끝없이 침잠해가는 기분이 들었다. 새삼스럽게 외로움이 머리끝까지 기어오르면서 으스스 한기를 느꼈다. 자꾸만 조선애의 얼굴이 머릿속에서 맴돌았다. 그날 그와 나누었던 그녀의 말이며 웃는 모습, 행동 하나하나가 모두 머릿속에서 선명하게 되살아났다. 그러다가도 그는 그녀에 대한 생각을 털어버리기라도 하려는 듯 강하게 머리를 흔들어 도리질했다. 그러나 조선애의 모습은 좀처럼 그의 머릿속에서 떨어지지 않았다. 도리질을 칠수록 그녀의 모습은 더욱 선명해졌다. 양만석의 머릿속에 최흥종 목사와 서서평 여사의 얼굴도 얼핏얼핏 떠올랐다. 외국인 선교사를 만나 인생이 크게 바뀐 중년의 목사와, 타국 사람들을 위해 결혼도 하지 않고 살아가는 중년의 외국인 여자의 인생이 엄숙하게 느껴질 정도로 숭고해 보였다. 조선애의 말마따나 인간애를 실천하는 삶이 얼마나 아름다운 것인가를 느낄 수 있었다. 양만석은 그날 최 목사와 서서평의 만남을 소중한 인연으로 생각했다. 그는 기꾸닛꼬 청주 한 병을 다 마시고 나서야 잠에 떨어졌다.

새벽 5시에 미리 부탁해둔 대로 조 군이 깨워서야 눈을 떴다. 부랴부랴 옷을 입고 밖으로 나와 보니 간밤에 내린 눈이 온 세상을 하얗게 덮고 있었다. 다행히 바람이 불지 않아서인지 그렇게 춥게 느껴지지는 않았다. 조선애의 방에 불이 켜져 있었다. 그는 조 군을 시켜 택시를 부르게 한 다음, 조선애가 행장을 차리고 방에서 나올 때까지 눈 쌓인 마당에서 기다렸다. 조선애가 준비를 끝내고 나오자 마당에서 함께 택시를 기다렸다. 한참 후에 조 군이 길에 눈이 많이 쌓여 택시가 올 수 없다고 했다. 인력거를 부르려고 했으나 마찬가지였다.

"역까지 그냥 걸어가야겠어요."

조선애가 앞장서서 걸으며 말했다. 양만석도 뒤를 따랐다. 눈 쌓인 새벽의 거리는 을씨년스럽도록 한적했다. 택시와 인력거는 말할 것도 없고 지나는 행인조차 찾아볼 수가 없었다. 미끄러운 눈길이라 조선애는 여러 차례 넘어질 뻔한 것을 양만석이 붙잡아주었다.

"내 손을 잡아요."

양만석이 손을 내밀었지만 그녀는 망설였다.

"둘이 손을 잡고 걷다가는 두 사람이 같이 넘어질 텐데요."

"함께 넘어질 땐 넘어지더라도 같이 손을 잡고 걸읍시다."

"저랑 함께 넘어져도 괜찮겠어요? 그렇게 되면 선생님 입장이 난처하게 되지 않겠어요?"

"무슨 의미죠?"

양만석은 조선애의 말뜻을 얼추 가늠할 수 있을 것 같기도 했다. 아니 어쩌면 단순한 농말일지도 모른다고 생각했다.

조선애가 떠난 후 며칠 동안 양만석은 너무 적적해서 하루하루를 술로 보내다시피 했다. 조선애에 대한 생각은 쉽게 떨쳐지지 않았다. 그녀가 떠나고 두 주일 후, 18인의 학습 서클에 나갔다. 18인의 회원이 아닌 강석원의 얼굴이 보여 양만석은 다소 놀랐다. 이 서클은 회원이 아니면 토론회에 절대로 참석할 수 없게 되어 있었다.

"제가 데리고 왔습니다."

옆에 앉은 지용수가 말했다. 다른 회원들에게 동의를 얻은 듯 모두들 웃으면서 고개를 끄덕여보였다.

"도환이네 집에 다녀오던 길이었습니다."

강석원이 웃으면서 말했다. 그 사이에 강석원의 혈색이 한결 좋아 보였다.

"정도환의 집?"

"지난번에 도환에 형한테 신세를 많이 졌거든요. 그래서 고맙다는 말을 전하려고."

"그랬구만."

"도환이 형은 못 만나고 도환이만 봤습니다."

강석원의 말에 양만석은 웃으면서 고개를 커다랗게 두 번 끄덕였다. 도환이 형이 경찰부에서 강석원을 도와주었다니 다행이라 싶었다. 강석원의 말을 들은 도환이의 표정을 상상해보았다. 어떤 도움을 받았는지에 대해서는 굳이 알고 싶지가 않았다. 이날 그는 '인간구원과 사회구원'에 대해 토론하자고 했다. 최홍종 목사를 만나고 나서부터 양만석은 줄곧 그 문제로 번민하고 있었다. 그는 먼저 인간구원과 사회구원에 대한 설명을 하고 그 실례까지도 들어서 이야기했다. 회원들은 저마다 주제에 대한 견해를 밝혔다. 토론은 인간구원이 우선이라는 쪽과 사회구원이 먼저라는 주장이 반반으로 나뉘었다. 의외로 젊은이들이 감상적 인간주의에 빠져 있음을 알고 그는 적이 놀랐다.

"우리가 이상사회를 구현하자는 것도 결국은 인간을 구원하기 위한 것이 아닌가요? 그런 점에서 인간구원 없이 사회구원은 무의미하다고 생각합니다. 어떤 이념도 인간을 지배하거나, 이념 때문에 인간이 피해를 봐서도 안 되는 것입니다. 우리의 궁극적인 목표는 이상사회 건설이지만, 그 전에 인간구원에 대한 노력이 있어야한다고 생각합니다."

인간구원이 우선이라는 최한영의 주장이었다.

"최한영 회원의 주장은 다분히 종교적 관점에서 나온 생각인 것 같습니다. 기독교나 불교를 비롯해서 모든 종교의 목적은 결국 인간을 구원하자는 것이 아닙니까. 그렇다면 이상사회 건설을 위한 계급투쟁이나 노동해방은 무슨 의미가 있습니까. 결국 사회구원은 인간구원을 위한 것입니다. 방법과 그 순서에서, 사회구원이 이루어진다면 자동적으로 인간구원이 가능합니다. 인간구원이 우선이라면 우리는 지금 당장 거리로 뛰쳐나가서 걸인들에게 먹을 것을 주고 교회에 가서 기도를 하고 절에 가서 불공을 드려야 할 것입니다."

지용수의 주장이었다.

"두 사람 주장에는 각각 설득력이 있습니다. 이상사회의 건설은 인간구원에서부터 시작되어야하며, 인간구원의 목적지는 사회구원에 있기 때문입니다. 그러나 휴머니즘의 종착역이 사회주의는 아닙니다. 자본주의 안에서도 복지사회는 가능한 것입니다. 복지사회와 사회주의는 아주 다릅니다. 계급투쟁과 노동해방 없이는 절대로 사회주의 건설은 불가능합니다. 그러나 우리는 어떤 경우에도 우리 주변의 불쌍한 사람들을 외면해서는 안되겠지요. 그런데 인간구원은 종교적 문제이고 사회구원은 정치적 문제라는 것입니다. 사회구원은 정치적이 아닌 다른 방법으로는 불가능합니다. 따라서 우리의 모임의 취지는 종교적이라기보다는 정치적 성격을 띠고 있다는 것입니다."

양만석은 최한영의 주장도 긍정적으로 받아들이면서도 지용수의 발언에 비중을 두어 말했다. 지용수의 발언이 그의 생각과 같았기 때문이다. 최한영과 지용수의 차이는 바로 최 목사와 양만석 자신의 차이와 같다고 생각했다. 토론회가 끝나자 양만석은 곧장 금성관으로 돌아와서 혼자 술을 마셨다.

며칠 후, 뜻밖에 외숙이 찾아왔다. 양만석이 아침을 먹고 방학 중이라 학교에 가지 않은 백년이를 데리고 다리 건너 공원에 올라갔다 내려오는데, 금성관 대문 앞에 중절모에 흰 두루마기 차림의 초로 남자가 쭈뼛쭈뼛 안을 기웃거리고 있었다. 양만석은 첫눈에 외숙을 알아보고 적이 놀랐다. 자신이 금성관에 있는 것을 어떻게 알고 찾아왔는지 궁금했다. 어머니와 외숙은 두 살 터울로 유독 가깝게 지냈던 터라, 어머니 살았을 적에는 자주 그의 집에 찾아와서 며칠이고 머물렀다 가곤 했다. 그런 연유로 양만석은 어렸을 때부터 외숙을 무척 따랐었다. 무등도 태워주고 방패연도 만들어주었다. 모자간에 핏줄 때문에 사단이 일어난 후, 양만석이가 일본으로 건너가고부터 지금까지 그의 집안 살림을 맡아오다시피 한 것도 외숙과 어머니의 각별한 남매의 정 때문이리라.

"네 이놈, 귀국을 했으면 득달같이 고향에 와서 먼저 사당의 선조님들께 인사를 올리고 부모님 산소에 성묘부텀 해야제, 이 무신 불효막심헌 짓꺼리냐. 도대체 이 여각에서 허는 일이 뭣이냐. 당장 나주로 내려가자."

양만석이 안으로 들어서지 못하고 대문 밖에서 서성거리고만 있는 외숙 앞으로 다가가 인사를 하자, 대뜸 멱살을 잡고 흔들며 벼락 치듯 화부터 냈다. 양만석은 우선 외숙을 그의 방으로 모시고 들어갔다.

"시방 네가 정신이 있는 겨?"

"죄송합니다. 안 그래도 수일 내로 내려갈까 생각하고 있었습니다."

"듣자 허니 귀국 헌 지가 벌써 반 년도 다 되어 간다는디 시방 여각에서 뭣허고 자빠져 있는 겨. 특별한 일자리가 있는 것도 아니고. 지하에 계신 네놈 모친이 얼매나 속이 타시겠냐."

양만석이 노비의 핏줄을 받아 태어난 사실을 알 턱이 없는 외숙으로서는 당연한 질책이라 싶어, 그는 변명도 하지 않고 달게 받았다.

"그나저나 제가 여기 있는지 어떻게 아셨어요?"

"엊그저께 네놈 친구라는 사람이 찾아왔더라."

"제 친구가요?"

"그려. 우리 큰 손자 영학이가 댕기는 나주 보통학교 선생이라더라."

"장개동 선생이오?"

"맞어. 그 사람이 알려주지 않았더라면 감쪽같이 모르고 있었을 것이여."

양만석은 그때서야 막내 외숙이 찾아오게 된 것은 순전히 장개동 형 짓이라는 것을 알고 실소했다. 그러나 그는 그런 개동이 형을 탓하고 싶지는 않았다. 오히려 잘된 것인지도 모른다는 생각이 들기도 했다. 개동이 형은 양만석을 어떻게 해서라도 나주로 끌어당기고 싶어 한다는 것을 그는 잘 알고 있었다. 그것은 양만석이가 양 씨 집안과 인연을 끊기를 원치 않기 때문이리라.

"냉큼 옷 입고 따라 나서거라."

"먼저 가셔요. 설에는 꼭 내려가겠습니다."

"내가 언제까지나 네놈 집 청지기노릇을 해야 씨겄냐. 영학이 아범 헌테 살림 맡기고 네놈 집에 와 있으니께 우리 집이 엉망진창이여."

"외숙모님께서는 평안하시죠?"

"네놈 집 지키느라고 어뜨케 평안허겄냐?"

"영학이 형님 아들이 벌써 보통학교에 다니는 군요"

"네놈 집에서 우리 내외가 데리꼬 있어."

잠시 후에 조 군이 방문 밖에서 기척을 하기에 문을 열어보았더니 술상을 들고 서 있었다. 사려 깊은 막음례가 술상을 준비한 것이리라. 따끈하게 데운 청주가 담긴 주전자며 금방 요리한 계란 프라이와 술국 등, 소박한 술상이었지만 정성이 담겨있었다. 시키지도 않은 술상이 나오자 막내 외숙이 약간 놀라는 얼굴빛으로 양만석을 보았다. 양만석은 술잔을 채우며 마음속으로 막음례한테 고마워했다. 술을 좋아하는 외숙은 거푸 세 잔째 잔을 비우더니 조끼 주머니에서 여러 겹으로 접은 종이쪼가리를 꺼내 양만석 앞으로 던졌다. 양만석이 세 잔째 술을 채우고 나서 종이를 집어 들었다. 붓글씨가 빼곡했다.

"지난 육 년 동안 네 놈 집 청지기 노릇 험시로 살림살이 치부해 놓은 것이여."

'穀數 白米 九百二十石(곡수백미구백이십석)'이라고 적은 붓글씨가 먼저 눈에 들어왔다.

"이것이 뭣입니까?"

"보고도 몰러? 이리 줘. 거, 머시냐, 그동안 곡수로 받은 백미가 총 구백이십 석이고 대맥이 삼백팔십 석, 두태가 일백이십 석, 배냇소가 총 이백사십 두라 이거여. 그러고 또 거, 머시냐, 지출은 농토 오십 두락을 새로 매입했고 두태와 대맥은 돈을 사서 본체 기와 이고 너무 오래 되어 씨러지게 생겨서 사당을 개보수허고, 그러고 또 거, 머시냐 허면, 머슴 새경주고 제사 모시고 무납 물고 아홉 식구 의식 해결허고 가용 썼는디, 우리 내외에 손자 놈 딸리고 찬모 둘에 머슴이 넷, 담살이꺼정, 식솔이 아홉인께 가용 씀씀이가 솔찬허당께. 시방 창고에 남어 있는 백미가 총 삼백이십 석이여. 네놈 없는 새에 답이 오십 두락에 배냇소가 구십 두나 늘었다. 이만허면 돌아가신 네 모친도 살림 잘 했다고 칭찬해주실 것이여. 나허고 내려가서 네 놈이 꼼꼼허게 따져

보고 확인을 해봐. 허나 내가 아무리 잘 해도 집에는 반드시 주인이 있어야 헌다. 세간살이도 주인을 알아본다고 허지 않더냐.”

외숙은 치부해 놓은 종이쪼가리를 들고 한참을 설명하고 나서 양만석의 표정을 찬찬히 살펴보았다.

“쌀 한 톨도 외수 친 거 없다. 우리 집 일 단도리허기도 손이 딸리는디, 네 놈 살림꺼정 도맡고 봉께 정신이 없다. 설 쇠면 우리 집으로 돌아갈 텐께 네 놈 알아서 혀. 유 씨가 양 씨 집에 와서 무신 청승을 떨고 있는가 모르겄다.”

“저는 관심 없어요.”

“뭣이여? 살림에 관심이 없어?”

“외숙이 알아서 하세요.”

“네 놈 살림이여. 왜 귀찮게 내 발목을 잡어. 나는 당장 내일이라도 우리 집으로 돌아가베릴 것이여.”

외숙은 뜨악해하는 얼굴로 한참 동안 양만석을 바라보았다. 양만석을 도무지 이해할 수 없다는 표정이다. 그는 화가 나는지 손수 술을 따라 단숨에 들이키고 양만석을 한참 동안 노려보았다.

“정 광주에서 살고 자프면 창고에 보관허고 있는 백미를 팔아서 집을 장만허든가. 니 처 광주로 데리고 와서 같이 살어.”

“생각해보겠습니다.”

“지하에 계신 어머니 생각 좀 해봐. 그리고 또 네 놈 처는 무신 여자가 그 모양이냐? 내가 서너 차례나 부르뫼 처가에 찾아갔었는디 문전박대를 당허다시피했다. 나를 똥친 막대기 취급을 허드라니께. 암튼 당장 내려와서 처도 데리꼬 와서 집안 단도리 좀 잘 혀. 어쨌거나 조강지처니께 자식 놈을 봐서라도 네 놈이 거둬야 헐 것 아니냐."

"알겠습니다. 곧 내려갈게요."

"당장 나랑 같이 가자니께."

"저는 여기서 할 일이 좀 있습니다. 그러니 오늘은 외숙 혼자 내려 가세요."

"암만 봐도 옛날 네 놈이 아니여. 욕심 많고 야무지던 네가 왜 무랑 태수가 되야부렀어."

그러면서 외숙은 언짢은 얼굴로 계속 혀끝을 찼다.

이날 양만석은 외숙을 청요리집에 모셔가서 점심을 대접한 후, 택 시를 불러 광주역까지 배웅해주었다. 광주에 올라온 김에 기어코 그 를 데려가겠다는 것을 설에는 꼭 내려가겠다고 설득하여 간신히 혼 자 내려가게 했다. 외숙은 설에 내려오지 않으면 다시 올라와서 코뚜 레에 코를 꿰어서라도 데려가겠다는 말을 몇 번이고 다짐을 받고 나 서야 기차에 올랐다.

역에서 돌아오던 양만석은 심란한 마음을 달랠 생각으로 광주천 을 따라 북풍을 등에 지고 걸었다. 마침 그날은 작은 장날이라 부동교 천변이 떠들썩했다. 광주에는 광주천 하류 송정리 가는 쪽으로 공수 방(公須坊) 큰 장이 있고 상류 쪽에 부동방(不動坊) 작은 장이 있다. 광주 천을 따라 칼바람이 쌩쌩 불어오는 추운 날씨인데도 장터에는 사람 들로 북적거렸다. 가끔 일본인 장사치들도 보였다. 일본인 장사치들 은 장터 깊숙이 들어가지 않고 들머리에서 물건을 팔았다. 통바구니에 석유 · 당성냥 · 궐련 · 사탕 · 실 · 비누 등의 물건을 담아 목도에 메고 "시구지름이나 단손양 사시오. 고리언이나 사단, 실이나 비누를 사시오"하고 외쳐댔다. 장터 입구는 유별나게 시끄러웠다. 장사치들이 목청껏 떠들어대는 소리 외에도 바지게 위에서 돼지가 꿀꿀거리고 엿장수 가위소리며 술 취한 사람들의 악다구니가 귓속으로 깊숙하게 파고들었다. 장터에 와 보니 생생하게 살아있는 조선의 심장 한 부분을 보는 것 같았다. 조선이 죽어있는 줄만 알았더니 그것이 아니었다. 대지가 얼어붙은 추위에도 장에 나온 사람들의 얼굴에는 살아가려는 의지와 생기가 돌았다. 양만석은 입구 오른쪽, 사람들 눈에 잘 띄는 곳에 자리 잡은 두 번째 주막에 들러, 10전을 주고 해장국을 곁들인 탁주 한 잔을 걸치고 차분하게 장 구경을 시작했다. 팥죽전 · 옹기전 · 사기전 · 유기전에서부터 시작해서 어물전 · 건어물전 · 육류전 · 곡물전을 지나 잡화점을 둘러본 다음, 황호전 앞에서 발걸음을 멈추었다. 황호전 안에는 신기한 물건들이 많았다. 댕기며 허리끈 · 주머니끈 · 댓님 · 갓끈 · 풍안(안경)집, 주머니칼, 아이들 필통 등 갖가지 잡화들을 늘어놓고 팔았다. 공터를 지나자 닭전 앞에 모닥불을 피워놓고 오불오불 불을 쪼이고 있는 사람들 모습도 보였다. 그는 대장간 앞을 지나 나무전 쪽으로 걸음을 옮겼다. 광주천 둑 아래쪽에 나뭇짐이 스무 개도 넘게 받쳐져 있었다. 가리나무 .삭정이. 장작. 통나무 순으로 한 줄로 길게 늘어서 있는 것이 보였다. 나뭇짐 밑에는 나무를 지고 팔러 온 나무장수들이 저마다 나뭇짐 밑에 팔짱을 끼고 쪼그리고 앉아 떨고 있었다. 지나가는 사람들은 나뭇짐에는 별로 신경을 쓰지 않고 나뭇짐 아래 오들오들 앉아있는 나뭇짐 주인들을 구경삼아 바라보는 것 같았다. 양만석은 나무를 팔러 온 사람들 중에서 가리나무 짐 밑에 앉아있는 정도환을 보고 흠칫 놀라 걸음을 멈추었다. 정도환 옆에는 청년학원 학생인 문충식도 있었다.

"자네들 여기서 뭣 하는가?"

양만석은 그들이 부끄러워할까 싶어 아무렇지 않게 대했다. 두 사람은 양만석을 보자 질급하듯 놀라며 벌떡 일어서서 허리를 굽혔다.

"나무 팔러 나왔어? 나뭇짐을 보니 자네들이 산에서 해 온 거로구만."

그때까지도 두 사람은 부끄러움 때문인지 아무 말도 못하고 허리를 구부슴히 꺾은 채, 시선을 발등에 꽂고 있었다.

"아직 점심 안 먹었지?"

그 물음에도 두 사람은 아무런 대꾸가 없었다. 양만석은 그들에게 나뭇짐을 지고 따라오게 하여 국밥집 앞에 멈추었다. 국밥집 앞에 나뭇짐을 받쳐둔 다음 두 사람을 데리고 국밥집으로 들어가 같이 국밥을 시켰다. 두 사람은 배가 고팠던지 양만석을 의식하지도 않은 듯 허겁지겁 퍼먹었다.

"충식이 자네는 식구가 많은가?"

"어머니는 돌아가시고 다리를 못 쓰시는 아버지와 동생 셋이 있구만요."

"충식이가 나무를 팔아서 포도시 연명하고 있답니다요."

정도환이 대신 말해주었다. 양만석은 말없이 고개만 끄덕였다. 그는 청년학원에 다니는 학생들 모두 집안 형편이 곤궁하다는 것을 알고 있는 터였다. 그들은 어려운 처지에서도 꿈을 잃지 않으려고 발버둥치고 있는 듯싶었다. 두 사람의 모습이 너무도 처절하여 양만석은 그들의 나뭇짐보다 더 마음이 무거웠다.

양만석은 정도환과 문충식에게 국밥을 사 먹인 다음 나뭇짐을 지고 금성관으로 따라오게 했다. 그는 두 사람에게 나무 값으로 각각 50전씩을 주어 보냈다. 그의 돈으로 나무 값을 배나 더 쳐주었는데도 무겁기만 하던 마음은 좀처럼 가벼워지지가 않았다. 그의 생각에 1백 50명 청년학원생 모두가 정도환과 문충식의 처지와 같을 것이라 싶었다. 아무리 그들의 처지가 딱하지만 그로서는 어찌할 수 없는 일이었다. 그렇지만 그날 우연히 장터에서 두 사람을 만난 것을 다행이라 생각했다. 그날 그는 그들의 고단한 삶의 현장을 볼 수 있었기 때문이었다. 그는 저녁을 먹으면서도 나무전에서 추위에 떨고 앉아 있던 정도환과 문충식의 모습을 떠올리며 한숨을 쉬었다. 그의 머릿속에는 오로지 청년학원의 가난한 학생들 얼굴로 가득 차 있었다. 어떻게 하면 그들을 도울 수 있을까 하는 생각뿐이었다. 그는 문득 최흥종 목사와 서서평 여사가 다리 밑 거지노인한테 베풀어준 따뜻한 인간애를 생각했다. 어쩌면 굶주리는 사람을 구원하는 일이 이상사회를 건설하는 것보다 더 어려운 것인지도 몰랐다. 서서평 여사와 최흥종 목사가 굶주리며 추위에 떠는 사람들에게 먹을 것과 입을 것을 주면서, 인간애를 실천하고 있는 동안 양만석 자신은 무엇을 했는지 반성해보았다. 한 일이 아무것도 없었다. 행동으로 아무것도 보여주지 못했고 공소하게 오직 입으로만 이상사회 건설을 부르짖어오지 않았던가.

양만석은 그런 자신이 부끄러웠다. 이제부터라도 그는 말과 행동을 일치시키고 싶었다. 아무리 내용이 알찬 것이라고 해도 말만으로는 이상사회를 이룰 수 없기 때문이다.

"아주머니 저 좀 도와주셔요."

"도와주라니 뭣을?"

"외숙 말씀으로 지난 육 년 동안 나주 집 살림이 꽤 늘어났다고 하는데, 그 것을 좋은 일에 쓰고 싶습니다."

"좋은 일이라면?"

"청년학원에 다니는 학생들은 모두들 가난해서 제대로 보통학교도 못 다녔거든요. 그 아이들은 병든 부모나 어린 동생들을 위해서 낮에는 나무를 해다 팔거나 날품을 팔고 밤에는 학원에 다니고 있습니다."

"낮에 우리 집에 나무 짐을 지고 왔던 아이들도 학원생들이었구만?"

"그 아이들을 도와주고 싶습니다."

"어치게 돕겠다는 건디? 논이랑 소를 죄다 팔아서 나눠주기라도 할 텐가?"

"그런 것이 아닙니다. 그들이 집안 걱정하지 않고 마음 놓고 공부를 할 수 있는 방법이 뭐가 있을지 생각해보고 싶습니다. 좋은 방법이 없을까요?"

"글쎄, 뜻은 좋은디, 그런 좋은 일이라면 나도 도와줄 수는 있제."

"참말입니까? 아주머님께서 도와주시겠습니까?"

양만석은 단단히 다짐을 받아두기 위해 큰 소리로 거듭 반문했다. 막음례가 도와준다면 그들을 도울 방도를 찾아낼 수가 있을 것 같았다.

요 며칠 동안 양만석은 어떻게 하면 가정형편이 어려운 청년학원 학생들을 도와줄 수 있을까 하는 생각으로 머릿속이 꽉 찼다. 그들이 먹는 것 입는 것 걱정하지 않고 마음 놓고 공부를 할 수 있게 해주고 싶었다. 그러나 아무리 생각을 굴려보아도 좋은 방도가 떠오르지 않았다. 장학금을 주어볼까 하는 생각도 해보았지만 그것은 백사장에 물 뿌리는 것과 진배없는 일이라 싶었다. 그 많은 학생들에게 장학금을 대주자면 나주 살림을 다 팔아도 부족할 것이었다. 그보다는 그들이 스스로의 힘으로 살아갈 수 있도록 하기 위해서는 보다 근본적인 해결책이 필요했다. 그날도 양만석은 외출도 하지 않고 방에 들어앉아 무료하게 시간을 보내고 있는데 조 군이 안채에서 주인이 찾는다는 기별을 해왔다. 막음례는 안방에서 다과상을 준비해놓고 그를 기다리고 있었다. 차반에는 녹차그릇과 센배 과자가 놓여 있었다.

　"내 도움을 받을 만한 방도가 생각났남?"

　막음례가 푸른빛 감도는 찻잔에 녹차를 따르며 넌지시 물었다. 그녀는 아침 이맘때면 일본에서 들여왔다는 녹차를 손수 끓여 즐겨 마셨다. 그리고 녹차를 마실 때는 잊지 않고 양만석을 안방으로 불러 같이 담소 나누는 것을 즐겨했다. 그녀는 아침에 녹차를 마시는 시간이 가장 마음이 평온하다는 말을 하곤 했다.

　"묘안이 떠오르지 않네요."

　"장사를 한 번 시켜보면 어쩐가. 아이들이 장사할 만한 것이 뭣이 있는지 찾아보면 있을 법도 할 텐디."

　"장사라니오."

"거리에 갖고 댕김시로 모찌도 팔고 앙꼬빵도 팔고……기무라야 빵집에 가서 사정을 말하면 조금 싼 값으로 살 수 있을 게여. 기무라야에서는 그날 만든 빵만을 파는 것을 원칙으로 허기 땜시 그날 팔다 남은 것은 시골 상점에 싼 값으로 판다는 소문을 들었어. 오늘이라도 당장 알아볼 수 있을 게여."

"아이들에게 행상을 시키라는 겁니까요?"

"행상이라면 행상이제만, 그냥 간단허게 엿판 같은 것을 메고 댕김시로 쬐끔씩 파는 거제."

"모찌만 팔 것이 아니라 센베과자나 사탕도 팔면 되겠네요. 비누나 당성냥·바늘·실 같은 잡화도 팔면 안 될까요?"

"아조 방물장사를 시킬라고?"

"아이들이 돈을 벌수만 있다면야. 돈을 벌어서 안 굶고 학원에만 다닐 수 있다면야."

"장사 밑천은 내가 대주께."

"밑천보다는 집이 필요하겠네요. 아이들이 모여서 쉬고 잘 수 있는 집이 필요하겠어요. 적당한 집이 있는지 한 번 알아봐주시겠어요? 방이 많을수록 좋겠네요."

"함꾸네 묵고 함꾸네 잘 수 있게?"

"그래야 할 것 같습니다. 공동생활을 하는 것이 서로 도움이 되겠지요."

"그러자면 신경을 많이 써야 할 텐디."

"집은 제 힘으로 장만하겠어요."

"금전적으로다가 사정이 에러우면 나헌테 도움을 청해."

"그러겠습니다. 무엇보다 아주머님께서 후원해주시겠다고 하니 마음이 든든합니다."

양만석은 비로소 버거운 짐을 부린 듯 한결 마음이 가벼워졌다. 막음례의 생각이 그의 복잡했던 머릿속을 개운하게 씻어준 것이다. 당장 그 일을 시작하고 싶었다. 아무래도 집을 마련하자면 나주에 한 번 다녀와야 할 것 같았다. 나주 재산이라면 쌀 한 톨도 손을 대고 싶지 않았지만 생각을 바꿔야 할 것 같았다. 비축미와 배냇소를 팔면 광주에 집 한 채를 마련하고 아이들 장사밑천도 대줄 수 있을 것이었다.

다음날 양만석은 아침 일찍 강석원과 김기권을 금성관으로 불렀다. 우선 그들의 의견부터 들어보는 것이 순서일 것 같았기 때문이다. 득달같이 달려온 두 사람은 양만석의 설명을 듣고 아이들처럼 기뻐했다. 김기권은 그렇지 않아도 오래 전부터 자기 혼자서 장사를 해볼까도 했으나 무슨 장사를 할까 하고 아직껏 생각만 굴리고 있었다고 했다. 그는 양만석에게 앞으로 돈을 많이 벌어서 가난한 학생들을 도와주겠다는 말도 했다. 강석원과 김기권이 청년학원 학우회 회장 서동익도 참여를 시켰으면 좋겠다고하여 두 사람의 제안을 흔쾌하게 받아들였다. 이렇게 해서 다음날 양만석은 금성관 그의 방에서 강석원 · 김기권 · 서동익 · 정도환 · 문충식 등 다섯 사람과 자리를 같이 했다. 양만석이 처음 만나본 서동익은 작달막한 키에 성격이 밝고 매우 활동적인 젊은이 같았다. 청년학원 2년 차인 그는 청년학원을 졸업하면 상급학교에 진학하지 않고 고향인 대촌에서 청년운동을 할 것이라고 했다. 지금도 그는 청년회의 야학에서 한글을 가르치고 있다고 했다. 양만석이 보기에 믿음이 가는 청년이었다. 강석원이 먼저 그들이 모인 취지를 자세하게 설명했고 모두들 환영했다. 그는 모임을 후원하고 있는 사람이 양만석 선생이라는 것과 그동안의 경과에 대해서도 말했다. 양만석도 이 같은 생각을 하게 된 동기와 앞으로 그의 계획에 대해 이야기했다. 장사 밑돈을 대주는 것은 물론 함께 기식할 수 있는 집까지 마련하겠다고 하자 박수가 터져 나왔다. 이들은 모임의 명칭을 '광주 청년학원 고학생 공제회'로 정하고 서둘러 발족식을 갖기로 했다. 청년학원 공제회 회장은 서동익이 맡기로 했고 강석원이 총무, 김기권이 재무를 맡기로 했다. 양만석은 후원회장으로 추대하기로 했다. 대충 이야기가 끝나자 양만석은 그 자리에 막음례를 참석시켰다.

"이분은 금성관 주인인 고막례 여사님이십니다. 앞으로 우리 청년학원 공제회에 재정적 후원자가 되어주실 것입니다. 사실 청년학원 공제회가 탄생할 수 있게 된 것은 고 여사님이 아니었으면 불가능했을 것입니다. 고 여사님이 우리를 후원하여 주시기로 해서 얼마나 마음 든든한지 모르겠습니다. 그래서 고 여사님을 후원회 고문으로 모시고 싶습니다. 고 여사님을 믿고 우리 함께 열심히 살아갑시다."

양만석의 소개에 막음례는 당황한 듯 어찌할 바를 몰라해 하며 나이답지 않게 수줍어하는 얼굴로 고개까지 숙이며 인사를 했다. 모두 박수로 환영했다.

"한 말씀 하시지요."

양만석의 권유에 막음례는 연신 어색하게 웃고만 있었다. 학생들이 다시 박수를 보냈다.

"고문이라니 택도 없어. 지는 어려서부텀 찢어지게 가난해서 엄청시럽게 고생만 했어. 여그 양 선상님이 지 살아온 과거를 죄 아는 구만. 배운 것도 없고 아는 것도 없어. 죽을 날이 가까워지니께 무담시 저승 갈 일이 걱정이드랑께. 염라대왕이 너 세상에서 좋은 일 무엇을 했냐 물어본다치면 도통 헐 말이 없겄드랑께. 그래서 좀 편허게 죽고 자퍼서 이런 저런 생각을 했구마. 돈은 쬐금 있어서 보람있게 쓰고 싶었는디 마침 양 선상한테서 취지를 듣고 바로 요것이구나 싶었제. 좌우당간에 돈 쬐끔 있는 할미 하나 두었다고 생각허고 여러분들 힘이 되야줄 텐께 열심히 허씨요. 그러고 앞으로 개인적으로다가 어려운 일이 있으면 이 할미 헌테 찾아오씨오."

막음례의 인사말에 모두들 손바닥이 뜨겁도록 박수를 쳤다. 막음례도 기분이 좋은 듯 환하게 웃어보였다. 오늘은 여러분들 만난 기념으로다가 우리 집에서 점심을 함꾸네 먹읍시다. 이렇게 해서 그들은 금성관에서 점심을 먹었다. 막음례는 가난한 학생들을 위해 고깃국을 끓여주었다.

양만석은 청년학원 공제회를 출범시키기 위한 실질적인 준비를 하나하나 해나갔다. 먼저 서동익과 강석원. 김기권 등 세 사람에게 회칙 초안을 마련하도록 일렀다. 회칙에서 가장 중요한 대목은 이익금에 대한 처리문제였다. 이익금의 10%를 공제회 운영자금으로 적립시키는 것을 원칙으로 정했다. 또한 양만석은 학생들과 함께 먼저 기무라야 빵집을 찾아갔다. 기무라야는 메이지(明治) 초년에, 서양식 빵에 앙꼬(팥고물)를 넣어 만든 앙꼬빵의 원조로, 1872년 일본 동경 긴자(銀座)에서 개업한 이후 6대를 이어온 대표적인 일본 제일의 빵집이다. 광주의 기무라야 빵집은 동경 총 본점의 연쇄점으로 광주에서는 손꼽히는 생과자점이다. 기무라야 앙꼬빵은 다른 빵에 비해 팥고물이 많이 들어가 그 맛이 달고 부드러워 아무리 먹어도 질리지가 않는다. 특히 기무라야 앙꼬빵은 빵 만드는 반죽을 부풀릴 때 이스트 대신에 술을 넣어 약간의 술맛이 있다. 기무라야 앙꼬빵은 이 술맛 때문에 명성을 얻게 되었고 인기가 많았다. 양만석은 빵집 주인에게 청년학원 공제회의 취지를 설명하고 매일 고학생들에게 싼 값으로 당일에 팔다 남은 앙꼬빵과 모찌를 공급해줄 수 없겠느냐고 했다. 나이가 지긋하고 수더분해 보이는 빵집 주인은 어차피 남은 것을 반값으로 시골 점포에 넘겨주고 있으니 같은 값에 주겠다고 했다. 하루에 빵 300개에 모찌 200개를 반값으로 공급받을 수 있게 된 것이다. 500개면 한 사람이 50개씩만 팔아도 10명이 필요하다. 10전에 5개씩 팔면 50개면 1원으로, 공급가 반을 제하면 50전이 남는다. 50전의 이익금 중에서 10%를 공제회비로 떼어도 40전의 수입이 된다. 40전이면 어른들 하루 품삯보다 많고 학생들이 나무를 해다 판 것보다 배가 넘는다. 양만석은 우선은 기무라야 빵집에서 만든 먹을거리만을 취급하기로 했다. 기무라야 빵집에서는 앙꼬빵과 모찌 외에도 센베과자, 나마가시(생과자), 가스테라 등도 만들었다.

공제회 학생들이 모듬살이를 할 수 있는 집도 마련했다. 부동교 건너 선교사촌이 맞바래기로 바라다 보이는 밭 가운데 있는, 방이 네 개나 되는 허름한 농가를 막음례의 도움을 받아 싼 값에 샀다. 양만석은 날마다 학생들을 데리고 집을 정리했다. 오랫동안 비워둔 집이라 구들이 내려앉고 문짝이 떨어져나갔다. 그들은 구들과 문짝을 고치고 벽지도 새로 발랐다. 어질더분한 마당을 말끔히 치우고 찌그러진 사립짝을 고치고 나니, 사람 사는 집 같아 보였다. 그들이 집안을 정리하는 사이 서서평이 제중원에서 환자를 돌보다 말고 틈을 내어 두 번이나 간식으로 가스테라를 만들어오기도 했다.

"양 선생, 정말 좋은 일 하십니다. 앞으로 나도 돕겠습니다. 우리 병원에 앙꼬빵과 모찌 가지고 오면 많이 팔아주겠습니다."

서서평이 양만석의 손을 잡고 흔들며 말했다. 재무를 맡고 있는 김기권이 자기 돈으로 1m 쯤 되는 판자에 '광주청년학원 공제회'라는 먹 글씨 간판을 들고 왔다. 비교적 가정이 부유한 편인 김기권은 학생들이 덮고 잘 이불이며 식기 등도 사왔다. 그들은 사립짝문 기둥에 간판을 못질하여 붙이고 나서, 간판을 향해 일동 차렷 자세로 절을 하고 박수를 쳤다. 막음례는 한사코 준비금으로 거금을 내놓겠다고 했으나 사양했다. 당분간은 큰돈이 필요하지 않았고 자신이 갖고 있는 돈으로 꾸려가기로 했다. 그에게는 아직도 안광철과 김준형이 준 돈에서 100원 남짓 남아 있었다. 나중에 막음례한테 크게 도움을 청할 일이 있으리라 생각했다. 그의 생각은 우선은 청년학원을 중심으로 시작을 하고 있으나 훗날에는 광주에 있는 전체 고학생들을 대상으로 한 장학사업을 펼쳐나갈 계획이었던 것이다. 청년학원 공제회의 출범날짜는 설을 열흘 앞 둔 2월10일로 정했다. 이날은 아침부터 양림촌 공제회 숙소가 북적거렸다. 방학 중인데도 100여 명의 청년학원 학생들이 몰려왔다. 그들 중에는 가정형편이 그렇게 어렵지는 않으나 학령기를 놓쳐 보통학교를 졸업하지 못했거나, 시골에서 한학을 공부하다가 고등보통학교에 진학하기 위해 청년학원에 들어온 학생들도 많았다. 최규창과 정우채 같은 경우가 그렇다. 영암에서 한학을 공부하던 최규창은 고등보통학교에 진학하기 위해 13살에 혼자 광주로 올라와 진남관에서 하숙을 하고 있었다. 여관에서 하숙을 할 경우 하숙비가 만만치 않아 재력가가 아니면 엄두도 낼 수 없었다. 왕재일과 임주홍 등 청년학원을 졸업하고 광주고보에 진학한 선배들도 몇몇 보였다.

50평 남짓한 조붓한 마당에 사람들이 삼대 들어서듯 가득 찼다. 장사에 나설 열 명의 학생들이 저마다 가슴에 빵 상자를 메고 맨 앞줄에 횡대로 늘어섰고, 그 뒤로 청년학원 학생들이 학년별로 줄을 맞춰 섰다. 토방에는 청년학원 공제회 출범을 축하하기 위해 참석한 지역 유지와 청년회 간부들이 학생들을 마주보고 섰다. 광주 노동공제회장 최흥종 목사와 서서평의 얼굴도 보였다. 청년회 측에서는 최한영·문태곤·강석봉·지용수 등 간부 외에, 장석천·김재명·강해석의 모습도 보였다. 금성관 주인이며 공제회 후원회의 고문인 고막례도 참석했다. 한사코 마다한 것을 양만석이 억지로 끌고 오다시피 했다. 양만석은 학생들 뒷줄에서 조금 떨어진 사립짝문 옆에 경찰부 형사 노주봉이 서 있는 것을 보고 기분이 섬쩍지근했다. 출범식은 청년학원 학우회 부회장을 맡고 있는 강석원의 사회로 시작되었다. 내빈소개에 이어 청년학원 공제회장 서동익의 간단한 경과보고가 있었고 후원회장인 양만석의 인사말이 뒤를 이었다.

"여러분, 우리는 지금 꿈을 달성하기 위한 첫 걸음을 내딛으려고 합니다. 닻을 올리고 험한 바다에 출항을 하려고 합니다. 우리는 인생 항로를 출범할 때 저마다 배에 실을 수 있는 만큼의 희망을 가득 싣고 떠난다고 합니다. 그러나 험한 바다 위에서 풍랑을 만나고 지치게 되면 희망의 보따리를 하나씩 바다에 던져버린다고 합니다. 그리하여 희망이 하나도 없이 기항지에 도착하는 사람이 많습니다. 희망 하나라도 버리지 않고 목적지에 도착한 사람은 성공한 사람입니다. 지금 출항준비를 끝낸 열 명이 각기 가슴에 안고 있는 상자 속에는 오십 개의 모찌와 앙꼬빵이 들어있습니다. 돈으로 계산하면 모두 일원어치입니다. 그러나 상자 속에는 빵과 함께 우리들의 희망이 가득 들어있습니다. 그 희망은 값으로 따질 수 없을 만큼 소중합니다. 지금은 비록 그 희망이 미약할지 모르지만 장차는 각자 개인의 성공, 아니 우리 민족의 앞날에 불을 밝히는 등불이 될 것입니다. 희망을 달성하자면 많은 고통이 따를 것입니다. 그러나 여러분들은 어떤 고통도 이겨내리라고 믿습니다. 어려운 일을 만났을 때 도전해보지도 않고 쉽게 포기해버리는 사람이 있는가 하면 고통 속에서도 극복해내는 사람이 있습니다. 고통을 겪어보지 못한 사람은 쉽게 포기하지만 고통을 겪은 사람은 끝까지 도전하여 장애를 극복해냅니다. 고통의 경험이야말로 우리 인생에서 값진 용기와 의지력의 소산입니다. 고통은 바로 고통을 치유하고 쇄신시켜주는 힘의 원천인 것입니다. 여러분, 여러분은 앞으로 어떤 고통을 만나더라도, 지금 가슴에 안고 있는 희망을 하나도 버리지 말고 끝까지 목적지에 도착해야 합니다. 오늘 이 자리에 모이신 내빈 여러분들께서는 이들의 항로를 지켜봐주시고 많은 격려를 부탁드립니다. 그리고 학생 여러분들도 적극 동참해주시기 바랍니다."

양만석 후원회장의 인사말이 끝나자 박수와 함께 학생들의 환호가 터졌다. 이어 최흥종 목사의 축사가 있었다. 그는 모두에서 양만석에 대한 찬사를 아끼지 않았다.

7

최규창의 하숙집에 광주고보생인 왕재일과 장재성이 찾아왔다. 왕재일은 동아일보 신문 배달을 하고 있는데, 날씨가 추운 요즈막에는 배달이 끝나면 최규창의 하숙방에 들러 언 몸을 녹이고 가곤했다. 그날도 배달을 끝내고 오다가 장재성을 만나 함께 온 것이다. 왕재일은 언제나 한결같이 흰색 한복차림에 모표가 붙은 모자를 썼다. 한복차림에 방울을 달고 뛰면 신문 배달을 하는 모습이 조금은 우스꽝스럽기까지 했다. 영암 구림이 고향인 최규창은 금성관에서 소리를 지르면 들릴 정도로 가까운 진남관에서 하숙을 하고 있었다. 그의 가정은 그리 넉넉하지 않았으나, 부모들이 귀한 3대 독자 고생시키지 않으려고 비싼 여관에서 하숙을 시켰다. 광주고보 진학을 목표로 청년 학원에서 공부를 하고 있는 최규창에게 왕재일과 장재성은 그야말로 선망의 대상이 아닐 수 없었다. 최규창은 그들이 쓰고 있는 모자만 봐도 가슴이 뛰었다. 이제 왕재일은 한 달 남짓 남은 새 학기부터는 3학년이 되고 장재성은 2학년으로 진급하게 된다.

"임마, 장가갈 생각을 하니 오져 죽겠냐?"

왕재일은 그보다 다섯 살이나 아래인 최규창을 놀려댔다. 얼마전 최규창 아버지가 올라와서 내년 봄에 혼사를 치러야겠다고 다짐을 하고 갔기 때문이다. 최규창은 이제 설을 쇠면 15세가 되는데도 부모는 자손이 귀한 집안이라서 오래전부터 혼사를 서두르고 있던 터였다. 규창은 광주고보에 입학하기 전에는 절대 장가를 가지 않을 생각이다.

"몇 살인데 벌써 장가를 가?"

최규창보다 한 살 위인 장재성이 실실 웃어댔다. 최규창은 장재성을 홍학관 강연장에서 먼발치로 한두 번 본 적이 있으나 직접 대면한 것은 오늘이 처음이다. 장재성은 키가 훤칠하고 이목구비가 뚜렷한 미남이다. 정구로 단련되어 체격도 탄탄해 보였다. 별명이 모과라고 할 만큼 얼굴도 울퉁불퉁하게 생긴 최규창과는 대조적으로 돋보였다.

"인사해라. 이쪽은 광주고보 일 년 후배 장재성이고, 이쪽은 아우로 생각하는 최규창."

왕재일이 두 사람을 소개시켰다.

"몇 살인데?"

최규창이 장재성과 악수를 하며 반말로 물었다.

"열여섯."

"허면 나보다 한 살 위인데 트고 지내면 되겠네."

왜소한 체구에 비해 별명인 모과처럼 야무지고 당돌한 데가 있는 최규창이 밝게 웃으며 장재성의 눈치를 살폈다.

"내가 손해 보는 것 같은데? 그래 좋을 대로."

장재성도 잡은 손을 흔들며 환하게 웃었다.

"헌데 재일이 형과는 어떻게 알게 됐지?"

장재성이 왕재일에게 물었다. 그는 자신보다 한 학년 위이지만 나이가 다섯 살이나 더 많은 왕재일을 깍듯이 형으로 대접했다.

"사연을 말하자면 길다."

그러면서 왕재일은 최규창을 처음 만났을 때를 떠올렸다. 3년 전 봄이었다. 그때 왕재일은 청년학원 2년차였다. 그날도 그는 본정통에서 땀벌창이 되도록 뛰면서 신문배달을 하고 있는데 휘주근한 차림에 모과처럼 생긴 웬 촌놈이 느닷없이 나타나 소매를 붙잡았다. 바쁜 왕재일은 당돌한 촌놈을 향해 당장 한대 쥐어박을 것처럼 신경질적으로 내질렀다. 그는 신문배달을 하고 싶다고 했다. 왕재일은 촌놈을 뿌리치고 다시 뛰기 시작했다. 그런데 촌놈이 모과처럼 데굴데굴 구르듯 계속 그의 뒤를 따라오는 것이 아닌가. 몇 차례 으름장을 놓으며 떨쳐버리려고 했으나 그 아이는 왕재일이 배달을 다 끝낼 때까지 졸래졸래 따라다녔다. 그러면서 그 아이는 신파조로 자신의 처지를 이야기했다. 그는 영암 구림에서 서당공부를 했는데 신학문을 공부하고 싶어서 혼자 몸으로 광주에 올라왔다면서, 신문배달이라도 하여

학교에 다니고 싶다고 했다. 당장 잘 곳도, 돈도 없다고 했다. 왕재일은 아이의 처지가 딱한 것을 알고 자신의 자취방으로 데리고 왔다. 5년 전의 자신을 본 것 같았기 때문이다. 왕재일도 5년 전, 열다섯 나이에 고향인 구례 광의를 떠나 무작정 광주에 왔었다. 학교에 다니고 싶은 일념으로 일가친척붙이 하나 없는 광주에 온 그는 아무도 없는 외딴 무인도에 떨어진 기분이었다. 그는 며칠 동안 주린 배를 부여안고 광주 역 부근을 배회하였다. 광주에서 그의 첫 번째 돈벌이는 역에서 내린 손님들을 인력거꾼에게 안내해주고 소개비조로 5전을 받은 것이었다. 5전으로 호떡 두 개를 사 먹을 수 있었다. 그는 한동안 그 일을 계속하다가 단골 인력거꾼의 소개로 본정통에 있는 임학운 가구점에 점원으로 들어갈 수 있었다. 공장과 점포를 겸한 가구점 위 아래층에는 값비싼 가구들이 가득 진열되어 있었다. 임학운 가구점은 호남에서 가장 규모가 큰 가게로 부잣집 혼사에는 필수적으로 이집 가구를 샀다. 왕재일은 광주에 온 지 반 년 만에 가구점 점원으로 취직을 하고 본정에서 멀리 떨어진 서방면 농가 문간방을 얻어 자취를 했다. 자취방에서 가구점까지는 한 시간 이상 걸어야 도착할 수가 있었다. 그는 날마다 새벽에 일어나 아침도 굶고 먼 길을 걸어 가구점에 도착해서 말끔히 청소를 해야만 했다. 그리고 밤에는 10시가 넘어 문을 닫았기 때문에 한밤중이나 되어야 걸레처럼 지친 몸으로 흐느적거리면서 자취방에 돌아올 수 있었다. 공부를 하기 위해 광주에 온 그의 꿈은 차츰 퇴색해지기만 했다. 그 무렵에 동아일보에서 배달원을 구한다는 소식을 듣고 가구점을 그만두었다. 신문 배달은 시간 여유가 많아 청년학원에 다닐 수가 있게 되었다.

"이 최모개란 놈이 글쎄, 한 달 동안이나 나헌테 빈대 붙어 살았다니깐."

왕재일은 기분이 좋을 때는 최규창을 최모개라고 불렀다.

"아침부터 저녁까지 나만 쫄래쫄래 따라 댕겨서 꼭 혹을 달고 사는 것 맹키로 불편했당게."

그랬다. 그 한 달 동안 최규창은 왕재일만 따라 다녔다. 신문 배달도 따라다니고 청년학원에도 붙어 다녔다. 최규창이 왕재일의 자취방에서 떨어져나간 것은 그가 청년학원에 들어가고 일주일 쯤 지나서였다. 최규창의 아버지가 영암에서 올라와 진남관에 장기 하숙을 시켰기 때문이다. 최규창은 공부를 하겠다면서 고향을 떠난 지 한 달이 넘도록 집에 편지를 하지 않았었다. 걱정이 되어 여기저기 수소문을 하고 있는데 앞집 사는 최민섭 씨가 광주 흥학관에 찾아가보라고 넌지시 말을 해주었다. 최민섭은 최규창이 어디에 갔는지 알고 있었다. 기실 최규창이 고향을 떠나 광주로 간 것도 최민섭씨 때문이었다. 최민섭 씨는 영암 3·1만세운동을 주도했다가 붙잡혀 옥살이를 하고 나와서 집에서 요양을 하고 있었다. 진달래가 찢어지게 핀 봄날이었다. 규창이 서당에 갔다 오다가 마을 앞 정자에서 최민섭 선생을 만났다. 어린 나이였지만 규창은 그를 마음속으로 존경해오고 있었다. 최민섭 선생은 규창이를 부르더니 옆에 끼고 있던 책을 보고 놀랐다. 그때 규창의 나이 열두 살로 논어를 읽고 있었다. 최민섭 선생은 이것저것 물었고 규창은 막힘없이 대답을 했다. 그 무렵 규창은 마을에서 신동이 나왔다고 할 만큼, 배우지 않은 글자도 읽고 뜻을 새길 줄 알았다. 최민섭 선생은 규창에게 소문대로 영특한 아이라고 칭찬하면서, 개명세상에서 살아가려면 신학문을 공부해야 한다고 말해주었다. 최민섭 선생은 광주 홍학관에 가면 보통학교를 졸업하지 못한 아이들을 2년 동안 가르쳐 고등보통학교에 들어갈 수 있도록 해준다는 이야기를 해주었다. 그 말을 들은 규창은 서당에도 가지 않고 끙끙대다가 홀연히 집을 뛰쳐나와 광주로 왔다. 삼대독자 규창이 사라지자 집안에 난리가 났다. 온 식구가 나서서 한 달 가까이 규창을 찾고 있는데, 앞집 사는 최민섭 선생이 그때서야 광주 홍학관으로 가보라고 귀띔을 해 준 것이었다.

"야, 모개야, 형님 배고프다. 후딱 먹을 것이나 좀 내오너라."

왕재일이 명령조로 말하자 규창은 주저하지 않고 시렁에서 대오리 바구니를 내리더니, 집에서 보내온 곶감이며 유과를 꺼내 주었다. 이렇듯 왕재일은 최규창의 하숙방에만 오면 마치 자기 집에 온 것처럼 굴었다. 그리고 규창은 왕재일을 친 형님 대하듯 그 뜻을 잘 받아주었다. 그만큼 두 사람은 이물 없는 사이였다.

"그러고 보니 재일이 형과 규창이가 많이 닮은 것 같네."

장재성이 두 사람의 관계를 부러워하며 말했다. 그는 그 두 사람이 시골에서 공부를 하겠다는 일념으로 집을 떠나와서 고생한 이야기들이 부러울 만큼 재미가 있었다. 광주 태생으로 아버지가 광주면의 회계 공무원인 덕분에 별로 고생을 모르고 자라온 그로서는 혼자 힘으로 삶을 개척해가고 있는 왕재일을 대단하게 생각하지 않을 수 없었다.

얼마 후, 최규창의 하숙방에 임주홍과 정우채가 찾아왔다. 임주홍은 광주고보 1학년생이고 정우채는 청년학원 1년 차 생이다. 임주홍은 최규창과 같은 나이로 근처 금성관에서 하숙을 하고 있고 정우채는 북문루 근처에서 자취를 하고 있다. 최규창보다 한 살 아래인 정우채는 청년학원에 들어와서부터 최규창을 알게 되어 친하게 지내왔고 임주홍은 학교는 다르지만 한동네 여관에서 하숙을 하는 관계로, 1년 전부터 알고 지내는 터였다. 임주홍과 정우채가 알게 된 것은 한 달 전쯤 최규창의 하숙방에서 처음 만나면서부터였다. 최규창은 임주홍과 정우채를 먼저 와 있던 왕재일과 장재성에게 각각 인사를 시켰다. 임주홍은 광주고보 선배인 왕재일과 동급생인 장재성과는 안면이 있었고 정우채는 왕재일을 최규창 하숙방에서 자주 만나는 사이였지만 장재성은 초면이었다. 최규창은 시렁에서 시자 두 개를 꺼내 두 사람에게도 하나씩 주었다. 넓지 않은 하숙방에 다섯 명의 학생들이 아랫목에 벽돌림으로 나란히 앉았다. 스무 살의 왕재일만 청년 티가 완연했고 나머지 네 사람은 열네 살에서 열다섯 살로 어금지금해 보였다.

"주홍이 너, 얼마 전에 흥학관에서 마르크스에 대해 연설했던 양 선생과 같은 집에서 하숙을 한다면서?"

장재성이 한참 시자를 먹고 있는 주홍을 향해 뚜벅 물었다. 임주홍은 고개만 끄덕였다.

"양 선생님이 너한테 잘 대해주시냐?"

"나는 아직 인사도 안 했어."

"한집에 살면서 인사도 안 해? 왜?"

"그냥. 별로 인사하고 싶지 않아서."

임주홍은 솔직히 말해서 양 선생에 대해서 별로 친근감을 갖지 못했다. 홍학관에서 연설을 듣기는 했으나 자신의 생각과는 거리가 멀다는 것을 느꼈다. 더욱이 순사들이 그를 체포해 간 것을 목격한 후부터는 양 선생이 다소 두려운 존재로 받아들여졌다. 그래서인지 한집에 살면서도 그와 마주치는 것을 싫어했다. 어쩐지 가까이 다가가고 싶지가 않았던 것이다.

"너는 뭣 때문에 공부를 하나?"

한참 동안 말없이 임주홍의 얼굴을 뜨악하게 바라보고 있던 장재성이 약간 비아냥거리는 투로 물었다. 생뚱맞은 질문에 임주홍은 선뜻 대답을 하지 못했다.

"뭣 때문에 공부를 하나니깐."

장재성이 다소 불컥거리는 목소리로, 그러면서도 심각하게 다시 물었다.

"입신양명을 위해서 공부한다. 왜?"

"입신양명해서 너 혼자 잘 먹고 잘 살려고? 정우채 너는 ? 넌 뭣 때문에 청년학원에서 공부를 하나? 정우채 너도 같냐?"

장재성이 이번에는 정우채에게 같은 질문을 했다. 묻고 있는 그의 표정이 너무 진지해서 아무도 농으로 받아들이거나 그냥 웃어넘길 수가 없었다.

"나는 행복하게 살기 위해서."

정우채의 말에 장재성은 입가에 묘한 웃음을 머금어 날리더니 최규창을 보았다.

"규창이는 뭣 때문에 고향을 떠나 청년학원에 다니지? 공부를 하려는 이유가 뭐야?"

"거야 개명세상에서 세상이치를 깨닫고 살기 위해서 라고나 할까."

최규창은 최민섭 선생의 말을 떠올리며 말했다.

"재일이 형은?"

장재성이 왕재일을 보며 물었다. 왕재일은 선뜻 대답을 못하고 희미하게 웃으며 잠시 미적거렸다. 그는 장재성이 무엇 때문에 그들에게 똑같은 질문을 하는 것인지 몰랐지만 기분이 좋지는 않았다. 어쩐지 장재성이 그들을 무시하는 것 같아 모멸감까지 느꼈다.

"왜 묻는 건데?"

"그냥. 알고 싶어서. 각자 인생의 목표를 알아야 서로를 잘 이해할 수가 있으니까."

장재성은 되도록 왕재일의 심사를 건드리지 않으려고 애를 쓰며 말했다. 왕재일은 솔직히 기분이 약간 꾸릿꾸릿했다. 장재성이 자신을 무시하는 것 같았기 때문이다. 그러나 왕재일은 참기로 했다. 그만한 일로 아우처럼 따르는 후배를 탓할 수는 없었다.

"나는 신문기자가 되려고 한다. 장차 이 사회의 목탁이 되어 정의를 구현하려고. 그리고 또 진실한 사회를 만들기 위해서……."

왕재일의 꿈은 신문기자가 되는 것이었다. 그가 가구공장 점원을 그만두고 신문배달을 택한 것도 따지고 보면 신문기자가 되기 위해 한걸음이라도 더 다가가기 위해서였다. 그가 요즈막 가장 선망하는 사람은 동아일보 광주지국장과 기자를 겸한 설병호였다. 왕재일이 보기에 그는 어떤 경우에도 불의에 굽히지 않고 꿋꿋하고 당당하게 살고 있었다. 왕재일이 신문기자가 되겠다고 결심한 것도 따지고 보면 설병호 기자를 처음 본 것이 계기가 되었다. 그가 가구공장 점원으로 있을 때였다. 가구공장 옆에 나이가 지긋한 세끼구찌라는 일본인이 경영하는 모자점이 있었는데 그보다 네다섯 살 아래인 순금이라는 처녀가 시골에서 올라와 이 집에서 식모살이를 했다. 그런데 모자점 남자 주인이 여러 차례 순금이를 겁탈했다는 소문이 솔솔 나돌았다. 그러던 어느 날 순금이가 금반지를 훔쳤다는 누명을 쓰고 안주인으로부터 심하게 얻어맞고 쫓겨났다. 상처투성이가 된 얼굴로 순금이는 억울하다고 울부짖으며 모자점 앞에 퍼질러 앉아 울부짖었다. 이웃에 사는 누구인가가 동아일보 지국에 알렸고 설병호 기자가 현장에 와서 취재했다. 다음날 이 사실이 동아일보에 보도되었다. 모자점 주인은 경찰부에 잡혀갔고 누명을 벗은 순금이는 위자료를 받고 고향으로 내려갔다. 지금도 문득문득 얼굴이 가무잡잡하고 댕기머리를 길게 늘어뜨린 순금이가 생각나곤 했다.

"공부하는 이유가 각기 다르구만. 누구는 입신영달을 위해서, 또 행복하게 살고 싶어서. 그리고 세상 이치를 깨닫고, 정의사회를 구현하기 위해서라고?. 재일이 형을 제외하고는 공부하는 이유가 모두들 개인의 입신과 행복을 추구하기 위해서라고 했는데, 그렇다면 나라를 빼앗긴 우리 민족의 장래는 누가 책임지지?. 개인의 입신영달은 결국 우리 민족의 장래는 외면한 채 혼자만이 행복하게 살겠다는 것인데, 우리 학교 송홍 선생님한테 들은 대로라면 진정한 행복은 물질에 있는 것이 아니고 정신에 있다고 했어. 정신적인 자유가 보장되지 않은 상태에서는 어떤 경우에도 완전한 행복을 누릴 수 없다는 거야. 그런데 지금 우리는 정신적으로 자유로운가 말이야. 나라를 빼앗긴 상태에서 어떻게 정신적으로 자유로울 수가 있겠냐 이 말이야. 그건 아니지. 절대 아니라고."

장재성이 다소 흥분한 목소리로 연설하듯 말했다. 갑작스럽게 방 안에 무거운 공기가 흘렀다. 모두들 멀뚱한 표정으로 서로의 얼굴만 바라보았다.

"재성이는 뭣 때문에 공부를 하는 건데?"

심사가 약간 뒤틀린 최규창이 따지듯 물었다.

"나? 나는 사람이 사람답게 살 수 있는 이상사회를 건설하기 위해서야."

"이상사회? 그게 어떤 사회인데?"

최규창이 다시 물었다.

"계급적 갈등이 없고 노동의 해방이 보장되는 사회. 함께 똑같이 일하고 일한 만큼 함께 먹으며 전체가 똑같이 행복을 누리며 살 수 있는 사회."

장재성의 자신에 넘치는 말에 모두들 아무 말 못했다. 장재성의 말에 공감하고 있기 때문인지도 몰랐다.

"그런 사회가 어디 있는데? 그런 사회를 누가 어떻게 만든다는 게야?"

이번에는 임주홍이 삐딱하게 고개를 외로 꼬고 물었다.

"우리가 만들어야지. 그런 사회를 만들기 위해 힘을 길러야 하고 그러기 위해서 우리는 지금 공부를 하고 있는 거야. 왜 내 말이 틀렸어? 반론이 있으면 말해봐."

장재성의 물음에 모두들 고개를 가로저었다.

"오늘 내가 좋은 선배 한 분을 소개시켜줄게."

그러면서 장재성은 당장 함께 나가자고 했다. 장재성의 제안에 그들은 모두 묵시적으로 동의를 했다. 겨울방학 중이라서 특별히 할 일도 없거니와, 장재성의 의견을 거절할 만한 다른 이유가 없었기 때문이다. 그들은 장재성이 소개시켜주겠다는 선배가 누구인지에 대해서도 묻지 않았다.

"자, 후딱 일어서."

장재성이 먼저 일어서서 나가자 다른 사람들도 쭈뼛거리며 신발을 꿰었다. 진남관에서 나온 그들은 말없이 장재성을 따라갔다. 그들이 간 곳은 흥학관 청년회 사무실이었다. 그곳에 지용수와 양만석이 화목 난로 옆에 앉아 있다가 사무실에 들어서는 그들을 보고 다소 놀라는 얼굴로 한참 바라보았다. 이곳에 처음 와 본 그들은 둘레둘레 사무실 안을 살폈다.

"재성이가 여기 어쩐 일이냐?"

지용수가 의아해하는 얼굴로 장재성을 보며 물었다. 장재성과 지용수는 옆집에 사는 관계로 잘 아는 처지였으나 나머지는 초면이었다. 장재성은 모자를 벗고 양만석과 지용수에게 인사를 하고 나서 함께 온 네 사람을 하나하나 소개시켜주었다.

"지금까지 다섯 사람이 새로운 이상사회에 대해서 토론을 했는데 잘 이해하지 못하는 친구가 있어서 여기로 왔습니다."

장재성이 지용수와 양만석을 번갈아보며 말했다.

"그래, 어떤 점이 이해가 잘 안 되는데?"

지용수의 눈길이 잠시 왕재일의 얼굴에 머물렀다. 자신보다 한두 살쯤 아래로 보이는 젊은 사람이 한복에 교모를 쓰고 있는 모습이 완고하고 강한 인상을 심어주었기 때문이다. 왠지 모르게 그에게 믿음이 갔다. 지용수의 물음에 아무도 선뜻 대답을 못하고 망설였다. 지용수는 인내심을 갖고 그들이 대답할 때까지 기다리면서, 그들의 생각을 탐지하기라도 하려는 듯, 한 사람 한 사람 얼굴을 자세히 뜯어보았다.

"자네들은 지금의 현실에 만족하는가?"

대답이 없자 지용수가 다시 물었다. 그의 시선이 다시 왕재일의 얼굴에 머물렀다. 그는 먼저 왕재일의 대답을 듣고 싶었다.

"이 세상에 현실에 만족하는 사람이 있습니까?"

왕재일이 그런 질문이 어디 있느냐는 투로 반문해왔다.

"그래 자네 이름이 왕재일이라고 했던가? 자네가 현실에 대해 만족하지 못하는 이유는 무엇인가?"

"그거야, 우선은 궁핍한 생활때문이지요. 혼자 힘으로 신문 배달을 해서 학교에 다니기가 너무 힘이 듭니다. 솔직히 장래에 대해서도 불안하고요."

"그렇구만. 또 다른 사람은?"

"나라를 빼앗긴 민족의 현실이 너무 암담합니다."

"우리에게는 너무 자유가 없습니다."

"교육 현실도 불만입니다."

최규창과 임주홍·정우채가 차례대로 한마디씩 했다. 지용수는 여전히 경직된 표정으로 한 사람 한 사람 대답을 할 때마다 가볍게 고개를 끄덕였다.

"그렇다면 자네들이 말하는 지금의 현실에 대한 불만을 타개하기 위해서 자신이 어떻게 하는 것이 좋다고 생각을 해보았는가?"

그들은 일제히 고개를 흔들었다.

"우리가 사는 목적은 자기 앞에 놓인 어려운 현실을 타개하기 위해 부단히 노력하고 투쟁하는 것일세. 불안한 현실에 안존하는 퇴영적 삶을 계속하기 때문에 삶이 더욱 궁핍해지고 결국은 남의 지배를 받는 것이지. 그러므로 현실을 타개하여 이상사회를 건설하는 것이야 말로 인간의 가장 값진 꿈일세. 뱃바닥에 구멍이 뚫린 배를 타고 바다를 건넌다고 생각해보게. 부자들이나 특권층은 구명조끼가 있기 때문에 배가 가라앉아도 살아날 수가 있지만 구명조끼가 없는 가난한 민초들은 꼼짝없이 물고기 밥이 되겠지. 그래서 다같이 살기 위해서는 튼튼한 배를 새로 건조한 다음에 바다를 건너자는 거지. 새로 건조된 튼튼한 배와 같은 이상사회에서는 부자와 가난한 사람이 따로 없는, 평등이 보장되고 자유가 있고 누구나 일한 만큼 보상받게 되지."

지용수는 차분한 목소리로 설득력 있게 이야기했다. 모두들 공감하는 눈치였다. 지용수는 잠시 말을 멈추고 그들의 반응을 알아 보기 위해 얼핏 표정을 살핀 다음 다시 천천히 입을 열었다.

"자, 그렇다면 이상사회를 이루자면 우리가 어떻게 해야 하겠는가. 체념하고 불안해하고 비판만 해서는 절대로 이상사회는 이루어지지 않네. 비판에서 한 걸음 더 앞으로 나아가야지. 따지고 보면 우리들이 할 수 있는 일은 많겠지. 빼앗긴 국권을 회복해야 하고 자유도 쟁취해야 하고 또…… 잘사는 사람과 못사는 사람들이 더불어 잘 살 수 있도록 서로의 차별과 갈등도 풀어야하고 누구나 인권을 보장받을 수 있는 평등사회를 만들어야 하고, 사용자로부터 노동력이 착취당하는 일도 없애야 하고."

지용수는 다시 이야기를 중단했다.

"우리 앞의 현실을 직시하고 현실이 안고 있는 모순을 찾아내어 하나하나 과감하게 제거해 나가야 하네. 그러자면 스스로 역량을 키워야 하네. 그게 투쟁력이지. 우리 민족의 기둥인 우리 스스로 강해져야 하네. 정신적으로 강해져야만 투쟁이 가능한 것일세. 정신적으로 강해지려면 사상적으로 굳세게 무장이 되어야 해. 사상적 무장을 공고히 하는 데는 먼저 학습이 필요하지."

지용수는 얼핏 양만석을 보았다. 한마디 거들어주기를 바라는 기색이었다.

"자네들 눈빛을 보니까 이상에 불타고 있는 것 같구만. 아까 지 선생이 우리 인간의 꿈은 이상실현에 있다고 했는데 옳은 말이네. 인간은 다른 동물들과는 달리 눈의 크기에 비해서 가장 멀리 보는 존재이지. 돼지는 눈앞의 먹을 것만 찾고 개는 물어뜯을 것을 찾지. 그러나 사람은 하늘도 보고 지평선이나 수평선 끝을 보려고 하네. 멀리 본다는 것은 내일, 즉 미래를 본다는 것일세. 그래서 인간은 이상적 존재라고 할 수 있지. 그런데 이상은 현실 한 가운데 있으며 그 속에서 이상을 스스로 찾아서 실현해나가야만 하네. 자네들은 이 민족의 동량으로서 장차 이 나라를 일으켜야 할 것이네. 그러자면 지금부터 역량을 갖추어야 하고 그러기 위해서는 학습이 필요하지. 그래서 말인데, 내 생각으로는 자네들을 중심으로 모임을 만들어서 우리 현실의 문제점과 그 해결책을 찾아내기 위해 꾸준히 학습을 해나가는 것이 좋을 것 같네."

양만석은 지용수가 말했던 것에 대해 부연설명을 한 다음 지속적인 학습을 위해 모임체를 만들 것을 제안했다.

"선생님 말씀대로 하는 것이 좋겠는데. 서로 생각이 같은 학생들끼리 모임체를 만들 수 있겠는가?"

지용수가 학생들 중에서 나이가 많고 믿음이 가는 왕재일에게 넌지시 물었다.

"얼마든지 만들 수 있습니다. 제 생각에는 광주고보나 청년학원 학생들 외에 농업학교나 숭일학교 학생들도 포함시키는 것이 좋을 것 같습니다. 제가 농업학교에 신문을 배달하고 있어서 그 쪽 학생들과도 잘 압니다."

"아주 좋은 생각이네."

지용수가 큰 소리로 공감을 표시했다.

"열 명 안팎으로 한 번 구성을 해보겠습니다."

왕재일과 다른 사람들도 모두 동의했다.

"그런데, 청년학원 학생들은 제외시키고 고등보통학교 학생들로 제한하는 것이 좋을 것 같구만. 물론 자네 두 사람도 상급학교에 진학을 하면 참여하도록하고 말이야."

양만석이 청년학원생 최규창과 정우채를 보며 말했다. 최규창과 정우채는 서운한 듯 찜찜한 얼굴로 고개를 숙였다.

"선생님들께서 모임의 명칭을 정해주십시오."

잠자코 있던 장재성이 만족스러운 얼굴을 하고 말했다.

"선생님께서 작명을 해보시지요."

지용수가 양만석에게 부탁했다.

"글쎄 뭐가 좋을까. 아, 무등산을 따서 무등회가 어떤가. 차례가 없는 모임. 그야말로 평등의 뜻이 잘 나타나 있지 않은가."

"좋습니다."

양만석의 제안에 모두들 찬동을 표시하며 박수까지 쳤다. 이렇게 해서 이날 홍학관 광주 청년회 사무실에서 고보학생들 중심의 학습 모임체인 무등회를 발기하기로 결의했다. 점심때가 되자 그들은 무등회 발기 준비를 기념하기 위해, 홍학관에서 가까운 우구이스로 가서 우동을 먹었다. 우동값은 양만석이 계산했다. 회원에서 제외된 최규창과 정우채는 우동을 먹으면서도 시종 말이 없었다.

"회원에서 빠져서 서운한 모양이구나. 일 년만 참아."

옆에 앉은 왕재일이 최규창의 옆구리를 찔벅거리며 속삭이듯 말했다. 최규창은 아무 말없이 고개를 처박은 채 우동만 먹었다. 그는 어떻게 해서든지 1년 후에는 꼭 광주고보에 진학하여 무등회 회원이 되리라고 마음을 다잡으며 하숙집으로 돌아왔다. 점심을 먹고 헤어진 왕재일은 장재성과 함께 농업학교로 학생들을 만나러 찾아가기로 했다. 두 사람은 우편국 앞에서 본정통으로 꺾어들었다. 간밤에 내린 눈이 햇볕을 받고 녹느라고 온통 거리가 질컥거렸으나 상가가 밀집해 있는 본정통 만은 미리 눈을 쓸어 놓아서 길바닥이 고슬고슬했다. 추운 날씨인데도 본정통에는 행인들이 많았다. 한낮에 4문통(동문통·서문통·남문통·북문통) 안은 그런대로 사람들의 통행이 번다했다. 우편국과 농공은행 앞은 건물의 그늘 때문에 군데군데 얼음이 얼어붙었다. 본정을 지나 북문통으로 향하자 띄엄띄엄 쌀가게가 눈에 띄었을 뿐, 꽁꽁 얼어붙은 길에는 행인들을 찾아볼 수가 없었다. 이따금씩 까치 떼가 밭이랑을 새까맣게 덮고 있다가 후두둑 날개를 치며 날아오르는 것을 볼 수 있었다. 루문(樓門·拱北樓)을 지나서 유림(柳林)에 이르자 숲이 울창했다. 그곳에 농업학교와 광주임업묘포의 부속농장이 있었다. 유림 들머리 학교에 조금 못미처 단층 판잣집으로 된 농업학교 기숙사가 자리 잡았다. 기숙사의 방은 모두 20개였다. 방학 중이지만 기숙사에는 섬에서 유학 온 학생들이 많이 남아 있다는 것을 알고 있었던 것이다. 왕재일은 기숙사에서 생활하는 학생들 몇몇을 알고 있었다.

"형, 누구를 만날 거야?"

기숙사에 가까이 당도하자 장재성이 뚜벅 물었다.

"우리 동아일보 구독자야. 완도에서 올라 온 애인데 부잣집 아들. 재성이 너랑 동갑일 거다. 몇 번 만나서 이야기를 해봤는데 생각이 깊어.

공부도 1등이고 씨름선수인데 무엇보다 믿을 만하고 지도력이 있어.”

"방학 중인데 집에 안 가고 기숙사에 남아 있을까?”

"내가 아침에 신문배달을 할 때까지도 있었어.”

왕재일이 말하는 농업학교 학생은 문승수였다. 그는 완도 장좌리 태생으로 완도 보통학교를 졸업하고 광주로 유학을 왔다. 조부가 고을 현감을 지냈을 정도로 집안이 좋았으나 세 살 때 아버지를 잃었다. 비교적 부유한 편으로 농업학교에 입학하자 하숙을 했으며 1년 전에 기숙사로 옮겨왔다. 왕재일은 장재성과 함께 기숙사로 들어갔다. 아무도 그들을 제지하지 않았다. 방학 중이라서 그런지 기숙사 안은 을씨년스러울 만큼 조용했다. 문승수의 방은 중간쯤에 있었다. 노크를 하자 이내 문이 열렸고 검정 누비저고리를 입은, 우람한 체격에 흰 얼굴의 윤곽이 뚜렷한 문승수가 모습을 나타냈다. 굵은 목덜미며 떡 벌어진 어깨가 힘꼴깨나 씀직해 보였다. 왕재일을 보자 쌍꺼풀 눈매에 미소가 흘렀다.

"웬 일이야? 호외 나왔어?”

"긴히 할 이야기가 있어서.”

왕재일과 장재성이 신발을 벗고 방으로 들어갔다. 군불을 지펴 방이 후끈했다. 크지 않은 방에는 앉은뱅이책상 두 개와 찬장처럼 생긴 작은 사물함 두 개가 놓여 있을 뿐이었다. 책상 위에는 방금 쓰다가 만 양면괘지와 철펜이 가지런하게 놓여 있었다.

"어머님한테 편지를 쓰고 있었구만 그려.”

왕재일이 쓰다만 편지를 집어 들며 말했다.

'어머님 전상서. 어머님 그간이라도 氣體候一向萬康하옵시고 가내
가 두루 평안하온지요. 특히 연로하신 조부모님께서도 康寧하시오며
출가하신 매씨께서도 무탈하시온지 걱정입니다. 不肖小子는 어머님
의 念慮之德으로 몸 건강히 학업에 매진하고 있사옵니다. 오래전에
동계방학이 시작되어, 어머님 뵙고 싶은 심정 간절하오나 불초소생
오직 한자라도 더 배우고자하는 열망으로 기숙사에 머물러 있사오니
염려놓으시기 바랍니다. 지난 번 아버님 기일에 집에 다녀올 때, 어머
님께서 동구 밖 느티나무 밑에 까치발을 딛고 서서 소자가 바람모퉁
이로 한점 티끌처럼 작아져서 사라질 때까지 바라보고 계셨던 모습
이 눈에 선합니다. 어머님께서는 소생이 귀향하던 때도 이른 아침부
터 온종일 느티나무 밑에 서서 눈이 빠지게 기다렸다는 말을 순덕이
한테 듣고 감격하였사옵니다. 어머님께서는 이 시각에도 오직 불초
소생을 바라보고 계시다는 것을 감지하옵니다.'

　편지는 여기서 중단되고 있었다. 왕재일은 편지 한 대목만 읽고도
문승수가 효자라는 것을 알 수 있었다. 그런 문승수에 비해 자신은 얼
마나 불효자인가 하는 자괴감에 마음이 무겁게 내려앉았다. 왕재일
은 구례 광의에 있는 집에 다녀온 지가 일 년이 다 되어가지만 아직
안부편지 한 장 보내지 못했지 않은가. 그는 고향에 계신 부모님만 생
각하면 울컥 눈물이 쏟아지려고 했다.

　"남준이는 어디 갔는가?"

　왕재일은 문승수와 한 방을 쓰고 있는 완도 약산 출신 정남준이 보

242　타오르는 강

이지 않자 물었다. 문승수보다 한 학년이 높은 정남준도 믿을 만한 학생이었다.

"조금 전에 외삼촌이 오셔서 같이 나갔어."

"옆방에 박인생은 있을까?"

"박 선배는 왜?"

"있으면 같이 이야기 좀 하게."

왕재일의 말에 문승수는 방문을 열고 나가더니 한참 후에 박인생을 데리고 들어왔다. 왕재일은 박인생과 먼저 악수를 하고 장재성을 소개시켜주었다. 이렇게 해서 왕재일, 장재성, 문승수, 박인생이 벽돌림을 하고 앉았다.

"실은 오늘 우리가 여기에 온 것은."

왕재일은 조심스럽게 말을 꺼냈다. 그는 낮에 흥학관 청년회 사무실에서 양만석, 지용수 두 선생한테서 들었던 이야기에 덧붙여서 그곳에서 뜻을 함께 하기로 했던 바를 말했다. 문승수와 박인생은 왕재일의 이야기를 듣고 나서 한참 동안 말이 없었다.

"허면 광주고보와 농업학교 두 학교만 모이자는 건가?"

문승수의 말에 이어 박인생이 물었다.

"우선 농업학교에서 다섯 명 고보에서 다섯 명으로 시작을 해보자고. 공부하자는 건데 마다할 것이 뭐가 있겠어?"

왕재일이 말했다. 그들은 새 학기부터 농고생들과 함께 무등회 모임을 갖기로 하고 지용수 선생의 학습지도를 받기로 합의했다. 왕재일과 장재성은 발기준비를 위해 다시 한 번 만나기로 하고 날이 어두워지기 전에 기숙사에서 나왔다. 두 사람은 해가 떨어지면 집에 돌아가기가 무서워서 바짝 서둘렀다. 특히 밤에 유동 숲을 지나기가 무서웠다. 유동 숲 속 나뭇가지에는 어린애의 시체를 용마름에 싸서 걸어놓은 풍장이 자주 있어 밤에 지나기가 으스스했다. 풍장 때문에 대낮에도 이곳에서는 까마귀 떼들이 들끓었다. 더욱이 밤에 유동 숲에서는 여우며 늑대우는 소리가 기숙사까지 들린다고 하지 않던가. 가게의 불빛이 보이자 두 사람의 보폭이 느려졌다. 햇살이 사그라지면서 바람이 매서워지고 길바닥이 얼어붙기 시작했다.

"재성아, 너는 양 선생님이나 지 선생님이 말한 이상세계가 이루어진다고 생각하냐?"

앞서 가던 왕재일이 장재성을 돌아보며 뚜벅 물었다.

"물론이지. 그렇지만 이상세계는 기차처럼 기다린다고 해서 오는 것은 아니고 투쟁을 통해서 이루어내야 하는 거라고 생각해. 17년 볼세비키 혁명이 바로 투쟁으로 이상세계를 만들어가기 위한 것이 아닌가?"

"솔직히 난 말이야, 이상세계도 불교의 극락이나 예수교의 천당과 같은 것이 아닐까 하는 생각이 든다."

"천당이나 극락은 사후의 세계를 말하는 종교적 차원의 문제야. 우리가 말하는 이상세계는 현실 문제라고. 계급을 타파하고 무산자 대중의 세상을 만드는 일은 노력하면 얼마든지 가능하지. 중요한 것은 신념이야."

"신념? 어떤 신념?"

"우리 힘으로 이상세계를 건설한다는 신념 말이야. 형, 갑자기 왜 그래?"

장재성은 걸음을 멈추고 실망한 눈빛으로 왕재일을 보았다. 왕재일이 장재성의 팔을 잡아끌며 걸었다. 두 사람은 한동안 아무 말 없이 걸었다.

"형, 나는 언젠가는 물처럼 평등한 세상이 꼭 온다고 믿어."

"물?"

"응. 물은 높고 낮음이 없지 않아. 높은 데서 낮은 데로 흐르면서 언제나 수평을 이루지. 수평을 이루고 흐르면서 비어있는 곳을 가득 채우는 물. 비록 처음에는 작은 하나의 물방울로 시작하지만 여러 개의 물방울이 만나 흐르면서 거대한 강이 되고 바다가 되지 않아? 물이야 말로 평등이고 무산대중이야."

"나는 이상세계 건설부다 더 시급한 것은 독립이라고 생각한다."

왕재일이 혼잣말처럼 낮은 목소리로 말했다. 장재성이 다시 걸음을 멈췄다. 왕재일은 혼자 걸었다. 한참이나 걷다가 장재성이 가까이 올 때까지 기다렸다. 그들은 말없이 다시 걸었다.

"이상세계가 먼저냐 광복이 먼저냐 하는 것을 따지는 것은 중요하지 않아. 중요한 것은 목적이 같으면 되니까. 그리고 신념만 굳건하면 무엇이든 가능해."

한참 말없이 걷던 장재성이 힘주어 말했다. 왕재일도 그 말에는 공감했다. 두 사람이 반달음으로 우편국 앞에 이르렀을 때는 어느덧 어둠이 켜켜이 내려앉기 시작했다. 장재성이 갑자기 손을 내밀며 악수를 청했다. 왕재일이 장재성의 손을 잡았다. 두 사람은 손을 잡고 한참 동안 흔들었다. 그들은 악수의 의미를 잘 알고 있었다.

"형, 오늘 아주 의미 있는 날이었어. 나는 형을 믿어."

"그래. 잘 해보자."

우편국 앞 네거리에서 장재성은 동문통 쪽으로 가고 왕재일은 서문통으로 향했다. 왕재일은 얼마 전에 서방면에서 공수방으로 자취방을 옮겼다. 그는 광주천 쪽으로 천천히 걸었다. 본정으로부터 멀어지자 거리의 불빛이 사라지면서 두꺼운 어둠이 세상을 빈틈없이 덮었다. 공수방 언덕 위 금융조합 건물에서 작은 불빛이 깜박거릴 뿐이었다. 그의 마음도 어둠처럼 무거웠다. 문득 문승수가 그의 어머니한테 쓴 편지 내용이 머릿속에서 맴돌면서 고향에 계신 어머니가 떠올랐다. 5년 전, 아버지 몰래 집을 빠져나올 때 어머니는 신작로까지 따라 나오면서 눈물바람을 했다. 아버지 몰래 닭 두 마리를 팔았다면서 눈물 젖은 손으로 꼬깃꼬깃한 지전을 조끼 주머니에 찔러주던 어머니. 지난 설에 찾아갔을 때 보니, 머리에 임질을 너무 많이 하여 정수리가 반들반들해진 어머니는 마른 나뭇가지처럼 가벼워보였다.

8

사흘째 하늘이 무너져 내리듯 폭설이 내렸다. 세상은 끝없는 은빛 장막에 갇혀 모든 움직임을 멈추었다. 새들도 눈 속에 파묻혀버렸는지 날개 치는 것을 볼 수가 없다. 하늘빛을 제외한 세상의 모든 빛깔이 하얗기만 하다. 대지를 덮은 눈빛이 반사되어 하늘빛이 더욱 검푸르게 보인다. 바람마저 숨을 거두어 적막하기만 하다. 움직임이 없이 정지된 세상. 죽음이란 이런 것일까. 죽음이 두꺼운 어둠의 빛깔이 아니라 이처럼 하얀 눈부심이라면 별로 두렵지 않을지도 모른다. 양만석 역시 폭설에 갇힌 듯 방에 붙박이로 들어앉아 있었다. 이따금 영산원 쪽으로 난 손바닥만한 창문을 열고 밖을 내다보거나, 밖으로 나와 금성관 뜰을 거닐 뿐이다. 세밑이라 그런지 며칠째 여관에 드는 손님들도 발길이 뚝 끊겼다. 무등산 너머 담양이 고향인 조 군마저 설을 쇠러 집에 가고 금성관 안에는 막음례와 양만석 두 사람 뿐이다. 막음례는 한사코 싫다는 백년이마저도 설은 부모와 함께 맞아야한다면서 집으로 보냈다.

큰 집을 두 사람이 지키고 있자니 너무 허전하고 호젓했다. 옆집 영산원의 노랫가락 소리도 사흘째 들리지 않고 있다. 막음례는 오늘 아침 밥상머리에서도 양만석에게 당장 기차를 타고 나주에 내려가서 설을 쇠고 오라고 당부를 했다. 며칠 전까지 만 해도 그는 막음례의 부탁대로 백년이와 함께 기차를 탈까 하는 생각도 해보았다. 그러나 끝내 그는 고향에 가는 것을 그만두었다. 고향에 내려가서 누구와 함께 설을 맞아야 할지 막막했기 때문이다. 처가에 가서 설을 쇨까 하는 생각도 해보았지만 아내가 받아줄 것 같지가 않았다. 그렇다고 외숙도 집에 가고 없을 터인데 머슴과 찬모만 있는 나주 본가로 돌아가고 싶지는 않았다. 더욱이 막음례 혼자 남겨두고 간다는 것이 허락되지 않았다. 그래서 그는 막음례와 함께 금성관에 남아서 설을 맞기로 한 것이다.

양만석은 너무 답답해서 외투에 모자까지 비뚜름히 쓰고 밖으로 나왔다. 눈발이 날렸지만 바람이 불지 않아서인지 생각보다 그렇게 춥지는 않았다. 그는 광주천 물길을 따라 천천히 걸었다. 거리에 눈을 치우지 않아 발목까지 빠져들었다. 걸음을 옮기기가 힘이 들었다. 얼어붙은 광주천 가장자리에도 눈이 쌓여 물 흐르는 것이 보이지 않았다. 그는 잠시 걸음을 멈추고 광주천 건너편 숲을 바라보았다. 듬뿍 쌓인 눈의 무게에 눌린 나뭇가지들이 휘움하게 늘어져 있는 것이 보였다. 나뭇가지가 부러지는지 이따금 눈가루가 연기처럼 솟구쳐 오르곤 했다. 그는 공수방 큰 장 근처까지 걸어갔다가 다시 올라왔다. 광주천을 걷다보니 문득 어렸을 때 어머니와 함께 봉황 외가에 가던 기억이 떠올랐다.

양만석은 천변을 따라 걸어 올라오다가 걸음을 멈추고 섰다. 갑자기 영산강이 그리워졌다. 발바닥이 부르트도록 영산강변을 걷고 싶어졌다. 금성관에 돌아오자 막음례가 대문 앞에 서서 그를 기다리고 있었다.

"추운디 혼자 워딜 댕겨오는 겨."

"눈을 밟아보고 싶어서 좀 걸었습니다."

"설이 돌아오니께 맴이 싱숭생숭 허는감? 그러기에 집에 가서 설을 쇠라니깐. 시방이라도 후딱 내려가."

"아주머님도 참. 올 설은 금성관에서 아주머님이랑 오붓하게 보내고 싶다니께요."

"나 생각해서 집에 안 간 겨?"

"그래요. 아주머님 혼자 두고 의리 없이 어떻게 가요."

양만석이 활짝 웃으며 말하고 대문 안으로 들어섰다. 뒤따라 들어오는 막음례의 얼굴에도 금세 어두운 그늘이 사그라졌다.

"양 선생한테 줄 것이 있으니게 쪼깐 들어가드라고."

막음례가 눈빛처럼 맑게 웃으면서 앞장서 안채로 향했다. 양만석도 뒤따랐다. 그는 막음례가 이끄는 대로 마당을 가로질러 안방으로 들어갔다.

"양 선생 마음에 들라는가 모르겠구만."

막음례는 그러면서 장롱 속에서 작은 옥양목 보퉁이를 꺼내 방바닥에 놓았다.

"서 있지만 말고 냉큼 끌러봐."

막음례가 재촉을 하자 양만석은 엉거주춤 앉으며 보퉁이를 풀어보았다. 명주 한복이었다. 조끼며 마고자에 검정 두루마기까지 한복 일습이 갖추어져 있는 게 아닌가. 감격한 양만석은 우두커니 막음례를 바라보고만 있었다.

"싸게 입어봐. 눈대중으로 맹글았는디 치수가 맞을란가 모르겠어."

막음례는 그렇게 말하고 양만석이 옷을 갈아입을 수 있게 자리를 피해주었다. 양만석은 막음례가 안방에서 나간 후로도 한참 동안이나 한복을 들여다보았다. 한복을 다시 입게 된 것이 몇 년 만인가 헤아려보았다. 그리고 해마다 설날이면 어머니가 설빔으로 마련해준 한복을 입었던 기억이 떠올랐다. 그는 오랜만에 자신이 입을 한복을 보니 불현듯 어머니 생각이 간절했다. 그는 바지부터 입고 앉아서 대님을 맨 다음 허리띠를 매고 일어서서 저고리를 꿰었다. 맞춤옷처럼 몸에 꼭 맞았다. 손으로 만져 본 명주가 자르르하게 부드러웠다. 촉감이 좋았다. 그는 다시 조끼를 입은 다음 마고자를 걸치고 호박단추를 끼웠다. 마지막으로 두루마기를 입고 방 안을 한 바퀴 돌고 나서 방문을 열었다. 마루에 나가 있던 막음례가 한복으로 갈아입은 그를 보더니 박수를 치며 방으로 들어왔다.

"오메, 품도 넉넉허고 기장도 딱 맞네. 한복 입고 있응께 영락없이 새신랑 같네잉."

막음례는 양만석의 팔을 들고 두루마기 자락을 걷어 올리며 앞태 뒤태 되작거려가면서 옷의 기장이며 품을 살폈다. 양만석은 애써 허리를 곧추 세우고 목을 빳빳하게 쳐들어 겅중거리는 걸음으로 방안을 한 바퀴 다시 돌았다. 그는 한복을 입은 자신을 보며 흡족해하는 막음례를 보자 그녀 앞에서 어린아이처럼 깡총대며 재롱이라도 부리고 싶은 심정이었다.

"오늘 보니께 양 선생이 생부를 많이 닮았구만. 오묵헌 눈매는 모친을 닮았는디, 시컴헌 눈썹이며 뭉뚝한 코와 긴 인중, 도톰헌 입술, 그리고 본께로 실헌 턱이랑 영락 생부 얼굴 그대로여."

막음례가 한복 입은 양만석을 되작거려보며 말했다. 그 말에 양만석이 방 한가운데에 쇠말뚝처럼 우뚝 걸음을 멈춘 채 한동안 움직일 줄 몰랐다. 그동안 그는 자신이 생부를 닮았다는 생각은 한 번도 해보지 않았다.

"제 모습이 그렇게 닮았어요?"

"그렇당께. 양복을 입을 때는 몰랐는디, 요로코롬 한복을 채려입고 있는 것을 본께, 놀랍게도 생부 모습 그대로여."

한복을 입은 모습이 생부를 닮았다는 막음례의 말이 그의 머릿속을 맴돌았다.

"생부는 어떤 분이셨어요?"

"천성이 소맹키로 착헌 분이었제. 상전이 시키는 일이라면 기름통을 들고 불 속이라도 뛰어들 사람이었어. 특히 마님, 그랑께 양 선생 모친헌테는 지극정성이었제. 이 세상 모든 한을 가슴에 품고 삼시롱도 손톱만치도 고통스러운 티를 안 냈어. 틀림없이 죽어서 천당에 갔을 것이여. 죽어서 별이 되고 싶다고 했으니께, 아매도 땅 속의 별이 되었는지도 모르제."

"생부를 좋아하셨나요?"

"내가 생부를 좋아했냐고? 클씨, 좋아했던 거는 우리 개동이를 낳고부터였어. 그 전에는 좋아헐 수가 없었제. 솔직허게 말해서 관심도 없었구만. 씨받이로 들어간 년이라, 주인 씨 받을 생각만 했제. 그런디 우리 개동이를 낳고부텀 차차로 달라지드만. 목소리만 들어도 가슴이 울렁대고 먼발치로 보기만 해도 온몸에 힘이 빠지고, 그 양반 고생하는 것을 보면 늘 마음이 짠허고 그랬어."

막음례는 무엇 때문인지 눈을 감더니 한참 동안 뜨지 않았다. 막음례는 미동도 하지 않은 채 꼿꼿하게 앉아서 오랫동안 눈을 뜨지 않았다. 양만석은 그녀가 다시 눈을 뜨기만을 기다렸다. 그러나 5분이 지나고 10여 분이 지나도록 눈을 뜨지 않자, 양만석은 이상한 생각이 들기 시작했다. 그렇다고 어서 눈을 뜨라고 재촉할 수도 없는 일이라, 그는 기다리는 수밖에 다른 도리가 없었다.

"방금 양 선생 생부를 만났구만."

한참 후에야 막음례가 눈을 뜨면서 환한 얼굴로 말했다. 양만석은 무슨 영문인지 몰라 잠자코 있었다.

"내가 양 진사 댁 씨받이로 들어와 갖고 처음 만났을 때, 더러운 버럭지를 보드끼 나를 흘겨보던 생부랑, 마님이 시킨 대로 내 방에 들어왔을 때, 참나무 토막 맹키로 냉갈령을 부리던 생부, 그 다음날 아침에 봤을 때, 역부러 내 눈을 피하던 어색시런 모양, 그리고 또 멋이냐, 우리 개동이를 낳고 나서 잠간 눈이 마주쳤을 때, 애잔허게 나를 찔러보던 얼굴, 그리고 목포에서 다시 만났을 적에 자빡 반가워하던 얼굴이 다 떠올랐구만."

그렇게 말하는 막음례의 시울이 질컥하게 젖어 있었다. 양만석은 한동안 말 없이 막음례를 바라보고만 있었다. 그도 얼핏 생부의 여러 가지 모습들을 떠올려보았지만 얼굴이 뚜렷하지가 않았다.

"속곳 갈아입은 김에 서방질 허드라고, 한복 채려 입었응께 설 쇠러 고향이나 얼핏 댕겨오시제 그려. 혼자 내려가기가 싫으면 내가 따라가 주까?"

막음례가 얼굴을 펴며 말했다. 양만석은 가볍게 피식 웃어넘겼다.

"내 말 깊이 알아듣고 후딱 내려가서 애기 어메부텀 만나봐. 이녁 여자 마음 하나 휘어잡지 못허고 사내가 어뜨케 큰일을 허겄어. 여자 허고 고양이는 쓰다듬어줄수록 좋아허는 거. 아무리 앙칼진 여자라도 사내 품안에서는 불 속의 찰떡 맹키로 부드러워지는 법이여."

양만석은 대답하지 않았다. 여자 마음 하나 휘어잡지 못하고 어떻게 큰일을 하겠느냐는 말이 명치끝에 머물렀다. 그렇지만 그가 생각하기에 그의 처는 휘어잡을 수 없는 여자였다. 그 여자는 당초부터 천한 노비는 사람으로 보지 않았다.

"왜, 그 진주 새악씨 때문인겨?"

"아닙니다."

양만석은 그렇게 말은 하면서도 문득 조선애 생각에 사로잡혔다. 갑자기 그의 머릿속에 조선애의 모습으로 가득 찼다. 그녀에 대한 생각만으로도 가슴이 뜨거워지는 것을 어쩔 수가 없었다. 이렇듯 한 여자 때문에 바싹바싹 애가 탈 줄은 몰랐다. 이런 경험은 난생 처음이었다. 지금까지 많은 여자들을 만나보았지만 한 번도 마음을 빼앗겨본 적이 없었다. 그날 밤, 양만석은 이런 저런 생각 때문에 밤늦도록 잠을 이루지 못하고 뒤척였다. 머릿속에는 줄곧 은빛의 영산강이 도도하게 흐르고 있었다. 그리고 귀에는 막음례가 낮에 그에게 했던 말이 윙윙거렸다. 막음례 말대로 부르뫼로 찾아가 처를 한 번 만나봐야 할 것 같기도 했다. 무엇보다 아들 순식이를 만나야만 할 것 같았다. 그렇지만 처가에 찾아간다는 것은 용기의 문제에 앞서 참을 수 없는 치욕이었다. 7년 전, 그가 나주를 떠날 때 처가에서 당했던 수모를 그는 평생 잊을 수가 없다. 지금도 그때를 생각하면 머릿속이 지끈거리면서 사지가 떨리고 심장이 벌렁거렸다. 장모를 비롯하여 처남과 처남댁까지 한꺼번에 달려들어 그를 똥친 막대 대하듯 했다. 처와 어린 아들은 끝내 모습을 나타내지 않았다. 손아래 처남은 그의 뺨까지 후려 쳤다. 종당에는 장모가 쇠스랑을 들고 찍을 듯 달려들었다. 아내가 짐을 싸서 집을 나가면서 했던 말과 장모가 쇠스랑을 휘두르며 던진 말이 아직껏 머리에서 부스럭거렸다. 아내는 그에게 "너 같이 천하디 천한 놈과 살 섞은 것을 생각하면 내 몸에서 썩은 냄새가 나는 것 모양으로 참을 수가 없다"고 발악을 하듯 쏘아댔다. 그런가하면 그의 장모 또한 쇠스랑을 들고 "이 천한 종놈아, 이 쇠스랑으로 네 놈을 찍어 쥐여도 이 분이 없어지지 않을 것 같다"면서 소리소리 질러댔다. 그런 사람들과 다시 만난다는 것은 죽기보다 더 싫었다. 그가 생각하기에 그들의 마음은 7년 전이나 지금이나 조금도 달라지지 않았을 것 같았다.

설날 아침이다. 양만석은 일찍 잠이 깨어 소세를 하려고 밖으로 나갔다. 이틀 전까지만 해도 온통 눈부신 은빛 장막으로 에둘러 있었던 것이 어느새 눈이 녹고 세상의 본디 색깔인 현(玄)의 빛깔로 바뀌었다. 눈이 녹아서인지 차갑고 건조한 바람이 살을 에듯 깊이 파고들었다. 그는 샘가로 가서 찬물로 대충 소세를 끝내고 들어와 막음례가 마련해준 한복을 입었다. 안채로 들어가자 막음례도 옥색치마에 치자 빛 저고리로 새뜻하게 갈아입고 부엌에 나와 있었다.

"떡국 묵게 언넝 들어가."

그녀는 양만석을 보자 안방으로 들어가라며 손짓을 해보였다. 그는 바람이 너무 차가워 두 손으로 귀를 싸쥐고 서 있다가 안방으로 들

어갔다. 방은 이부자리를 걷고 깔끔하게 치워져 있었다. 이윽고 막음
례가 방문을 열더니 떡국 상을 들고 들어왔다.

"아주머님, 세배부터 받으서요."

방 윗목 장롱 옆에 빳빳하게 서 있던 양만석은 막음례가 상을 놓기
를 기다렸다가 턱 끝으로 보료를 가리키며 말했다.

"세배는 무신 세배. 그냥 떡국이나 묵제."

"아닙니다. 한복 값은 해야 하지 않겠어요."

양만석이 그 답지 않게 연신 싱글거리며 농말을 했다. 막음례도 싫
지 않은 듯 만면에 웃음을 머금고 보료 위에 다소곳이 정좌했다. 양만
석은 예를 갖추어 세배를 했다. 어머니가 세상을 뜬 후로 7년 만에 해
보는 세배였다.

"올해도 건강하시고 운수대통하세요."

"양 선생도 올해는 꼭 처자식을 함꾸네 두 팔로 꽉 품고 살어."

"예. 그렇지 않아도 오늘 나주에 다녀올 생각입니다."

"참말로? 워따 잘 생각했네. 떡국 묵고 싸게 나랑 가드라고."

"아주머님께서요?"

"나도 만날 사람이 있어."

막음례는 실실 웃으며 떡국 상을 아랫목으로 옮겨놓았다.

"우리끼리 음석 장만해서 설을 쇠기도 그렇고 해서 그냥 떡국만
끓였응께 묵드라고."

"매년 혼자 설을 맞았어요?"

"그라제. 설에는 떠도는 까막까치도 다들 집으로 돌아간다는디,

누구허고 같이 설을 쇠겄어. 작년 설에는 이 큰 집에 썰렁허게 혼자 남아 있자니 하도 심란해서 떡국도 안 끓였는디 그래도 올해는 양 선생 덕분으로⋯⋯."

그렇게 말하는 막음례의 얼굴에 공허하면서도 쓸쓸한 그림자가 드리워졌다.

"살다 보니께, 암만 찢어지게 가난해도 가족이 한 집에서 지지고 볶고 사는 것이 질로 좋아 보이드만 그려. 늙어갈수록 더 그려. 사람이 한 평생 사는 것 참말로 별것 아니어. 죽을죄를 지은 사람도 용서하고 끌어안아서, 서로 서로 비비고 때 묻혀 감시로 사는 겨. 긍께, 양 선생도 애기 엄씨 용서해. 죽어도 용서가 안 되면, 그 사람 죽어부렀거니 생각혀. 죽어부렀다고 생각허면 미움보다는 되려 짠허제. 그래도 용서 못허겄으면 내가 죽어부렀거니 해. 내가 죽어부렀는디 누구를 미워헐 수가 있겄는감. 나를 봐. 설날 혼자 이 무신 청승이여. 양 선생도 나 맹키로 혼자 되야서는 안 되야."

"아주머님한테는 개동이 형님이 있지 않아요. 백년이 백석이, 백금이도 있고요."

"내가 필요로 헐 때 옆에 없으면 아무 쓰잘 데 없어. 보고 자플 때 볼 수 있는 사람이 최고여. 생각만으로는 허무혀."

막음례는 갑자기 시무룩해졌다.

떡국 상을 물린 두 사람은 떠날 준비를 서둘렀다. 전화로 택시를 부르고 밖으로 나와 보니 눈부신 겨울 햇살이 묶음으로 쏟아져 내렸다. 길바닥도 말끔히 눈이 녹아 고슬고슬해 보였다. 매서운 바람은 여전히 따끔따끔 살을 파고들었다. 막음례는 손가방을 들었고 양만석은 빈손이다. 그가 막음례의 가방을 들어보니 묵직했다. 그들은 택시로 광주역에 가서 기차를 탔다. 설날이라 기차는 텅 비다시피 했다. 그들은 창 쪽으로 마주보고 앉아 기차가 떠나기를 기다렸다. 두 사람은 한동안 말이 없었다. 저마다 다른 생각을 하고 있기 때문이었다. 양만석은 아내와 아들 순식이를 떠올렸다. 순식이가 아비를 보고 어떤 반응을 보일지 궁금했다. 아비를 보고 숨어버리거나 모른 척 외면하면 어찌할까 걱정이 되었다. 아니면 아예 처가 쪽 사람들이 순식이를 보여주지 않을 지도 몰랐다. 한편 막음례는 개동이와 손자 손녀들을 떠올렸다. 둘째 백석이와 손녀 백금이를 본 지가 까마득해서 얼굴이 잘 생각나지 않았다. 혼자 있어도 아이들만 생각하면 외로운 줄을 몰랐다. 그때마다 그녀는 죽은 웅보에게 애틋한 정과 감사하는 마음을 되새기곤 했다. 어쩌다 개동이가 태어나 텅 빈 그녀의 삶을 가득 채워주고 있는 것을 생각하면 고마움에 눈물이 날 것 같았다. 아이들 얼굴을 보자면 새끼내까지 가야할 터인데 아무래도 쌀분이의 눈치 보기가 부담이 되었다. 지난해 추석 때처럼 개동이한테 기별을 해서 아이들을 영산포 청요리집으로 데려오라고 부탁을 해볼까도 생각해 보았지만 그 또한 마음이 허락돼지 않았다.

"아주머님은 누굴 만나러 가십니까. 혹 개동이 형 집에 가십니까?"

기차가 서서히 미끄러지며 플랫 폼을 빠져나갈 때쯤 양만석이 궁금해 하며 뚜벅 물었다.

"큼매, 한 번 알아맞춰봐."

막음례가 창 밖에 시선을 멀리 던진 채 말했다. 그녀는 오랫동안 시선을 거두지 않았다. 양만석은 더 이상 묻지 않았다. 기차는 광주역 구내를 완전히 빠져나가 절겅거리며 황량한 들판을 가로질러 바람과 함께 달렸다. 잠시 후 극락강역에서 쉬었다가 다시 달려 송정리 역에 도착했고 일행으로 보이는 한 무리의 한복 차림 승객들이 차에 올랐다. 기차 안이 갑자기 소란스러웠다. 두 사람은 떼를 지은 승객들에게 신경을 쓰지 않기 위해 아예 창 쪽으로 몸을 돌려 앉았다. 송정리역을 출발한 기차는 들판을 가로질러 노안역에 잠시 멈췄다가 다시 움직였다. 양만석은 줄곧 차창 밖에 시선을 매달고 있었으나 아직 영산강은 보이지 않았다. 광주에서 영산포까지 가는 도중에 어디쯤에서 영산강을 볼 수 있을지 몰랐다. 예전에 그가 영산포에서 기차를 타고 송정리까지 갔을 때 한 번이라도 영산강을 보았었는지 기억나지 않았다. 하기야 그 무렵 그는 영산강에는 관심조차 갖지 않았다. 일본에 가서도 처음 얼마 동안은 영산강이 생각나지 않았다. 생각할 여유가 없었다. 영산강이 그리워지기 시작한 것은 언제부터였을까. 그것은 자신이 살아왔던 과거에 대해 부끄러움을 느끼기 시작하면서부터였던 것 같다. 영산강에 대한 그리움은 과거 삶에 대한 성찰과 참회로부터 시작된 것이었다. 평등한 인권 세상을 만들어 사람이 사람답게 살 수 있도록 하겠다는 마음을 굳히게 되면서부터 비로소 그의 가슴에 영산강이 희미한 물줄기로 흐르기 시작했다. 그리고 차츰 강물줄기가 커지기 시작했다. 영산강에 대한 그리움은 생부 웅보에 대한 그리움이기도 했다.

그들은 기차가 나주로 휘어들 때까지도 영산강을 볼 수가 없었다. 영산포역에 내려서도 영산강은 보이지 않았다. 역에서 선창 쪽으로 곧게 뻗은 길 끄트머리에 강둑이 보였을 뿐이다. 영산포역 주변은 7년 전에 비해 몰라보게 변해 있었다. 역 앞으로 새로 지은 여관이며 주막이 들어서고 영산교로 이어지는 거리 양쪽에 잡화며 곡식을 파는 상점들도 눈에 띄었다. 양만석은 그때까지만 해도 막음례가 새끼내로 가려는 것으로만 알았다. 그렇다면 그도 새끼내에서 부르뫼까지는 그리 멀지 않은 터라 얼마간은 동행을 할 수 있을 것이라고 생각했다. 막음례는 마침 역전에 대기하고 있던 인력거에 올랐다. 양만석도 탔다.

"구진나루로 가십시다."

새끼내로 가자면 영산목교를 건너야하는데도 막음례는 반대방향으로 가자고 했다. 양만석은 그냥 잠자코 있었다. 잠시 어디 들렀다 갈 요량이로구나 짐작했을 뿐이다. 인력거는 철로 교차로를 지나 왼쪽으로 꺾어 목포 방향으로 향했다.

"구진나루에는 왜 가셔요?"

"구진나루에 가서 나룻배를 타야 씨겄구만."

"어디를 가시려고요?"

"개산."

이 추운 겨울에 새 옷을 차려입고 산에 오르다니, 양만석은 혼란스러웠다. 그는 한참 후에야 그녀가 개산에 가겠다고 한 까닭을 알 수가 있었다. 막음례는 개동이 아버지의 묘소를 찾아가고 있는 것이리라.

그는 생부의 묘가 개산에 있다는 것을 알고 있었다. 영산교를 건너 새끼내 앞으로 가면 한결 수월할 터인데 애써 먼 길을 돌아가는 것은 개동이 가족들 알게 하고 싶지가 않아서이리라. 산모퉁이를 돌아서자 산 아래 강이 있었다. 아, 아버지의 강, 그리운 영산강아. 양만석은 마음속으로 탄성을 질렀다. 어쩌면 그동안 영산강에 대한 그의 그리움은 아버지를 향한 간절한 마음인지도 모른다. 7년 만에 다시 본 영산강은 옛날의 그 강이 아니었다. 이제 그 강은 양만석 자신의 몸속으로 흐르는 거대한 핏줄로 느껴졌다. 그는 오랫동안 영산강에서 시선을 떼지 못했다.

"양 선생은 가기 싫으면 구진나루 주막에서 쪼끔 기다리고 있어."

막음례의 말에 양만석은 얼핏 눈길을 거두었다.

"저도 가겠습니다. 마침 잘 되었네요."

막음례는 그가 개산에 가는 것이 당연하다고 생각하는 것인지 별로 놀라는 기색을 보이지 않았다. 기실 그는 오래전부터 영산포에 오게 되면 먼저 생부의 묘소를 찾아가야겠다고 마음먹고 있었다. 다만 혼자가 아니라 개동이와 함께 가고 싶었다.

그들은 반 시간쯤 걸려 구진나루에 도착했다. 두 사람은 설이라 문을 닫은 주막에 들러 한 시간쯤 기다린 끝에 어렵게 사공을 수소문하여 나룻배에 올랐다. 곰방대를 물고 나타난 텁석부리 늙은 사공은 시종 얼굴을 찌푸린 채 알아듣지 못할 말로 연신 툴툴거렸다. 배가 강심에 가까워질수록 강바람이 칼날처럼 매서워졌다. 막음례는 강바람에 추운지 두 손을 겨드랑이 밑에 넣고 몸을 웅크렸다. 양만석이 목도리를 벗어 막음례의 목에 감아주자 그녀는 싱긋이 웃었다. 양만석은 추위도 아랑곳하지 않고 여전히 강에 심취해 있었다. 그는 조심스럽게 강물에 손을 넣어보았다. 생각보다 강물은 차갑지 않았다. 강물은 부드럽고 따뜻했다. 강물에서 사람의 체온을 느낄 수 있었다. 강을 건너 진포리에 당도한 후 곧장 개산으로 올라갔다. 응달에는 눈이 녹지 않아 발이 숭숭 빠졌다. 강바람이 휘몰아쳤지만 눈 덮인 산길을 오르는 동안 온몸이 흠씬 땀에 젖었다.

"생부 만나로 가기가 영판 힘이 들제. 인자 다 왔으니께 깐닥깐닥 가드라고."

막음례가 잠시 걸음을 멈추고 서서 강을 내려다보며 말했다. 생부를 만나기가 힘들다는 그녀의 말이 가슴을 쳤다. 양만석이 여기까지 오는데 얼마나 많은 고통의 세월을 휘돌아 왔는가를 잠시 생각해보았다. 아, 마침내 오고야 말았구나. 그는 발부리 아래, 푸른빛의 긴 몸뚱이를 납작하게 엎드린 영산강을 내려다보며 마음속으로 중얼거렸다. 그들이 작은 등성이로 올라서자 산 중턱 너머에서 연기가 피어오르는 것이 보이자 막음례의 발길이 빨라지기 시작했다. 산으로 높이 올라갈수록 영산강의 몸통이 더 잘 보였다. 진포리에서 새끼내로 넘어가는 고개 마루턱에 오르자 영산포가 보였다. 양만석은 한동안 걸음을 멈추고 서서 영산포를 내려다보았다. 그가 몸담고 온갖 패악을 저질렀던 동척 건물도 보였다. 그 시절만 생각하면 그는 수치심으로 얼굴이 화끈거리고 온몸의 피돌기가 멈춰버린 느낌이 들었다. 지나온 삶에서 가장 후회스러운 부분이었다. 강은 선창 쪽으로 곧게 흐르다가 개산에 이르러 방향을 휘어 틀었다. 마치 한 마리의 거대한 용이 굼적굼적 꿈틀거리는 모습이었다. 두 사람은 고갯마루에 서서 산 오른쪽, 연기가 피어오르는 등성이를 내려다보았다. 연기가 피어오르는 곳에 사람들의 모습이 보였다. 그곳에 불을 피우고 사람이 옹게옹게 서 있었다.

"어쩌까. 갸들이 왔는갑네. 암도 모르게 올라고 진포리로 돌아왔는디."

막음례가 등성이 쪽을 내려다보며 말했다. 그때서야 양만석도 개동이 형네 식구들이 미리 묘소에 와서 불을 피우고 있다는 것을 알았다. 어쩌면 개동이는 그의 생모와 양만석이가 그곳에 오리라는 것을 알고 있었는지도 몰랐다. 두 사람은 걸음을 재촉하여 산을 내려갔다. 떡갈나무 밭을 지나 군데군데 억새가 하늘거리는 비탈에 이르자, 개동이는 그의 생모와 양만석을 발견하고 손을 흔들었다. 이윽고 백년이와 백석이가 할머니를 외쳐 부르며 뛰어올라오고 있었다.

"아이코 내 갱아지들, 추운데 여그꺼정 왔능가."

막음례가 다급하게 뛰어 내려가더니 백년이와 백석이를 두 팔로 안았다. 그녀는 양쪽 손에 손자들 손을 붙잡고 개동이가 불을 피워놓고 기다리고 있는 묘소 쪽으로 내려갔다. 양만석은 손자들 손을 잡고 내려가는 막음례의 뒷모습을 한참 동안 바라보고 서 있었다. 행복하고 아름다운 모습이었다.

"내가 여그 올 줄은 어뜨케 알고…… 이 추위에 애기들 고뿔들라고 여그꺼정 왔어."

막음례가 개동이를 향해 밉지 않게 나무랐다.

"어제 밤에 아버지께서 오늘 두 분이 찾아올 것이라고 선몽을 하셨구만이라."

개동이가 실실 웃으면서 말했다. 개동이가 양만석의 손을 잡았다. 백금이를 업은 개동이 처가 막음례 앞으로 다가가 정중하게 인사를 했고 막음례는 오달진 얼굴로 등에서 잠든 백금이의 얼굴을 들여다보았다. 개동이는 지체하지 않고 그의 처와 백석이를 불러 양만석에게 인사를 시켰다. 백년이도 달려와서 양만석에게 인사를 했다. 그 사이에 막음례는 가방에서 북어와 한과를 꺼내 묘 앞에 놓고 잔에 술을 가득 채운 다음, 고개를 숙이고 서 있다가 얼핏 양만석을 보았다. 막음례의 눈치를 알아챈 양만석은 천천히 묘 앞으로 다가가서 묘 등에 술을 세 번 붓고 나서 다시 술잔을 채웠다. 그는 잠시 머리를 숙이고 서 있다가 두 번 엎드려 절을 했다. 그는 죄책감과 회한의 무게에 눌린 듯 오랫동안 묘 앞에 무릎을 꿇고 앉아 있었다. 짧은 순간 수많은 일들이 머리를 스쳐지나갔다. 이렇게 가까운 것을, 그동안 먼 길을 어렵게 돌아온 자신이 부끄러울 따름이었다. 그러나 한편으로는 오랫동안 버겁게 지고 있던 무거운 짐을 부려 놓은 것처럼 마음이 홀가분했다.

"이번 설에는 자네가 올 줄 알고 있었네. 고맙네."

개동이가 옆에 앉으며 말했다. 두 사람은 영산강을 향해 돌아앉았다. 그들은 말없이 영산강을 내려다보고 있었다. 막음례와 개동이 식구들은 불 옆에 오불오불 앉아서 웃고 떠들어댔다. 충만한 햇살 아래 그들은 더 없이 정답고 행복해 보였다. 양만석도 그들 속에 끼어들고 싶은 생각이 간절했다.

"여기 이렇게 형님과 나란히 앉아서 영산강을 바라보니 기분이 참 좋네요."

"강을 바라보고 있으면 가슴에 맺혀 있는 것이 녹아서 강처럼 흘러가는 것 같다네."

"지금 제 마음이 그러네요."

"나는 때때로 영산강이 여기 편안하게 누워계신 아버지처럼 보일 때가 있다네. 영산강이 마르지 않고 흐르는 동안 우리 아버지도 살아계시는 거나 마찬가지라는 생각이 들어. 옛날에 아버지께서 영산강이 우는 소리를 들으셨다고 했는데, 나 또한 요즘에 영산강 우는 소리를 자주 듣는구만."

"진작에 왔어야 했는데 죄송해요. 이렇게 오고 나니 마음이 홀가분합니다."

"앞으로 자주 오소."

그때 개동이 처가 그만 내려가자고 큰 소리로 말하자 양만석은 묘를 향해 돌아앉았다.

양만석은 다시 생부 무덤 앞에 무릎을 꿇고 앉아서 숙연한 마음으로 용서를 빌었다. 생부의 혼령이 그를 쉽게 용서해줄 것이라고는 생각하지 않았다. 용서를 받기 위해서는 앞으로 지하에 잠든 생부가 진정으로 원하는 세상을 만들어야겠다는 마음을 다잡았다. 그는 생부가 어떤 세상을 원하는지 알고 있었다.

"그만 내려가세."

옆에 서 있던 개동이가 말해서야 양만석은 천천히 일어섰다. 개동이가 양만석의 한복 무릎에 묻은 흙을 털어주었다. 두 사람은 마주보며 환하게 웃었다. 막음례와 개동이 식구들은 어느덧 산자락을 내려가고 있었다. 양만석이 나룻배로 강을 건널 때까지만 해도 칼바람이 휘몰아쳤는데 어느새 바람은 잠들고 햇살이 다사롭게 꽂혀 내렸다. 산에 있는 동안 조금도 추운 것을 느끼지 못했다.

"부르뫼에 가봐야겠네요."

새끼내 앞에 이르자 양만석이 개동이한테 손을 내밀었다. 막음례와 개동이 처도 양만석을 붙잡지 않았다.

"아주머님, 다녀올게요."

막음례는 양손에 백년이와 백석이의 손을 잡고 서서 양만석을 향해 거듭 고개만 끄덕였다. 막음례는 개동이네 집까지 갈 모양인 듯싶었다.

"내가 같이 가줄까?"

개동이는 부르뫼 박 초시네 사람들의 성정을 잘 아는 터라, 은근히 양만석이가 걱정되었다.

"혼자 가야지요."

"돌아올 때 우리 집에 들려 줄란가?"

"그럴게요. 아주머님한테 광주에 함께 가자고 말씀 드려주세요."

양만석은 개동이의 손을 놓고 나서 백금이를 업고 서 있는 개동이의 처를 향해 목례를 한 다음 몸을 돌려세웠다. 개동이네 식구들은 한참 동안 무거운 걸음으로 산모퉁이를 돌아가는 양만석의 뒷모습을 바라보았다.

"자, 어서 들어가십시다. 어머님께서 기다리시겠네요."

개동이가 생모를 재촉했다.

"나도 여기서 그냥 돌아가고 자픈디……."

막음례는 성큼 걸음을 떼지 못하고 한사코 머뭇거렸다. 그러자 두 아이들이 할머니의 손을 잡아끌었다.

"어머님께서 꼭 집으로 모셔오라고 신신당부를 하셨다니까요."

"그래요. 어서 가요."

개동이 처도 막음례 옆에 바짝 붙어 서서 채근을 했다. 그래도 막음례는 꼼짝도 하지 않았다. 그때 마을 앞 돈대에 쌀분이가 직각으로 굽은 허리로 지팡이를 짚고 서서 식구들을 향해 손짓을 해보였다. 막음례가 쌀분이를 보자 마침내 걸음을 떼었다. 막음례의 걸음이 빨라졌다. 그녀는 반달음 치듯 돈대를 향해 헐근거리며 올라가더니 굽은 허리로 지팡이를 짚고 절뚝거리며 내려오고 있는 쌀분이와 만났다.

"성니임."

막음례가 두 손으로 쌀분이의 손을 붙안았다. 막음례는 목포에 살던 때까지만 해도 형님 대접을 하지 않고 반말을 했었다. 그런데 개동이가 내왕을 한 후부터, 그녀는 세 살이나 아래인 쌀분이를 형님이라 불렀다. 쌀분이를 본처로 우대하는 마음에서 비롯된 것이다. 막음례는 개동이네 집에 도착할 때까지 쌀분이의 왼 손을 놓지 않고 나란히, 느리게, 보폭을 맞추며 걸었다. 막음례 보기에 요 몇 년 사이에 쌀분이가 허리도 더 휘고 얼굴에 주름도 늘어 부쩍 더 늙은 것 같았다. 이제 쉰다섯 살인데도 팔십 노인처럼 겉늙어 보였다. 막음례는 그녀의 삶처럼 허리가 굽은 쌀분이를 보자 짠한 마음이 들었다.

"나 몰강스럽게도 늙어부렀제잉."

쌀분이는 잠시 걸음을 멈추고 굽은 허리를 옆으로 틀어 막음례를 쳐다보며 말했다.

"요새도 해소 땀시 잠을 못자시오?"

"언넝 죽어사 쓸 것인디, 저승사자는 워디서 뭣허고 자뿌라져 있는가 몰러."

"오래 사셔야지라."

"하이고매, 양 진사집에 와서 사십 년 동안 안 굶어 죽고 살았으면 되얐제."

쌀분이는 말을 마치자 걸음을 멈추고 한바탕 기침을 쏟아냈다. 막음례가 집에 당도하여 쌀분이의 방으로 들어가자 식구들이 모두 따라 들어와 세배를 했다. 막음례는 준비해 온 세뱃돈을 일일이 나눠주고 나서 가방 속의 것들을 꺼냈다. 그녀는 먼저 여우 털을 붙인 남바위를 꺼내 쌀분이의 머리에 씌워주고 털목도리는 개동이와 그의 처 목에 각각 걸어주었다. 그리고 세 아이들에게는 털실 스웨터를 주었다. 지난여름, 일본에 특별히 털실을 주문하여 본정통 잡화점에서 일하는 일본 여자한테 부탁해서 짠 스웨터였다. 우암이 식구들에게도 털실 장갑을 전해달라고 했다. 개동이는 그의 가족들에 대한 생모의 꼼꼼한 배려에 마음이 울컥 뜨거워지는 것을 느꼈다.

"아심찮허네. 막음례 덕택에 호사허는구만."

쌀분이는 남바위를 썼다 벗었다 하면서 말했다. 그 사이 개동이와 그의 처는 한사코 할머니 방에 있겠다는 아이들을 데리고 밖으로 나갔다. 오랜만에 만난 두 분 어머니가 회포를 풀 시간을 충분히 주기 위해서다. 다시 쌀분이가 방안이 컹컹 울리도록 기침을 쏟아냈다.

"성님, 광주로 가십시다. 광주에 큰 병원에 가서 해소 병 고칩시다."

막음례가 쌀분이의 기침이 멎기를 기다렸다가 무릎을 바짝 대고 앉으며 말했다.

"냅둬. 그냥 이러다가 죽을 겨. 요새는 개동이 아부지가 꿈에 자주로 나타난당께. 곧 나를 데려갈란개벼."

"쓰잘 데 없는 소리 그만 허시고 당장 광주로 가십시다."

"말이라도 참말로 아심찮허네. 젊었을 적에 막음례를 투기해서 개동이 아부지를 얼매나 달달 볶아댔는지 몰러. 생각허면 다 후회가 되는구만. 우리가 시방 누구 덕에 요로코롬 호강허고 사는디 말이여."

"개동이 아부지허고 합방을 헌 후로 형님이 을매나 쌀쌀맞게 나를 찔러보았는지 무쇄서 혼났구만. 성님헌테 말도 못허게 구박 받었제. 헌디 다 잊었어라."

"그때는 칵 쥐이고 싶도록 미웠제."

그러면서 쌀분이 얼굴에 잔잔하게 웃음이 돌았다. 그때 개동이 처가 조청에 떡이며 유과 .계란 전. 산적. 삶은 고막. 곶감. 식혜 등 설음식을 한상 차려 방에 들여 넣어 놓고 나갔다.

"해마다 자네가 보내 준 반찬과 쌀로 올 설도 푸짐허게 장만했어."

"백년이를 나헌테 보내고 나니 영판 허퉁허시지라우."

"무신 소리여. 나 혼자 자네 새끼들 다 독차지 허고 살랑께 미안

허제.”

“성님도 참. 성님 새끼들이제 위찌 내 새끼들이당가요.”

“내가 늙발에 팔자에 없는 복을 받고 산당께.”

“젊어서 고생 많이 허셨으니께 인자 좀 편해지서야지라.”

“묵고 사는 것이 편해지니께, 쓰잘 데 없는 생각만 자꼬 들어.”

“아무 걱정 마시고 병 고칠 생각만 허시랑께.”

“우리 인생이 검불 맹키로 개볍고 허망허다는 생각이 드는구만. 검불만도 못헌 인생인디 그렇게 아등바등 험시로 험허게 살었어.”

쌀분이는 그러면서 공허한 눈빛으로 막음례를 마주 보았다.

부르뫼에 당도한 양만석은 곧장 처가로 들어가지 못하고 마을 앞 느티나무 밑에서 한참 동안 서성거렸다. 회중시계를 꺼내 보니 한 시가 조금 넘었다. 햇살은 넉넉했지만 영산강을 훑고 온 들바람이 휘몰아쳐 오랫동안 밖에 서 있을 수가 없었다. 그는 용기를 내어 마을 안길로 걸어들어 갔다. 박 초시댁 대문은 훨쩍 열려있었다. 그러나 대문 앞에 이르러서도 그는 얼마동안 미적거렸다. 열린 대문 안을 기웃거려보기도 하고 까치발을 딛고 담을 넘어다보기도 했다. 행여 안에서 누가 나올까 기다렸다. 한참을 그러고 서 있자니 그런 자신이 한심해서 울화가 치밀었다. 잠시 후 대문 안으로 들어서서 순식이의 이름을 크게 외쳐 불렀다. 이윽고 행랑채에서 박 서방이 나오더니 양만석을 발견하고 기급을 하듯 놀랐다.

“아이고, 나주 서방님 아니싱교.”

박 서방은 연신 허리를 굽적거리더니 부리나케 안채로 내달았다. 양만석도 박 서방을 따라 마당 안으로 들어서서 몇 걸음 걷다가 그대로 멈추어 섰다. 박 서방이 안채에 대고 양만석이 왔음을 알렸으나 아무런 반응이 없었다. 박 서방이 양만석을 돌아보며 난처한 표정을 지어보이더니 다시 한 번 큰 소리로 기별을 넣었다. 한참을 기다려서야 사랑방에서 기다리게 하라는, 순식이 외할머니의 칼칼한 목소리가 신경질적으로 흘러나왔다. 양만석은 발걸음을 돌려 사랑채로 향했다. 박 서방이 따라 나와 사랑방 문을 열어주고 나갔다. 사랑방은 오래도록 군불을 지피지 않았는지 음습한 곰팡이 냄새와 함께 썰렁했다. 양만석은 바닥이 냉골이라 앉지도 못하고 서 있었다. 담배 한 대 참을 더 기다렸으나 안채에서는 소식이 없었다. 그는 방 안을 서성거리면서 그동안 순식이가 얼마나 자랐을지 상상하며 시간을 보냈다. 순식이를 생각하자 차츰 울화가 가라앉았다. 그래도 아무도 나타나지 않았다. 울화가 서글픔으로 변하면서 몸이 떨려왔다. 그는 마음속으로 이럴 수는 없다는 말을 수차례 되풀이하며 참았다. 냉골 방에서 기다린 지 한 시간쯤 지나서야 방문이 열렸고 장모와 처남이 일그러진 얼굴을 하고 들어왔다. 8년 전에 그의 뺨을 후려쳤던 손아래 처남은 매형을 보고도 고개조차 끄덕하지 않고 어깨에 잔뜩 힘을 주고 버티고 서서 시종 험하게 쏘아보고기만 했다.

"우리헌테 무신 볼일이 남아 있어서 또 찾아왔는가?"

장모가 윽박지르듯 말했다.

"우선 앉아서 절부터 받으십시오."

양만석이 윗목으로 비껴서며 말했다.

"자네한테 절 받고 싶지 않으니 냉큼 용건이나 말해보게."

양만석의 장모는 꼿꼿하게 선 채 눈을 치뜨고 그를 쳐다보았다. 양만석은 턱 끝을 바짝 쳐들고 서 있는 장모에게 세배를 했다.

"장모님, 지난 일은 다 용서하시고 저를 받아주십시오. 순식이 모자와 같이 살 수 있게 허락해 주시기 바랍니다. 장모님이 원하신다면 우리 세 식구 광주에 나가서 살겠습니다. 제발 부탁입니다. 용서해주십시오."

양만석은 무릎을 꿇고 머리를 숙였다. 그리고 눈을 감아버렸다.

"순식이 어멈 이야기라면 더 할 말이 없으니 그냥 돌아가게. 꼴도 보기 싫으니 다시는 내 앞에 나타나지 말게."

장모는 여전히 매정했다. 매정하다 못해 앙칼스럽고 무서웠다.

"장모님 다시 한 번만 저희 장래를 생각해주십시오. 부탁입니다."

"듣기 싫다니까. 냉큼 이 작자를 끌어내라."

"장모님, 오늘은 그만 돌아가겠습니다. 그러니 순식이 한 번만 보고 가게 해주십시오."

"얼굴만 보고 가게. 쓸데없는 소리는 하지 말고. 만약 우리 순식이한테 헛소리 했다가는 다시는 만나지 못 하게 할 거여."

장모는 찬바람을 쌩하게 일으키고 밖으로 나갔다. 양만석은 그 자리에 무릎을 꿇고 그대로 하염없이 앉아 있었다. 그는 충분히 예상하고 온 터였지만 마음이 쓰리고 아팠다. 그는 수모와 굴욕을 참고 아들 순식이를 기다렸다. 그는 아들에게 무슨 이야기를 해야 좋을지 생각해보았다. 네 살 때 헤어졌으니 아비를 알아보기나 할지 걱정이었다. 알아보고도 애써 모른 체하면 어찌할까. 양만석은 초조하기도 하고 조바심이 일어 앉아 있지 못하고 일어서서 방안을 서성거렸다. 그러나 순식이는 좀처럼 모습을 드러내지 않았다.

얼음장 같은 방에서 오들오들 떨며 반 시간 이상을 기다려서야 순식이가 방문을 열고 미적거리며 들어왔다. 검정 누비 두루마기에 토끼털 귀마개며 털장갑까지 낀 순식이는 눈길을 내리깐 채 방 문턱 옆에 서 있었다. 양만석이 우루루 다가가 무릎을 세워 쪼그리고 앉아 가까이서 아들의 얼굴을 짯짯이 들여다보았다. 짐작했던 것보다 키가 크고 몸도 튼실해 보였다. 양만석은 아들을 보자 목울대가 뜨거워지는 것을 느꼈다. 그는 아무 말도 못한 채 아들의 얼굴만 되작거려보았다.

"네가 순식이구나."

"예."

"애비를 알아보겠느냐."

"예."

"설을 쇠었으니 이제 열한 살이 되었겠구나."

"예."

"삼학년이 되겠네."

"예."

"그동안 애비 원망 많이 했겠구나."

"아니오."

"공부는 잘 하느냐."

"아니오."

순식이는 여전히 눈길을 내리깐 채 꼿꼿하게 서서 아버지가 묻는 말에 즉각적으로 계속 예, 아니오라고만 또렷또렷하게 대답했다. 양만석은 아들과의 대화가 너무 딱딱하다고 생각했으나 다른 도리가 없었다. 한 번 아들을 안아보고 싶었지만 어쩐 일인지 팔이 선뜻 움직이지 않았다. 부자 사이에 잠시 어색한 침묵이 흘렀다.

"애비가 한 번 안아봐도 되겠느냐."

순식이는 대답 대신 가볍게 한 차례 고개만 끄덕였다. 양만석은 두 팔을 벌려 힘껏 아들을 안았다. 순식이는 손 하나 움직이지 않은 채 빳빳하게 서 있기만 했다. 그때 밖에서 손아래 처남이 다급하게 순식이를 외쳐 부르자 순식이는 아버지의 팔을 풀고 빠져나가려고 버둥거렸다. 양만석은 팔을 풀지 않고 그대로 아들을 힘껏 안은 채 자신의 얼굴로 아들의 얼굴을 문질러댔다. 아들의 얼굴이 차가웠다.

"네 어머니한테 애비가 나주 집에서 기다린다고 말 하거라."

양만석이 아들을 안은 채 속삭이듯 낮은 목소리로 말했다.

"어머님께서는 죽는 날까지 아버지를 만나지 않겠다고 허셨습니다."

순식이는 단호하게 말하면서 아버지의 품에서 빠져나가려고 했다.

"그래도 애비가 기다린다는 말 꼭 전해라. 알겠지?"

순식이는 고개만 한 번 가볍게 끄덕였다. 그때 밖에서 다시 처남이 벼락 치는 목소리로 순식이의 이름을 불러댔고 양만석은 두 팔을 풀어주었다.

순식은 아버지한테 인사 한마디 없이 부리나케 문을 박차고 밖으로 뛰어나가 버렸다. 양만석은 굳어진 얼굴로 한동안 순식이가 뛰어나간 방문만 우두커니 바라보았다. 가슴이 무너져 내리는 것처럼 허전하고 아렸다. 이윽고 그도 댓돌로 내려서서 구두를 신었다. 사랑채를 나오면서 주위를 살펴보았으나 아무도 눈에 띄지 않았다. 어쩐지 집안 분위기가 훈김이 느껴지지 않고 냉기가 가득했다. 사람 사는 집 같지가 않아 보였다. 그는 어디엔가 아내가 숨어서 자신을 지켜보고 있을 것 같은 생각이 들어, 잠시 걸음을 멈추고 서서 안채 쪽을 바라보았다. 집안은 고즈넉하고 쓸쓸했다. 더 이상 머뭇거리지 않고 대문 밖으로 나온 양만석은 긴 한숨을 몰아쉰 다음 서둘러 고샅을 빠져나갔다. 동구 밖 느티나무 밑에 뜻밖에 개동이가 자전거를 세워놓고 서 있었다.

"형님이 어쩐 일입니까."

양만석은 개동이를 보는 순간, 참았던 수모와 안타까움, 울화와 아쉬움이 한꺼번에 울컥 치밀어 오르면서 눈물이 쏟아지려고 했다. 개동이를 붙들고 울고 싶었다. 그는 어금니를 앙 물고 고개를 들어 하늘을 올려다보았다.

"자네가 걱정이 되어서."

개동이는 양만석의 표정만 보고도 처가에 간 일이 여의치 않았음을 짐작했다. 아마 그가 순식이 일로 찾아갔을 때처럼 치욕을 당했으리라 짐작했다. 그는 지금도 그날 일을 생각하면 가슴이 떨려왔다. 아직도 순식이 할머니가 쏘아댔던 말들이 귀속에 맴돌았다.

"자, 타게."

개동이가 자전거에 오르면서 말했다. 양만석도 자전거 짐대에 올라앉았다. 개동이는 천천히 페달을 밟으며 조붓한 마을길을 빠져나갔다. 그는 달구지 길에 이를 때까지 아무 말도 하지 않았다. 양만석이 쪽에서 먼저 말하기를 기다렸다. 그러나 양만석은 표정이 얼어붙은 채 좀처럼 입을 열지 않았다.

"순식이 어머니는 뭐라고 하던가."

"만나지도 못했어요."

양만석의 그 말에 개동이는 더 묻지 않았다. 양만석의 말을 듣지 않아도, 그 집 사람들이 어떻게 했는지 충분히 짐작할 수 있었기 때문이다.

"가지 말았어야 했어요. 차라리 만나지 않았더라면……."

양만석은 말끝을 맺지 못했다. 너무 괴로워 말문이 막혀버린 듯했다. 순식이를 그대로 처가에 두자니 정말 아이의 인생을 망쳐버릴 것만 같고 그렇다고 데려다 기르자니 순순히 내어줄 것 같지가 않은지라, 어찌해야 좋을지 고민이 되었다. 아내를 설득하러 갔다가 아내는 얼굴도 못 보고 오히려 괴로움만 안고 돌아오고 있는 자신이 한심하다는 생각뿐이었다.

"여기서 내려주세요."

새끼내 앞 나무다리에 이르자 양만석이 말했다. 개동이가 페달을 멈춰 자전거를 세우고 양만석을 보았다. 자전거에서 내린 양만석의 얼굴이 음울하게 가라앉아 있었다.

"우리 집에 안 갈 텐가? 생모께서 자네를 기다리고 계시는데."

"죄송합니다만 먼저 가시라고 말씀드려주세요. 저는 기왕에 온 김에 나주 집에도 들려보고 어머님 묘소에도 가봐야겠네요."

"내가 같이 가 줄까?"

"혼자 가겠습니다."

양만석은 이내 몸을 돌려세우더니 뒤도 돌아보지 않고 발걸음을 바삐 움직였다.

영산포 선창거리가 가까워질수록 양만석의 보폭이 짧아지고 걸음걸이도 무거워졌다. 그는 누가 자신을 알아볼까 두려워 중절모를 깊숙이 눌러쓰고 고개를 숙인 채 걸었다. 동척의 붉은 벽돌 건물이 보이자 저절로 걸음이 빨라지기 시작했다. 마음이 조급해졌다. 그는 선창거리를 빨리 빠져나가고 싶었다. 헌병대 앞을 지나면서는 새끼내에 가서 생부를 붙들어다 무라다 대장한테 넘겼던 일이 생각나 몸서리를 쳤다. 그때 양만석은 일진회의 사찰원으로 일본제국주의의 주구노릇을 하고 있던 때였다. 오까모도 싸전의 손칠만 때문이었다. 양만석이가 혼인 첫날밤, 의병들한테 붙들려 갔을 때, 생부 웅보의 주선으로 그의 장인이 몸값으로 지불한 백미 이백 석짜리 어음을 주고 풀려났는데, 장대불이 그 어음을 가지고 와서 무기를 구입해달라고 부탁한 사실을 손칠만이 밀고를 했던 것이다. 지금 생각하면 생부가 아니었더라면 그는 영락없이 죽고 말았을 것이다. 혼인날 신랑의 견마잡이로 따라왔던 생부가 테메산까지 잠입하여 동생인 대불이와 담판을 했고 결국 몸값을 지불하고 풀려날 수 있게 해 준 것이었다.

양만석은 오까모도 싸전 앞을 지나다가 잠시 걸음을 멈추고 가게 안을 바라보았다. 손칠만은 보이지 않았다. 싸전 안에서 늙수그레한 남자가 밖으로 나오자 도망치듯 걸음을 재촉했다. 영산목교 앞에 당도할 때까지 다행히 아무도 그를 알아보지 못했다. 그는 목교에 이르러 몇 걸음 걸어서야 안도하고 다시 걸음을 멈추고 선창 쪽을 보았다. 등대가 바라다 보이는 선창에는 작은 화물선과 고깃배 몇 척이 한가롭게 정박해 있었다. 설날인데도 선창거리는 여전히 사람들로 벅신거렸다. 목교를 건너는 동안 거친 바람 때문에 한동안 손으로 중절모를 꼭 잡고 걸었다. 그곳에서 개산은 아득하게 멀어보였다. 그는 다리를 건너면서 여러 차례 개산 쪽을 바라보았다. 생부가 그를 내려다보고 있을 것만 같았다. 다리를 건너자 영산포역이 보였다. 나주까지 기차를 탈까 했으나 대합실에서 아는 사람을 만나게 될까봐 그냥 지나쳤다. 그는 산자락을 끼고 돌아 완사천을 향해 걸었다. 나주 집에 가기 전에 어머니 산소에 들러볼 요량으로 금성산 골짜기 쪽으로 향했다. 그가 예전에 신이 닳도록 오갔던 길이건만, 지금은 모든 것이 낯설고 두렵게만 느껴졌다.

어머니의 묘소는 다보사 조금 못미처 언덕배기 아래에 있었다. 어느덧 하루의 해가 서쪽으로 기울기 시작했으나 어머니 묘소 주변 억새밭에는 햇살이 좍 깔려 있었다. 양만석은 밭고랑을 지나 햇살을 따라 산자락으로 올라갔다. 어머니 묘소 역시 7년 만에 찾아가는데도 담담했다. 마음이 무겁지도 가볍지도 않았다. 조금전, 생부 묘소를 찾아 개산을 올라갈 때와는 전혀 다른 기분이었다. 떨림도 설렘도 없었다. 어머니 묘소에 양만석은 두 번 절하고 잠시 무릎을 꿇고 앉았다. 그리고 마음속으로 어머니, 저를 이 세상에 태어나게 해주셔서 감사합니다, 하고 말했다. 그는 이미 어머니의 부정을 탓하고 싶은 마음은 없었다. 노비의 핏줄을 받고 태어난 것을 부끄러워하지 않게 된 후부터, 그는 이미 어머니를 어머니로 받아들이게 된 것이다. 회한과 죄책감으로 목 메일 줄 알았는데 그렇지도 않았다. 양만석은 햇볕이 보료처럼 다사롭게 깔린 토방 앞에 앉아 골짜기 입구를 내려다보았다. 묘지 앞에 키 높이로 자란 두 그루의 편백나무가 유난히 푸르러보였다. 아마도 외숙이 누이를 그리워하는 마음에서 심은 것 같았다. 해가 서쪽 산마루 쪽으로 빠르게 떨어지고 있었다. 해가 지면 금세 골짜기가 어두워질 것 같았지만 서두르지 않았다. 그는 날이 어두운 후에 사람들 눈을 피해서 노루목 집에 가고 싶었다. 잠시 후 석훈이 깔리기 시작해서야 천천히 일어서서 골짜기를 내려와 한갓진 들길을 걸어 노루목으로 향했다.

노루목 늙은 팽나무 앞에 이르자 어느덧 날이 완연하게 어두워졌다. 그는 팽나무를 올려다보았지만 어둠에 묻혀 끝이 보이지 않았다. 양만석은 부르뫼 처가에 갔을 때처럼 그의 집 앞에 당도해서도 성큼 안으로 들어서지 못하고 계속 대문 앞에서 쭈뼛거리고만 있었다. 대문은 굳게 닫혀 있었다. 까치발을 하고 담 너머를 들여다보았으나 사랑채에는 불도 켜있지 않았고 마당 안도 을씨년스럽도록 조용했다. 그는 용기를 내어 주먹으로 대문을 두들겨보았다. 한참을 두드려도 기척이 없었다. 다시 거칠게 대문을 두들겨서야 젊은 아낙이 대문을 열고 얼굴을 내밀며 누구냐고 물었다. 양만석이 다짜고짜 대문 안으로 들어서는데 아낙이 그의 앞을 막아섰다.

"뉘신데 함부로 남의 집에 들어오십니까?"

아낙의 목소리가 사금파리 깨지는 소리처럼 앙칼졌다. 그 목소리가 낯설지 않았다. 양만석이가 목소리로 짐작하건대 궐녀는 부엌데기 끝례가 분명했다. 오래 전에 시집을 갔을 것으로 짐작했는데 아직까지 끝례가 살고 있다니. 그러고 보니 어둠 속에서 본 궐녀는 낭자를 하고 있었다. 얼핏 보아도 새댁 같지 않게 나이 들어 보였다.

"끝례가 아니오? 아직도 이 집에 있소?"

양만석은 끝례를 보자 너무 반가웠다.

"흐미 흐미? 새서방님 아니신그라우? 우리 새서방님이 맞지라우? 여보, 여보, 싸게 나와보씨요. 새서방님 오셨어라우."

끝례는 양만석을 알아보고 질급을 하며 행랑채를 향해 소리를 질러댔다. 이윽고 방문 열리면서 다급하게 털메기 끄는 소리가 들렸다. 그리고 엄장한 사내와 네댓 살 되어 보이는 아이가 양만석 앞으로 달려왔다.

"여보, 싸게 인사 올리지 않고 뭣 허요. 수돌이 너도 인사 혀."

끝례가 양만석이보다 훨씬 키가 크고 몸집이 우람한 사내와 한사코 엄마 뒤로 몸을 사리는 아이를 향해 닦달했다.

"황 서방입니다요. 애 엄씨헌테 서방님 말씀 많이 들었구만요. 헌디 아씨는 왜 안 오시고 서방님 혼자 오시남요?"

끝례 남편이 넙죽 인사를 했다. 아이는 한사코 끝례 치맛자락을 붙잡고 늘어졌다.

"이 이는, 자발없이 왜 또 쓰잘 데 없는 소리는 혀."

끝례가 노골적으로 남편한테 무색을 주었다.

"끝례 씨 남편 되시는군요."

"어따, 서방님도 원, 전에는 끝례야, 이래라 저래라 허서놓고 듣기 거북시럽게 인자 와서 끝례 씨가 다 뭣이다요. 그랑께, 서방님이 일본으로 떠나신 다음 해에 혼인을 했구만이라. 황 서방은 머슴이고 지는 찬모로 살고 있어라우."

"아 그렇군요. 끝례 씨 부부가 이 집에 있어 반갑고 다행스럽네요."

"어따 어따, 또 끝례 씨라고 허시네. 이러씨요 저러씨요 허지 말고 그냥 예전 모양으로 이래라 저래라 허시랑께요."

"헌데 다른 식구들은 다 어디 갔소? 외숙 내외분은 계시오?"

"외숙 내외는 봉황으로 설 쉬러 가시고 새로 들어온 노 서방 부부도 금천 큰 집에 갔구만이라우. 자, 언녕 들어가십시다. 여보, 당신은 싸게 방에 군불부텀 지피씨오."

끝례가 부산을 떨며 안으로 먼저 들어가 건넌방에 호롱불을 켰고 황 서방은 군불을 지피기 시작했다. 양만석은 끝례에게 어머니가 썼던 안방에 불을 밝혀달라고 부탁했다. 그는 안방에 호롱불이 밝혀지기를 기다렸다가 마루로 올라서서 방문을 열고 들어갔다.

"이 방은 시방 외숙님 내외분이 쓰시는구만이라우."

안방은 어머니의 체취는 고사하고 어머니의 흔적마저 말끔하게 치워져 있었다. 횃대와 시렁에는 외삼촌 내외가 입다 벗어놓은 허드레 옷가지들이 널려 있었다. 어머니가 쓰시던 경대와 앞닫이며 자개장롱이 모두 사라지고 없었다. 새로 들여놓은 장롱을 열어보았지만 어머니가 손수 수를 놓아 만들어 베시던, 원앙 베개며 자주 빛 공단이불도 없어졌다. 방안 어디에서도 어머니의 흔적을 찾아볼 수가 없었다.

"이부자리랑은 외숙모님이 새로 장만하셨어라우."

"어머님이 쓰시던 경대와 장롱은 다 어디 있습니까."

"외숙모님께서 죄다 없애부렀당께요."

끝례는 어머니가 쓰시던 물건들이 없어진 것이 자신의 잘못이라도 되는 것처럼 고개를 바로 들지 못했다. 양만석은 허망한 기분이 되어 방 가운데 우두커니 서 있었다. 어머니가 그리웠다. 뼛속까지 사무치게 그리워서 입안에 침이 말랐다. 묘지 앞에서는 담담했었는데 안방에 들어오니 어머니에 대한 그리움이 울컥 복받쳐 올랐다. 그 사이 끝례가 저녁상을 봐 오겠다면서 밖으로 나갔다. 양만석은 얼마 동안 안방에 서 있다가 한 때 그의 부부가 썼던 건넌방으로 향했다. 오랫동안 비워둔 터라, 건넌방은 싸늘한 냉골이었다. 그래도 아내가 쓰던 방 안등물들은 그대로 제자리를 지키고 있었다. 장롱을 열어보았더니 부부가 함께 덮었던 금침이 가지런히 개켜져 있었다. 장롱 횃대에도 아내의 옷가지며 그의 양복이 말끔하게 정리되어 있었다. 한 때 그가 입었던 탱크바지와 도리우찌도 그대로 걸려 있는 것이 보였다. 아내의 체취는 느낄 수 없었지만 흔적들은 그대로 남아 있었다.

잠시 후에 끝례가 개다리소반에 인절미와 조청을 받쳐 들고 들어왔다.

"우선 입맛이나 좀 다십시오. 설이라고 해야 해마다 서방님도 아씨도 아니 계시니께, 그냥 개 보름 쇠드끼 했구만이라우. 워매 추운

거. 이 방은 오랫동안 비워두어서 냉골인께 안방으로 가십시다요."

끝례가 상을 놓고 아랫목에 보료를 깔아주며 말했다.

"내 걱정은 말고 술이나 한 잔 주시오."

양만석은 어머니의 흔적을 찾아볼 수 없는 안방에 앉아 있고 싶지가 않았다. 그는 냉골이지만 건넌방에 있는 것이 마음 편했다. 몸이 떨려 술로라도 덥히면 조금 나아질 것 같았다. 끝례는 술상을 봐오겠다면서 부리나케 나갔다. 밖에서는 황 서방이 닭을 잡는지 닭 숨넘어가는 소리가 한동안 시끄러웠다. 양만석은 두루마기를 입은 채 차가운 보료 위에 앉아 인절미 하나를 조청에 발라 입에 넣었다. 차지고 단 맛이 입 안에 가득했다. 오랜만에 인절미를 먹으니 비로소 집에 돌아왔다는 느낌이 들었다. 배가 고파서인지 인절미 맛이 좋았다. 쫄깃하고 오래 씹히는 맛이 그만이었다. 그러고 보니 아침에 떡국 한 그릇 먹고 지금까지 쫄쫄 굶지 않았는가. 그는 순식간에 인절미 한 접시를 다 먹어치웠다. 그때서야 몸 떨림이 조금 가시는 듯하여 다시 방 안을 천천히 둘러보았다. 아내가 시집올 때 해온 화초장과 경대가 보이지 않았다. 아마도 그가 일본에 있는 동안 친정으로 가져간 모양이었다. 돌이켜보니 혼인을 한 후로 아내한테서 찐득게 정을 받아본 적도 주어본 적도 없었던 것 같았다. 순식이를 낳기 전까지는 서로 데면데면하게 대했었다. 아이를 낳은 후에야 비로소 그는 아, 이 여자가 내 핏줄을 이어줄 수 있게 한 여자구나 하는 생각과 함께 서먹한 느낌이 없어지기 시작했다. 오랫동안 방 안에 있어 온 가구나 침구처럼 익숙해졌고 차츰 내 몸의 일부처럼 느껴지기도 했다. 아내가 때로는 내 손이나 눈으로 여겨지기도 하면서 필요로 할 때 옆에 없으면 불편하고 허전했다. 그리고 어머니 다음으로 집안 살림을 맡아줄 안주인이 될 것이라는 믿음이 갔다. 그렇지만 단 한 번도 아내에 대해 마음이 아릴 정도로 애틋한 정을 느껴보지는 않았다. 그렇다고 헤어지고 싶은 생각은 추호도 없었다. 늙어 죽을 때까지 그의 손발처럼 늘 함께 할 것으로만 알았다.

"서방님 시장허셨던 모양이네요. 곧 저녁상 올릴 것인디."

술상을 들고 온 끝례가 인절미가 담겼던 빈 접시를 치우며 말했다. 양만석은 말없이 탁배기를 한 잔 따라 단숨에 들이켰다.

"그동안 순식이 모자 집에 온 적이 있소?"

"한 번도 없었구만이라우. 외숙이 제사 때마다 부르뫼로 찾아가서 지발로 순식이 데리고 와서 제사 조께 모시라고 했어도 무신 일인지 여태 통 안 오셨어라우."

"그러면 제사는 누가 모셨는가요."

"외숙이 모셨지라우."

끝례는 그 사이에도 여러 차례 손으로 방바닥을 짚어보더니 밖에 대고 황 서방한테 군불 좀 많이 지피라고 소리쳤다. 탁주가 들어가자 몸 떨림이 사그라지면서 그런대로 참을 만했다.

"나 없는 사이에 끝례씨 부부가 고생이 많았네요."

"고상이라니요. 돌아가신 마님헌테 은혜 입은 것을 생각허면 머리터럭으로 신을 삼어드려도 못 다 갚지라우. 그나저나 서방님 오신께로 영판 오지네요. 인자 서방님 오셨응께로 아씨랑 되령님도 오시겠구만이라우."

"순식이 모자는 당분간 못 올 것입니다."

"주인이 없응께 살림에 헛 구녁이 많어라우. 이런 말 허기가 껄쩍 지근 헌디, 저번참에 싸전에서 일곱 바리나 쌀을 실어갔당께라우. 봄에도 외숙모님이 쌀을 내주고 쌍가락지랑 노리개랑 금비녀를 샀어라우. 외숙모님이 퍼 낸 곡식만도 솔찬허당께요. 외숙 내외분이 엄청 고생시럽게 잘 허시지만, 씀씀이도 영 헤퍼라우."

끝례가 방 문틱 옆에 서서 양만석의 눈치를 살피며 말했다. 양만석은 못 들은 척 아무런 반응도 보이지 않았다.

"지가 자발없게 씨잘데기 없는 소리를 했남요?"

"아, 아니오."

양만석이 끝례의 말에 더 이상 토를 달지 않자 밥상을 준비하겠다면서 방에서 나갔다. 그는 끝례의 말을 새겨듣고 싶지가 않았다. 외숙 내외분을 조금도 의심하지 않았다. 설사 창고의 모든 곡식을 퍼낸다고 하더라도 고깝게 생각하고 싶지가 않았다. 그는 술잔을 놓고 잠시 아무 생각 없이 앉아 있었다. 술기운이 온몸에 퍼지자 졸음이 쏟아졌다. 앉은 채 자울 자울 졸고 있는데 끝례가 밥상을 들고 들어왔다. 반찬은 소박했으나 정성이 느껴지는 밥상이었다. 검은콩 섞인 쌀밥에 무를 넣고 끓인 닭고기 국, 동치미, 배추김치, 깍두기 외에 쇠고기 장조림, 콩자반, 토란탕, 계란탕, 밥 위에 넣고 끓인 된장국, 도라지나물, 취나물, 고사리나물, 고추조림, 마늘장아찌, 멸치젓 무침 등 한상 가득 차려져 있었다.

"설음식 장만을 안 했구만이라우. 서방님이나 아씨가 아니 게시니께 설을 쇠는 것 같지가 않다니께라우."

끝례가 문턱 옆에 서서 말했다. 양만석은 숟가락으로 동치미 국물을 계속 떠먹었다. 그는 반찬 하나하나를 음미하면서 밥을 먹었다. 옛날 어머니가 해주었던 반찬 맛 그대로였다. 그는 비로소 오랜만에 집에 돌아와서 먹은 음식에서 어머니를 느낄 수 있었다. 아마 간장 맛 때문인지도 몰랐다. 어머니는 간장 맛이 없어지면 집 안이 망한다는 말을 자주했다. 수십 년 묵은 간장을 해마다 끓여서 깊은 맛을 그대로 이어왔다. 양만석은 밥 한 그릇을 다 비웠다. 인절미에 탁주, 그리고 밥 한 그릇을 다 비웠으니 배가 터질 것만 같았다. 그는 포만의 괴로움을 느꼈다. 태어나서 이토록 고통이 느껴질 만큼 배불리 먹어본 적이 없었다.

"서방님이 요로코롬 많이 잡순 것은 처음 보네요."

양만석이 숟가락을 놓을 때까지 문턱에 서 있던 끝례가 상을 치우며 말했다. 그녀는 상을 마루로 내놓고 이부자리를 폈다. 양만석은 끝례가 나가기를 기다렸다가 두루마기를 벗어 횃대에 걸고 앉았다. 그날 밤, 양만석은 고향에 돌아온 첫 밤을 아무 생각 없이 깊은 잠에 빠져들었다. 최근 들어 이처럼 꿈 한 조각 꾸지 않고 숙면을 취해 본 일이 없었다.

동이 트자 잠에서 깨어난 그는 소세를 끝내고 두루마기를 입고 마당으로 나왔다. 마당을 쓸고 있던 황 서방이 그의 앞에 내닫아 와서는 허리를 꺾고 서 있었다.

"사당에 올라갈 테니 준비를 해 주시오."

양만석이 말하자 황 서방이 급히 부엌 쪽으로 달려갔다. 그리고 잠시 후에 황 서방이 술병과 술잔이 든 뚜껑 달린 대소쿠리를 들고 나타났다. 양만석은 뒤란을 지나 대밭 사이 길로 사당을 향해 올라갔다. 7년 전까지만 해도 아무렇지도 않게 이 길을 오르내렸으나 지금은 마음이 무거운 바위에 짓눌린 기분이었다. 그는 고개를 빳빳하게 세우고 사당으로 올라갔다. 어차피 집에 왔다가 사당에 인사를 올리지 않고 고통스러워하는 것보다, 모멸감을 느끼더라도 표면적으로라도 양씨 문중의 종손 역할을 하는 것이 훨씬 후회스럽지 않을 것 같은 생각에서 마음을 정한 것이다. 그리고 그것은 어머니의 존재에 대한 존중이며 최소한의 예의일 것 같았다. 그러나 솔직히 양 씨 문중 사당에 인사를 올리러 가는 것에 대해 심적인 중압감을 떨쳐버릴 수는 없었다. 그는 발걸음도 마음도 무거웠다. 사당 앞에 이르자 그는 잠시 걸음을 멈추고 마음을 가다듬었다. 외숙 말로는 사당을 수리했다고 했는데 많은 돈을 들인 흔적이 별로 눈에 띄지 않았다. 사당 문을 열고 들어서자 위폐가 죽 늘어서 있었다. 양만석의 눈에는 양 씨 집안 선조들이 근엄한 모습으로 늘어앉아서 그를 무섭게 노려보고 있는 것만 같았다. 그리고 "네 이놈, 종놈의 신분으로 어찌 양 씨 행세를 하느냐" 하고 큰 소리로 꾸짖는 것만 같아, 심신이 위축되었다. 그러나 그는 아무렇지도 않게 술을 따르고 두 번 절하고 꿇어앉았다.

사당에서 내려올 때는 한결 몸도 마음도 가벼웠다. 앞으로 양만석의 이름으로 살아가자면 이만한 괴로움쯤은 감내해야 한다고 생각했다. 그는 뒤란을 돌아 우물 옆에 이르자, 자신도 모르게 아, 하고 탄성을 삼켰다. 우물 옆에 오래된 금목서 한 그루가 가벼운 바람에 온몸을 흔들며 푸름을 떨치고 있는 것을 보았기 때문이다. 그 금목서는 어머니가 시집오던 해에 봉황 외가에서 가져다 심은 것이라고 했으니, 30년도 더 되었다. 양만석은 가을에 손톱만한 금목서 꽃이 노랗게 필 때면 나무 앞에 서서, 짙은 꽃향기에 취해 있곤 하던 어머니의 모습이 떠올랐다. 윤기 자르르한 가을 햇살에 비쳐 보이는 금목서 꽃은 파란 잎에 금가루를 뿌려놓은 듯 반짝거렸다. 가을에 꽃이 피기 시작해서 꽃이 지는 서리 내릴 무렵까지, 어머니는 노랑 저고리를 즐겨 입곤 했다. 양만석은 어머니를 다시 만난 듯 오랫동안 금목서 나무 앞에 서 있었다.

그는 마당을 가로질러 사랑채로 갔다. 양 진사가 기거했던 사랑채 역시 오래 비워둔 탓으로 썰렁했다. 처마 밑 오줌통에는 허옇게 버캐가 말라붙었고 마루에는 먼지가 부옇게 내려앉아 있었다. 양만석은 문지방 위에 걸려 있는 당호(堂號)가 새겨진 현판을 한참 동안 쳐다보았다. 風谷霽. 바람 골짜기의 집. 집안의 당호에 바람풍 자를 별로 쓰지 않는 것으로 알고 있는데, 양 진사 어른이 굳이 '바람 골짜기'라고 한 것은 무슨 연유였을까. 어쩌면 그분은 바람처럼 떠돌아다니는 것을 좋아했는지도 몰랐다. 그러고 보니, 긴 시간 집에 머물러 있었던 것 같지가 않았다. 집에 있는 시간보다 밖으로 나돌던 시간이 더 많았다. 집에 마음의 정처를 정하지 못하고 떠돌음 했던 이유가 무엇이었을까. 지나놓고 보니 살아생전 그분으로부터 찐더운 사랑을 받아본 기억이 별로 없었다. 단 한 번도 그분의 무릎에 앉아본 기억이 없다. 가까이 다가가기가 두려울 정도로 정을 주지 않았다. 혹시 그분은 이미 양만석이 자신의 핏줄이 아니라는 것을 알고 있었던 것은 아니었을까. 그가 대여섯 살 때쯤이었던가, 어머니와 함께 외가에 갔을 때, "혼인 날짜 받아놓고 사위 사주를 보니께, 손이 없다기에 월매나 걱정을 했는디, 요로코롬 떡두께비 같은 아들을 낳아노니께 을매나 오진감" 하고 외할머니께서 무심코 했던 말이 귀에 생생했다.

"황 씨."

양만석은 뒤를 돌아다보았다.

"예, 서방님."

우럭우럭한 황 서방의 목소리가 등 뒤에서 들렸다. 황 서방은 두어 걸음 떨어져 허리를 구부슴히 꺾고 서 있었다. 허리를 꺾었는데도 양만석이 고개를 들어 쳐다볼 만큼 엄장했다. 간밤에 보았을 때보다 키도 두상도 얼굴도 덩저리도 컸다.

"저 현판에 새까만 것이 파리똥이 아니오? 오늘 안으로 깨끗이 닦도록 허시오."

"서방님. 분부대로 허겠습니다요."

담벼락이 무너지는 듯한 황 서방의 큰 목소리에 양만석은 깜짝 놀라며 신발을 벗고 사랑방 안으로 들어가 잠시 서성이다가 나왔다.

"황 씨, 곳간 좀 볼 테니 열쇠 좀 가져오시오."

"곳간 쇳대는 외숙이 갖고 계시는구만이라우."

곳간을 보려던 양만석은 마당을 서성이다가 헛청으로 들어갔다.

헛청 바닥에는 멱서리며 둥구미, 헌 가마니 외에 농기구들로 가득했
고 벽에는 2백 개도 더 넘을 것 같은 소코뚜레들이 질서정연하게 걸
려 있었다. 배냇소로 준 소의 숫자를 알기 위해 걸어둔 것이었다.

양만석은 아침을 먹고 황 서방에게 사랑을 소제하고 군불도 뜨뜻하
게 지피도록 했다. 그는 소제가 끝나자 사랑으로 들어갔다. 그곳은 양
진사가 세상을 뜨고 그가 혼인을 한 후부터, 줄곧 그의 처소이기도 했
다. 집에 있을 때 그는 대부분의 시간을 사랑에서 보냈다. 그분이 그랬
던 것처럼 사랑에서 밥을 먹고 잠도 잤으며 친구들을 불러들여 어울렸
다. 한 때는 사랑에 소리꾼과 기생도 불러 술타령을 즐기기도 했다. 그
런 그를 보고 어머니는 왜 아버지를 닮아 가느냐고 꾸짖었다. 이제야
그는 그분에 대해 마음 속 깊이 죄스러움을 느끼지 않을 수 없었다.

그는 사랑에 무료하게 앉아 아내로부터 소식이 오기를 기다렸다.
그러나 부르뫼에서는 아무 소식도 없었다. 순식이한테 분명 아버지
가 나주 집에서 기다린다고 어머니한테 전하라고 일렀는데, 어찌 된
일인가 싶었다. 설마 순식이가 아버지의 말을 전하지 않았을까. 아니
면 순식이로부터 그 말을 듣고도 묵살해버린 것은 아닐까. 그가 기다
린다고 나주까지 찾아 올 사람이라면 처가에 갔을 때 얼굴을 내밀었
지 않았을까 싶기도 했다.

양만석은 혼자 사랑에서 서성거렸다. 사랑에 있다 보니 새삼 양 진
사에 대한 기억들이 떠올랐다. 방 구석구석마다에 그분의 체취가 배
어있는 것처럼 숨결 속으로 아련한 그리움이 스며들었다. 형제는 물
론 강근(强近)한 친척붙이가 별로 없었던 터라 그분은 늘 외로움을 타

는 것 같아 보였다. 본가 쪽 사람들은 찾아볼 수도 없었고 처가 사람들이 북적댔다. 그래서 늘 집을 비웠고 친구들과 어울리기를 좋아했었는지도 몰랐다. 부부간의 금슬도 그리 좋았던 것 같지가 않았다. 그는 어머니와 그분이 다정하게 앉아 있는 모습을 본 기억이 별로 없었던 것 같았다.

사랑방에 혼자 앉아 있기가 무료해진 양만석은 마당에 나와 서성이다가 대문 밖으로 나갔다. 느티나무 밑에 서서 영산포 쪽에서 휘어들어오는 둑길을 바라보았다. 영산강에서 드밀고 올라온 바람이 차가웠으나 햇살이 넉넉하여 그렇게 춥지는 않았다. 그는 오랫동안 그렇게 느티나무 밑에 서 있었다. 바람이 건듯 불자 소소한 느티나무 가지에서 휘파람소리가 났다. 양만석은 앙상한 느티나무 가지 끝을 올려다보았다. 느티나무는 그가 어렸을 때나 지금이나 변함이 없었다. 그는 문득 의연한 모습으로 한결같이 고향을 지키고 있는 느티나무가 경외롭게 느껴져 턱 끝을 내렸다.

다음날 아침, 양만석은 나주를 떠날 준비를 서둘렀다. 그는 가방에 겨울에 입을 옷가지들을 챙겨 넣었다.

"서방님, 지가 꼭 아씨를 모셔오겠구만이라우. 그러니께 더 계셔보셔유."

양만석이 떠날 준비를 하는 것을 본 끝례가 눈물바람을 하며 말렸다.

"광주에 갔다가 다시 올테니 걱정 말아요. 살림은 나 없는 동안에 외숙이 잘 알아서 하실 것입니다."

"그래도 지들로서는 주인인 서방님이 기시는 것 허고는 워너니 다르지라우."

"그럼 잘 부탁합니다."

양만석이 말하자 옆에 있던 황 서방이 가방을 들고 앞장을 섰다. 끝례도 고개를 무겁게 떨어뜨린 채 집 앞 느티나무 밑까지 따라 나왔다. 끝례는 몇 번이고 언제 오겠느냐고 물었고 그는 자주 오겠다면서 쓸쓸한 미소만 흘렸을 뿐이다. 그는 나주역에 당도하자 한사코 기차가 떠나는 것을 보고 가겠다는 황 서방을 억지로 돌려보냈다. 그의 마음처럼 썰렁하게 얼어붙은 대합실에 혼자 앉아서 기차 시간을 기다리고 앉아 있는데, 불현듯 조선애 생각이 머릿속에 가득 고였다. 하필이면 왜 이럴 때 궁색스럽게 조선애가 떠오르는 것인지 알 수 없었다. 그렇지만 조선애 생각이 머릿속에 가득 차오르면서부터 얼어붙은 마음이 촉촉하게 녹아내리기 시작했다. 이상하게도 요즘 그는 아내 생각을 할 때마다 조선애가 떠올랐고 조선애를 떠올릴 때는 아내가 생각났다. 아내를 생각하면 심신이 긴장감으로 굳어졌고 조선애를 생각하면 저절로 얼어붙었던 마음이 스르르 풀렸다. 아내를 생각하면 순식이 때문에 괴로웠고 조선애를 생각하면 순식이를 잊을 수 있었다. 아내를 생각하면 해결해야 할 문제가 먼저 떠올랐고 조선애를 생각하면 그냥 모든 것을 다 잊고 편하게 쉬고 싶었다. 그러면서 자꾸만 두 여자가 비교 되었다. 아내는 신분 때문에 그를 멸시하고 차별하는가 하면 조선애는 노비의 핏줄을 타고 난 그를 위로하고 연민하는 마음을 보냈다. 솔직히 아내를 보고 싶은 마음은 없었다. 다만 아내를 만나서 순식이의 장래를 이야기하고 싶을 뿐이었다. 그러나 조선애는 보고 싶고 그립다. 바라보고만 있어도 행복할 것만 같았다.

9

광주역에 도착한 양만석은 인력거를 타고 금성관으로 향했다. 방에 들어가 보니 세 통의 편지가 그를 기다리고 있었다. 안광철과 김준형, 그리고 조선애한테서 각각 온 편지였다. 그는 먼저 조선애의 편지를 뜯었다.

'존경하는 양 선생님께. 지난번 광주에 갔을 때는 여러 가지로 제게 신경을 써 주셔서 고마웠습니다. 비록 1박 2일이라는 짧은 기간이었는데도 제 머릿속에 광주가 강한 인상을 심어준 것 같습니다. 집에 돌아와서도 광주의 여러 가지 모습들이 생생하게 떠오른답니다. 넉넉하면서도 우람차 보이는 무등산과 시가지를 감싸고 흐르는 광주천, 그리고 생기가 넘치는 거리 풍경이 자꾸만 떠오릅니다. 찻집 메이지에서 음악을 듣고 밤눈을 흠뻑 맞으며 금성관까지 걸어갔던 순간이 꿈처럼 아름답게 느껴집니다. 처음 느껴본 낭만적인 밤이었습니다. 지금까지 저는 낯선 밤거리에서 남자와 함께 아무 두려움 없이 눈을 맞으며 걸어본 일이 한 번도 없었답니다. 서서평 여사님의 봉사적인 삶도 저에게 큰 감동을 주었습니다. 함께 살고 있는 수양딸들과 치마저고리 차림으로 아기를 업고 있는 모습이 그림처럼 눈에 아른거

린답니다. 더욱이 최흥종 목사님과 맛있는 저녁을 먹고 돌아오던 길에 광주천 다리에서 만난 공자왈 선생도 잊을 수가 없습니다. 서서평 여사와 최 목사님, 그리고 공자왈 선생 등 세 사람의 만남과 그들의 대화는 참으로 인상적이었습니다. 마치 딴 세상 사람들 같았습니다. 거지와 천사들과의 만남처럼 아름답고 신비로웠습니다. 저도 그런 분들 옆에서 살고 싶습니다. 지금까지 저는 오로지 제 자신만을 위해서 살아왔었는데, 광주에 가서 많은 것을 깨달았습니다. 존경하는 양 선생님, 제가 광주에서 살 수 있도록 도와주십시오. 숙식만 해결된다면 무슨 일이든 하겠습니다. 그럼 양 선생님의 반가운 소식 기다리겠습니다. 진주에서 조선애 올림.'

양만석은 조선애의 편지를 읽고 나서 잠시 눈을 감았다. 찻집 메이지에서 밤늦도록 앉아 있다가 눈을 맞으며 걸었던 순간이 머릿속에서 실루엣처럼 되살아났다. 그는 잠시 후, 두 번째로 안광철의 편지를 개봉했다. 지난번 관동대지진 학살사건을 보도한 독립신문 기사 일후로 그의 소식이 매우 궁금했었다.

'양만석 동지에게. 그동안 어떻게 지내는지 궁금하네. 풍문에는 광주에서 후학을 지도하면서 아주 정착을 한 것 같은데 소식이나 좀 자주 전하면서 살게나. 나는 그동안 잠시 수원에 갔다가 지금은 서울에 머물고 있네. 서울은 지금 신사상연구회와 서울 청년회 사이에 갈등이 증폭되고 있는 형편일세. 목적지는 같은데 가는 길을 놓고 의견이 맞서고 있다네. 서둘러 샛길로 빨리 가자거니, 조금 늦더라도 천천히 대로로 가자거니 하는 차이인 것 같네. 자네가 알다시피 동경 유학생들은 신사상연구회 쪽하고 가까운 편이 아닌가. 그래서 나도 사회주의 강성인 신사상연구회 쪽 사람들과 자주 어울렸다가, 장덕수 주필의 권유도 있고 해서, 민족주의 계열인 서울청년회와 가깝게 되었네. 그런데 요즘, 신사상연구회 쪽 사람들과 서울청년회의 김사국. 이영 사이에 반목이 깊어지고 있네. 지금은 장덕수 주필도 미국에 가 있고 해서 내 입장이 아주 어렵게 되었다네. 신사상연구회는 머지않아서 마르크스 사상을 명징하게 드러내는 방향으로 명칭도 바꾸고 상해파와 이르쿠츠파와 연대할 것으로 추측되네. 좌우당간에 금명간 내 태도를 분명히 할 생각이네. 내 입장이 정리가 되면 자네한테도 연락을 하겠네. 우리는 같은 길을 가야 하지 않겠는가. 그리고 참 지난번 독립신문과 관련해서 몇 차례 경찰부 출입을 했네만 지금은 무탈하니 염려 말게. 가까운 시일 안에 우리 함께 만나서 회포를 풀도록 하세. 건투를 비네. 서울에서 영원한 동지 안광철.'

양만석은 무엇보다 안광철의 신변이 무사하다니 안도했다. 보지 않아도 서울 상황이 짐작되었다. 신사상연구회와 서울청년회 사이에서 입장을 분명히 밝히지 못하고 갈등하는 안광철의 입장도 이해할 수 있을 것 같았다. 그는 마지막으로 김준형의 편지를 뜯었다.

'어이, 만석이. 자네가 그립고 보고 싶네. 언젠가 자네가 내게 눈이 아닌 마음으로 사람을 보면 더욱 잘 보인다고 했던 말이 떠오르네. 지금 나는 마음으로 자네를 보고 있다네. 나는 정읍에 내려와 있네. 며칠 전에 내려와 보니 자네 편지가 기다리고 있었네. 봄이 오기 전에 꼭 자네한테 가보겠네. 광주에 가서 자네가 어떻게 살고 있는지 구경하고 싶다네. 자네는 무슨 일이든지 잘 해낼 수 있으리라 믿네. 오늘은 우선 안부만 전하네. 정읍에서 준형.'

"새끼내에 가서 손자들 만나고 오시니 좋으신 모양이네요."

느지거니 아침을 먹던 양만석은 밥상머리에 앉아 있는 막음례를 보며 농말을 던졌다.

"옥실옥실 영판 오져 죽겄어. 헌디, 양 선생이야 말로 첨으로 생부 만난 소감이 워뗘?"

"그동안 가슴에 맺힌 것들이 확 풀린 기분입니다. 앞으로는 마음 편하게 영산강을 볼 수 있을 것 같아요."

그것은 양만석의 진심이었다. 생부 무덤을 찾아가 혼령에게라도 용서를 빌고 나니, 막힌 가슴이 뚫린 기분이었다. 어머니 산소를 찾아가고 나주 집에 가서 사당에 인사를 올리고 온 것도 정죄를 하고 난 것처럼 마음이 한껏 맑아졌다.

"참, 개동이 형 양모께서는 잘 계시죠?"

양만석은 막음례 앞이라서 쌀분이를 양모라 호칭했다. 그는 언젠가는 막음례도 어머니라고 부르고 싶었다.

"시난고난 허시드만."

"이번에 찾아뵙지 못해서 죄송스럽습니다."

"앞으로는 인정을 트고 살어. 물꼬 허고 인정은 처음 트기가 어렵제, 한 번 트면 쉬워."

"다음에 개동이 형 따라서 찾아뵙겠습니다."

양만석은 이번에도 처가에 갔던 일만 잘 풀렸더라면 돌아오는 길에 새끼네 개동이 형 집에 들렀을 것이었다. 그런데 처가에서 냉대를 받아 얼어붙은 마음으로 경황 중에 돌아오느라 그렇게 되고 말았다. 양만석은 상을 물리고 서둘러 금성관을 나섰다. 광주천 건너 청년학원 공제회에 가보기 위해서다. 그가 없는 사이에 청년학원 공제회 회장을 맡고 있는 서동익과 재무 김기권이 두 번씩이나 금성관으로 찾아왔다고 했기 때문이다. 방학 중인데도 공제회에는 회원들이 여러 명이 나와 북적거렸다. 양만석이 들어서자 모듬살이를 하는 회원들이 방 안에 있다가 한꺼번에 우루루 마당으로 나와 인사를 했다.

"그동안 회원 수도 일곱 명이나 늘었고 매상도 배 가까이 불어났습니다."

재무를 담당하고 있는 김기권이 치부 해 놓은 것을 보여주며 설명했다. 김기권은 회원 열 명으로 시작했던 것이 17명으로 늘었고 한 명이 빵이나 모찌를 하루 50개 파는 것을 목표로 했던 것이 보통 70~80개, 운이 좋은 날에는 1백 개까지 판다고 했다. 80개를 팔 경우, 공제회비를 떼고 나도 80전의 이익을 볼 수 있다고 했다. 하루 80전의 이익이면 나무 장사 하는 것보다 세 배 이상 돈벌이가 되었다.

"수량이 부족해서 고민이 컸는데 기무라야 사장이 우리의 뜻을 알고 우리가 원하는 만큼 대주기로 했습니다. 앞으로는 센베과자나 가스테라, 나마가시도 취급을 해볼까 합니다."

양만석이 보기에 김기권은 장사에 남다른 수완을 가지고 있는 것 같았다.

양만석은 공제회 학생들이 어떻게 살아가는지 알아보기 위해 세 개의 방과 부엌, 화장실까지 일일이 둘러보고 나서 한 사람 한 사람 만나 애로사항을 알아보았다. 겨울이라 방이 좀 따뜻했으면 좋겠다는 것과 밤에는 장사하기가 위험하니, 두 사람씩 조를 짜서 돌아다니는 것이 좋겠다는 의견이 나왔다. 그러고 보니 방이 너무 추웠다. 또 밤길에 행상을 하다가 불량배를 만나면 몸을 다칠 수도 있을 것 같았다. 양만석은 방을 따뜻하게 하려면 나무를 해다 군불을 많이 때서 해결하고 야간에는 다른 상품을 가진 사람들끼리 조를 짜는 것이 좋겠다고 했다. 그날 오후 모두 산에 가서 나무를 해 오기로 했다. 점심은 공제회관에서 회원들과 함께 먹었다. 양만석이 김기권에게 돈을 주어 돈육과 두부를 사오게 하여 가마솥에 고깃국을 푸짐하게 끓였다. 양만석이 이날 청년회 공제회를 찾아온 것은 그간의 사정을 점검하기 위한 것 외에도 , 혹여 그곳에서 조선애가 기식을 할 수 있을만한가를 알아보고자 해서였다. 그러나 공제회는 조선애가 머무를만한 곳이 아님을 알아차렸다. 공제회는 어글어글한 사내아이들이 벅신거리는 곳이기도 하거니와, 그곳에서 먹고 자는 아이들 숫자가 열 명이 넘는다고 하니 빈 방이 없지 않은가. 밤늦게까지 장사를 하느라 집에 돌아갈 수 없어 그냥 공제회관에서 자는 학생들이 많다고 했다. 그는 아무래도 따로 방을 얻든가 아니면 자그마한 집을 한 채 마련해야겠다고 생각하고 공제회관을 나섰다. 금성관에서 흥학관 사이의 가까운 도시 중심지가 좋을 듯싶었다.

양만석은 곧장 흥학관으로 향했다. 그날 저녁 때 십팔회 모임이 있는 날이어서 청년회 사무실에는 지용수와 장석천이 나와 있었다. 장석천은 고향에 내려갔다가 어제서야 올라왔노라고 했다. 집에 간 일이 잘 풀리지 않았는지 그는 시종 찜부럭한 얼굴이었다. 봄에 일본 유학을 떠나겠다고 잔뜩 벼르던 그의 계획이 아무래도 무산되는 것은 아닌지 궁금했다. 양만석은 두 사람에게 광주청년학원에서 운영하는 여자야학에 강사가 필요한지 알아보았다. 당초 그의 생각은 서서평 여사와 최흥종 목사한테 부탁하여 조선애가 수피아나 숭일학교에서 음악을 가르칠 수 있게 하고 싶었다. 그러나 봉사하면서 살고 싶다는 그녀의 부탁을 받아들이기로 한 것이다. 정규 학교보다는 야학에서 가르치는 것이 훨씬 보람을 느낄 수 있을 것이라고 생각했기 때문이다.

"여자야학에는 과목이 한글·산수·한문·가정학 등 모두 네 과목인데, 그 중에서 어떤 것을 가르칠 수 있는 사람입니까?"

"동경에서 음악을 공부했으니까 음악시간을 개설하면 어떨까?"

지용수의 말에 양만석이 조심스럽게 제안을 했다.

"음악이라면 최소한 풍금도 있어야 하고 목청껏 노래도 불러야할 텐데 옆 교실에서 다른 학생들이 공부하는데 지장이 있지 않을까요? 그리고 가정부인들이 대부분인데 누가 노래 배우기를 좋아하겠어요?"

여자야학에서 산수를 가르치고 있는 장석천이 말했다.

"여자 분이니까 가정학을 가르치면 되겠네요. 지금 여자야학은 3백 명에 육박하고 있어 가르치기가 너무 힘듭니다. 이 기회에 분반을 하면 어떨까요. 강사 한 사람이 두 시간씩 가르치면 되지 않겠어요?"

여자야학은 1920년 광주청년회에서 가정부인들에게 신지식을 보급할 목적으로 개설했다. 첫해에는 기십 명에 불과했는데 해마다 지원자들이 늘어 지금은 배움에 목마른 부녀자들이 수백 명씩 몰려들고 있었다. 그 수가 청년학원보다 배가 더 많아 한 교실에서 공부하자니 북새통을 이루었다.

"동경에서 음악공부를 하셨다는데 그런 분들이 여자야학에 계시면 얼마나 좋겠어요. 괜찮다면 어떤 과목이든지 가르칠 수 있도록 해야지요."

지용수와 장석천이 긍정적으로 이야기했다. 이렇게 해서 조선애가 일을 할 수 있는 곳이 광주청년회 여자야학으로 정해진 셈이다. 이제 그녀가 잠 잘 곳만 해결하면 되는 것이다. 양만석은 집을 구하기 위해 흥학관에서 나왔다. 집을 구하는 데에는 막음례가 더 낫겠다는 생각을 한 것이다. 쇠뿔도 단김에 빼랬다고 서두른 김에 당장 막음례한테 부탁하기 위해 걸음을 재촉했다. 마침 막음례는 집에 있었다. 양만석은 그녀에게 다짜고짜 가까운 곳에 집을 알아봐달라고 졸랐다.

다음날 점심을 먹는 자리에서 막음례는 적당한 집을 봐두었으니 시간이 있으면 구경을 가 보지 않겠느냐고 했다. 양만석은 얼씨구나 하고 따라 나섰다. 양만석은 간밤에 안광철과 김준형에게 쓴 편지를 부치기 위해 우편국에 잠깐 들렀다가, 막음례를 따라서 남문통으로 내려갔다. 남문통을 지나 조금만 가도 상가는 별로 눈에 띄지 않았고 민가도 몇 군데 오불오불 붙어 있을 뿐, 논과 밭이 널찍하게 펼쳐졌다. 그들은 우편국 앞에서 십여 분 쯤 걸어 참나무며 소나무가 우거진 야트막한 산자락을 지나쳐 광주천 쪽으로 꺾어 돌았다. 광주천 조금 못미처 앙상한 버드나무가 듬성듬성 서 있는 밭둑을 타고 들어가자, 인가 대여섯 채가 어깨를 맞대고 엎뎌 있었다.

"저그 이층집이네."

막음례가 손가락으로 가리킨 곳에 판자를 덧댄, 자그마한 목조 2층집이 보였다. 2층집은 그 집 한 채 뿐이었다.

"금융조합에 댕기는 일본사람 집인디, 지은 지 삼 년 밖에 안 되어서 마치 정 붙일만헝께 급작스럽게 경성으로 발령이 났디야. 시방 비어 있응께 한 번 가 보드라고. 꼭 오모짜 같어."

밭둑을 타고 스무 남은 걸음 걸어 내려가자 2층집 앞이 나왔다. 집 앞에 막힌 것 없이 툭 트인 밭에는 보리가 융단처럼 파랗게 깔려 있었다. 그들은 판자대문을 밀치고 안으로 들어섰다. 채소를 가꿔먹을 만큼 텃밭도 넓었고 마당 한쪽에는 감나무와 석류나무가 여러 그루 심어져 있었다. 양만석은 변소와 목욕간 앞 공터에 금목서와 향나무를 심었으면 좋겠다는 생각을 했다. 1층에는 온돌방 두 개에 부엌이 있고 응접실 대용으로 쓰는 마루가 넓었다. 체리빛깔 편백나무 층계로 2층으로 올라가자 다다미방이 꽤 널찍했다. 창 쪽으로 작은 책상과 나무의자 두 개가 놓여 있었다. 두 사람은 나무의자에 앉아 확 트인 전망을 바라보았다.

"워따매, 속이 다 시원허네. 개린 것 없이 확 트여서 좋구만."

막음례가 창밖으로 사방을 둘러보며 탄성을 질러댔다. 정면으로는 화순 너릿재 쪽으로 이어지는 큰 골짜기가 보였고 왼쪽에는 무등산이 성큼 한 눈에 들어왔다. 다시 오른쪽으로 눈을 돌리자 갈색 양림동산 숲이 펼쳐져 있었다. 집이 양만석의 마음에 꼭 들었다.

"아래층 큰 방은 부부가 쓰고 옆방은 아들놈 방으로 허면 딱 좋겠어. 2층은 서재로 허고."

막음례는 그가 나주의 가족을 데려올 것으로 알고 있는 것 같았다.

"제가 살 집이 아닙니다."

"식구가 살 집이 아니라니 무신 말이여?"

"집 사람과 같이 사는 거 포기했습니다. 아들놈만 생각하면 잠이 안 와서 앞으로는 생각하지도 않을 작정입니다. 집 사람과 처가 사람들이 아들놈을 아주 못되게 버려놨어요. 장차 뭐가 되고 싶냐고 물었더니 불령선인 잡아다 족치는 사람이 되겠다지 뭡니까요. 쥐방울만한 놈이 벌써 친일파가 다 되었더라고요."

"그 아버지에 그 아들이구먼. 왜 양 선생 과거를 잊었어?"

막음례의 그 말에 양만석은 할 말이 없었다. 그는 황소처럼 넉넉한 모습으로 웅크리고 있는 회갈색 무등산을 바라보고만 있었다.

"폴씨게 지난 일인디, 사주쟁이가 나헌테 운명은 앞에서 오는 돌이고 숙명은 뒤에서 오는 돌이라고 한 말이 생각나는구만. 운명은 앞에서 오니께 잘 허면 피헐 수가 있제만 숙명은 뒤에서 느닷없이 오니께 피할 수가 없다는 뜻이것제. 생각해보니께, 내가 양 진사 댁 씨받이로 들어왔던 것은 운명이었고 개동이를 낳은 것은 숙명인 거 같어. 남편 죽고 두 새끼들 굶겨죽이지 않을라고 씨받이로 들어온 거는 피헐 수도 있었겠제만, 개동이를 낳는 것은 피헐 수가 없었구만. 양 선생도 마찬가지여. 노비 장웅보의 피를 받고 태어난 것은 숙명이여. 그러고 아들이 태어난 것도 숙명이고. 그런디 마시, 운명에도 좋고 나쁜 것이 있는 것맹키로, 숙명에도 좋고 나쁜 것이 있드만. 일러치면 내가 개동이를 낳은 숙명은 좋은 것이드끼, 양 선생이 장웅보 핏줄을 타고 생겨난 것도 좋은 거라 이거랑께. 양 선생이 진짜로 양 진사 핏줄을 받고 생겨났으면 시방 요로코롬 사람이 달라졌겠는가. 만약에 양 선생이 양 진사 핏줄을 받아서 이 고막례의 배를 빌어서 생겨났다면 또 워쩠 겄어. 우리 둘은 좋은 숙명을 가졌구만."

막음례는 길게 이야기를 하고 나서 양만석을 보았다. 양만석은 잠시 생각을 가다듬어보았다. 막음례 말대로 그가 양 진사의 핏줄로 막음례의 배를 빌어 태어났다면 어찌 되었을까를. 그렇다면 그는 분명 지금의 그가 아닐 것이었다. 지금의 그는 어쩔 수 없이 장웅보의 피를 받아 어머니 유 씨 부인에 잉태되어 세상에 나오게 된 존재인 것이다. 마찬가지로 그의 아들 양순식도 양만석과 부르되 박 씨 부인 사이에서 태어났으니 노비와 양반의 피를 반씩 받은 것이 분명하지 않은가. 막음례 말마따나 이것은 어찌할 수 없는 숙명인 것이다.

"참 장개동 형님과 성씨가 다른 두 아드님은 어디에 살고 있는가요?"

양만석이 궁금했던 것을 조심스럽게 물었다.

"발 끊고 산 지 오래 되었구만. 두 새끼들 굶겨죽이지 않게 헐라고 양 진사네 씨받이로 들어갔는디도, 두 놈들이 커서는 이 에미를 화냥년이라면서 나가라고 허드랑께. 얼척 없드만. 제 놈들을 위해서 씨받이로 들어간 것을 화냥질 헌 것이라고 몰아세우드란께. 어매 싫다고 오래 전에 집 나가 얼매나 억척을 부렸는지 두 놈들 다 잘 되었다는디 관심 없어. 소식 끊고 산 지가 오래 되었어. 차라리 잘 되었다고 생각 허는구만. 에미 싫다는 놈들인께 정도 없어. 막말로 내가 씨받이로 들어가지 않고 두 새끼들 끼고 살았더라면 시방 내 팔자가 어찌코롬 되었을까."

막음례는 말을 하다말고 갑자기 기침을 쏟아냈다. 감기기가 조금 있어 보였다. 양만석은 잠자코 있었다. 막음례는 무겁고 답답한 한숨을 길게 내쉬었다. 그녀가 장개동과 그의 자식들에게 유별나게 애틋하게 대하는 이유를 알 수 있을 것 같았다.

"낳고 죽는 것은 사람의 힘으로는 어쩔 수 없는 숙명이랑께."

막음례가 천천히 일어서며 혼잣말처럼 중얼거렸다. 두 사람은 이층에서 내려와 다시 마당을 한 번 둘러보았다. 화단도 잘 정리되어 있었다. 양만석은 목간통과 변소도 들어가 보았다.

"허면, 누가 이 집에서 살 거여?"

막음례가 양만석의 얼굴을 가까이서 쳐다보며 따지듯 물었다.

"여자가 혼자 살 겁니다."

"저 앞 순에 찾아왔던 유학생 처자?"

"예, 광주에서 살고 싶답니다."

"왜? 양 선생 땜시?"

"아닙니다. 저 때문이 아녀요."

"안 그러면 진주에 부모님 기신담서 뭣 땜시 꾸꿈시럽게 혼자 광주에 와서 살겄다는 것이여. 암만해도 요상시러운디."

"그냥 광주가 좋답니다."

"양 선생이 좋아서겄제. 양 선생도 그 처자 좋아허남? 전번에 봤을 때 서로 눈치가 수상허든디?"

막음례의 갑작스러운 질문에 양만석은 잠시 미적거렸다. 그는 분명하게 좋아한다고 말하고 싶었지만 그 말이 입 밖으로 나오지 않았다.

"양 선생이 그 처자를 좋아허게 되면 아기 어메 허고는 영영 이별인거 알고 있제? 세 식구가 모여 살기를 원한다면 절대 그러면 안 돼야."

"깊이 생각하겠습니다."

"나는 솔직허게 말해서 남녀 간에 좋아허는 거 별로 믿지 않는 편이여. 내 평생 세 남자허고 잠자리를 같이 해봤지만 가슴애피 앓듯 누구를 애틋허게 좋아허지는 않았구만. 인자 나는 진짜 사랑은 가슴애피 앓듯 마음으로 허는 것이 아니라, 머리, 그러니께 정신으로 하는 것이라고 생각허는구만. 가슴애피 앓듯 허는 사랑은 금방 식지만도 정신으로 허는 사랑은 암만 세월이 흘러도 변허지가 않는당께."

그러면서 막음례는 꼭 보여줄 것이 있다면서 밖으로 끌고 나갔다. 양만석은 그녀가 무엇을 보여주겠다고 하는 것인지 궁금하여 선뜻 따라나섰다. 막음례는 무등산 쪽을 향해 부지런히 발걸음을 옮겼다. 그들은 숲실 마을을 지나 한참을 더 가다가 작은 골짜기로 들어섰다.

야트막한 산이 에두른 작은 골짜기 등성이 아래, 양지바른 쪽에 꽤 규모가 큰 토담집이 보였다. 토담집 옆에 오래된 느티나무 두 그루가 마주보고 서 있었다. 그들은 다랑이 논둑길을 타고 토담집으로 향했다. 집 가까이 이르자 송아지만큼 큰 누렁이 개 한 마리가 그들을 향해 쏜살같이 뛰어오는 것이 보였다. 양만석은 개를 보자 잠시 주춤거렸다. 그러나 막음례는 오히려 걸음을 빨리했다. 먹잇감을 향해 공격적으로 뛰어오던 누렁이 개가 막음례 앞에 이르더니 꼬리를 치고 머리를 내두르며 껑충껑충 뛰면서 반겼다. 막음례가 쪼그리고 앉더니 누렁이를 쓰다듬어주었다. 막음례가 일어서서 걷기 시작하자 누렁이가 다시 앞장서 토담집을 향해 컹컹 짖으면서 뛰었다. 누렁이는 양만석에 대해서는 관심도 없어 보였다. 토담집 앞에 이르자, 깡마르고 왜소한 중년 사내와 같은 또래의 몸피가 육중한 여자가 판자대문 앞에 나와 막음례를 맞았다. 그들은 막음례를 향해, 마치 하인이 상전을 대하듯 정중하게 인사를 했다.

"별일 없었제?"

막음례가 환하게 웃으며 두 사람의 등을 토닥거려주었다.

"어저께부텀 동식이가 좀 아프구만이라우."

"동식이가 또? 어디가 아픈디?"

"저번에 다친 다리가 다시 덧난 것 같어라우."

"진석이는 좀 어떤가?"

"갖다 주신 약 묵고 폴씨게 다 나섰어라."

양만석은 막음례가 그들과 주고받는 대화를 듣고만 있었다. 혹시 이들이 막음례의 친척이라도 되는 것인지도 몰랐다. 그런데 동식이는 누구이고 진석이는 또 누구란 말인가. 막음례는 두 사람을 따라 서둘러 집 안으로 들어섰다. 양만석도 뒤를 따랐다. 들어갈 때 보니 덩치가 큰 여자가 심하게 다리를 절었다. 막음례는 마치 외출했다가 자기 집에 돌아온 사람처럼 익숙하게 집 안으로 들어섰다. 지체하지 않고 마루로 올라선 그녀는 오른쪽 방문을 열고 들어가다 말고 뒤를 돌아보더니 양만석을 향해 따라 들어오라는 손짓을 했다. 그곳에는 두 명의 소년과 나이가 지긋한 네 명의 남자들이 앉아 있거나 누워 있었다. 양만석이 들어서자 방에서 고린내와 지린내가 훅 덮쳐왔다. 자세히 보니 그들은 성한 사람들이 아니었다. 막음례와 양만석이가 들어서자 방 안에 누워 있던 사람들이 모두 일어나 앉았다. 그러고 보니 저마다 다리를 쓰지 못해 혼자서는 일어서지 못하는 사람들이었다.

"우리 동식이가 또 다리를 다쳤다는디 많이 아프냐?"

막음례는 방 구석지에 누워 있다가 벌떡 일어나 무릎으로 그녀를 향해 기어오고 있는 열대여섯 살 쯤 되어 보이는 사내 아이 앞에 쪼그리고 앉더니 두 팔로 덥석 껴안으며 말했다. 동식이는 외발이었다. 그녀는 동식이가 다쳤다는 오른쪽 다리 허벅지에서 붕대를 풀고 상처를 들여다보았다. 돌에 찍힌 상처에는 지렁이가 말라비틀어진 것처럼 피딱지가 생겼다. 동식이는 밤중에 혼자 작대기를 짚고 변소에 가다가 돌부리에 넘어져서 다쳤다고 했다. 그녀는 상처 난 곳에 붕대를 다시 감아주고 나서 가볍게 등을 토닥거려주었다.

"진석이는 말짱허게 나았구나. 인자부터는 상한 음식은 묵지 말어."

막음례는 방 안에 있던 여섯 명에게 일일이 말을 걸어 대화를 나누었다. 그들 중에는 일흔 살이 훨씬 넘어 보이는 노인도 있었는데 두다리를 쓰지 못했다. 막음례는 노인에게로 가서 두 손을 잡아주고 입가의 침을 닦아주었다.

"할아버지, 시방도 귀에서 여치 우는 소리가 들려요?"

그녀가 노인의 귀에 대고 큰 소리로 묻자 노인은 고개를 끄덕거렸다.

"기력이 떨어져서 그러니께, 밥 많이 잡수셔요."

막음례는 다시 두 번째 방문을 열었다. 그 방에는 모두 여자들뿐이었다. 남자들처럼 한쪽 다리가 없거나, 있어도 제대로 설 수조차 없는 불구자들이었다. 이 방에서도 막음례는 일일이 여자들과 말을 걸고 그녀들의 이야기에 귀를 기울여주었다. 나이가 많은 두 분 할머니한테는 손을 잡아주고 어디 불편한 데는 없느냐면서 이것저것 자상하게 물어보았다. 여자아이들은 어머니를 대하듯 했고 나이 많은 노인들은 마치 딸한테 하는 것처럼 활발하게 이야기들을 했다. 막음례와 그들의 관계가 가족처럼 찐더워 보였다. 막음례는 다시 부엌으로 가서 그들이 먹고 있는 음식들에 대해서도 맛을 보면서 꼼꼼하게 살펴보았다.

막음례는 해가 저물도록 병자들과 함께 있다가, 그들과 같은 방에서 저녁을 먹었다. 그들은 판자 두 쪽을 잇대어 만든 식탁에 두 줄로 마주보고 앉았다. 어쩔 수 없이 양만석도 함께 저녁을 먹게 되었다. 무밥에 반찬이라고 해봐야 김치, 콩자반, 장아찌, 된장찌개가 전부였다. 양만석은 막음례의 눈치를 보면서 억지로 밥 한 그릇을 다 비웠

다. 비위가 워낙 약한데다가 무밥을 싫어하는 그였으나 깨지락거릴
수가 없었다.

"더 드셔요. 많이 드셔야 오래 살으셔라우."

막음례가 귀에서 여치 울음소리가 난다는 노인에게 자기 밥그릇
에서 밥을 덜어주며 말했다. 저녁을 먹으면서도 막음례는 병자들에
게 많은 신경을 썼다. 양만석이가 보기에 그녀의 그 같은 태도는 누구
에게 보이기 위한 가식이 아니라, 자연스럽게 몸에 배어 있는 듯싶었
다. 양만석은 막음례의 전혀 다른 모습에 놀랐다. 금성관에서 손님들
을 대하는 친절하면서도 절도 있는 태도며, 영산원에서 기생들이나
종업원들한테 대할 때의 엄격하면서도 냉엄한 태도와는 전혀 다른
모습이었다.

"저 사람들이 누굽니까?"

날이 어둑어둑해서야 흙담집에서 나오던 양만석이 막음례에게 뚜
벅 물었다.

"내 식구들이여."

"식구들이라고요?"

"내가 저 사람들 목줄을 붙잡고 있어. 저 사람들이 굶으면 나도 굶
고 내가 굶으면 저 사람들도 굶는구만."

그러면서 막음례는 그들과 인연을 맺게 된 사연을 이야기했다. 목
포에서 광주로 거처를 옮겨온 지 얼마 되지 않아서였으니 3년 전 초
가을이었다. 막음례가 아침에 일어나 대문 밖에 나가보니 두 사람이
거적을 둘러쓴 채 붙안고 떨고 있었다. 예순이 넘어 보이는 남자는 앞

은뱅이였고 열두서너 살 안팎의 여자아이는 오른쪽 다리가 불편한 소아마비 환자였다. 그들은 부녀간이라고 했다. 저녁도 굶은 채 대문 밖에서 밤새도록 떨고 있었다는 것이었다. 막음례는 조 군을 시켜 그들 부녀를 집 안으로 들이게 하여 아침을 먹여주었다. 사연을 들어보니 눈물겨웠다. 아이의 어머니가 살았을 때까지만 해도 그들은 굶주리지 않고 연명을 할 수가 있었다. 그런데 지난봄에 어머니가 병을 얻어 세상을 뜬 후부터 부녀는 걸인이 되어 구걸로 목숨을 지탱하고 있다고 했다. 막음례는 이들 부녀를 모른 척 밖으로 내 몰 수가 없어, 지금 그곳에 작은 움막을 지어주고 먹을 것을 대주었다. 그런데 얼마 안 되어 막음례는 대문 앞에서 몸도 제대로 가누지 못하는 걸인들을 또 발견했고 그들을 부녀가 있는 곳으로 데려다주었다. 이렇게 해서 금성관 앞에서 구걸을 하며 떨고 있는 불구 걸인들을 위해 토담집을 새로 짓고 한 곳에 수용하기에 이른 것이라고 했다. 막음례는 그들에게 거처를 마련해주고 먹을 것과 입을 것을 대주어 보살피고 있었다.

"집이 너무 좁아서, 봄이 되면 옆에다가 더 지어야겠어."

"힘들지 않으세요?"

"몸이 성한 거렁뱅이들은 몰라도, 사지가 불편한 거렁뱅이들은 누구라도 도와주지 않으면 살아갈 수가 없거든."

그러면서 막음례는 힘이 닿는 한 버림받은 불구 걸인들을 돕고 싶다고 했다. 그녀의 소망은 앞으로 더 큰 집을 지어서, 더 많은 불구 걸인들을 한집에서 굶주리지 않고 살 수 있도록 하는 것이라고 했다. 그 같은 소망을 이루기 위해 돈을 벌고 있는 것이라고 했다. 양만석은 이 세상에 막음례처럼 남몰래 몸소 사랑을 실천하는 사람들이 있다는 것이 얼마나 다행한 일인가 싶어, 저절로 고개가 숙여졌다.

"이 일을 시작한 후부텀은 세상 사는 것이 재미가 있드만. 술장사 기생 장사해서 돈 번다고 손구락질 한다고 해도 암시랑토 않혀."

막음례가 큰 소리로 말하면서 웃었다. 양만석은 그때서야 막음례가 무엇 때문에 일부러 그를 불구걸인들이 살고 있는 집에 데리고 간 것인지 그 연유를 알 수 있을 것 같았다.

10

1926년 6월12일. 6·10만세 사건이 일어난 이틀 후. 광주고보 1학년이 된 장개동의 큰 아들 장백년은 학교가 파하자 서둘러 옆집에 사는 선배 최규창의 하숙집으로 달려갔다. 이날 학교에서는 수업시간 내내 뒤숭숭한 분위기였다. 총을 든 순사들과 사복차림 형사들이 수시로 부산하게 교문을 들락거리는가 하면, 훈도들이 복도에 삼삼오오 모여 숙덕거리는 모습이 자주 눈에 띄었다. 얼핏 듣기에는 서울에서 큰 난리가 났다고들 하는데 자세한 것은 알 수가 없었다. 장백년의 생각에, 최규창 형이라면 무슨 일인지 알 수 있을 것이라고 생각했다. 공부밖에 몰랐던 그는 광주고보에 들어가서 최규창과 자주 어울리게 되면서부터 세상일에 관심이 많아졌다. 최규창을 통해 식민지 민족의 설움이 어떤 것이며, 우리 민족에게 독립이 얼마나 중요한 과제인가를 어렴풋하게나마 깨달을 수 있게 되었다. 더욱이 장백년은 양만석 아저씨를 자주 찾아온 젊은 청년들이 주고받는 이야기를 통해서도, 우리 민족이 처한 현실과 주권회복의 중요성에 대해서 차츰 눈을 뜰 수 있었다. 장백년은 이제 13세로 3학년인 최규창보다는 5살 아래다. 3년 전에 장가를 들어 한껏 의젓해진 최규창에 비해 장백년은 아직 소년티를 벗지 못했다. 그래도 말과 행동이 웅숭깊어 선배들로부터 신임과 귀여움을 받고 있었다. 특히 최규창이 그를 잘 대해주었다. 장백년과 최규창은 5년 가까이 부동정에서 가깝게 살아온 터라, 친동기간처럼 허물없이 지내고 있었다. 최규창의 하숙방에는 그의 1년 선배인 임주홍과 1년 후배 정우채가 먼저 와 있었다. 셋은 모두 청년학원 출신으로 광주고보에 재학 중인 탓에 자주 어울렸다.

"규창이 형, 색시 보러 집에 안 가?"

백년이가 방 안으로 들어서며 최규창을 향해 농말을 던졌다.

"세상이 하수상한데 엉뚱하게 무슨 색시 타령이야."

임주홍이 면박을 주자, 백년은 샐쭉하게 주눅이 들어 방구석에 처박히듯 앉았다. 그는 무겁게 가라앉은 분위기에 농말을 할 때가 아니라는 것을 금세 알아차리고 입을 다물었다.

"서울에서 독립만세 사건이 터졌단다."

정우채가 백년의 귀에 대고 속삭이듯 말했다. 백년이는 자세한 내용에 대해서 묻지 않았다. 6월 10일 순종(純宗)의 국장일을 기해 수만 명의 학생들이 중심이 되어, 6·10만세 사건이 터졌다. 사회주의 운동에 중추적 역할을 해오던 조선 학생 사회과학연구회 회원들은 순종의 서거 소식을 접하고 독립만세 운동의 준비에 착수해왔다. 이들은 6월 5일에는 태극기 200장과 '조선독립만세'라고 쓴 깃발 30장을 제작하였고 6월 6일에는 '이천만 동포여, 원수를 구축(驅逐)하자. 피의 값은 자유이다. 조선 독립 만세'라는 격문 1만장을 인쇄했다. 이에 앞서 학생들은 5월 23일에 각급학교 학생 50여 명이 모여서 만세운동을 계획했다. 이들은 '조선 민족아, 우리의 철천지원수는 자본 제국주의 일본이다. 이천만 동포야, 죽음을 각오하고 결단코 싸우자, 만세, 만세, 만세. 조선독립만세. 단기 4269년 6월 10일. 조선민족 대표 김성수 최남선 최린'이라는 격문을 만들었다.

6월 10일, 2만여 명의 학생들이 대여(大興)통과 연도에 늘어서 순종의 장례 행렬이 지나기를 기다리고 있었다. 30만 명을 헤아리는 군중들도 순종의 서거를 애도하기 위해 모여들었다. 거리에는 5,000명의 군대와 200명의 정사복 경찰이 철통같은 감시를 하고 있었다. 이날 8시 30분 쯤, 종로 3정목에 있는 단성사 앞으로 대여가 지나갈 때, 이성호의 선창과 중앙고보생 40여 명의 호응으로 조선독립만세를 외치고 격문 1천여 매를 뿌리며 태극기를 휘날리자, 근처에 도열하고 있던 민중 일부가 이에 동조했다. 이를 시발로 시내 도처에서 학생들이 격문을 뿌리고 조선독립만세를 외치며 시위를 하였다. 거리 곳곳에서 학생들이 중심이 된 만세투쟁이 군중과 합세하여 치열해지자, 일제 경찰과 군대는 닥치는 대로 무력을 써서 가차 없이 검거했다. 이날 현장에서 체포된 학생이 210명이었다.

이 무렵, 전주고보에서는 항일동맹휴학이 있었다. 처음 3학년 학생 50여명이 교장 및 일본인 교원의 배척, 강당 및 기숙사의 건축요구, 유도와 검도 교수 등을 요구조건으로 동맹휴학에 들어갔다. 이에 나가다(長田)교장은 수신(修身)시간에 맹휴 학생들에게 차례로 맹휴에 대한 소감을 말하라고 하고 설득에 나섰다. 학생들 중 5명은 끝까지 맹휴의 정당성을 주장했고 그날로 퇴학처분을 당했다. 이와 같은 교장의 태도에 자극을 받아 2학년 학생들까지 맹휴에 가담하게 된 사건이 있었다.

오후 느지막이 최규창의 하숙방에 왕재일과 장재성이 상기된 얼굴로 나타났다. 그들은 서울의 만세 사건에 대해 흥분하고 있었다. 바깥 날씨가 차가운지 두 사람의 얼굴이 불그스름하게 상기되어 있었다.

"재일이 형, 우리는 보고만 있을 건가? 온 서울 장안이 조선독립만세 외치는 소리로 가득 찼는데 우리는 여기서 가만히 있을 건가?"

장재성은 당장 거리로 뛰쳐나갈 기세로 흥분했다.

"오늘 학교에 형사들이 번다하게 드나들고 거리에도 무장 경찰들이 쫙 깔려 있는 것을 보고도 그러냐? 이럴 때는 죽은드끼 조용하게 있는 것이 상책인 겨."

그러면서 왕재일은 후배들에게 서울에서 있었던 일들을 소상하게 이야기해주었다. 왕재일은 신문에 보도된 기사 외에도, 10일 아침부터 오후 늦게까지 서울의 여러 곳에서 있었던 학생 시위에 대해, 사무실에서 기자들이 주고받은 내용을 이야기해주었다.

"이러고 있지만 말고 청년회 선배들을 만나보는 것이 좋겠다."

왕재일의 제안에 모두 찬성했다. 그들 여섯 명은 곧 진남관을 나와 홍학관으로 향했다. 홍학관 청년회 사무실에 강해석과 지용수 선배가 나와 있었다. 그들은 두 선배를 잘 알고 있었다. 두 사람은 2년 전 광주고보와 농업학교 학생들이 중심이 되어 만들었던 학습모임을 지도한 적이 있었다. 그때 만든 무등회는 서너 차례 모임을 가졌으나 광주고보에서 왕재일과 장재성, 그리고 농업학교에서 문승수와 박인생만 남고, 다른 학생들은 모임에 나오지 않아 흐지부지 되고 말았다. 최규창과 정우채, 임주홍은 당시 청년학원생으로 회원이 되지는 못했으나 왕재일 형과 어울리다보니 자연스럽게 청년회 간부들과 알게 된 것이었다.

"홍학관 앞에 사복형사들 안 보이더냐?"

지용수가 학생들이 우루루 사무실로 들어오는 것을 보고 다소 놀라는 표정으로 물었다.

"모르겠던데요."

장재성은 그러면서 밖에 나가보겠다고 했다. 강해석이 그냥 두라고 말렸다.

"헌데, 자네들 어쩐 일이야? 지금 그렇게 몰려다녀도 되는 건가?"

강해석이 걱정스러운 얼굴로 물었다.

"서울 소식이 궁금해서요. 다른 지역은 조용합니까?"

"우리는 이대로 가만히 있어도 되는 겁니까?"

장재성이 물었다. 강해석과 지용수는 대답을 하지 않고 잠자코 있었다. 기실 그들은 학생들에게 할 말이 없었다.

"전주고보에서는 동맹휴학을 하고 있답니다."

말수가 적은 임주홍도 한마디 했다. 그러나 이에 대해서 강해석과 지용수는 어찌된 일인지 한 마디도 언급을 하지 않았다. 두 사람은 다른 생각을 하고 있는 듯했다. 이날 지용수는 서울의 조선 학생 사회과학 연구회에 대한 이야기를 주로 했다. 6·10만세 운동에서 중심적 역할을 한 이병립과 김재문에 대한 이야기도 했다. 조선 학생 사회과학 연구회가 아니었더라면 거사 당일 2만 명의 학생을 동원할 수 없었을 것이라고 했다. 6·10만세 운동은 기성인들에 의한 거사가 아니라, 순수하게 학생중심, 그것도 사회주의 계열 학생들이 주체적인 투쟁을 전개했다는 점을 높게 평가하고 은근히 부러워하는 눈치였다. 특히 이번 거사는 조선 학생 사회과학 연구회 등의 학생단체를 통해 조직적인 준비를 갖추었기에 동시에 조직적인 행동이 가능하게 했다고 말했다.

"아무튼, 이번 운동에서는 조선 학생 사회과학 연구회라는 사회주의 계열 학생들이 주축이 되어 전면에 나섰다는 점을 중요하게 생각해야만 하네."

강해석의 말에 모두들 고개를 끄덕였다. 그 무렵에는 학원가에도 사회주의를 신봉하는 학생들의 수가 점차 늘어나고 있었다. 특히 1년 전인 1925년 4월에 조선공산당이 창당되고 뒤이어 고려공산 청년회가 결성되는 등 공산주의 조직이 가시화되어가고 있었다. 이에 따라 일제는 반정부 및 반체제 운동을 누르기 위해 치안유지법을 제정하기에 이르렀다. 이는 주로 사회주의 사상을 가진 독립 운동가들을 탄압하기 위해 제정한 법이었다. 일제로서는 계급투쟁을 추구하는 사회주의와는 상극 대립할 수밖에 없었던 것이었다.

이날 청년회 사무실에서 있었던 이야기의 초점은 조선 학생 사회
과학연구회로 모아졌다. 강해석과 지용수는 그 단체의 성격과 조직,
그리고 6·10만세 운동의 역할에 대해 아는 바를 소상하게 이야기해
주었다. 그러면서 앞으로 광주에서도 반 일본제국주의를 행동으로
보여주기 위해서는 학생운동계에 비밀결사 조직이 절대 필요하다는
것을 강조했다. 장재성이 두 사람의 견해에 적극 동조하고 나섰고 왕
재일은 침묵을 지켰다. 왕재일은 그동안 학생 중심의 모임을 만들어
보았으나 오래 지속되지 못하고 곧 흐지부지 되고 말았던 것을 기억
하고 있었기 때문이다. 24년에 그는 장재성과 함께 농업학교까지 찾
아가 무등회를 조직하기로 해놓고도 실현을 보지 못했었다. 그리고
이듬해인 25년 여름에도 각 학교에 재학 중인 고학생 10명이 모여 광
주고학생상조회를 조직하고 그가 위원장을 맡기도 했었다. 고학생
상조회는 광주노동공제회 집행위원장 설병호를 고문으로 추대하는
등 광주 노동운동계의 후원을 받아 만들어졌었다. 그러나 이 또한 별
로 특별한 활동을 못하고 있었다. 그 무렵 경성과 일본에 유학하고 있
는 광주 출신 유학생들을 중심으로 광주 유학생회를 결성한다는 소
문도 있었다. 그들은 첫 사업으로 학술강연회와 납량음악회를 열고
그 수익금을 광주 청년학원에 기부하기로 한다는 이야기도 있었다.
그런데 이 무렵 광주의 사회주의 청년들이 조선공산당 계열과 고려
공산당 계열로 분열되고 있었다. 그것은 십팔회와 광주신우회가 그
것이다. 십팔회는 조선공산당, 신우회는 고려공산동맹의 광주지역

표면기관이었다. 1년 전인 25년에 광주에서는 두 개의 사상단체가 결성되었던 것이다. 25년 1월에 결성된 십팔회는 서정희·전도·조준기·정윤모·최안섭 등 18명으로 구성되었다. 또한 같은 해 12월에 결성된 신우회 회원은 강석봉·강해석·김광진·김재명·김용환·김홍선·지용수·최한영 등이었다. 신우회는 서무부, 교양부, 노동부를 두고 사상운동과 청년운동. 노동운동 등 실제 운동 지도에 나섰다. 십팔회와 신우회는 20대 청년들이 주축이 되었다. 광주청년회에서는 강석봉·강해석·김갑수·김광진·김재명·김용환·김홍선·전도·조준기·지용수·최한영 등이 가담했고 신광청년회에서는 정윤모·최안섭이, 점원청년회에서 김강, 함평청년회 김갑수, 광주기독청년회 김용환 등이 간부로 활동했다. 이들 중에서 나이가 가장 많은 사람은 십팔회의 서정희였다. 일찍이 민족의식이 투철했던 서정희는 40이 넘어서 사회주의자로 변신했다. 1876년생인 그는 서울의 관립 영어학교를 마친 후 무안 우체사, 광주우체사에서 주사로 근무했다. 그는 1906년 대한협회 광주지회 설립을 주도했으며 한말에는 의병운동을 후원한 혐의로 1년 동안 투옥되기도 했다. 3·1만세운동에 참여하여 2년형을 선고받고 복역 1년 만에 석방되었다. 그 후에 광주노동공제회·전라노동연맹·남선노동동맹·조선노동총동맹의 중앙위원과 광주소작인 연합회 집행위원장을 맡아, 광주지방의 노동·농민운동을 이끌었다. 24년에는 북풍과 공산주의 그룹의 비밀결사인 까엔당(K.H)과 표면단체인 북풍회에 가담했다. 한편 사회주의 사상에 심취한 광주의 일부 청년들은 사상연구에만 만족하지 않고 공산주의 비밀결사에 적극 가담하기도 했다. 십팔회의 최안섭과 조준기는 조선공산당 및 고려공산당에 입당했으며 김유성 · 김재중 · 신동호 · 정홍모 · 최일봉 등이 당원 혹은 공청원이었다. 또한 조선공산당에 입당한 청년들은 십팔회 · 광주노동공제회 · 광주소작인연합회 · 신광청년회를 거점으로 활동했다. 십팔회의 전도는 광주청년회 간부로 활동하던 중에 서울파 공산주의 비밀결사인 고려공산당동맹에 가담, 고려공산동맹 전남지역 책임자로 선정되기도 했다. 또한 전도 · 강석봉 · 김광진 등이 25년 1월에 서울파의 전남지역 표면기관인 전남해방운동자동맹을 결성했다. 25년 말에 결성된 신우회는 서울파의 광주지역 표면기관이었기에, 신우회 회원 중에 적지 않은 수가 서울파 비밀결사인 고려공산동맹에 가담했다. 서울파(고려공산동맹)에 가담한 광주지역의 사회주의자 계보는 짧은 기간에 이합집산이 거듭되었기 때문에 매우 복잡했다. 그런가하면 서울파는 조선공산당의 통일을 둘러싸고 신파와 구파로 나뉘어 대립했는데, 결국 서울신파는 조선공산당(ML당)에, 서울 구파는 당 외에 잔류했다. 광주의 서울파는 조선공산당과 고려공산청년회에 대거 입당했다. 강석봉은 조선공산당 전남책임자가 되었고 강영석, 강해석, 김재명은 고려공산청년 전남 책임을 맡았다.

장백년은 최규창을 따라 홍학관 청년회 사무실에 갔다가, 날이 어둡기 전에 집으로 돌아갈 생각으로 혼자 슬그머니 밖으로 나왔다. 그는 아무말도 하지 않고 앉아서 선배들과 청년회 사람들이 주고받는 이야기만 들었다. 머릿속이 복잡했다. 서울에서 무슨 일이 일어났는지는 얼추 알 수 있을 것 같았다. 그리고 선배들의 이야기는 서울의 조선 학생 사회과학연구회와 같은 단체가 광주에서도 만들어져야 한다는 것이었다. 그런데 그런 단체를 만들면 될 터인데 무엇이 문제라는 것인지 몰랐다. 장백년은 고보생이 된 후로 생각이 많아졌다. 그전에는 공부만 열심히 하면 모든 문제가 해결될 것으로만 알았다. 아버지처럼 훈도가 되겠다는 그의 꿈도, 장래 행복도 공부만 열심이 하면 다 이루어질 것으로 믿어왔다. 그런데 요즈막 그는 아무리 공부를 열심히 해도 해결될 수 없는 문제가 있다는 것을 감지하게 되었다. 그 자신의 한 몸이나 가족만을 생각한다면 공부만으로도 꿈이 이루어질 수 있을지도 몰랐다. 그러나 언제부터인가 그의 머릿속에 민족이나 국가라는 개념이 똬리를 틀기 시작하면서부터 자신도 모르게 생각이 흔들리고 있었다. 선배들 말처럼 민족이 도탄에 빠져 있는데 어찌 일신의 안일과 영달만을 생각할 수 있단 말인가. 국가가 없는데 어찌 온전한 행복을 누릴 수 있단 말인가. 그렇다면 어찌할 것인가. 장백년은 이미 오래 전부터 자신의 몸속에 노비의 피가 흐르고 있다는 것을 알았다. 아버지와 어머니의 먼 조상 때부터 노비였다는 것도. 그렇지만 그런 것은 별 문제가 되지 않았다. 부끄럽지도 슬프지도 않았다. 열심히 공부를 하면 모두 극복할 수 있다고 생각했다. 그런데 고등보통학교에 들어온 후, 독립이니 주권회복이니 하는 말을 자주 들으면서부터 그는 우리민족 전체가 일본의 노예나 다를 바 없다는 생각을 떨쳐버릴 수가 없었다. 이것은 공부를 열심히 한다고 해서 절대로 해결될 문제가 아니라는 것도 그는 알고 있다. 이런 저런 생각으로 그의 머리가 복잡하다. 이런 문제를 가지고 만석이 아저씨나 아버지와는 상의할 수도 없었다. 그래서 최규창 선배와 가까이 지내고 있는데, 어찌된 일인지 오히려 여러 가지 생각들이 실타래처럼 복잡하게 얼크러지기만 했다. 이런 상태로서는 공부도 제대로 잘 될 것 같지가 않았다. 그는 머리를 식히기 위해 곧장 집으로 들어가지 않고 광주천을 따라 무작정 걸었다. 해가 떨어지자 광주천의 물비린내와 함께 후텁지근한 바람이 불어왔다. 지금 그에게 더위 따윈 아무것도 아니었다. 그를 괴롭히는 것은 더위와 어둠이 아니라, 방향을 잡지 못하고 배회하는 마음이었다. 그에게는 흔들리는 마음을 단단히 묶어줄 구원의 밧줄이 절실하게 필요했다. 그리고 그가 가야할 분명한 길이 어디에 있는지를 알아내는 것이었다. 차라리 공부에 파묻혀 있을 때가 좋았던 것 같았다. 그때 그의 꿈은 너무도 분명했다. 오로지 광주고보 입학시험에 합격하는 것이었다. 그런데 지금은 꿈이 보이지 않고 있다. 별이 보이지 않는 밤하늘처럼 깜깜하고 답답할 뿐이다. 지금까지 그가 간직해온 꿈이 한갓 망상에 지나지 않는다는 것을 알아차렸기 때문이다. 이럴 때 흉금을 털어놓고 이야기할 수 있는 친구라도 한 사람 있으면 얼마나 좋으랴 싶었다. 장백년에게는 그런 친구가 없다. 시골 출신으로 늦게 전학을 온데다가, 공부에만 전념하느라 친구를 사귈만한 시간적 여유가 없었다. 더욱이 금성관에서 기식을 하는 터라, 동학들을 여각까지 데리고 올 수가 없었다.

백년은 주위가 깜깜해서야 털레털레 금성관으로 돌아왔다. 저녁 식사 시간이 훨씬 지났는데도 배고픈 줄도 몰랐다.

"무신 일이냐? 워디 간다는 말도 없이 나갔다가 인자사 돌아오면 워쪄. 할미가 월매나 걱정했는지 아냐?"

막음례는 여느 때와 달리 밤이 되어서야 돌아오는 그를 보고 발끈했다. 백년은 아무 변명도 하지 않았다.

"또, 그 진남관 선배허고 싸돌아 댕긴 거?"

진남관 선배라면 최규창을 말하는 것이다. 막음례는 백년이가 고보에 진학하고부터 선배라는 최규창과 자주 어울리는 것을 마뜩찮게 생각하고 있는 터였다. 최규창을 알게 된 후부터 백년이가 집에 붙어 앉아 공부를 하고 있을 때가 별로 없었기 때문이다.

"암만해도 수상쩍다. 요새 무신 일이 있는 겨?"

"아무 일 없어요."

"느그 아부지 올라오라고 허끄나?"

막음례는 표정을 일그러뜨리며 으름장을 놓았다. 그래도 백년은 묵묵부답이다.

다음날 아침, 백년은 일요일인데도 아침을 먹자마자 외출을 서둘렀다. 그는 막음례 몰래 금성관을 빠져나왔다. 특별하게 누구와 만날 약속이 있는 것도 아닌데 걸음을 서둘렀다. 목적지도 없었다. 방 안에 있기가 무료하고 답답했을 뿐이다. 백년은 광주천을 따라 걷다가 흥학관 쪽으로 향했다. 일요일 아침이라 거리는 을씨년스럽도록 한가했다. 그는 괜히 흥학관 앞을 서성이다가 다시 본정 쪽으로 발걸음을 돌렸다. 걷는 동안 많은 생각들이 머릿속에서 부스럭거렸으나 가닥이 추슬러지지 않았다. 무작정 걷다보니 그가 다니는 광주고보 앞에 이르렀다. 교문은 열려 있었지만 학교 교정은 텅 비어 있었다. 백년은 한참 동안 교문 앞에 서 있었다. 이 학교에 들어오는 꿈을 실현하기 위해 공부에만 열중했던 때가 좋았던 것 같다는 생각이 들었다. 백년은 갑자기 교문 안으로 뛰어 들어가 운동장을 돌기 시작했다. 두 바퀴 세 바퀴 쉬지 않고 돌았다. 어느새 온몸이 땀벌창이 되고 말았다. 그래도 그는 달리기를 멈추지 않았다. 다섯 바퀴 이후로는 몇 바퀴째 돌았는지조차도 기억하고 싶지가 않았다. 세상에 태어나서 지금까지 혼신을 다해 혼자서 이처럼 오랫동안 달리기를 해 본 것이 처음이었다. 그는 숨이 머리끝까지 차오르고 다리에 힘이 빠질 때까지 달리기를 계속했다. 몇 바퀴나 돌았을까. 심장이 뻐개질 것 같으면서 숨이 막히고 다리가 후들거려서야 온몸이 모래성 허물어지듯 흐물흐물 주저앉고 말았다. 그는 운동장에 벌렁 누워서 눈을 감았다. 갑자기 머릿속이 백자 항아리 속처럼 하얀 공백으로 텅 비어버린 느낌이 들었다. 머리에 가득 찼던 모든 생각들이 일시에 사그라져버린 듯했다. 기분이 너무 좋아서 언제까지나 그대로 있고 싶었다. 그는 눈을 뜨지 않았다. 눈을 감고 누워있는데 서걱서걱 모래를 밟는 소리가 들렸다. 발자국 소리는 점점 가까이 다가왔다. 그래도 백년은 눈을 뜨지 않고 그대로 누워있었다.

"백년아 일어나라, 일어나서 새끼내로 돌아가거라."

발자국소리가 그의 머리맡에서 멈추더니 차분하게 가라앉은 어른 목소리가 들려왔다. 목소리가 낯설지 않아서인지 백년은 놀라지 않았다. 못들은 척 그냥 그대로 있었다. 목소리는 다시 들리지 않았다.

그 순간 그는 자신의 이름을 알고 있는 사람이 누구일까 궁금해서 눈을 번쩍 뜨고 일어나 앉았다. 그러나 주위에는 아무도 없었다. 교정 안에는 그 혼자뿐이었다. 교문 쪽을 보니 쑥대머리에 허름한 쇠코잠방이 차림의 늙수그레한 남자가 경중경중 걸어 나가는 뒷모습이, 꿈속에서처럼 아련하게 보였다. 방금 그의 이름을 부르며 새끼내로 돌아가라고 한 사람이 저 늙은이란 말인가. 그렇지만 그 짧은 순간에 그가 어떻게, 백여 보나 떨어진 교문 가까이 갈 수 있단 말인가.

다시 보니 조금 전에 교문을 향해 화단 앞을 지나던 쇠코잠방이 차림의 모습조차 보이지 않았다. 백년은 머리를 거칠게 흔들었다. 마치 무엇에 홀린 것처럼 기분이 이상했다. 방금 전, 분명 그의 이름을 불렀고 새끼내로 돌아가라고 했는데 누가 그랬단 말인가. 다시 눈을 감고 앉아 있었으나 아무 소리도 들리지 않았다. 교정에 꽂혀 내리는 햇살 때문에 그만 일어나야겠다고 생각하며 두 손으로 무릎을 짚었다. 허리를 펴려는데 머리가 띵하면서 어지럼증 때문인지 눈앞이 흐려졌다. 백년은 한참 후에야 휘적휘적 교문을 나와 거리로 향했다. 아무 생각 없이 금성관으로 돌아왔다. 누구일까. 누가 자신의 이름을 부르고 새끼내로 돌아가라고 했을까.

"할머니, 우리 할아버지 어떻게 생겼어요?"

막음례와 둘이 점심을 먹던 백년이 숟가락을 든 채 뚜벅 물었다. 느닷없는 물음에 막음례는 잠시 멀뚱해 하였다.

"키는 얼마나 크고 걸음걸이는 어땠어요? 또 여름철에는 무슨 옷을 입었고…… 또 머리는요? 양반이 아니었으니 상투머리는 아니었을 테고.”

“뜽금없이 할아부지는 왜?”

“그냥 궁금해서요.”

“긍께로 뭣 땜시 뜽금없이 궁금해졌는디?”

“보고 싶어서요.”

“보고 잡다고? 그동안 한 번도 할아부지에 대해서 물어보지 않았는디 꾹끔시럽게 왜?”

“꿈에 할아부지를 만났어요. 할아부지가 나타나서는 백년아 어서 일어나서 새끼내로 돌아가라고 분명히 말씀하셨어요.”

“할아부지 얼굴도 모름시로, 꿈에 나타난 분이 할아부지라는 것을 워치게 알았는디?”

“그러니께 시방 물어보잖아요. 키는 얼마나 컸는지 머리 모양은 어쨌는지.”

“큰 키는 아니었제. 얼굴은 살짝곰보에다, 깨놓고 말해서 별로 볼 품은 없었어야.”

“머리는 봉두난발에다 쇠코잠방이 차림이 맞지요?”

“아매도…… 헌디 고것을 어치게 아냐?”

“맞네요. 할아부지가 맞아요.”

“얼굴은 봤냐?”

“아니오. 뒷모습만 살짝 봤어요. 느낌에 할아부지가 틀림없어요. 헌데 왜 새끼내로 돌아가라고 하셨을까요? 집에 무슨 일이 있을까요? 혹 할머니가 아프신가?”

백년은 몹시 궁금해 하면서 갑자기 안절부절 못했다. 할아버지가 현몽을 하신 것은 그에게 무엇인가를 암시하고 있는 것만 같았다. 백년의 말을 들은 막음례도 은근히 새끼내 식구들이 걱정 되는지 금세 얼굴빛이 달라졌다. 일요일이 아니라면 개동이가 근무하는 학교에 전화를 해볼 터인데, 그럴 수도 없었다.

"걱정 말거라. 무슨 일이 있으면 느그 아부지한테서 전화가 왔을 것이다."

막음례는 그러면서 마음을 진정시키려는지 먹다 남은 밥을 다시 먹기 시작했다. 그녀는 지난 설에 새끼내에 갔을 때, 쌀분이가 해소 병을 심하게 앓고 있는 것을 보았는지라, 한사코 마음에 걸렸다. 그때 생각에는 당장 광주 병원으로 데리고 와서 병을 고쳐주고 싶었는데 차일피일 미루다보니 지금까지 늦어지고 만 것이 죄스럽기만 했다. 그녀는 지금이라도 쌀분이를 데려와 병원에 입원을 시키고 싶었다.

"할머니, 당장에 새끼내에 좀 댕겨와야겠어요. 암만해도 걱정이 되어서."

백년은 밥을 먹다 말고 숟가락을 놓고 벌떡 일어섰다.

"밤늦게라도 돌아올게요. 아니면 내일 아침에 통학차로 올라오던가요."

"그래라. 할머니 병세가 좋지 않거든 느그 아부지헌테 다꾸시 불러서 당장 광주로 모셔오라고 허고."

막음례는 백년을 굳이 말리지 않았다. 백년이의 꿈 이야기가 아무래도 심상치 않았기 때문이다. 그녀는 백년에게 차비를 넉넉하게 챙겨주는 것을 잊지 않았다. 백년은 허겁지겁 금성관을 나와 역을 향해 뛰었다. 이상하게도 마음이 조급해졌다. 새끼내 집에 꼭 좋지 않은 일이 생긴 것만 같아 불안했다. 그는 광주역에서 두 시간이나 기다렸다가 목포행 기차에 몸을 실었다. 영산포에 당도했을 때는 설핏하게 해가 기울고 있었다.

그는 영산포역에서부터 새끼내까지 쉬지 않고 뛰었다. 금세 온몸이 땀에 젖었다. 영산포 목교를 건너 선창을 꿰고 지나갔다. 생선냄새며 젓갈냄새가 코를 후벼대는 선창에는 고깃배들이 여남은 척이나 정박해 있었다. 백년은 선창 끄트머리에서 둑길로 접어들었다. 짭짜름한 강바람이 땀을 식혀주었다.

그는 눈앞에 모습을 드러낸 새끼내 뒷산을 바라보면서 꿈속에 보았던 할아버지의 뒷모습을 떠올렸다. 쇠코잠방이 차림에 봉두난발 노인의 발걸음은 땅 위로부터 한 뼘 정도 붕 떠있는 것처럼, 현실감이 없어 보였다. 그렇지만 모습만은 뚜렷했다. 그리고 어딘가 낯설지 않은 목소리가 아직도 생생하게 귓전을 맴돌고 있었다. 다정하면서도 가볍게 꾸짖고 있는 듯한 그 목소리와 허름한 옷차림을 보는 순간 할아버지라는 느낌이 들었었다. 둑 아래 논에는 심은 지 얼마 되지 않은 벼 포기들이 활착을 해 파랗게 바람에 일렁였다. 그 논들 중에는 할아버지가 물과 싸우며 목숨을 걸고 일군 땅이 있다. 지금은 그 땅들이 모두 동척 소유가 되었다. 할아버지는 눈을 감는 순간까지도 동척이 빼앗아간 그 땅을 되찾아야한다고 유언처럼 남겼다고 했다.

새끼내 다리를 건너자 집이 보였다. 백년은 더욱 힘을 내어 뛰었다. 어머니를 외쳐 부르면 금세 손을 흔들며 뛰어나올 수 있을 것처럼, 손에 잡힐 듯 가깝다. 백년은 굴뚝에서 연기가 피어오르는 것을 보자 안도하며 뛰는 것을 멈추었다. 그는 천천히 숨을 고르면서 하늘로 머리를 풀고 치솟는 회색빛 연기를 바라보았다. 그는 아주 어렸을 때 해가 설핏하게 기울도록 밖에서 정신없이 뛰어놀고 집에 돌아오다가도 굴뚝에서 연기나는 것을 보면 마음이 포근해지곤 했다. 밥 짓는 연기는 언제 보아도 마음을 편안하게 해준다.

백년은 새끼내 다리 건너 마을 초입 돈단 아래 콩밭에서 날이 어둡도록 김을 매고 있는 할머니를 발견하고 소스라치듯 놀랐다. 처음에 그는 콩밭 앞을 지나다가 밭에서 희끔한 그림자가 움직이는 것을 보고 산짐승인가 싶었다. 그런데 걸음을 멈추고 자세히 살펴보니, 허리 굽은 할머니가 혼자 땅바닥에 찰싹 붙어서 김을 매고 있는 것이 아닌가. 가슴이 쿵 내려앉으면서 안도의 한숨을 내쉬었다. 백년은 한달음에 할머니에게로 달려갔다.

"할머니, 날이 다 저물었는데 지금 뭣 하시는 거여"

백년이가 숨이 헐떡거리도록 달려가서 할머니 옆에 바짝 쪼그리고 앉으며 맨손바닥으로 할머니 얼굴의 땀을 훔쳐 주었다. 할아버지가 현몽하신 것은 필시 할머니한테 무슨 변고라도 생기지 않았을까 걱정했는데, 이렇게 콩밭을 매는 것을 보니 안심이 되었다.

"오메, 백년이 왔냐. 워쩐 일이여?"

"할머니 보고 자퍼서."

"참말로 햅미가 보고 자퍼서 왔어?"

"그려. 근디, 할머니 인자 기침 안 혀?"

"오냐. 인자 핼미 암시랑토 안 허다."

"참말로 괜찮어요? 인자 약 안 드서?"

"그려. 약이라면 인자 물케정 난다."

할머니는 앞 치아가 다 빠진 입을 쩍 벌리고 헤벌쭉 웃었다. 백년이가 두 팔로 할머니의 허리춤을 안고 부축하며 일으켰다. 할머니는 곧게 허리를 펴지 못했다. 백년이는 그런 할머니를 보는 것이 너무 애잔한 마음에 명치끝이 아려왔다. 그는 굽은 할머니 등에 업혀 잠이 들었던 어린 시절을 떠올렸다.

"할머니 내 등에 한 번 업혀 봐."

백년은 할머니 앞에 등을 대고 앉았다.

"내비 둬, 이놈아."

"그래도 언넝 한 번 업혀 봐. 할머니 한 번 업고 자퍼."

백년이가 조르자 할머니는 마지못해 손자의 등에 가슴팍을 찰싹 붙였다. 백년이가 할머니를 등에 업고 일어섰다. 마른 짚단처럼 가벼웠다. 부쩍 가벼워진 할머니를 업은 백년이의 마음 깊은 곳이 다시 싸하게 아려왔다.

"할머니, 또 할아버지 생각나서 이 밭에 나왔제?"

언젠가 할머니는 세상을 뜬 할아버지가 생각나면 돈단 아래 콩밭에 나간다는 말을 했다. 그들 부부가 속량하여 양 진사 집을 나와 처음으로 일군 땅이 이 콩밭이라고 했다. 자갈이 많아서 콩 외에 다른 곡식은 심을 수 없는 척박한 땅이지만 젊을 때 할아버지와 할머니가 가장 많이 땀을 흘린 곳이기도 했단다.

"할아버지 어떻게 생겼어?"

"폴시게 잊어뿌렀다."

할머니가 등에서 앙상한 손으로 백년의 어깨를 끌어안으며 한숨 섞어 말했다.

"말해줘요. 키는 얼마나 크고 머리는 어떻고 걸음걸이는 어쩌고 무슨 옷을 입었는지."

"키도 크고 대장부답게 잘 생겼제. 머리 숱이 많고 새깜해서 핼미가 까마구라고 놀려댔단다."

"얼굴이 살짝 곰보였다던데요?"

"그래도 궈이 짝짝 흘렀어야."

"걸음걸이는요?"

"뚜벅뚜벅 황소 맹키로 걸었제. 담박질 헐 때 보면 궁뎅이를 씰룩거림시로 뛰는 것이 꼭 황소 같았어야. 어른들이 그 걸음걸이에 복이 들었다고 했단다."

백년이 듣기에 새끼내 할머니는 할아버지에 대해 광주 할머니와 정반대로 이야기했다. 광주 할머니는 키도 작고 살짝 곰보에 별로 볼품이 없었다고 했는데, 새끼내 할머니는 큰 키에 사내답게 잘생겼다고 하지 않는가. 그는 누구 말이 맞는지 굳이 따지거나 알고 싶지는 않았다. 다만 할아버지를 생각하는 두 할머니의 차이가 이렇게 다르다는 것을 알았을 뿐이다. 그리고 새끼내 할머니가 할아버지를 더 좋아했다는 것도 알 수 있었다.

백년이가 할머니를 업고 마당 안으로 들어서자, 혼자 자치기 놀이를 하고 있던 백석이가 이를 발견하고 어머니를 소리쳐 불렀다. 백금이를 데리고 부엌에서 저녁을 짓고 있던 어머니가 부지깽이를 든 채 뛰쳐나왔다. 백년이는 그때서야 할머니를 마루에 내려놓고 어머니를 향해 어색하게 씩 웃었다. 집안을 둘러보았으나 아버지는 보이지 않았다.

"백년이 웬 일이냐?"

"공일인데 아버지는 어디 가셨어요?"

"부덕리 초상집에 가셨다."

백년이는 식구들이 모두 무사한 것을 확인하고서야 마음을 놓았다. 집에 아무런 일도 없는데 꿈속에 나타난 할아버지는 무엇 때문에 다급하게 새끼내로 돌아가라고 하신 것일까. 꿈속에서 분명하게 들었던 할아버지의 목소리를 다시 떠올리며 고개를 갸웃거리고 있는데, 백금이가 가까이 다가와 팔꿈치로 오빠의 옆구리를 쿡쿡 찔러댔다. 부끄럼 많은 백금이가 제 딴에는 오랜만에 만난 오라비가 잔뜩 반가웠던 모양이다. 입학식하기 전에 다녀갔으니 넉 달 만에 만난 셈이다. 백년이는 두 팔로 백금이를 버쩍 안아 올렸다. 몇 달 사이에 백금이가 몰라보게 자라있었다.

"어이구, 우리 백금이 많이 컸네. 오빠 안 보고 싶었어?"

백년이는 백금이를 안은 채 마당을 한 바퀴 돌고 나서 할머니 방으로 들어가서 당성냥을 찾아 석유등잔에 불을 밝혔다. 뒤따라 할머니와 두 동생들이 따라 들어왔다. 할머니 방에서는 여전히 퀴퀴한 청국장 냄새가 진동했다. 그는 부엌으로 들어가 찬물을 한 바가지 퍼 마시고 나서야 다시 할머니 방으로 들어갔다. 할머니는 백년에게 어디 갔다가 오느냐면서 부채질을 해주었다.

"광주 할매는 잘 있쟈?"

"할머니 해소병 낫게 해드린다고 이참에 모시고 오라고 하셨어요. 저랑 기차 타고 광주에 가요 할머니."

"나 시방 암시랑토 안 허당께."

할머니는 거듭 손사래를 치며 고개까지 흔들어댔다. 백년이가 보기에도 할머니는 전처럼 심하게 기침을 하지 않았고 기력도 전보다 좋아보였다. 할머니는 한동안 목포 고모 때문에 속을 끓이더니, 집을 나가 떠돌음 하던 고숙이 돌아왔다는 소식을 들은 후부터 한시름 놓은 듯했다. 부모님 이야기로는 목포 고숙이 기골이 장대하고 힘이 센 장사라고 했는데, 아직 백년이는 한 번도 본 적이 없었다.

"광주 할매가 우리 백년이 좋아허지야? 맛있는 것도 많이 해주고?"

할머니는 또 그 소리였다. 할머니는 백년이가 집에 올 때마다 똑같은 말을 묻곤 했다. 백년이 생각에 은근히 광주 할머니를 시샘하는 것 같기도 했다.

"우리 할머니가 광주 할머니보담 백년이 더 좋아 허는 것 알고 있어요."

백년이는 새끼내 할머니 앞에서는 또박또박 우리 할머니라는 표현을 했다. 그래야 새끼내 할머니가 좋아한다는 것을 알기 때문이다. 백년이는 할머니가 두 분인 것이 좋았다. 아버지를 낳은 광주 할머니는 광주 할머니대로, 아버지를 키워준 새끼내 할머니는 새끼내 할머니대로, 백년에게는 소중한 분들이었다.

"할머니, 나 광주 안가고 새끼내서 우리 할머니랑 같이 살고 싶어."

백년이는 백석이와 백금이가 방에서 나가자 슬그머니 마음속에 품고 있던 생각을 조심스럽게 털어놓았다.

"핵교는 워쩌고?"

"새끼내서 기차 타고 통학하고 싶어요."

"왜? 광주 할매가 너한테 섭섭허게 허드냐?"

"아녀요. 우리 할머니랑 함께 살고 싶어서요."

"아서라. 큰일 난다. 느그 아부지 어메 알면 난리 날라. 그라고 광주 할매가 오지게 섭섭해 헐 것이다."

백년이는 낮에 기차를 타고 오면서 내내 통학할 생각을 머릿속에 굴렸다. 그러나 광주 할머니가 걱정이었다. 부모님 승낙을 얻어낸다고 해도 광주 할머니 때문에 걱정이었다. 광주 할머니가 쉽게 그를 놓아줄 것 같지가 않았다. 광주 할머니가 얼마나 그 자신을 찐덥게 사랑하고 있는지를 잘 알고 있기 때문이다. 그가 새끼내에서 통학을 하겠다고 한다면 광주 할머니는 크게 낙심할 것이 뻔했다.

조문을 간 아버지는 밤이 이슥하도록 돌아오지 않았다. 백년이는 할머니가 잠들기를 기다렸다가 밖으로 나왔다. 영산강을 훑고 온 밤바람이 시원했다. 마당에는 눈부신 달빛이 가득 고였다. 그는 달빛이 쏟아지는 마루에 앉아서 아버지를 기다렸다. 아버지를 기다리자니 생뚱맞게 만석이 아저씨 생각이 났다. 요즈막 백년이는 이상하게도 아버지 생각을 할라치면 어김없이 만석이 아저씨가 불쑥불쑥 떠오르곤 했다. 아버지와 만석이 아저씨가 똑같은 할아버지 자식이라는 것을 알고 난 후부터였다. 광주 할머니가 만석이 아저씨를 숙부님이라고 부르라고는 한 후부터, 성씨가 다른데 어떻게 숙부가 될 수가 있을까 하는 의아심이 일었다. 그러나 광주 할머니한테서 두 분의 출생 비밀을 듣고 나서야 모든 궁금증이 풀렸다.

그때부터 자꾸만 아버지와 만석이 아저씨가 비교가 되었다. 그가 생각하기에 아버지와 만석이 아저씨는 닮은 점도 있지만 다른 점도 많았다. 만석이 아저씨는 키도 크고 남자답게 생겼으며 도량도 넓은 것 같았다. 그런가하면 아버지는 연약해보이면서도 사려 깊고 자상했다. 백년이는 아버지를 이 세상 누구보다 더 존경했다. 특히 그는 아버지의 시를 좋아했다.

지금까지 아버지는 백년이가 원하는 것이라면 무엇이든지 다 들어주었다. 새끼내에서 통학을 하겠다고 말하면 승낙을 해줄 것이라 믿었다. 물론 아버지가 쉽게 백년이의 뜻을 받아 주리라고 생각하지는 않았다. 아버지 역시 광주 할머니 때문에 난처해할 것이 분명했기 때문이다. 그렇지만 새끼내에서 통학하고자하는 연유를 잘 말씀드려서 설득을 한다면 어려운 문제는 아니라고 생각했다. 그날 밤 백년이 아버지는 밤이 깊어서야 기분 좋을 만큼 술이 취해서 집에 돌아왔다. 백년이는 아버지가 돌아오는 기척이 있자 부리나케 밖으로 나갔다. 아버지는 마당 안으로 들어서다가 백년이를 발견하고 소스라치듯 놀라며 걸음을 우뚝 멈추어 섰다.

"백년이 왔구나."

"아버지, 조문 다녀오시는 길입니까요? 늦으셨네요."

"오냐. 애비 친구인 영산포 소학교 이상수 선생이 마흔 살도 못 되어서 돌아가셨다. 영산포에 와서 처음 얻은 친구였는데. 친구가 죽은 것을 보니 참으로 인생이 허망하다는 생각이 드는구나. 산다고 하는 것이 무엇인지 모르겠다. 그 친구 내가 영산포 학교에 처음 부임해 왔을 때 큰 힘이 되어 주었는데…… 이상수 선생이 아니었으면 영산포 학교에서 버텨내지 못했을 것이다."

아버지는 한숨과 함께 마루에 힘없이 앉았다. 백년이가 부엌에 들어가서 냉수를 떠왔다. 아버지는 단숨에 냉수 한 사발을 다 들이켰다.

"달빛이 참 곱구나."

아버지가 사립문 너머 널따란 들판을 바라보며 혼잣말처럼 중얼거렸다. 백년이도 고개를 들어 아버지를 따라 달빛이 강물처럼 눈부시게 출렁이는 새끼내 들판을 바라보았다.

"오늘 밤에는 별빛도 유난히 밝구만요."

"그렇구나. 애비는 왜 반짝이는 별만 보면 죽은 사람들이 생각나는지 모르겠구나."

"저도 별을 보면 할아버지가 생각나요."

"너도 그러냐?"

백년은 오랫동안 하늘을 쳐다보는 아버지 옆얼굴에 시선을 모으고 있었다. 오늘밤처럼 아버지가 우울하게 가라앉은 모습을 본 것은 처음이었다. 말수가 적은 편이기는 하지만 언제나 밝은 얼굴이었다.

친구의 죽음이 아버지에게 충격을 준 듯싶었다. 백년이는 그런 아버지를 위로해줄 수 없는 것이 안타까울 뿐이었다. 그렇지만 오랜만에, 그것도 밤이 깊어서 아버지와 같이 앉아 있는 것이 좋았다. 그동안 아버지와 이렇게 앉아서 이야기를 나눠본 기억이 별로 없었던 것 같았다. 아버지 옆에는 언제나 어머니나 백석이가 함께 있었다.

"광주 할머니는 평안하시냐?"

"예."

"네가 애비 대신에 잘 해드려야 한다."

"예."

"만석이 아저씨도 잘 계시고?"

"예. 헌데 요새는 금성관에 오시지 않은 날이 많은 것 같아요."

백년이는 그 말을 뱉고 나서 후회했다. 아버지한테 괜한 말을 했구나 싶었기 때문이다. 아버지는 더 이상 만석 아저씨에 대해 묻지 않았다. 요즈막 만석이 아저씨는 금성관에 자주 오지 않아서 전처럼 만날 수가 없었다. 광주 할머니 말로는 여자한테 푹 빠져있기 때문이라고 했다. 그런데 이상한 것은 광주 할머니와는 달리, 아버지는 왜 만석이 아저씨를 숙부라고 부르라 하지 않은 것인지 몰랐다. 복잡한 가족관계를 밝히기 싫어서일까. 어쨌거나 이제 그 자신도 세상일에 대해 알 것은 다 아는 나이인데도 굳이 숨기는 까닭을 알 수 없었다. 그러나 백년이는 아버지가 말해줄 때까지는 직접 묻고 싶지는 않았다. 언젠가는 아버지가 가족사에 대한 모든 이야기를 해 주리라 믿고 있었다. 아버지는 그에게 할아버지의 할아버지 때부터, 그의 조상이 노비였다는 것 밖에는 말해 주지 않았다. 광주 할머니가 아버지를 낳았다는 사실도 새끼내 할머니가 말해 주어서야 알았다. 그 전에는 새끼내 할머니가 아버지를 낳은 것으로만 알고 있었다.

"저, 아버지, 드릴 말씀이 있어서 갑작스럽게 왔어요."

백년이는 용기를 내어 띄엄띄엄 입을 열었다.

"무슨 일이냐? 할 말이라는 게 뭐냐?"

거듭 묻고 있는 아버지의 목소리가 진중하게 달라졌다. 백년이는 다시 용기를 내기 위해 크게 숨을 들이마셨다.

"제 꿈에 할아버지가 나타나셨어요. 할아버지께서 저한테 새끼내로 돌아가라고 호통을 치셨어요. 아무래도 꿈이 이상해요. 왜 저한테 새끼내로 돌아가라고 하셨을까요?"

백년이는 할아버지가 호통을 쳤다는 부분은 일부러 거짓말을 했다. 그러나 아버지는 별로 반응을 보이지 않았다. 할아버지가 꿈에 나타났다고 하면 깜짝 놀랄 것으로 기대를 했었는데 이상한 일이었다.

"백년이 네가 새끼내에 오고 싶었던 모양이구나. 안 그러냐? 할아버지께서 네 속마음을 알고 계신 거야."

아버지가 물었으나 백년은 선뜻 대답을 못하고 잠시 망설였다. 할아버지 꿈을 빗대어 이야기하고 있는 그의 마음을 아버지가 훤히 꿰뚫어보는 것 같았기 때문이다. 백년이는 어떤 경우에도 아버지를 속일 수 없다는 것을 잘 알고 있는 터였다.

"새끼내로 돌아오고 싶었어요."

"그래."

아버지가 밉지 않게 백년이의 오른쪽 어깨를 툭 치며 말했다.

"아버지, 저 새끼내서 통학하고 싶어요."

백년이는 더 이상 주저하지 않고 결연하게 말했다. 아버지는 한참 동안 말없이 달빛 속으로 백년이를 깊숙이 들여다보았다. 할머니가 한바탕 기침을 쏟아내더니 이내 조용해졌다.

"이유를 말해 보거라."

아버지가 나지막한 목소리로 말했다. 이유만 타당하다면 승낙을 해주기라도 할 것처럼 느껴졌다. 이럴 때 아버지를 잘 설득해야 되겠다 싶은 생각이 들었다.

"광주 할머니께서는 제가 고보를 졸업하면 동경 유학을 보내주겠다고 하셨어요. 그러면 저는 오랫동안 가족들과 떨어져서 살게 되겠지요. 그래서 유학을 가기 전에라도 가족하고 함께 있고 싶어요. 동생들과도 더 친하게 지내고 싶고 할머니 살아계실 때 효도도 하고 싶어요. 그리고 또 저는 앞으로 유학을 하고 와서도 고향에 돌아와서 살기로 마음먹었거든요. 아버지처럼 고향에서 살면서 고향발전을 위해 일하고 싶어요. 그러자면 지금부터 고향과 가까워져야겠다는 생각을 했습니다. 기차 통학을 하면 고향의 같은 또래들과 가깝게 지낼 수가 있어요. 그리고 저는 고향 산천이며 고향의 풍속도 넓게 알고 싶습니다. 고향 하천이며 산들, 나무와 풀들까지도 소상하게 다 알고 싶어요. 저는 어려서부터 광주에서 학교를 다녀서 새끼내 사람들도 잘 모릅니다."

백년이는 자신의 생각을 말하고 나자 기분이 후련해졌다. 그동안 아버지한테 이렇듯 단숨에 긴 이야기를 거침없이 해본 적이 없었다. 그러나 충분하게 아버지를 설득시키기에는 무엇인가 부족하다는 생각이 들었다.

"광주 할머니는 어쩌고. 애비는 광주 할머니 혼자 외롭게 사시게 하고 싶지가 않다. 그분이 너를 얼마나 사랑하시는데…… 네가 옆에 있으니까 살맛이 난다고 말씀하셨다."

"저 대신 백석이를 보내면 어떻겠어요? 나처럼 광주로 전학을 시키면 되지 않아요."

"백석이는 아직 부모와 떨어져 살기에는 어리다."

"백석이는 사학년이잖아요. 나는 삼학년 때 전학을 갔어요."

"글쎄다."

아버지는 결정을 못하고 망설이는 듯했다. 그때 안방 문이 벌컥 열리면서 백년이 어머니가 마루로 나왔다.

"백석이는 안 돼요. 백석이는 광주로 보낼 수 없어요. 백년이 너는 그대로 광주 할머니 댁에서 다니도록 해."

백년 어머니가 화가 난 목소리로 단호하게 말했다. 백년 어머니는 잠을 자지 않고 부자가 주고받는 이야기를 죄 듣고 있었던 것 같았다.

"백년이가 허고 자픈 대로 해줘라. 집에서 식구들이랑 함꾸네 삼시로 기차통학을 허고 잪다고 허니께, 고상시럽기는 해도 제가 좋다는디 워쩌겄냐."

그때 백년 할머니까지 마루로 나오며 손자를 거들어주었다.

"어머니, 왜 그러세요. 백년이가 정 기차통학을 허고 싶다면 그렇게 하라고 하세요. 그렇지만 백석이를 광주로 보낼 수는 없어요."

백년이 아버지는 더 이상 아무 말도 하지 않았다. 어머니와 할머니가 나서게 되자 백년이의 입장도 매우 난처해지고 말았다. 백년이 자신 때문에 괜히 가족 간에 분란이 생길 것만 같아 죄송스럽기까지 했다.

"광주에서 편하게 잘 다니던 애가 왜 갑작스럽게 기차통학을 하겠다고 그래."

"아따, 식구들이랑 함꾸네 살고 자퍼서 그런다고 안 허드냐."

짜증 섞인 어머니의 말을 할머니가 받았다. 어머니는 분명히 통학을 반대하는 입장이고 할머니는 찬성하는 쪽이다. 이럴 때 난감한 것은 아버지라는 것을 백년이는 잘 알고 있는 터였다. 아버지는 침묵으로 일관했다.

"더 생각해보기로 하자."

한참만에야 아버지가 입을 열었다.

"안 된다고 딱 잘라서 말해야지, 생각은 무슨 생각을 더 해봐요."

"에미야, 그러면 백석이도 보내지 말고 백년이는 통학을 허고 그러면 워쩌겄냐."

어머니의 말에 할머니가 새로운 제안을 했다. 아버지는 말 대신 강하게 고개를 흔들었다.

백년이가 다음날 새벽에 일어나 소세를 하기 위해 나가보니, 어느새 어머니가 밥을 짓고 있었다. 아직 밖은 미명의 어둠이 빼곡하게 들어차, 아무것도 보이지 않았다. 백년은 조심스럽게 부엌 안으로 들어섰다. 등불 아래서 밥상에 반찬을 놓고 있던 어머니가 아들을 보고는 희끔 웃었다. 간밤에 큰 소리로 냉갈령을 부리면서 통학은 안 된다고 아들을 닦달하던 때와는 전혀 다른 얼굴이다. 평소 아들을 대하는 어머니의 인자하고 부드러운 표정이다.

"통학차 놓칠라 서둘러라."

어머니는 어서 부엌에서 나가라면서 손사래를 쳤다. 백년은 아들을 위해 새벽밥을 짓고 있는 어머니를 보자 갑자기 울컥 애틋한 마음이 뻗질러 올랐다. 자신이 기차통학을 하자면 어머니는 날마다 새벽에 일어나 밥을 지을 수밖에 없겠구나 하고 생각했다. 그것은 어머니를 고생시키는 일이 아닌가 싶었다. 그것도 모르고 기차통학을 하겠다고 떼를 쓴 것을 생각하니 어머니한테 죄송한 마음이 앞섰다. 백년이가 밥을 먹는 동안 어머니는 옆에 앉아 있었다. 몇 번이고 더 주무시라는 말에도 아랑곳하지 않고 아들이 밥 먹는 것을 지켜보며 이것저것 반찬을 옮겨놓으면서 많이 먹으라는 말을 되풀이했다. 그런 어머니의 마음이 김이 모락모락 피어나는 밥처럼 따뜻하고 향기롭게 느껴졌다.

백년이가 집을 나설 때는 할머니와 어머니가 동구 밖 돈대까지 따라 나왔다. 아버지는 아직 잠에서 깨어나지 않은 듯싶었다. 집을 나서기 전, 인사를 하기 위해 안방으로 들어갔을 때 아버지는 모로 누워 있어 그냥 나오고 말았었다. 깨어 있으면서도, 아들로부터 작별인사를 받기가 싫어서 잠이 든 척했을지도 몰랐다. 어쩌면 처음 있는 아들의 청을 흔쾌하게 들어주지 못한 데서 온 부담감 때문일지도 모른다는 생각이 들었다. 백년이는 아버지의 심중을 충분히 이해할 수 있었기에 손톱만큼도 섭섭한 마음이 없었다. 오히려 아버지에게 괴로움을 드려 죄송스럽기만했다.

"백년아, 에미는 기차통학을 하고 싶어하는 네 마음을 잘 알고 있다. 그러니 너하고 싶은 대로 해라. 에미가 네가 편하게 학교에 다녔으면 하는 생각에서 반대한 것뿐이다. 그리고 아버지 말씀대로 광주 할머니 때문에도 그런 거고."

어머니가 백년의 손을 잡으며 속삭이듯 말했다.

"아녀요. 제가 잘못 생각한 것 같아요. 제가 기차통학을 하게 되면 어머니가 날마다 새벽밥을 하셔야 하는데, 어머니를 힘들게 하고 싶지가 않아요."

백년이는 그날 새벽 어머니가 일찍 일어나 밥을 짓고 있는 것을 보고 자신이 잘못 생각했음을 비로소 알아차리게 되었다.

"아니다. 나는 새벽밥 해주는 거 하나도 힘들지 않다. 내 걱정 말고 백년이 네 생각대로 하그라. 광주 할머니는 아버지가 이해시키도록 부탁 할란다."

어머니는 백년이의 손을 잡고 흔들며 말했다. 백년이는 가까스로 어머니의 손을 놓고 몸을 돌려세웠다. 새끼내 다리를 건너 반달음으로 둑길을 타고 한참을 가다가 뒤를 돌아보니, 어머니는 그때까지도 돈대 아래에 서서 아들의 뒷모습을 바라보고 있었다. 백년이는 어머니가 필시 아들이 하나의 점이 되어 둑 끝으로 사라질 때까지 그대로 서 있을 것이라고 생각하면서 걸음을 재촉했다.

11

영산포역 대합실에는 통학생들 여남은 명이 기차를 기다리고 있었다. 그들 중에는 광주로 전학가기 전 3학년 1학기까지 함께 다녔던 소학교 선배들과 동창생들도 여러 명 눈에 띄었다. 광주고보와 숭일학교 · 수피아여학교에 입학한 동기생도 세 명이나 되었다. 특히 올해 광주고보에 입학한, 최종주는 선창 싸전 아들로 친한 사이였다. 영산포에서 소학교 다닐 때 1, 2등을 다투던 경쟁자이기도 했다. 한 때의 경쟁자를 광주고보에서 다시 만나게 되었을 때 기분이 묘했다. 그러나 경쟁자가 있다는 것은 서로에게 긴장감을 만들어주고 학업에 게으름피울 수 없게 해준다는 점에서 나쁠 것은 없다고 생각했다. 더욱이 최종주와는 같은 영산포 출신이라서, 일생 동안 경쟁의 대상이 될 수 있을지도 모른다는 생각이 들었다.

광주농업학교에 입학한 유갑서는 부덕리 부농의 아들로 백년이와는 2학년 때 짝꿍이기도 했다. 어렸을 때는 그와 여러 차례 낚시질도 같이 다녔던 사이다. 몸집이 우람한 유갑서는 공부보다는 노는 것을 좋아했고 유별나게 먹는 것을 밝혔다.

대합실에 들어서면서부터 백년이는 옆 눈으로 희끔희끔 한 여학생을 훔쳐보았다. 소학교 2학년 때 같은 반이었던 선창거리 잡화점 딸 김인숙이 수피아여학교에 들어갔다는 이야기만 들었었다. 교복을 입은 인숙이는 제법 소녀티가 완연했다. 갸쭉한 얼굴에 꼬막 눈을 한 인숙이는 피부가 박꽃처럼 눈부시게 흰빛이었다. 소학교 시절에는 자치기도 하면서 같이 곧잘 어울려 놀았었는데, 오랜만에 만나고 보니 어쩐지 서먹한 느낌이 들어, 알은체하기도 어색했다.

인숙이도 여러 차례 백년이 쪽으로 눈길을 주었고 어쩌다가 둘의 눈길이 마주치면 소스라치듯 놀라 고개를 돌리곤 했다. 백년이는 인숙이 옆에 오병태와 그의 친구들이 큰 소리로 떠들어대고 있는 것을 보자 온몸이 오싹 죄어드는 기분을 느꼈다. 영산포소학교 시절, 백년이보다 2학년 선배인 오병태는 소문난 싸움꾼으로, 백년이를 만날 때마다 개똥이 아들이라고 놀려대곤 했다. 그때는 아버지의 이름이 장개동이인 것이 너무도 창피했었다.

오병태는 농업학교 모표를 달고 있었다. 백년이는 오병태의 눈에 띄지 않으려고 몸을 조그맣게 웅크리며 돌려세웠다. 오랜만에 만난 종주와 갑서가 백년이를 보자 반갑게 맞아주었다.

"반갑다 장백년, 너도 통학하는 거냐?"

"할머니가 광주에서 엄청 부잔데 통학을 하겠어?"

친구들은 백년이를 에워싸고 저마다 한마디씩 던졌다. 그때 기차가 절겅거리며 역구내로 들어왔고 그들은 서둘러 함께 차에 올랐다. 백년은 친구들과 함께 객차 중간쯤에 빈 좌석을 찾아 나란히 앉았다. 김인숙도 맞은편 자리에 백년이와 마주보고 앉게 되었다. 다행히 오병태는 그들로부터 멀찌막이 떨어진 출입구 쪽에 앉았다. 통학생을 실은 기차는 숨 가쁘게 기적을 거푸 울려대며 다음 역인 나주를 향해 출발했다.

"인숙이 너는 역에서 내려서도 학교까지는 한참 걸어야겠구나."

백년은 기차가 출발해서야 용기를 내어 인숙에게 말을 붙였다. 인숙이는 가볍게 희끔 웃어 보일 뿐 말이 없었다. 그 사이 통학차는 나주역에 들어섰다. 나주역에서 수십 명의 학생들이 한꺼번에 우루루 객차 안으로 몰려들어 순식간에 빈자리를 모두 메웠다. 여기저기서 일본 학생들의 떠들어대는 소리가 들렸다.

통학열차 안은 일본말과 조선말이 뒤섞여 북새통을 이루었다. 그때 한 패거리의 일본 학생들이 큰소리로 떠들며 백년이 쪽으로 왔다. 그들은 남학생과 여학생이 섞여 있었다. 남학생들은 동중생들이고 여학생들은 고등여학교 학생들이었다. 도끼눈에 비교적 덩치가 크고 다부지게 생긴 동중학생이 인숙이 옆에 억지로 비집고 앉더니 궁둥이를 마구 흔들어댔다. 인숙이는 도끼눈의 동중학생을 향해 몇 번 눈살을 찌푸리더니 끝내 참지 못하고 일어서버렸다. 그러자 도끼눈은 기다렸다는 듯이 큰 소리로 일본여학생의 이름을 불러 자기 자리에 앉혔다. 앞좌석에서 이 광경을 지켜보고 있던 유갑서가 어깨에 힘을 주고 천천히 일어서더니, 일본여학생 앞으로 바짝 다가서서 꺾쇠 눈으로 째려보았다.

"이봐 가시나야, 여기는 네 자리가 아닌께 싸게 일어나그라 잉."

유갑서가 목소리를 깔고 말했다. 그때 옆에 있던 도끼눈이 유갑서의 어깨를 거칠게 잡았고 유갑서가 고개를 돌리는 순간 도끼눈의 주먹이 날아왔다. 유갑서는 도끼눈의 주먹을 피할 겨를도 없이 뒤로 벌렁 넘어지고 말았다. 그러나 유갑서는 아무렇지도 않은 듯 재빨리 털고 일어나서 공격 태세를 취하며 폼을 잡았다.

코에서 피가 흘렀다. 유갑서는 왼팔 옷소매로 코밑을 문질러 피를 닦는 것과 동시에 오른쪽 주먹을 날려 도끼눈의 턱을 명중시켰다. 이 번에는 도끼눈이 넘어졌다. 객차 안의 학생들이 우루루 몰려들었다. 자연스럽게 일본 학생들은 오른쪽에, 조선 학생들은 왼쪽에 편을 갈라 무리를 지어 섰다. 오병태도 유갑서 옆에 버티고 서서 공격해 올지도 모르는 일본 학생들을 경계하고 있었다. 비틀거리며 일어선 도끼눈이 유갑서에게 주먹을 마구 휘두르며 달려들었다. 유갑서가 잽싸게 몸을 피하는 바람에 도끼눈이 허공을 치며 휘청거렸다.

유갑서는 달려들지 않고 침착하게 방어태세를 취했다. 그때 객차 출입구 쪽에서 호각소리가 다급하게 들렸고 열차 공안원 두 명이 학생들을 헤치고 달려왔다. 공안원들이 학생들을 해산시킨 후 유갑서와 도끼눈을 붙잡아 갔다. 객실 안이 조용해졌다. 일본여학생이 앉았던 자리에 오병태가 잠시 앉아 있다가 김인숙을 끌어 앉히다시피 했다. 김인숙은 마지못해 자리에 앉았다. 그때서야 오병태는 옆에 있는 장백년을 발견하고는 알 수 없는 웃음을 찍 흘렸다. 순간 백년의 가슴이 철렁했다. 김인숙 앞에서 또 개똥이 아들이라고 놀려대면 어쩔까 걱정이 되었다. 그러나 이상하게도 이날 오병태는 백년이를 놀리지 않았다.

"야, 백년이 오랜만이다. 여, 몰라보게 컸구나. 그동안 잘 있었냐? 너 공부 잘하더니 광주고보에 들어갔구나."

그를 대하는 오병태의 태도가 전 같지가 않았다. 만면에 웃음을 가득 머금고 친절하고 반갑게 대해주어, 백년은 웬 일인가 싶어 어리둥

절해 하였다.

"병태 형, 갑서 괜찮을까?"

평소에 겁이 많은 최종주가 걱정스러운 얼굴로 말했다. 그는 유갑서와 도끼눈이 싸울 때도 벌벌 떨고 있었다.

"먼저 주먹을 휘두른 게 쪽바리 새끼였잖어."

"그래도 걱정되네."

"갑서한테 벌을 주면 안 되지. 그때는 정말 한판 붙어 조선사람의 뽄때를 보여줘야지. 여기 증인이 다 있잖어. 김인숙, 최종주 그리고 장백년 네들이 증언을 해줘야지."

오병태는 괜히 폼을 잡으며 허공에 대고 주먹을 마구 휘둘러댔다. 그는 힐금힐금 곁눈질을 해가며 김인숙의 표정을 살폈다. 처음부터 그녀에게 적극적으로 관심을 보이고 있는 듯싶었다. 기차는 노안을 거쳐 송정리역에 도착하여 잠시 정차했고 극락을 거쳐 광주역에 도착했다. 조선 학생들은 기차에 내려서도 서둘러 역을 빠져나가지 않고 개찰구 앞에 모여 공안원에 붙잡혀간 유갑서가 나오기를 기다렸다. 그러나 갑서의 모습은 보이지 않았다. 함께 붙들려간, 도끼눈의 일본 학생은 열차가 도착하자마자 의기양양한 몸짓으로 친구들에게 둘러싸여 대합실을 나갔는데도 유갑서는 나타나지 않았다. 농업학교 학생들 대여섯 명이 유갑서를 찾아보려고 객차 안으로 들어가려다가 제지를 당했다. 기차가 도착해서 십여 분이 훨씬 지났는데도 갑서는 모습을 나타내지 않았다. 그 사이 대부분의 조선 학생들은 지각을 하겠다면서 역을 빠져나가고 여남은 명만 남았다. 영산포역에서 함께 탔던 친구들과 농업학교 학생들이 함께 남았다. 남은 여학생은 인숙이 한 명 뿐이었다. 인숙이는 자신 때문에 일어난 일이라서 모른 척하고 학교에 갈 수가 없었던 것이다. 그리고 오병태 말대로 갑서를 위해 증언을 해야겠다 싶었기 때문이다.

기차가 도착한 지 한 시간쯤 지나자, 무장한 경찰들 여남은 명이 트럭을 타고 역 광장에서 내리더니 객차 안으로 몰려 들어갔다. 분위기가 심상치 않았다. 잠시 후 무장 경찰들이 갑서를 끌고 나왔다. 그들이 갑서를 트럭에 태우려고 하자, 그를 기다리고 있던 조선 학생들이 몰려가 경찰들 앞을 막았다. 백년이도 학생들과 함께 양팔을 벌려 어깨동무를 하고 트럭 앞에 섰다. 그러자 경찰들이 달려들어 방망이를 휘둘러 학생들을 두들겨 패고 발길질을 해댔다. 여기저기서 비명이 터졌다. 경찰들은 학생들을 모두 쓰러뜨린 후 트럭을 몰고 역 광장을 빠져나갔다. 학생들은 트럭이 떠난 뒤에야 비틀거리며 일어서서 갑서를 싣고 간 트럭 꽁무니만 우두커니 바라보았다.

그들은 한참 동안 아무 생각 없이 역 앞에 앉아 있거나 에둘러 서서 우왕좌왕했다. 오병태는 공안원의 방망이에 머리를 얻어맞아 피를 흘렸고 최종주는 허구리를 붙안은 채 땅바닥에 퍼질러 앉아 있었다. 장백년도 방망이에 맞은 더수구니가 뻐근해서 어깨를 들썩일 수가 없었다. 김인숙만이 성한 듯, 손수건에 물을 묻혀 와 오병태 이마의 피를 닦아주고 있었다. 대여섯 명의 농업학교 학생들은 하나 둘 돌아가고 영산포 통학생들만 남았다.

"우리 함께 경찰부로 가보자."

오병태가 큰 소리로 말했다. 모두들 고개를 끄덕였다. 겁쟁이 최종주도 천천히 오른 손으로 땅을 짚고 일어섰다. 영산포 통학생 4명은 역 광장을 가로질러 시내 쪽으로 걸었다. 그들은 학교 가는 것은 이미 포기했다. 유갑서가 경찰부에 붙들려간 것을 알면서 그들만 학교에 갈 수가 없었던 것이다.

"그동안 통학차에서 조선 학생과 쪽바리들 사이에 자주 충돌이 있었지만 경찰이 붙들어간 건 오늘이 처음이다. 먼저 주먹을 휘두른 쪽바리는 풀어주고 왜 억울하게 병서만 붙잡아가는 거지?"

오병태가 말했다. 3년째 영산포에서 통학을 한다는 오병태는 그동안 통학차 안에서 조선 학생과 일본 학생들 사이에 있었던 크고 작은 사건들에 대해 이야기했다. 오병태의 말로는 일주일에 한두 번은 꼭 시비가 있었다고 했다. 자리다툼이 가장 많았고 더러 일본남학생들이 조선여학생들을 놀리는 일도 있었다고 했다.

지난봄에는 오병태가 앞 다투어 통학차에 승차하면서 일본 학생의 발을 살짝 밟은 적이 있었다. 오병태가 미안하다고 사과하였으나 일본인 학생은 시비를 걸었다. 거듭 사과하면서 고의가 아니었다고 설명했으나 막무가내로 오병태의 가슴을 툭툭 치며 계속 달려들었다. 오병태는 참고 또 참았다. 일본인 학생과 시비를 해봐야 이득이 없다는 것을 알고 있었기 때문이었다. 오병태가 한 대 맞고 참았다.

김인숙을 포함한 네 명의 영산포 통학생들은 걸어서 경찰부 청사 앞에 당도하였으나 청사 안으로 들어가지 못하고 초소 앞에 서 있었다. 남학생들이 김인숙에게 그만 학교에 가라고 했으나 그녀는 유갑서가 풀려나오는 것을 보기 전에는 그들과 함께 있다고 했다. 한 시간 이상 기다렸으나 갑서는 풀려나지 않았다. 오병태가 초소에 보초를 서고 있는 순사에게, 역에서 끌려온 학생은 어찌 되었느냐고 물어보았으나 거들떠보지도 않았다. 그들은 12시가 다 되어서야 유갑서가 경찰부 건물에서 혼자 걸어 나오는 것을 보았다. 그들은 갑서에게 달려가 에둘러 섰다. 갑서의 얼굴 콧잔등이 벌겋게 부어올라 있었다. 기차 안에서 도끼눈의 일본 학생한테 얻어맞은 자국이었다.

"괜찮냐? 다친 데 없어?"

오병태가 갑서의 몸을 살피며 물었다.

"나 괜찮으니 걱정 마. 헌데 학교들 안 가고 여기서 뭣들 하는 거야?"

유갑서가 억지로 웃음을 흘리며 친구들을 둘러보았다.

"갑서 네가 붙잡혀 갔는데, 의리 없이 어떻게 우리만 학교에 갈 수 있냐?"

말이 없던 최종주가 갑서의 손을 잡고 흔들며 말했다.

"형, 어차피 늦었는데, 우리 점심이나 먹고 헤어지드라고. 우리 할머니 집으로 가세."

백년이 오병태의 눈치를 살피며 말했다. 백년이의 제의에 모두들 선뜻 결정을 못하고 서로의 표정만을 살폈다.

"백년이 할머니 엄청 부자여. 금성관이라고 하면 광주 사람들 다 알어."

최종주가 끼어들었다. 그렇게 하여 그들은 백년을 따라 금성관으로 향했다. 백년의 할머니인 막음례는 학교에 있어야 할 백년이가 느닷없이 친구들을 데리고 오자, 놀라움을 감추지 못했다. 할머니는 오병태 이마의 핏자국과 유갑서의 콧잔등이 부어있는 것을 보고 백년을 따로 방으로 불러 무슨 일이냐고 다그쳤다. 백년은 숨김없이 사실대로 모두 이야기했다. 그때서야 할머니는 밖으로 나와 백년이의 친구들을 반갑게 맞아주었다. 할머니는 그들이 영산포 친구들이라는 말에 한껏 친절하게 대해주었다. 지금까지 백년이가 이렇듯 여러 명의 친구들을 데리고 온 것은 처음이었다.

막음례는 백년이 친구들에게 청요리집에 전화를 하여 점심으로 우동과 탕수육을 시켜주었다. 그녀는 백년이 친구들 옆에 앉아서 그들이 맛있게 음식 먹는 것을 지켜보았다. 점심을 먹고 나자, 후식으로 참외와 과자를 내왔다. 그들은 너무도 후한 대접에 감동한 듯싶었다. 모두들 부자 할머니를 둔 백년이를 잔뜩 부러워하는 눈치였다.

백년이도 기분이 좋았다. 특히 김인숙이가 백년에게 자주 밝은 웃음을 보내며 한껏 기분 좋아하는 것을 보자 은근히 마음이 달뜨기까지 했다. 지금까지 여학생으로부터 은근한 눈길을 받아본 적이 한 번도 없었던 백년이는 가슴이 뛰었다. 오병태도 백년이를 대하는 태도가 완전히 달라진 듯싶었다. 그는 마음속으로 한동안 백년이를 개똥이 아들이라고 놀려댔던 것을 후회하고 미안해하는 눈치였다. 금성관에 온 후로 오병태는 시종 조심스러운 태도로 백년을 대했다. 이 모든 것이 할머니 덕이라는 것을 알고 있는 백년이로서는 친구들에게 잘 해준 할머니에게 진실로 고마움을 느꼈다. 그에게 광주 할머니가 있다는 것이 얼마나 큰 행운인가 싶었다. 이런 할머니를 혼자 두고 새끼내로 돌아간다는 것은 배신이 아닐 수 없다는 생각이 들었다.

이날 막음례는 백년이 친구들에 대해 표가 나게 큰 관심을 보여주었다. 한 사람씩 이름을 묻고 어디에 살고 있으며 어느 학교에 다니고 공부는 잘 하는지, 아버지가 무슨 일을 하는지 저저이 알려고 했다. 또한 가족관계 등에 대해 시시콜콜 물었다. 특히 백년이와 같은 학교 동급생인 최종주와 김인숙에 대해 각별한 관심을 나타냈다.

"앞으로 우리 백년이와 형제처럼 친허게 지내고, 언제든지 놀러들 오거라. 그라고, 아까 우리 백년이헌테 얼핏 듣자니께, 오늘 통학차에서 왜놈 학생들허고 시비가 있어갖고 서로 주먹질을 허고 경찰부꺼정 갔다는디, 앞으로는 조심들해라. 시방 워떤 세상인디, 왜놈덜 허고 맞설라고 그려. 세상 일은 어른들헌테 맽기고 니들은 그냥 공부만 열심히 허는 거. 한창 공부해야 헐 때 자칫 잘못 허다가는 일생을 망칠 수가 있다는 것을 명심 혀. 니네들 힘으로는 아직 아무 일도 헐 수 없어. 똥이 더러워서 피허제 워디 무서워서 피허겠냐. 내 말 알았제? 우선은 공부 열심히 해서 힘을 탄 연후에 독립을 위해서 싸우든지 말든지 해야제. 내 말 알겠지야?"

막음례는 어른답게 좋은 말로 학생들을 타일렀다.

이날 푸짐하게 점심을 얻어먹은 그들은 학교에 가지 않고 금성관에서 오후 내내 백년이와 함께 놀았다. 백년이 방에 벽 돌림으로 앉아 시간 가는 줄 모르고 이야기꽃을 피웠다. 영산포소학교 시절에는 유난히 말 수가 적었던 김인숙도 이날 보니 별로 내숭을 떨지 않고 남자 친구들과 말도 잘하고 서로 격의 없이 어울렸다. 그녀가 백년이 자신

에게 호감을 갖고 있는 것처럼 느껴졌다. 이날 친구들은 해가 설핏해
서야 일어섰다.

12

무덥고 지루했던 여름이 끝나가고 있었다. 그 여름의 끝자락에서
장마가 시작되었고 폭우가 쏟아져 광주천 물이 둔치를 핥으며 그들
먹하게 흘렀다. 다행히 물이 시내로 흘러넘치지는 않았다. 비가 그치
자 오랜만에 햇살이 넉넉하게 쏟아져 내렸다. 아침저녁으로는 제법
소슬한 바람이 건들거리는 것으로 보아 가을이 오고 있는 듯싶었다.
큰물이 한바탕 무섭게 휩쓸고 내려간 후 광주천의 황톳물이 한결 맑
아졌다.

2학기가 시작되어 맞은 두 번째 일요일이다. 최규창이 하숙을 하
고 있는 진남관에 오랜만에 친구들이 모였다. 광주고보에서는 5학년
인 왕재일을 비롯해서 4학년 장재성, 2학년 최규창이, 농업학교에서
는 4학년 박인생과 문승수 등 2명이다. 그동안 최규창과 문승수 박인
생 등이 방학이 끝날 무렵 각기 고향에 가 있다가 개학날에 맞춰 광주
에 왔기 때문에 이제야 만나게 된 것이다. 최규창도 개학 전날에야 돌
아왔다. 그는 영암 집에 내려가 이틀 밤만 자고 오려고 했으나 한사코
부모님이 붙잡는 바람에 그만 일주일 이상 눌러있었다. 부모님이 오
랫동안 집에 붙잡아두고자 한 것은 손자를 기다리기 때문이라는 것

을 알고 있었다. 최규창은 광주고보에 입학하자마자, 부모님이 서둘러 세 살 위인 도암면 면장 딸한테 결혼을 시킨 것도, 빨리 손자를 얻기 위해였다. 최규창이 3대독자라서 손자를 기다리는 부모님의 심정을 모르는 바는 아니지만, 방학동안 내내 색시 옆에 붙어 있고 싶지가 않았다. 그때문에 부모님의 성화가 빗발쳤으나 여름방학이 거의 끝나갈 무렵까지도 집에 가지 않고 하숙집에 남아 빈둥거렸다.

　방학이 끝나기 일주일 전쯤이었다. 난데없이 시골에서 아버지가 색시를 데리고 하숙집에 나타났다. 아버지는 색시를 그의 하숙방에 밀어 넣어주고는 그길로 내려가 버렸다. 최규창은 너무도 창피하고 부끄러워 도망치고 싶었다. 진남관의 여주인과 종업원들이 숙덕거리는 소리가 들리자 고개를 들 수조차 없었다. 그렇다고 색시를 쫓아버릴 수도 없어, 땡감 먹는 심정으로 색시와 그날 밤을 같이 보내고, 날이 새기도 전에 색시를 앞세우고 고향으로 내려갔다.

　최규창이 짐을 꾸려 고향집을 떠나올 때 색시 윤 씨가 대문 밖 고샅까지 따라 나와서 그의 뒷모습을 바라보고 서 있었다. 색시가 대문 밖까지 나와서 배웅을 해 준 것은 처음이었다. 혼인을 한 지 3년이 지났으나 색시는 말수도 적고 여전히 부끄럼이 많아 그 앞에서 고개조차 바로 들지 못하고 한사코 몸을 사렸었다. 최규창은 친구들에게 집에서 가져온 약밥을 내놓았다. 색시가 새벽에 일어나 시루에 쪄서 버들고리 도시락에 싸 준 것이다. 최규창은 친구들과 함께 약밥을 먹으면서 얼핏 색시 생각을 떠올렸다. 처음에는 부모가 시키는 대로, 혼인을 하게 되어 담배씨만큼도 정이 우러나지 않았는데, 2년이라는 세월이 흐르게 되니, 자신도 모르게 새록새록 애틋한 정이 싹트기 시작한 듯싶었다.

"더 올 사람 없지?"

왕재일이 주위를 둘러보며 물었다. 약속한 5명이 모두 모였다. 그날 그들이 모이기로 한 것은 서울에서 6·10만세 사건이 터진 이틀 후, 광주에서도 서울의 조선 학생 사회과학연구회 같은 학생 조직체를 만들자는 의견에 동의한 학생들이, 보다 구체적인 논의를 해보기 위한 것이었다. 광주에서도 서울에서처럼 보다 조직적으로 항일투쟁을 하자면 구심점 역할을 할 수 있는 단체가 만들어져 야했기 때문이다.

"오늘이 9월 3일이니까, 10월 중에는 조직이 출범을 해야 할 것 같은데, 그러자면 바짝 서둘러야겠어."

장재성이다. 차분하면서도 매사에 적극적인 그는 다섯 사람 중에서도 학생 조직체를 빨리 만들어야한다고 누구보다 열성을 보여 왔다.

"창립을 주도할 발기위원은 열 명 정도로 하고 시내 여러 학교 학생들을 참가시킬 회원 수는 백 명은 되어야 할 터인데, 우선은 회원 확보가 중요한 문제가 아닐까."

"창립 발기위원을 좀 늘이는 것이 좋지 않겠어? 최소한 열다섯 명 이상은 되어야지."

왕재일의 말을 문승수가 받았다.

"광주고보와 농업학교만 가지고도 열다섯 명 확보는 가능할 것 같은데. 우리학교에서 이미 여섯 명이 확보되었어."

농업학교 박인생의 말이다.

박인생은 방학 동안에 농업학교에서 정남균, 정동수, 정종석, 김한필 등 4명에게 은밀하게 학생조직에 대한 취지를 설명하고 승낙을 받아놓은 터였다. 그들 모두 기숙사에 같이 있는 친구들로, 학업성적도 우수하고 믿을만한 학생들이다. 무엇보다 그들은 항일감정이 뜨거웠고 사회주의 이념에 대해서도 호감을 갖고 있어 몇 차례 토론을 벌인 적도 있었다.

　"우리 광주고보에서도 이미 여기 세 사람 외에, 여섯 명으로부터 동의를 받아 놓고 있어."

　장재성은 그러면서 한 사람 한 사람 거명을 했다. 광주고보에서 동의한 학생들은 그날 모인 왕재일 · 장재성 · 최규창 외에, 김광용 · 임주홍 · 국순엽 · 안종익 · 김창규 · 최용호 등이다. 농업학교 학생이 6명이고 광주고보 학생이 9명으로 총 15명이다. 모두 학교생활에 성실하고 친구들 사이에서 신망이 두터운 학생들이다.

　"현재 십오 명이 확보되었는데, 이 수로 충분하지 않겠어?"

　"창립 발기위원은 열다섯 명으로 확정하면 어떨까?"

　장재성과 왕재일의 말에 모두들 찬성했다.

　"다음으로 회원확보와 조직의 목적과 구체적인 활동목표 등을 정하는 일인데, 어떻게 하는 것이 좋을까."

　"창립 발기인들 한 사람당 열 명 정도 회원을 확보하면 어떨까."

　"목적과 구체적인 활동계획은 장재성이가 준비를 하도록 해."

　장재성의 말끝에 왕재일이 의견을 제시했으며 모두들 찬성했다. 그들은 비밀이 새어나가지 않도록 신의를 지키자면서 손을 한데 모으고 다짐했다. 그리고 서로 굳게 악수를 나누었다. 그들은 회원이 확보되면 창립 일주일 전 쯤 다시 만나기로 하고 일단 헤어졌다. 최규창의 하숙집에는 왕재일과 장재성 등 세 사람만 남게 되었다.

"재일이 형, 오늘 우리가 모였다는 것을 지 선생님한테 알려드려야지."

"그렇게 하는 게 좋겠다."

장재성의 말을 왕재일이 받았다. 세 사람은 지용수 선생을 만나기 위해 진남관을 나와서 홍학관으로 향했다. 밖에 나오자 소슬한 가을 바람이 건듯 불어 머리칼을 헤집고 달아났다. 어느덧 하루의 쇠잔한 햇살이 광주천변 버드나무 이파리에 가볍게 매달려 있었다.

그해 11월 3일 광주고보와 농업학교 학생 15명이 진남관 최규창의 하숙방에 모였다. 당초 계획보다 2주일 정도 늦어진 셈이다. 100명의 회원을 확보하느라 계획이 늦어졌다. 이날 모인 사람은 광주고보에서 왕재일(王在一), 장재성(張載性), 최규창(崔奎昌), 김광용(金匡溶), 임주홍(林周弘), 국순업(鞠淳業), 안종익(安鐘翊), 김창주(金昌柱), 최용호(崔鎔鎬) 등 9명이고 농업학교에서 박인생(朴仁生), 문승수(文升洙), 정남균(鄭南均), 정동수(鄭東秀), 정종석(鄭鍾奭), 김한필(金漢苾) 등 6명이었다. 좁은 방에 15명이 꽉 들어찼다. 이날 모이기로 한 학생들이 모두 참석하자, 그들 중에서 나이가 가장 많은 왕재일이 일어섰다. 왕재일은 이날도 한복에 검정색 두루마기까지 입었다.

"약속한 학생들이 모두 모였으니 회의를 시작하도록 하겠습니다.

장소가 협소한 점 양해하시기 바랍니다. 오늘 이 자리에 모인 학생들은 발기위원이 되는 것입니다. 발기위원 외에 일백 명의 회원이 있습니다. 오늘 마땅히 회원 전체가 한자리에 모여서 결성총회를 갖는 것이 원칙이나, 여러분이 잘 아시다시피 우리에게는 그만한 자유도 주어지지 않고 있습니다. 우리에게는 결사의 자유가 없습니다. 그 점 양해해주시기 바랍니다. 그리고 오늘 이 자리에 모인 여러분들은 피차 이름과 얼굴이 드러나, 누구라는 것을 알게 되었으나 나머지 일백 명은 창립회원으로 참여하기는 해도 누구인지 모를 것입니다. 그것은 당분간 비밀을 유지하기 위해서입니다. 각 발기위원은 자신이 추천한 회원에 대해서만 알고 있을 뿐이고 다른 회원들에 대해서는 모릅니다. 그러나 회원명단만은 공개하도록 하겠습니다. 참, 오늘 창립하는 우리 모임의 명칭에 대해서 그동안 여러 발기위원들의 뜻을 모아본 결과 성진회로 하자는 의견이 많았습니다. 깨달아서 앞으로 나아가자는 뜻입니다. 성진회 어떻습니까?"

왕재일의 의견에 모두 찬동하여 박수를 쳤다.

"자, 그러면 성진회를 이끌어가기 위해서는 지도부가 만들어져야 할 것 같습니다. 우선은 총무와 서기, 그리고 회계 정도는 맡을 사람이 정해져야하지 않겠습니까? 호명으로 추천하여 거수로 결정하는 것이 어떻겠습니까?"

왕재일이 방 안에 벽을 등지고 빙 둘러앉은 학생들을 둘러보며 말했다.

"총무는 연장자인 왕재일 선배가 맡는 것이 좋겠습니다."

농업학교 박인생이 일어서서 왕재일을 추천했다. 모두들 박수로 찬동을 표시했다.

"이거 쑥스럽네요. 좋습니다. 졸업이 얼마 남지 않았으나 당분간이라도 성진회를 활성화시키기 위해 부지런한 심부름꾼이 되겠습니다. 그러면 서기를 추천해주십시오."

"총무를 광주고보에서 맡았으니 서기는 농업학교에서 맡는 것이 좋겠습니다. 서기로 박인생을 추천합니다."

농업학교 문승수였다. 모두 박수를 보냈다. 이어서 회계에는 최규창이 장재성을 추천했다. 이렇게 하여 총무, 서기, 회계가 선출되었다.

"그러면 여러분, 서기를 맡은 박인생 군이 성진회의 목적과 취지, 그리고 앞으로 활동에 대한 구체적인 내용을 설명을 해주시겠습니다."

왕재일이 박인생을 보며 말했다. 박인생이 일어섰다.

"박인생입니다. 여러분이 잘 아시다시피 우리민족은 그동안 한일합방의 부당성을 주장하고 민족의 독립을 위해 투쟁을 계속해왔습니다. 따라서 우리 성진회도 작게는 사회과학연구와 식민지 교육체제를 반대하기 위해 역량을 기르기 위해 공부를 하자는 것입니다. 그리고 크게는 민족의 독립을 쟁취하기 위해 보다 조직적으로 투쟁을 전개하는 것입니다. 우리는 성진회의 조직을 보다 굳건히 확대하고 철저히 준비를 하여 충분히 역량을 갖춘 다음, 적극적으로 항일투쟁에 나서야 합니다. 무엇보다 중요한 것은 우리와 뜻을 같이 할 수 있는 회원들을 많이 확보하여 조직을 튼실하게 만드는 일이라고 생각합니다. 그러기 위해서는 우리 발기위원들부터 모임을 자주 갖는 것이 좋을 것 같습니다. 제 생각에는 한 달에 두 번 정도, 그러니까 첫째 주와 셋째 주 토요일에 모여서 사회과학연구와 조직 확대를 다져나가는 것이 어떻겠습니까."

서기 박인생의 제안에 모두 찬성했다.

"회비는 월 10전으로 하는 것이 어떻겠습니까?"

회계를 맡은 장재성이 말하자 박수를 쳤다. 회의가 얼추 끝나갈 무렵이 되자 최규창은 시렁에서 대오리 바구니를 꺼내 엿 한 가락씩을 나눠주었다. 마지막으로 왕재일이 일어나서 회원들의 이름을 한 사람씩 호명하였다. 본인은 없으나 이름을 부를 때마다 박수로 환영했다. 호명된 회원들은 유치오(兪致五), 김몽길(金夢吉), 여도현(呂道鉉), 김시성(金時成), 하의철(河誼喆), 이동선(李東宣), 박무길(朴武吉), 정귀석(鄭貴錫), 김기주(金基柱), 최상호(崔相鎬), 김태영(金泰泳), 임종대(林鍾大), 김필재(金弼載), 김재용(金在龍), 유상걸(柳上杰), 박오봉(朴五鳳) 등 100여 명이었다.

"자 그러면 마지막으로 역사적인 성진회의 발족을 자축하는 의미에서 우리 모두 힘차게 박수 한 번 더 칩시다."

왕재일의 제안에 일동은 두 손의 손바닥을 한데 모았다. 장소가 장소인 만큼 손바닥의 마찰을 최소한 줄여 박수 소리가 밖으로 흘러나가지 않도록 했다. 소리 없는 박수를 치고 있는 그들의 표정은 엄숙하고 진지했다.

"총무님, 성진회의 발전을 위해 우리와 뜻이 맞는 지역 어른들 몇분을 고문으로 모시고 청년회 간부들을 지도위원으로 추대하는 것이 어떻겠습니까?”

농업학교 문승수가 새로운 제안을 했다.

“문승수 동지의 제안에 동의합니다. 우리 지역의 유지급 인사 몇 분을 고문으로 모시고, 사상적으로 일치하는 청년회 간부들 중에서 우리들에게 가르침과 사상적 영향을 주는 몇 분을 지도위원으로 모시는 것이 좋을 것 같습니다.”

문승수와 같은 농업학교 학생 정남균의 말이었다.

“좋은 제안이기는 합니다. 그러나 성진회는 어디까지나 청년학도들이 자발적이고 주체적으로 이끌어가는 청년학도들만의 순수한 조직이어야한다고 생각합니다. 여기에 기성세대가 개입되면 순수성을 잃게 될 우려가 있습니다. 그리고 비밀유지에도 도움이 되지 않을 수도 있습니다. 필요하다면 그때 그때마다 기성인들의 자문을 받는 것은 좋습니다만, 굳이 표면적으로 고문이나 지도위원을 둘 필요는 없다고 봅니다.”

장재성의 말에 여기저기서 찬동을 표시했다. 문승수도 곧 자신의 제안을 취소했다. 이렇게 해서 1926년 11월 3일 오후 늦게 광주 부동정에 있는 진남관 최규창의 하숙방에서 성진회(醒進會)가 결성되었다. 지도부에서 다음 모임 날짜가 결정되는 대로 연락을 하기로 하고 창립 발기인회의를 끝마쳤다. 다음날 다시 모여서 기념사진을 찍기로 했다. 그들은 날이 어두워지기를 기다렸다가 한 사람씩 진남관을 빠져나갔다. 한꺼번에 15명이 우루루 밖으로 몰려나가면 이상하게 보일 수도 있기 때문이었다.

성진회가 결성된 지 2주일 쯤 후에, 정우회(政友會) 선언이 있었다. 11월 15일, 동경의 일월회(日月會) 간부 안광천(安光泉), 하필원(河弼源) 등에 의해 작성된 이 선언은 사회주의 및 공산주의 진영과 민족주의 진영 사이에 뿌리 깊은 반목이 계속되고 있을 때, 파벌적 운동을 초월한 민족 단일당의 결성을 주장한 내용으로, 충격을 주었다.

정우회 선언은 국내외의 모든 파벌적 대립에 대해서 자기반성의 계기를 제공했으며 일부 반대세력을 제외한 많은 사회단체가 그 노선에 긍정적인 태도를 보였다. 조선노동총연맹은 정우선언 노선에 일치되는 변화를 실제적으로 나타내 보였으며 민족운동 진영에서도 민족 단일당의 결성에 대해 긍정적인 반응을 보였다. 이 무렵 광주에서도 사회주의 청년운동이 보다 활발해지고 있었다. 그해 9월 2일, 제3차 조선공산당이 출범하고 전북 부안 백산 출신 김철수가 책임비서에 선출된 이후, 광주에서는 광주청년회를 중심으로 신사회 운동과 함께 비밀결사를 위한 새로운 움직임이 일기 시작했다. 서울과 고려공산당 동맹은 청년회와 학교를 통해, 이른바 '대중을 교도하고 투사를 양성한다'는 목표를 세웠다. 특히 광주청년회와 학교를 투사양성 기관으로 활용하고자 했다. 그러기 위해서는 광주 시내에 있는 학교를 중심으로 비밀결사를 지원하지 않으면 안 되었다. 이 목표를 달성하기 위해서 강해석과 지용수가 ML당 Y부(학생지도부)를, 장석천 후보당원이 Y부 재건의 책임을 지고 있었다. 이들 세 청년은 학생비밀결사와 조선공산당당원 지도를 맡기도 했다. 특히 1926년 3월 동경으로 건너가 동경 상과대학 예과에 입학한 장석천은 4개월 만에 중퇴하고 광주로 다시 돌아와, 전남청년동맹 위원장에 선출되기도 했다. 그는 일신의 입신양명을 위해서 한가하게 일본에서 유학을 하고 있을 때가 아니라고 판단하고 서둘러 고향으로 돌아왔다고 말했다.

강해석 · 지용수 · 장석천 등 사회주의 청년운동을 주도하고 있던 세 청년은 '신사회' 건설을 위해, 시급한 것이 청년학도들을 교화하는 문제라고 판단하고 사상문제 대강연회를 열기도 했다. 신우회에서 기획한 강연회는 주로 홍학관에서 열렸다. 강연회를 통해 자본주의 제도와 결함을 폭로하고 자본주의가 필연적으로 붕괴하리라는 신념을 가지고 민중이 주인 되는 '신사회'의 이상향을 제시하고자 했다.

이 같은 공개강연회에는 수백 명의 학생들이 몰려들었으며, 이들 학생들을 비밀결사에 끌어들이는데 결정적 도움을 주었다. 특히 성진회 발기회원들은 학생들을 회원으로 끌어들이기 위해서는 일단 사상 강연회에 데리고 가서 강연을 듣게 한 후에 자연스럽게 유도하면 어렵지 않게 성공 할 수 있었다. 민족 현실에 불만을 품고 있는 학생이라면 누구나 광주청년회가 표방하는 '신사회' 건설에 관심을 나타내게 마련이었다. 광주청년회 강령에 보이는 '신사회'는 사회주의를 완곡하게 드러내는 말로, 이 무렵 흔히 쓰는 표현법으로 경제적 해방운동과 맥락을 같이하기도 했다. 광주청년회가 주력하고자 한 정치적 해방운동은 모든 정치적 억압으로부터의 해방을 목표로 삼는 운동, 즉 부르주아 민주주의적 권리를 쟁취하기 위한 운동과 식민지 상태로부터 벗어나기 위한 독립운동을 의미했다. 이에 반해 경제적 해방운동이란 모든 경제적 착취 관계를 분쇄하기 위한 운동, 즉 지주 자본가의 착취에 저항하는 노동자 농민의 계급 투쟁. 계급 해방운동이었다.

1926년도 끝자락에 와 있었다. 정우회 선언이 있고 한 달쯤 지나 강해석·지용수·장석천 등 광주청년회 간부들이 성진회 지도부와 만났다. 장석천의 주도로 함께 저녁이나 먹자고 모인 것이다. 성진회에서는 왕재일과 장재성, 박인생이 나왔다. 이들 여섯 사람은 흥학관 앞에서 만나 가까운 청요리집 한갓진 구석방으로 들어가 마주 앉았다.

"이제 연말도 얼마 남지 않았고 해서 망년회 겸 오랜만에 저녁이나 먹자고 불렀네."

장석천이 탕수육과 우동을 주문하고 나서 세 학생들을 보며 말했다. 성진회가 발족된 지 한 달이 지났으나 성진회 지도부 3명이 같이 청년회 간부들을 만난 것은 그날이 처음이었다. 학생들은 청년들에게서 최근 세상 돌아가는 소식을 듣고 싶었기에 잔뜩 긴장하고 귀를 모았다. 기실 학생들은 지금까지 청년회 사람들이 아니면 신문에 보도되지 않은 국내외 정세를 귀동냥할 수가 없었던 터라, 잔뜩 기대를 하고 나온 것이었다. 더욱이 그들은 일본에 유학을 갔다가 넉 달 만에 돌아온 장석천의 이야기를 듣고 싶었다. 특히 졸업을 하면 일본 유학을 가기로 결심한 장재성 입장으로서는 장석천이 되돌아온 연유가 궁금했다.

"자네들 세 사람 성진회 발족 시키느라 애들 썼네. 앞으로 성진회에 기대가 크네. 특히 성진회가 앞으로 계급 투쟁에 큰 역할을 해주기 바라네. 우리가 일제로부터 독립을 하더라도 민족 내부에 존재하는 착취관계를 해소치 않으면 진정한 해방을 달성할 수 없다는 것을 자네들은 잘 알고 있으리라 믿네."

강해석이 말했다.

"자네들은 사회주의 이상이 실현된 사회야 말로 우리 민족과 세계 인류가 나아가야 할 신사회라는 것을 명심하기 바라네."

장석천도 강해석의 말을 거들었다.

"그나저나 신년을 맞아 성진회의 구체적인 활동 계획이 뭔가? 조직을 만들었으면 뭔가 보여주어야할 것이 아닌가."

지용수가 장재성을 보며 물었다.

"지금 당장은 시내 학교에 보다 많은 동지를 회원으로 맞아들이는 일입니다. 그리하여 내년 봄 쯤에는 기회를 잡아서 구체적으로 행동을 보여주려고 합니다."

"식민지교육의 맹점을 문제 삼는 것도 괜찮을 것이네. 작금에 여러 학교에서 동맹휴학 운동을 하는 것도 바로 그 문제가 아닌가."

장재성의 말에 지용수가 곁들였다. 그러면서 지용수는 작금 서울의 학생단체들이 내건 '사회과학의 보급'이라는 슬로건은 일본제국주의에 대한 명료한 이론적 분석과 뚜렷한 투쟁 방법을 제공하는데 상당한 역할을 했고 식민지 교육정책에 대한 교내 투쟁적 성격에서 차츰 광범위하게 본격적인 일제타도로 향하게 했음을 역설했다.

"항일 맹휴 투쟁은 학생들 자체의 문제만으로 끝나지 않고 일반 민중의 항일의식을 자극하는 계기가 되었으며 여러 사회단체의 항일 활동을 북돋을 역할을 하고 있다네. 앞으로 항일 맹휴 투쟁은 지속적이고도 집요하게 전개되어야 하네."

장석천이 말했다. 사실 그 즈음, 6·10만세 운동 전후로 보통학교는 물론 고등보통학교에서 항일 맹휴 투쟁이 빈번하게 일어나고 있었다. 항일 맹휴 투쟁의 직접적인 원인은 학교 설비의 불충분이나 학교 운영 전반의 문제, 학과목에 대한 불만, 교원 배척 등이었는데, 이는 모두 일본인을 상대로 한 투쟁이기도 했다.

당시 전국보통학교 1,187개 학교 중에서 조선인 교장은 겨우 37명에 지나지 않았고 중등 이상의 학교는 거의 일본인 교장이었다. 그 결과 각급학교에서는 일본인의 실질적인 지배가 현저했으며 이에 대한 불만이 많았다.

"앞으로 기회가 오면 우리 지역에서도 조직적인 항일맹휴투쟁을 전개할 것입니다. 그러자면 그 전에 보다 많은 동지를 규합하는 것이 과제입니다."

"중심세력의 신념이 확고하고 명분만 있으면 전교생의 참여는 가능하다고 봅니다."

왕재일에 이어 박인생이 말했다.

"기회는 만들면 된다고 생각합니다. 당장 일본인 선생이 학생들에게 하는 말 중에서 조선을 비하하는 내용이 있으면 꼬투리를 잡으면 되니까요. 서울중앙고보에서 친일파 조선인 교장이 '조선 놈들은 석탄을 땔 필요가 없다'라든지, '썩을 민족', '야만 인종'이니 하는 말을 했다가, 전교생이 들고 일어나 맹휴투쟁에 돌입했지 않습니까."

장재성이 다소 흥분한 목소리로 말했다.

"자네들 생각은 잘 알겠네. 그만하면 언제든지 조직적인 투쟁이 가능할 것 같네. 앞으로 투쟁에 돌입할 계기가 만들어지면 사전에 우리 다시 만나기로 하고 오늘은 저녁이나 맛있게 먹고 헤어지세."

음식이 들어오자 강해석이 말했다. 그들은 술도 없이 탕수육 한 접시를 금방 비우고 나서 저마다 우동을 먹기 시작했다.

"질문이 있습니다."

순식간에 우동 국물 한 방울까지 다 둘러 마시고 난 장재성이 엽차로 입을 헹구더니 뚜벅 입을 열었다. 음식을 먹고 있던 세 청년은 일제히 장재성을 향해 눈길을 모았다.

"청년회 회원들이 십팔회와 광주 신우회로 양분되어 있는데 그 원인이 무엇입니까? 제가 보기에는 사상과 이념의 노선은 서로 같은데 말입니다."

장재성은 평소에 궁금하게 생각하고 있던 바를 물었다. 그가 보기에 십팔회와 광주신우회는 차별성이 별로 없어보였던 것이다. 다른 점이라면 십팔회가 신우회보다 10개월 정도 먼저 결성되었다는 것 정도였다. 광주신우회는 1년 전인 1925년 12월에 결성되었는데 간부진은 강석봉·강해석·김강·김갑수·김광진·김재명·김용환·김홍선·지용수·최한영 등이었다. 거의 광주청년회 회원들이었고 김강이 점원청년회, 김갑수가 형평청년회, 김용환이 광주기독청년회 회원이었다. 점원들을 중심으로 만들어진 점원청년회와 도살업에 종사하는 청년들 단체인 형평청년회 회원이 신우회 간부로 참여하고 있다는 사실이 돋보였다. 성진회 간부들이 주로 만나는 사람들은 신우회 쪽이었다.

"장군 말대로 십팔회와 신우회는 사상적 뿌리와 이념적 목표는 같네. 다만 십팔회는 유물사관 등 사회주의를 연구 학습하는 데 중점을 두고 있다면, 우리 신우회는 사상운동과 청년운동, 노동운동 등 연구보다는 실제 운동지도에 비중을 두고 있다네. 올해 광주에서 광주인쇄공들의 모임인 인공 청년회와 점원청년회, 도살업의 형평청년회가 만들어진 것도 따지고 보면 우리 신우회의 지도로 가능하게 된 것이라네."

강해석이 말했다. 그랬다. 광주에서 그해에 직업별 청년단체들이 집중적으로 결성된 것은 신우회 노력의 결과였다. 이들 직업별 청년단체는 신우회의 후원으로 강연회와 토론회, 강습회 등을 열고 회원들에게 사회주의 사상을 교육시켰다. 사회주의 사상단체는 광주 이외의 농촌지역에서도 발족했다. 그해 11월 대촌면에서 결성된 적심단(赤心團)이 그것이다. 적심단은 '대중 본위의 신사회 건설, 해방운동의 전위대 다짐, 무산계급의 교양과 훈련' 등 3개항을 강령으로 내세웠다. 적심단의 단장은 이동현, 부단장 서재권, 총무에 서재익이었다. 이 무렵 사회주의 사상과 이론에 심취한 일부 청년들은 사상연구에만 만족하지 않고 공산주의 비밀결사에 가담했다. 십팔회의 최안섭과 조준기는 26년 조선공산당 및 고려공산당 청년회에 가담했다. 이들 외에도 김유성 · 김재중 · 신동호 · 정홍모 · 최일봉 등이 당원이나 공청원으로 활동했다. 조선공산당에 입당한 청년들은 십팔회와 광주노동공제회 · 광주 소작인연합회 · 신광청년회를 거점으로 활동했다.

그런가하면 십팔회의 전도는 서울파 공산주의 그룹 비밀결사인 고려 공산동맹에 가담했다. 그는 이보다 앞서 고려공산동맹의 전남지역 책임자로 선정되기도 했었다.

25년에 전도를 비롯하여 강석봉, 김광진 등의 주도로 결성한 전남 해방운동자동맹은 서울파의 전남지역 표면기관이었다. 그보다 열 달 쯤 뒤에 결성된 신우회는 서울파의 광주지역 표면기관이었기에 신우 회원 중에 적지 않은 회원들이 서울파의 비밀결사인 고려공산당에 가담했던 것이다. 그러나 당시 서울파는 이합집산이 거듭되었기 때 문에 그 계보가 복잡하게 얽혔다.

그 무렵 서울파는 조선공산당과의 통일을 둘러싸고 이에 찬성하는 신파와 반대하는 구파로 쪼개져 대립했다. 서울 신파(ML당)는 조선공 산당과 합류했다. 이와 때를 같이한 광주의 서울파는 조선공산당과 고 려공산당 청년회에 대거 입당하게 되었다. 조공 전남 책임을 맡고 있 던 강석봉과 공청 전남 책임을 맡고 있던 김재명을 비롯, 강영석 · 강 해석 · 김홍선 · 유혁(형평 청년회) · 지용수 · 최영운 · 한길상(점원 청년 회) 등이 그들이다. 이처럼 광주의 사회주의 청년들은 북풍파와 화요파 등의 연합세력인 조선공산당 계열과, 고려공산동맹 계열로 양분되고 말았다. 십팔회는 조선공산당, 광주신우회는 고려공산동맹의 광주지 역 표면기관이 된 것이다. 따라서 광주의 조선공산당 계열이 광주노동 공제회와 광주소작인회연합회를 매개로 노동대중과 접촉했다. 한편 고려공산동맹 계열은 광주청년회와 직업별 · 계급별 청년단체를 통해 청년과 학생층으로 파고들어 활동했다. 조선공산당에 입당했던 광주지역 사회주의자들은 26년 여름에 조직이 발각되어 대부분 검거되고 말았다. 반면에 고려공산동맹 계열은 피해를 입지 않고 온전히 조직이 보존되어 그해 가을부터 조선공산당에 가담하였다.

그 후부터 이들은 광주청년동맹과 전남청년연맹을 통해 광주지역 청년 학생운동에 영향력을 행사할 수 있었다. 그 무렵에 서울 서대문 형무소 앞 천연동에서는 제3차 조선공산당 제2회 대회가 개최되었다. 많은 당원들이 검거된 상황에서도 각지에서 수십 명의 지방대표들이 참석했다. 광주지역에서도 강석봉·김재명 등이 12월 6일 밤 서울에 도착하여, 긴장과 공포 속에서 당의 의안 통과와 조직을 마치고 새벽에 서둘러 내려왔다.

저녁을 먹고 청년회 간부들과 헤어진 왕재일과 장재성. 박인생은 그길로 함께 최규창의 하숙집으로 갔다.

"어유, 골치 아파. 이놈의 계보가 왜 그리 복잡하게 엉켜있는 거지? 목적지는 같은데 왜그리 가는 길이 복잡한지 모르겠단 말이야."

왕재일이 최규창의 하숙방에 들어서자 벌렁 누우며 두 손으로 머리를 싸매고는 좌우로 거칠게 흔들어댔다.

"십팔회와 신우회 만도 복잡한데, 조선공산당하고 고려공산연맹이 서로 뒤엉켜서 혼란스럽구만."

"대의를 생각해야지. 암튼, 이합집산을 되풀이하는 어른들 일에 신경 쓰지 말고 우리들 일이나 걱정하자고."

장재성과 박인생도 한 마디씩 뱉어냈다.

"그래 인생이 말이 백번 옳아. 우리는 앞으로 성진회 조직이나 튼실하게 다져서, 동맹휴학 투쟁을 준비해야지."

왕재일은 그러면서 회원 확장이 마무리 되는 대로 적당한 구실을 잡아 맹휴투쟁에 나설 것을 제안했다. 두 사람도 찬동하는 표시로 고개를 끄덕거렸다. 그 무렵 전국적으로 동맹휴학 투쟁이 빈번하게 일어났으나 전남지방에서는 비교적 조용했다. 26년 한 해에만 전국적으로 55건의 동맹휴학이 있었다. 2년 전까지만 해도 전남에서는 4건의 동맹휴학이 있었으나 25년과 26년에는 1건에 불과했다.

광주고보생인 왕재일과 장재성은 2년 전 사건을 생생하게 기억하고 있었다. 24년에 처음으로 있었던 광주고보의 동맹휴학은 그 규모가 꽤 컸었다. 광주고보와 일본인 중학교인 광주중학교 간에 야구시합이 있었다. 이날 일본인 심판의 편파적 판정에 불만을 품은 광주고보 학생들이 일본인 심판 안도오(安東)를 현장에서 구타한 사건이 일어났으며 이를 계기로 광주고보 학생들은 즉각 동맹휴학에 들어갔다. 그러나 그 맹휴는 준비 된 것이 아니고 돌발적인 것이었기 때문에 대응 방법이 서툴렀다. 결국 4학년생 고광우(高光禹) · 국채덕(鞠採德) · 최헌주(崔憲柱) · 지창수(池昌洙) 등만 퇴학을 당하고 말았다.

타오르는 강... 제8부 끝